Jogo do Namoro

OBRAS DA AUTORA PUBLICADAS PELA RECORD

Acidente
Agora e sempre
A águia solitária
Álbum de família
Amar de novo
Um amor conquistado
Amor sem igual
O anel de noivado
O anjo da guarda
O apelo do amor
Ânsia de viver
Asas
O beijo
O brilho da estrela
O brilho de sua luz
Caleidoscópio
Casa forte
A casa na rua Esperança
O casamento
O chalé
Cinco dias em Paris
Desaparecido
Um desconhecido
Desencontros
Doces momentos
Entrega especial
O fantasma
Final de verão
Forças irresistíveis
Galope de amor

Honra silenciosa
Imagem no espelho
Jogo do namoro
Jóias
A jornada
Klone e eu
Maldade
Meio amargo
Mergulho no escuro
Momentos de paixão
Um mundo que mudou
Passageiros da ilusão
Pôr-do-sol em Saint-Tropez
Porto seguro
Preces atendidas
O preço do amor
O rancho
Recomeços
Relembrança
Resgate
O segredo de uma promessa
Segredos de amor
Segredos do passado
Segunda chance
Tudo pela vida
Uma só vez na vida
Vale a pena viver
A ventura de amar
Zoya

DANIELLE STEEL

JOGO DO NAMORO

Tradução de
MIRIAN GROEGER

6ª EDIÇÃO

EDITORA RECORD
RIO DE JANEIRO • SÃO PAULO
2009

CIP-Brasil. Catalogação-na-fonte
Sindicato Nacional dos Editores de Livros, RJ.

S826j
6ª ed.
Steel, Danielle, 1948-
    Jogo do namoro / Danielle Steel; tradução de Mirian
Groeger. – 6ª ed. – Rio de Janeiro: Record, 2009.

Tradução de: Dating game
ISBN 978-85-01-07493-5

1. Romance americano. I. Groeger, Mirian.
II. Título.

06-3535
CDD – 813
CDU – 821.111(73)-3

Título original norte-americano:
DATING GAME

Copyright © 2002 by Danielle Steel

Todos os direitos reservados. Proibida a reprodução, no todo ou em parte, através de quaisquer meios.

Direitos exclusivos de publicação em língua portuguesa somente para o Brasil adquiridos pela
EDITORA RECORD LTDA.
Rua Argentina 171 – Rio de Janeiro, RJ – 20921-380 – Tel.: 2585-2000
que se reserva a propriedade literária desta tradução

Impresso no Brasil

ISBN 978-85-01-07493-5

PEDIDOS PELO REEMBOLSO POSTAL
Caixa Postal 23.052
Rio de Janeiro, RJ – 20922-970

EDITORA AFILIADA

On ne voit bien qu'avec le coeur.
L'essentiel est invisible pour les yeux.

Somente podemos enxergar claramente com o coração.
O que é essencial é invisível aos olhos.

— *O pequeno príncipe*
Antoine de Saint-Exupéry

Àquelas que estão procurando, às que procuraram, às que encontraram — estas incríveis sortudas! E especialmente, com grande afeição e respeito, àquelas que passaram com esforço por esse processo antinatural, e não só sobreviveram com mentes e corações intactos, mas conseguiram encontrar a agulha no palheiro, e conquistar o prêmio!

Escalar o Everest é mais fácil, e certamente menos perigoso e desesperador.

E a todas as minhas amigas, que tentaram com ou sem perícia encontrar o homem perfeito para mim, em outras palavras, alguém pelo menos tão estranho quanto eu.

A vocês que me arrumaram encontros às escuras, que me darão algo do qual poderei rir quando estiver velha, eu — quase! — as perdôo.

E, sobretudo, aos meus maravilhosos filhos, que assistiram e compartilharam, me amaram e me apoiaram com humor, encorajamento, e uma paciência infinita. Pelo seu amor e apoio eterno, sou profundamente grata.

Com todo o meu amor,
d.s.

O que é um encontro? Um encontro é quando duas pessoas, que mal se conhecem, saem para jantar, e empurram a comida em seus pratos nervosamente, enquanto tentam fazer tantas perguntas quanto possível no menor período de tempo. Como: Você esquia? Joga tênis? Gosta de cachorros? Por que *você* acha que seu casamento desmoronou? Por que acha que sua ex-mulher disse que você era controlador? Você gosta de chocolate? De torta de queijo? Já foi condenado por algum crime? Qual é a sua opinião sobre drogas? Quantos alcoólatras tem na sua família? Que remédios está tomando? Você fez cirurgia plástica, ou esse nariz é verdadeiro? Queixo? Lábio superior? Seios? Bumbum? Que tipo de cirurgias você já fez? Você gosta de crianças? Já namorou alguma pessoa mais jovem? Que idiomas você fala? Qual seria sua lua-de-mel ideal? Duas semanas nas montanhas do Himalaia? Verdade? Você já esteve num safári? Em Paris? Em Des Moines? Você é religioso? Quando viu sua mãe pela última vez? Há quanto tempo faz terapia? Por que não? Quantas multas você já recebeu por dirigir sob o efeito de álcool ou de drogas? Onde sua mulher acha que você está essa noite? Há quanto tempo você está casado? Divorciado? Viúvo? Saiu da cadeia? Em liberdade condicional? Desempregado? Qual o próximo passo em sua carreira? Tenho certeza de que o circo oferece oportunidades fantásticas para viajar, mas e a corda bamba? Você foi bulímico a vida toda? De quantos grupos de apoio você é membro? Quando é mais tarde? Você acha que vai ligar logo, quando?

Um encontro às escuras é quando amigos bem-intencionados selecionam duas pessoas de extremos opostos da Terra, com o mínimo em comum humanamente possível, e mentem para cada uma delas sobre o quanto a outra metade do encontro é fabulosa, interessante, normal, equilibrada, inteligente e atraente. A realidade surge quando elas entram pela porta. Então você segue a mesma fórmula de um encontro normal, esperando que demore menos, e reza para que elas tenham anotado seu número de telefone errado. Depois disso você vai para casa e chora, eventualmente ri, e nunca mais fala com os amigos que armaram o encontro para você. E depois de esquecer exatamente como foi ruim, você deixa os mesmos amigos, ou outros, fazerem isso com você outra vez.

Com amor e compreensão,
d.s.

Capítulo 1

ERA UMA NOITE DE MAIO perfeita e calma, apenas alguns dias depois da primavera ter chegado à costa leste com um apelo irresistível. O clima estava perfeito, o inverno desaparecera literalmente de um dia para o outro, pássaros cantavam, o sol estava morno, e tudo florescia no jardim dos Armstrong, em Connecticut. A semana inteira fora abençoada com o tipo de clima que fazia todos ficarem mais lentos, até em Nova York. Casais passeavam, as horas de almoço se esticavam. As pessoas sorriam. E naquela noite, em Greenwich, Paris Armstrong decidiu servir o jantar ao ar livre, no pátio de lajotas próximo à piscina que eles tinham acabado de restaurar. Peter e ela estavam oferecendo um jantar numa sexta-feira, o que era raro para eles. Na maioria das vezes, eles recebiam os amigos no sábado para que Peter não tivesse que se apressar para voltar do trabalho para casa numa noite de sexta-feira. Mas o serviço de banquetes só estava disponível nesta sexta em particular. Eles tinham casamentos agendados para todas as noites de sábado até julho. Era mais difícil para Peter, mas ele tinha demonstrado espírito esportivo quando ela lhe contara sobre o plano para sexta-feira à noite. Peter quase sempre fazia suas vontades, ele sempre tinha sido assim. Gostava de tornar a vida dela mais fácil. Esta é uma da infinidade de coisas que amava nele. Eles tinham acabado de comemorar o aniversário de 24 anos de casamento em março. Às vezes, era difícil acreditarem como os anos tinham passado voando e o quanto tinham sido atribulados. Megan, sua filha mais velha, se graduara na Universidade de Vassar, no ano anterior, e, recentemente, aos 23 anos, aceitara um emprego em Los Angeles. Ela estava interessada em todos os aspectos da cinematografia e acabou conseguindo um emprego como assistente de produção em um estúdio de cinema em Hollywood. Ela era pouco mais do que uma auxiliar de escritório, como admitia abertamente, mas estava entusiasmada em simplesmente estar lá, e queria se tornar uma produtora um dia. William, o filho, acabara de completar 18 anos, e se formaria em junho. Ele iria para a Universidade de Berkeley no outono. Era difícil acreditar que os filhos já estivessem crescidos. Parecia que apenas minutos antes ela estivera trocando suas fraldas e se revezando de carro com outras mães para levar Meg ao balé e Wim aos jogos de hóquei. E em três meses ele teria partido. Tinha de chegar em Berkeley na semana anterior ao fim de semana do Dia do Trabalho.

Paris certificou-se de que a mesa tinha sido arrumada apropriadamente. O serviço de banquete era confiável e atento. Eles conheciam bem sua cozinha. Peter e ela gostavam de receber amigos, e Paris usava seus serviços freqüentemente. Gostavam de manter uma vida social e, através dos anos, haviam colecionado uma variedade de amigos interessantes. Ela colocou as flores que ela mesma arrumara na mesa. Tinha cortado uma profusão de peônias multicoloridas, a toalha de mesa estava imaculada, e os cristais e a prataria brilhavam. Peter provavelmente não notaria, principalmente se estivesse cansado, mas o que ele conseguia reparar era o tipo de lar que ela lhe oferecia. Paris era impecável em relação a detalhes. Ela criava uma atmosfera de cordialidade e elegância em que as pessoas se sentiam à vontade. Não fazia isso só por ele e por seus amigos, mas também por si mesma. Peter também era bem generoso com ela. Com ela e com as crianças. Havia sido muito bem-sucedido através dos anos. Era sócio numa lucrativa firma de advocacia, especializada em contas corporativas, e aos 51 anos era o sócio administrador. A casa que comprara para eles há dez anos era grande e bela. Era uma bela construção de pedra, numa das vizinhanças mais luxuosas em Greenwich, Connecticut. Eles conversaram sobre contratar um decorador, mas no fim ela havia decidido decorá-la sozinha, e adorou fazer isso. Peter ficou impressionado com os resultados. Eles também tinham um dos jardins mais bonitos de Greenwich. Ela fez um trabalho tão bom com a casa que muitas vezes ele brincava, dizendo que ela deveria ter-se tornado decoradora, e a maioria das pessoas que via a casa concordava. Mas embora tivesse talento artístico, seus interesses sempre foram parecidos com os dele.

Ela não só compreendia, como também tinha um grande respeito pelo mundo dos negócios. Casaram-se logo que ela se graduou na universidade. Depois tentou um MBA em administração empresarial. Ela queria iniciar um pequeno negócio, mas engravidou no segundo ano do MBA, e em vez disso, decidiu ficar em casa com as crianças. E nunca teve nenhum arrependimento. Peter a apoiou em sua decisão, pois não havia necessidade dela trabalhar. E, durante 24 anos, ela havia se sentido competente e realizada, dedicando-se em tempo integral a Peter e aos filhos. Fez biscoitos, organizou feiras escolares, dirigiu o leilão da escola todos os anos, costurou fantasias à mão no Halloween, passou horas intermináveis no ortodontista com eles, enfim, fez o que muitas outras esposas e mães faziam. Não precisou de um MBA para nada disso, mas sua compreensão extensa do mundo empresarial e seu vivo interesse pelo assunto tornava tudo muito mais fácil quando, tarde da noite, conversava com Peter sobre os casos em que ele estava trabalhando. Isso os aproximara ainda mais. Ela era, e tinha sido, a esposa perfeita, e ele tinha um respeito profundo pela maneira com que ela criara seus filhos. Ela acabara sendo tudo o que ele esperava que fosse — e Paris estava igualmente satisfeita com ele.

Eles ainda compartilhavam risadas nas manhãs de domingo, enquanto se aconchegavam sob as cobertas por uma meia-hora extra nos dias frios de inverno. E ela ainda se levantava com ele no momento em que o sol raiava todos os dias da semana, e o levava de carro para pegar o trem, depois voltava para levar as crianças para a escola, até que se tornaram crescidas o bastante para dirigir seus próprios carros, o que aconteceu rápido demais para ela. E o único dilema que enfrentava agora era imaginar o que faria quando Wim partisse para Berkeley, em agosto. Ela não conseguia imaginar uma vida sem adolescentes pulando na piscina no verão, ou virando a casa de cabeça para baixo, enquanto enchiam o salão de jogos do primeiro andar nos fins de semana. Durante 23 anos, dos 24 anos de seu casamento, sua vida girara inteiramente ao redor deles. E a entristecia saber que aqueles dias estavam a ponto de acabar para sempre.

Ela sabia que uma vez que Wim partisse para a faculdade, a vida que conhecera por tanto tempo acabaria. Ele viria para casa num fim de semana ocasional, e em feriados, como Meg fizera enquanto estava em Vassar, só que com menos freqüência porque estaria muito longe, na costa oeste. Depois que Meg se formara, quase desaparecera. Ela fora para Nova York durante seis meses, mudara para um apartamento com três amigas, e então partira para a Califórnia, assim que encontrara o emprego que queria em Los Angeles. De agora em diante, eles a veriam nos feriados de Ação de Graças e no Natal, se tivessem sorte, e só Deus sabia o que iria acontecer quando ela se casasse, não que estivesse planejando isso. Paris sabia muito bem que em agosto, quando Wim partisse, sua vida mudaria para sempre.

Após 24 anos fora do mercado de trabalho, ela não podia simplesmente ir para Nova York e trabalhar. Ela fizera biscoitos e se revezara no transporte escolar por um tempo longo demais. A única coisa que pensara em fazer até agora era trabalho voluntário em Stamford, trabalhando com crianças maltratadas, ou num programa de alfabetização que uma amiga sua iniciara em escolas públicas, para estudantes de ensino médio desprivilegiados que tinham conseguido cursar a maior parte dos anos escolares e sem sequer saber ler. Além disso, não tinha a menor idéia do que faria consigo mesma. Peter lhe dissera anos antes que quando as crianças partissem seria uma ótima oportunidade para viajarem juntos, e fazerem coisas que nunca tiveram a oportunidade de fazer. Mas as horas de trabalho dele tinham aumentado tanto no último ano, que ela achava improvável que ele pudesse se ausentar. Hoje em dia, ele raramente conseguia chegar em casa para o jantar. Pelo menos por enquanto, o que Paris via era que os filhos e o marido tinham vidas ocupadas e produtivas, e ela não. A perspectiva da vasta quantidade de tempo livre que estava a ponto de ter em suas mãos começava a amedrontá-la. Ela falara com Peter sobre isso em diversas ocasiões, e ele não tivera nenhuma sugestão útil a fazer. Ele lhe dissera que descobriria alguma coisa mais cedo ou mais tarde, e ela sabia que sim. Com 46 anos, estava jovem o suficiente para iniciar uma carreira se quisesse, o problema é que não sabia o que queria fazer. Gostava das coisas do jeito que elas eram, tomando conta das crianças e do marido, e atendendo a todas as necessidades deles nos fins de semana — particularmente às de Peter. Ao contrário de algumas amigas, cujos casamentos tinham apresentado sinais de tensão através dos anos, ou que tinham até mesmo se rompido, Paris ainda estava apaixonada por ele. Ele estava mais carinhoso, mais gentil, mais atencioso, até mais sofisticado, amadurecido, e mais bonitão do que fora quando se casaram. E ele sempre dizia o mesmo dela.

Paris era esbelta, graciosa e atlética. Desde que as crianças tinham ficado mais velhas e ela ficou com mais tempo livre, jogava tênis quase todos os dias, e estava numa forma fantástica. Seus cabelos loiros lisos eram longos, e ela geralmente os puxava para trás numa trança. Tinha a beleza clássica de Grace Kelly, e olhos verdes. Seu corpo era notável, seu riso era fácil, e tinha um senso de humor que aparecia com facilidade para a diversão de seus amigos. Ela adorava pregar peças, que seus filhos sempre achavam engraçadas. Peter era por natureza muito mais quieto, e sempre fora assim. Quando chegava em casa à noite, depois de um longo dia e da viagem de trem, o mais comum era que estivesse cansado demais para fazer mais do que ouvi-la e fazer um comentário ocasional. Ele ficava mais animado nos fins de semana, mas mesmo então era quieto e um tanto reservado. E no último ano tinha se consumido com o trabalho. De fato, esse era o primeiro jantar que eles ofereciam em três meses. Ele tinha trabalhado até tarde todas as noites de sexta-feira, e voltara à cidade em alguns sábados, para arrumar a escrivaninha, ou encontrar clientes. Mas Paris sempre era paciente com isso. Ela fazia poucas exigências dele, e tinha um respeito profundo pela sua dedicação ao trabalho. Era o que o fazia ser tão bom em sua profissão, e tão altamente admirado nos círculos empresariais e legais. Ela não podia censurá-lo por ser preocupado, embora sentisse vontade de passar mais tempo com ele. Particularmente agora, com Meg ausente pelos últimos seis meses, e Wim ocupado com sua própria vida e amigos nas últimas semanas do seu último ano do ensino médio. A pesada carga de trabalho de Peter nos últimos meses fazia com que ela se lembrasse mais uma vez de que teria de encontrar alguma coisa para ocupar seu tempo em setembro. Até pensara em iniciar um negócio de banquetes, ou investir num horto, já que gostava tanto de seu jardim. Mas ela sabia que o negócio de banquetes iria interferir no tempo que tinha para passar com Peter nos fins de semana, e queria estar disponível sempre que ele estivesse em casa, o que já era raro o suficiente nos últimos tempos. Ela tomou um banho de chuveiro e se vestiu, depois de verificar a mesa e circular pela cozinha para supervisionar os empregados do serviço de banquetes, e tudo parecia estar em perfeita ordem. Cinco casais viriam para jantar, e eram todos bons amigos. Ela estava animada com a expectativa, e esperava que Peter chegasse em casa a tempo de relaxar antes dos convidados chegarem. Estava pensando nele, quando Wim enfiou a cabeça pela porta de seu quarto enquanto ela se vestia. Ele queria lhe contar seus planos, uma regra da casa que ela reforçava rigidamente mesmo na idade dele. Queria saber onde seus filhos estavam o tempo todo, e com quem. Paris era a mãe responsável, perfeita e a esposa devotada. Tudo em sua vida estava em perfeita ordem, e num controle relativamente bom.

— Vou à casa dos Johnsons com o Matt — disse Wim, dando uma olhada para ela, que puxava o zíper lateral de uma saia de renda branca. Ela já estava usando um top de lycra sem alças para combinar, e sandálias de salto-alto prateadas.

— Vocês vão ficar lá ou vão para algum outro lugar depois? — Sorriu para ele. Era um rapaz atraente, e parecia com o pai. Quando Wim chegara aos 15 anos já estava com 1,89m de altura, e desde então crescera mais dois centímetros e meio. Ele tinha os cabelos castanhos do pai e olhos azuis penetrantes, e sorriu ao olhar para a mãe. Wim achava que ela sempre ficava bonita quando se vestia elegantemente, e a observou enquanto ela enrolava seus longos cabelos loiros num coque enquanto conversavam. Ele sempre achara que sua mãe tinha um estilo de elegância simples, e tinha tanto orgulho dela quanto ela tinha dele. Ele não só era um bom aluno, mas também uma estrela do atletismo durante todo o ensino médio.

— Você vai a uma festa hoje à noite? — Paris perguntou sabiamente. Pelo menos durante o último mês, se não dois, os veteranos andavam farreando, e Wim sempre estava no meio das atividades. As garotas eram loucas por ele, e ele as atraía como um ímã, embora estivesse saindo com a mesma garota desde o Natal, e Paris gostasse dela. Ela era uma menina de uma boa família de Greenwich. Sua mãe era professora, e o pai era médico.

— É, podemos ir a uma festa mais tarde. — Momentaneamente ele pareceu envergonhado. Ela o conhecia bem demais. Estivera pensando em não lhe contar nada. Ela sempre fazia tantas perguntas. Tanto ele quanto a irmã reclamavam disso, mas num outro sentido, gostavam. Nunca houvera qualquer dúvida sobre o quanto ela os amava.

— Na casa de quem? — perguntou ela, enquanto terminava de arrumar os cabelos e aplicava apenas um toque de blush e batom.

— Dos Steins — disse Wim com um sorriso forçado. Ela sempre perguntava. Sempre. E antes que ela falasse, ele sabia qual seria a próxima pergunta.

— Os pais estarão lá? — Mesmo com 18 anos não queria que ele fosse a festas sem supervisão. Era um convite para confusão, e quando eles eram mais novos, ela telefonava para verificar pessoalmente. Finalmente, no último ano, ela cedera e se dispusera a aceitar a palavra de Wim. Mas de vez em quando ainda aconteciam incidentes quando ele tentava tapeá-la. Como ela dizia, era o papel dele tentar enganá-la, e o dela era tentar descobrir quando ele estava fazendo isso. Era bastante boa em descobrir as coisas, e na maior parte do tempo ele era honesto, e ela se sentia tranquila com relação ao lugar onde ele ia.

— Sim, os pais estarão lá — disse ele, revirando os olhos.

JOGO DO NAMORO

— É bom que estejam — disse olhando significativamente para ele, e depois riu. — Vou furar seus pneus e jogar as chaves do carro no compactador de lixo se você mentir para mim, William Armstrong.

— É mãe. Eu sei. Eles estarão lá.

— Tudo bem. A que horas você volta para casa? — Toques de recolher ainda eram padrão na casa deles, mesmo com 18 anos. Até que partisse para a faculdade, disse Paris, ele tinha de seguir as regras, e Peter concordava. Ele aprovava entusiasticamente os limites que ela estabelecia para os filhos, e sempre aprovara. Eles se posicionavam unidos nisso, como em tudo mais. Nunca tinham discordado sobre como educá-los, ou sobre qualquer outra coisa. Seu casamento tinha sido relativamente livre de problemas, com exceção das pequenas discussões usuais que eram quase sempre sobre coisas bobas, como deixar a porta da garagem aberta, esquecer de abastecer o carro, ou não mandar a camisa do smoking para a lavanderia a tempo de um evento que exigia smoking. Mas ela raramente cometia esses erros, e era extremamente organizada. Peter sempre confiara nela.

— Três? — perguntou Wim cautelosamente com relação à questão do toque de recolher, numa tentativa de aprovação, e sua mãe imediatamente balançou a cabeça.

— De jeito nenhum. Isso não é uma festa de formatura, Wim. É uma noite comum de sexta-feira. — Sabia que se concordasse com três horas agora, ele ia querer chegar em casa às quatro ou cinco durante as celebrações de formatura, e isso era tarde demais. Achava perigoso para ele dirigir por aí a essa hora. — Duas. No máximo. E é um presente. Não exagere! — avisou, e ele concordou com a cabeça parecendo satisfeito. As negociações tinham terminado, e ele começou a sair do quarto, quando ela se dirigiu para ele com um olhar intencional. — Não tão depressa... quero um abraço.

Ele então sorriu para ela, como uma criança grande, e mais um menino do que o quase homem que era. E a atendeu com um abraço, enquanto ela se apoiava levantando o rosto e beijando sua bochecha.

— Divirta-se e dirija com cuidado, por favor. — Ele era bom motorista, e um garoto responsável, mas de qualquer maneira ela se preocupava. Pelo menos até aquele momento, não houvera nenhum incidente ligado a bebidas, e nas poucas vezes em que ele bebera alguma coisa nas festas, deixara seu carro e fora para casa com amigos. Também sabia que se as coisas fugissem ao seu controle, podia chamar seus pais. Tinham estabelecido esse acordo anos antes. Se um dia ficasse bêbado, podia chamá-los, e haveria uma "anistia". Mas não queriam, sob nenhuma condição, que ele dirigisse para casa nessas circunstâncias.

Ela ouviu Wim sair e a porta da frente fechar momentos depois de terem se abraçado. Quando estava acabando de descer as escadas, Peter entrou com a maleta na mão, parecendo exausto. Enquanto olhava para ele, ocorreu a ela o quanto Wim se parecia com ele. Era como ver a mesma pessoa 33 anos mais tarde, e notar isso fez com que sorrisse para ele calorosamente.

— Oi, querido — disse, enquanto ia ao encontro de Peter, e dava-lhe um abraço e um beijo, mas ele estava tão cansado que mal correspondeu. Ela não mencionou o quanto parecia exausto, não queria fazer com que se sentisse pior. Mas sabia que ele vinha trabalhando numa fusão de empresas durante o último mês, e as horas tinham sido difíceis. O negócio não estava indo bem para seus clientes, pelo menos não até ali, e ela sabia que ele estava tentando mudar a situação.

— Como foi seu dia? — perguntou, enquanto tirava a maleta de sua mão e a colocava na cadeira da entrada. De repente teve vontade de não ter planejado o jantar. Quando o planejara, não havia nenhuma maneira de saber o quanto ele estaria ocupado

JOGO DO NAMORO

com o trabalho naquele momento. Contratara o serviço de banquetes dois meses antes, sabendo o quanto a equipe estaria ocupada mais tarde.

— Foi um longo dia. — Ele sorriu para ela. — A semana foi mais longa ainda. Estou acabado. A que horas os convidados chegam? — Eram quase sete horas quando ele entrou pela porta.

— Em mais ou menos uma hora. Por que não deita por alguns minutos? Você tem tempo.

— Tudo bem. Se eu dormir, posso não acordar mais.

Sem que ele pedisse, ela entrou na copa, encheu uma taça com vinho branco, e então voltou para entregar a ele. Ele pareceu aliviado. Não bebia muito, mas em momentos como esses, sabendo que teria uma longa noite pela frente, isso o ajudava a esquecer os estresses do dia. A semana fora longa e ele aparentava isso.

— Obrigado — disse, pegando o copo das mãos dela, e tomando um gole, antes de andar pela sala e sentar-se. Tudo ao seu redor estava impecável e em perfeita ordem. A sala estava cheia de lindas antigüidades inglesas que haviam comprado juntos, através dos anos, em Londres e Nova York. Ambos tinham perdido os pais ainda jovens, e Paris usara uma parte de sua modesta herança para comprar coisas para a casa. Peter também a ajudara. Eles tinham umas peças lindas, que seus amigos sempre admiravam. Era uma casa agradavelmente mobiliada para entreter amigos. Havia uma grande e confortável sala de jantar, uma sala de estar ampla, um pequeno gabinete de leitura, e uma biblioteca que Peter usava como escritório nos fins de semana. E no andar de cima havia quatro quartos espaçosos. Eles usavam o quarto de visitas e embora por um longo tempo tivessem desejado usá-lo como um quarto para o terceiro bebê, isso nunca acontecera. Ela nunca mais engravidara depois dos dois primeiros filhos, e embora tivessem conversado sobre o assunto, nenhum deles queria passar pelo estresse de tratamentos para infertilidade, e tinham ficado contentes com os dois filhos que já tinham. O destino confeccionara sua família perfeitamente para eles.

Paris sentou no sofá, e se aconchegou pertinho dele. Mas essa noite ele estava cansado demais para corresponder. Geralmente, ele colocava um braço ao redor dos seus ombros, e ela percebeu, enquanto o observava, que ele estava demonstrando sinais de uma tensão considerável. Em breve estaria na hora de ele fazer um check-up, e ela ia lembrá-lo disso logo que o pior da fusão tivesse sido resolvido. Eles tinham perdido diversos amigos por causa de ataques do coração repentinos nos últimos anos. Aos 51 anos, e com boa saúde, ele não estava num grupo de risco, mas nunca se sabe. E ela queria cuidar bem dele. Tinha todas as intenções de mantê-lo presente por mais quarenta ou cinqüenta anos. Os últimos 24 anos tinham sido muito bons, para ambos.

— A fusão está lhe dando problemas? — perguntou ela solidariamente. Sentada ao seu lado podia sentir o quanto estava tenso. Ele balançou a cabeça confirmando, enquanto tomava o vinho, e pela primeira vez não ofereceu quaisquer detalhes. Estava cansado demais para falar sobre o assunto com ela, ou assim ela imaginou. Não queria perguntar se havia qualquer outra coisa que o estava incomodando, parecia óbvio que o problema era a fusão. E ela esperava que uma vez em meio aos seus amigos no jantar, ele esquecesse disso e relaxasse. Ele sempre conseguia fazer isso. Embora nunca tomasse a iniciativa da vida social deles, gostava dos planos que ela fazia para eles, e das pessoas que convidava. Tinha uma boa noção de quem ele gostava e de quem não gostava, e fazia os convites de acordo. Ela queria que ele também se divertisse, e ele gostava de não ser responsável pelos planos. Ela fazia um bom trabalho sendo a diretora social deles, como ele a chamava.

Peter simplesmente sentou-se tranqüilamente no sofá por alguns minutos, e ela sentou-se em silêncio ao lado dele, feliz por tê-lo em casa. Ela ficou imaginando se ele teria de trabalhar naquele fim de semana, ou voltar à cidade para ver clientes, como fizera durante vários meses nos fins de semana, mas não queria perguntar. Se ele tivesse de ir para o escritório, ela encontraria alguma coisa para se manter ocupada. Ele parecia melhor, quando se levantou, sorriu, e subiu lentamente para o segundo andar, enquanto ela o seguia.

— Você está bem, querido? — perguntou ela enquanto ele se deitava na cama deles, e colocava o copo na mesinha-de-cabeceira. Estava tão exausto, que afinal decidira deitar-se antes do jantar.

— Estou bem — disse ele, é fechou os olhos. E com isso, ela deixou-o sozinho para descansar por um minuto, e desceu para verificar como iam as coisas na cozinha. Tudo estava em ordem. Ela saiu para se sentar por um minuto no pátio, sorrindo consigo mesma. Amava seu marido, seus filhos, sua casa, seus amigos. Ela amava tudo isso, e não havia nada que quisesse mudar. Era a vida perfeita.

Quando voltou lá para cima, meia hora mais tarde, para acordá-lo caso ele estivesse dormindo, ouviu-o no chuveiro. Sentou-se no quarto e esperou. Os convidados chegariam em vinte minutos. Ouviu a campainha da porta tocar enquanto ele se barbeava, e lhe disse para não se apressar. Ninguém ia a lugar nenhum, ele tinha tempo. Queria que ele relaxasse e desfrutasse a noite. Quando ela disse que ia descer e cumprimentar os amigos, ele olhou para ela e concordou com a cabeça pelo espelho, com espuma de barbear espalhada pelo rosto todo.

— Vou descer logo — prometeu ele, e ela repetiu que não se apressasse. Queria que ele relaxasse.

Quando Peter desceu as escadas, dois dos casais já haviam chegado, e um terceiro estava acabando de se dirigir para o pátio. A noite estava perfeita, o sol acabara de se pôr, e o ar morno da noite aumentava a sensação de estarem no México ou no Havaí. Era uma noite perfeita para um jantar ao ar livre, e todos estavam bem-humorados. Ambas as amigas favoritas de Paris estavam lá, com seus maridos. Um deles era advogado na firma de Peter, onde haviam se conhecido 15 anos antes. A esposa e ele eram pais de um rapaz da idade de Wim, que ia à mesma escola e também se formava com ele em junho. A outra mulher tinha uma filha da idade de Meg, e dois meninos gêmeos, um ano mais velhos. As três mulheres tinham passado anos freqüentando a mesma escola e os mesmos eventos esportivos. Natalie havia se revezado com Paris por dez anos, levando as filhas de carro para o balé. A filha dela levara o balé mais a sério do que Meg, e agora estava dançando profissionalmente, em Cleveland. Todas as três estavam no final dos seus anos de maternidade, sentiam-se deprimidas com isso, e estavam falando sobre o assunto quando Peter entrou. Natalie comentou baixinho com Paris o quanto ele parecia cansado, e Virginia, a mãe do garoto que ia se formar com Wim, concordou.

— Ele está trabalhando numa fusão, e tem sido realmente duro para ele — disse Paris solidariamente, e Virginia balançou a cabeça em afirmação. Seu marido também vinha trabalhando nisso, mas parecia muito mais relaxado do que Peter. Mas também, ele não era o sócio administrador da firma, o que colocava mais carga ainda sobre o marido de Paris. Há anos ele não aparentava estar tão cansado e estressado.

O restante dos convidados chegou minutos depois de Peter, e quando sentaram para jantar, todos pareciam estar se divertindo. A mesa estava linda, e havia velas por todos os lados. E à luz suave das velas, Peter pareceu melhor para Paris quando sentou à cabeceira da mesa, e conversou com as mulheres que ela colocara ao seu lado. Ele conhecia bem as duas, e se divertiu, embora parecesse mais calado do que o normal durante todo o jantar. Ele não parecia mais tão cansado e sim mais moderado.

JOGO DO NAMORO

Quando os convidados finalmente partiram, à meia-noite, ele tirou o paletó, afrouxou a gravata e pareceu aliviado.

— Você teve uma noite agradável, querido? — perguntou Paris, parecendo preocupada. A mesa tivera 12 pessoas sentadas, e ela não pudera realmente ouvir o que estava acontecendo no extremo do lado dele. Ela tinha se divertido conversando sobre negócios com os homens sentados ao seu lado, como sempre fazia. Seus amigos gostavam disso em relação a ela. Era inteligente e bem-informada, e gostava de falar sobre mais do que apenas nos filhos, ao contrário das mulheres que conheciam, embora Virginia e Natalie também fossem inteligentes. Natalie era uma artista, e começara a esculpir há alguns anos. E Virginia tinha sido uma advogada de sucesso antes de desistir da carreira para ter filhos e ficar em casa com eles. Ela estava tão nervosa quanto Paris sobre o que iria fazer quando o filho único se formasse em junho. Ele ia para Princeton, portanto estaria ao menos mais próximo de casa do que Wim. Mas de qualquer ângulo que olhassem, um capítulo de suas vidas estava para acabar, e isso as deixava ansiosas e inseguras.

— Você ficou terrivelmente calado esta noite — comentou Paris enquanto subiam lentamente para o andar de cima. A melhor parte de se contratar serviços de banquete era que eles cuidavam de tudo, e deixavam a casa perfeitamente arrumada. Paris tinha olhado para ele regularmente do outro lado da mesa, e embora ele parecesse estar se divertindo com os parceiros de jantar, estava ouvindo mais do que falando, o que era incomum, até mesmo para ele.

— Só estou cansado — disse, parecendo distraído, enquanto passavam pelo quarto de Wim. Ele ainda não tinha chegado, devia estar na casa dos Steins, e não chegaria em casa um minuto antes da hora combinada, duas horas.

— Está se sentindo bem? — perguntou Paris, preocupada. Ele havia tido grandes negócios antes, mas geralmente não deixava que o incomodassem desse jeito. Ela estava pensando se tudo estava a ponto de fracassar.

— Eu estou... — Começou a dizer "bem", e então olhou para ela e balançou a cabeça. Ele parecia tudo menos bem quando entraram no quarto. Não tinha querido falar com ela sobre isso naquela noite. Havia planejado sentar-se com ela na manhã seguinte. Não queria estragar a noite, e nunca havia gostado de falar sobre assuntos sérios antes de irem para a cama. Mas também não podia mentir para ela. Não queria mais fazer isso. Não era justo. Ele a amava. E não haveria nenhuma maneira fácil de fazer isso, nenhum momento certo ou dia perfeito. E a perspectiva de se deitar ao lado dela e se preocupar a noite toda estava pesando sobre ele.

— Há alguma coisa errada? — De repente, Paris ficara nervosa, e não podia imaginar o motivo. Ela acreditava que fosse alguma coisa no escritório, e só esperava que não fossem más notícias sobre a saúde dele. Isso acontecera com amigos deles no ano anterior. O marido de uma de suas amigas teve um tumor de cérebro diagnosticado e morreu em quatro meses. Tinha sido um choque para todos. Estavam se aproximando da idade em que coisas aconteciam com os amigos. Tudo que podia fazer era rezar para que Peter não tivesse notícias daquele tipo para dar a ela. Mas ele parecia sério quando sentou em uma das confortáveis poltronas do quarto, onde às vezes gostavam de ficar e ler, e apontou para a poltrona à sua frente, sem tranqüilizá-la.

— Sente-se aqui.

— Você está bem? — perguntou outra vez, enquanto se sentava de frente para ele e estendia a mão para segurar as dele, mas ele encostou-se na poltrona, e fechou os olhos por um minuto,

JOGO DO NAMORO

antes de começar. Quando os abriu, ela percebeu que nunca havia visto tanta agonia neles antes.

— Não sei como dizer isso para você... por onde começar, ou como começar... — Como deixar uma bomba cair em alguém que você amou durante 25 anos? Onde você deixa que ela caia e quando? Ele sabia que estava a ponto de apertar um botão que despedaçaria suas vidas. Não só a dela, mas também a dele. — Paris... eu... fiz uma loucura no ano passado... bem, talvez não tenha sido uma coisa tão louca... mas algo que nunca esperei fazer. Não pretendia fazer. Não tenho nem certeza de como aconteceu, exceto que a oportunidade estava lá, e eu a tomei, e não devia ter feito isso, mas fiz... — Ele não conseguia olhar para ela enquanto falava, e Paris não disse uma palavra enquanto ouvia. Ela tinha uma sensação devastadora de que alguma coisa terrível estava para acontecer com ela, e com eles. Alarmes estavam tocando em sua cabeça, e seu coração batia forte enquanto esperava que ele continuasse. Isso não era sobre a fusão, percebeu de repente, era sobre eles.

"Aconteceu quando fiquei em Boston por três semanas tratando de um negócio em que eu estava trabalhando. — Ela sabia qual era e balançou a cabeça silenciosamente. Peter olhou-a com aflição nos olhos, e quis tocá-la, mas não o fez. Queria amortecer o golpe, mas teve a capacidade de reconhecer que não havia nenhum jeito de fazer isso. — Não adianta entrar em detalhes sobre como ou por que ou quando. Apaixonei-me por alguém. Não era essa a intenção. Não achei que aconteceria. Não tenho nem certeza do que estava pensando naquele momento, exceto que estava entediado, e ela era interessante, inteligente e jovem, e estar com ela fez com que me sentisse cheio de vida. E mais jovem do que havia me sentido em anos. Acho que foi como atrasar o relógio por alguns minutos, só que os ponteiros prenderam, e quando voltamos, descobri que não queria sair dali. Pensei sobre isso, fiquei agoniado, e tentei terminar diversas vezes. Mas... simplesmente não posso... não quero... Quero estar com ela. Eu amo você. Sempre a amei. Nunca parei de amar, mesmo agora, mas não posso viver mais assim, nessa vida dupla. Está me levando à loucura. Nem sei como dizer isso a você, e posso imaginar como deve estar recebendo a notícia, e Deus, sinto tanto Paris... realmente sinto... — Havia lágrimas nos olhos enquanto dizia isso, e ela cobriu a boca com as mãos, como se estivesse vendo um acidente a ponto de acontecer, ou um carro bater numa parede, a ponto de matar todos dentro dele. Pela primeira vez na vida, ela se sentiu como se estivesse morrendo.

— Paris, não sei como lhe dizer isso — continuou ele, enquanto lágrimas rolavam por suas faces. — Pelo bem de nós dois... pelo bem de todos... quero o divórcio. — Prometera a Rachel que faria isso naquele fim de semana, e sabia que tinha de fazê-lo, antes que a vida dupla que estava levando enlouquecesse a todos. Mas dizer isso, e viver isso, e ver o rosto de Paris, era mais duro do que jamais sonhara. Ver o modo como ela olhava para ele fez com que desejasse que houvesse uma outra forma. Mas sabia que não havia. Embora a tivesse amado durante todos esses anos, não estava mais apaixonado por ela, mas sim por outra mulher, e queria sair deste relacionamento. Compartilhar uma vida com ela fazia com que se sentisse enterrado vivo. E agora, com Rachel, percebia o que estivera perdendo. Com Rachel, ele se sentia como se Deus lhe tivesse dado uma segunda chance. E viesse de Deus ou não, era o que queria e sabia que tinha de ter. Apesar do quanto gostasse de Paris, e sentisse pena dela e culpado pelo que lhe estava fazendo, sabia que sua vida, sua alma, seu ser, seu futuro estavam com Rachel agora. Paris era seu passado.

Ela sentou-se em silêncio durante minutos intermináveis, olhando fixamente para ele, incapaz de acreditar no que acabara de ouvir, e contudo, acreditando. Podia ver em seus olhos que todas as palavras que ele disse tinham sido sinceras.

— Não entendo — disse ela, enquanto lágrimas saltavam em seus olhos e começavam a rolar por suas faces. Isso não podia estar acontecendo. Acontecia com outras pessoas, pessoas com casamentos ruins, e que brigavam o tempo todo e que nunca tinham amado uma à outra como Peter e ela. Mas estava acontecendo. Em 24 anos de casamento, nunca lhe ocorrera nem mesmo por um instante que ele pudesse deixá-la um dia. A única maneira em que tinha pensado que poderia perdê-lo era quando ele morresse. E agora ela se sentia como se ele tivesse morrido.

— O que aconteceu?... Por que fez isso conosco?... Por quê?.. Por que não desiste dela? — Nunca sequer lhe ocorreu perguntar, naqueles primeiros instantes, quem ela era. Não importava. Tudo que importava era que ele queria o divórcio.

— Paris, eu tentei — disse ele, parecendo arrasado. Detestava ver a expressão arrasada nos olhos dela, mas tinha de agüentar as conseqüências. E de uma maneira estranha e doentia, estava contente de ter dito isso finalmente. Sabia que não importava o quanto custasse emocionalmente a ambos, tinha de ser livre. — Não posso desistir dela. Simplesmente não consigo. Sei que é uma atitude horrível de minha parte, mas é o que quero. Você tem sido uma boa esposa, e é uma pessoa maravilhosa e uma mãe fantástica para nossos filhos, e sei que sempre será, mas quero mais que isso agora... Sinto-me vivo quando estou com ela. A vida é excitante, agora aguardo o futuro ansiosamente. Senti-me como um velho durante anos. Paris, você ainda não percebe isso, mas talvez seja uma bênção para ambos. Nós dois caímos numa armadilha. — As palavras dele a atravessavam como facas.

— Uma bênção? Você chama isso de bênção? — Repentinamente sua voz soava estridente. Ela parecia estar à beira da histeria, o que ele temia. Era um choque enorme, como o de saber que alguém que você amava tinha morrido. — Isso é uma tragédia, não uma bênção. Que tipo de bênção é trair sua esposa, abandonar sua família, e pedir o divórcio? Está louco? No que está pensando? Quem é a garota? Que tipo de feitiço ela pôs em você? — Finalmente lhe ocorrera perguntar, não que isso importasse. A outra mulher era um inimigo sem rosto, que vencera a guerra antes mesmo que Paris soubesse que havia uma batalha. Paris tinha perdido tudo sem jamais ter sido avisada de que a vida e o casamento deles estavam em jogo. Parecia que o mundo estava sendo destruído enquanto ela o encarava. Ele balançou a cabeça e passou as mãos pelos cabelos. Não queria dizer quem ela era, temia que Paris fizesse alguma coisa levada pelos ciúmes, mas sabia que ela era inteligente e mais cedo ou mais tarde descobriria. Se não fosse assim, quando seus filhos descobrissem, eles lhe diriam quem era. E ele planejava se casar, embora não pretendesse contar isso a Paris. Por enquanto, o divórcio já era um choque suficiente.

— Ela é advogada do meu escritório. Você a conheceu na festa de Natal, embora eu saiba que, por respeito, ela tentou se manter longe de você. Seu nome é Rachel Norman, ela foi minha assistente no caso de Boston. É uma pessoa decente, divorciada, e tem dois filhos. — Estava tentando torná-la respeitável aos olhos de Paris, o que sabia ser inútil, mas achava que devia isso a Rachel, para que ela não parecesse uma prostituta para Paris. Mas ele suspeitava que isso aconteceria de qualquer maneira. Paris apenas o olhava fixamente enquanto chorava, as lágrimas escorrendo por seu queixo, caindo na saia que ela usava. Parecia abatida, reduzida a nada, e ele sabia que levaria um longo tempo até que pudesse se perdoar pelo que fizera. Mas não havia outro jeito. Tinha de fazer isso, pelo bem de todos. Tinha prometido a Rachel que faria. Ela havia esperado um ano, e tinha dito que era tempo bastante. Acima de tudo, não queria perdê-la, custasse o que custasse.

— Qual é a idade dela? — perguntou Paris numa voz fraca.

— Ela tem 31 anos — disse ele, suavemente.

— Oh, meu Deus! Ela é vinte anos mais nova que você. Vai casar com ela? — Ela sentiu uma nova onda de pânico apertar sua garganta. Contanto que não casasse, havia esperança.

— Não sei. Temos de superar tudo isso primeiro, o que já é traumatizante o suficiente. — Só contar tudo para ela fazia com que se sentisse com mil anos. Mas pensar em Rachel o fazia se sentir jovem outra vez. Ela era a fonte da juventude e da esperança para ele. Não percebera o quanto estava perdendo em sua vida até se apaixonar por ela. Tudo em relação a ela era excitante, jantar com ela fazia com que se sentisse como um rapaz outra vez, e o tempo que passavam na cama quase o levava à loucura. Nunca havia se sentido assim em relação a qualquer mulher em sua vida, nem mesmo com Paris. Sua vida sexual tinha sido satisfatória e respeitável, e ele a acalentara durante todos os anos que tinha vivido com ela, mas o que sentia com Rachel era uma paixão que nunca sequer havia acreditado que pudesse existir, e agora sabia que existia. Ela era mágica.

— Ela é 15 anos mais nova do que eu — disse Paris, começando a soluçar incontrolavelmente. Neste momento, ela levantou os olhos de novo para ele, querendo saber cada detalhe monstruoso para se torturar. — Quantos anos têm seus filhos?

— Cinco e sete anos, eles são muito jovens. Ela se casou na época da faculdade de direito, e conciliou filhos e os estudos, mesmo depois que o marido a abandonou. Enfrentou muita coisa por um longo tempo. — Gostava tanto dela, queria ajudá-la em tudo. Por diversas vezes, ele até levara os meninos ao parque nas tardes de sábado, quando dizia a Paris que iria voltar à cidade para visitar clientes. Ele estava completamente disposto a ficar com ela e dividir sua vida, e ela estava igualmente apaixonada por ele. Ela se sentira atormentada sobre se deveria vê-lo ou não, ou

32 DANIELLE STEEL

sobre se ele algum dia deixaria a esposa. Não acreditava que ele a deixaria, sabendo quão importante a família era para ele, e ele sempre havia dito que Paris era uma boa mulher e que não merecia ser ferida. Mas depois da última vez que Rachel tinha terminado com ele, finalmente ele havia tomado uma decisão, e pedido Rachel em casamento. E agora não tinha nenhuma escolha a não ser se divorciar de sua esposa. Divorciar-se dela era o preço da entrada para a vida que desejava. E isso era tudo que queria, a qualquer preço. Tinha de sacrificar Paris para ter Rachel, e estava disposto a isso.

— Você vai comigo receber aconselhamento matrimonial? — perguntou Paris numa voz muito baixa, e ele hesitou. Não queria enganá-la ou dar uma falsa esperança. Em sua cabeça, não havia nenhuma.

— Irei — disse ele finalmente. — Se isso tornar tudo mais fácil para você. Mas quero que compreenda que não mudarei de idéia. Levei um longo tempo para tomar essa decisão, e nada me fará desistir.

— Por que não me contou? Por que não me deu pelo menos uma chance? Como eu não percebi? — perguntou ela, sentindo-se estúpida, destruída, frágil e abandonada, antes mesmo que ele partisse.

— Paris, eu mal tenho estado em casa nos últimos nove meses. Chego tarde todas as noites. Volto para a cidade todos os fins de semana. Sempre pensei que você perceberia. Estou surpreso que não tenha percebido.

— Eu confiava em você — disse ela, soando zangada pela primeira vez. — Pensei que estava ocupado no escritório. Nunca pensei que você fosse fazer algo assim. — E depois disso, ela simplesmente ficou ali sentada e chorou. Ele queria tomá-la nos braços e confortá-la, mas achou que não devia. Portanto, em vez disso, levantou-se e ficou parado ao lado da janela, olhando para o jardim, pensando no que aconteceria com ela agora. Ainda era jovem e bonita, encontraria alguém. Não podia deixar de se preocupar com ela depois de todo esse tempo. Ele tinha se preocupado com ela durante meses, mas não o suficiente para ficar com ela, ou deixar de ver Rachel. Pela primeira vez em sua vida, não estava pensando nela ou em sua família, mas somente em si mesmo. — O que vamos dizer às crianças? — Finalmente, ela levantou os olhos para ele. Tinha acabado de pensar nisso. Era realmente como se alguém morresse, e agora tinha de pensar em tudo: como superar, como dizer às pessoas, o que dizer às crianças. E a ironia final era que não só estava a ponto de ficar sem trabalho como mãe, mas também acabara de ser dispensada como esposa. Não tinha a menor idéia do que iria fazer com o resto de sua vida, e nem conseguia pensar nisso agora.

— Não sei o que diremos às crianças — disse Peter suavemente. — A verdade, eu acho. Ainda os amo. Isso não muda nada. Não são mais pequenos. Ambos estarão fora de casa quando Wim partir para Berkeley. Não vai afetá-los muito — disse ele ingenuamente, e ela balançou a cabeça com sua estupidez. Ele não tinha a menor idéia de como eles se sentiriam. Muito provavelmente, tão traídos quanto ela, ou muito próximos disso.

— Não tenha tanta certeza de que isso não os afetará. Acho que ficarão desolados. Será um choque enorme para eles. Como poderia deixar de ser? Sua família toda acabou de explodir em pedaços. O que você acha?

— Tudo depende de como explicarmos isso para eles. A maneira com que você conduzir a situação fará uma grande diferença. — Ela ficou furiosa ao perceber que ele esperava que ela arrumasse as coisas por ele, e ela não ia fazer isso. Seus deveres de esposa tinham acabado. Num piscar de olhos, tinha sido dispensada, e as responsabilidades em relação a ele não existiam mais. Tudo em que tinha de pensar agora era em si mesma, e nem sabia como. Passara mais da metade de sua vida cuidando dele, e dos filhos. — Quero que fique com a casa — disse ele subitamente, embora já tivesse decidido isso quando tinha pedido Rachel em casamento. Comprariam um apartamento em Nova York, e já tinha visitado vários com ela.

— Aonde você vai morar? — perguntou ela, soando tão histérica quanto se sentia.

— Ainda não sei — disse ele, evitando seus olhos outra vez.

— Teremos bastante tempo para decidir. Amanhã mudarei para um hotel — disse ele tranqüilamente. Subitamente ocorreu a ela que isso estava mesmo acontecendo, naquele momento, e não numa data distante no futuro. Ele se mudaria na manhã seguinte. — Essa noite dormirei no quarto de hóspedes — disse ele, dirigindo-se ao banheiro para recolher suas coisas, quando ela, instintivamente, estendeu a mão e agarrou seu braço.

— Não quero que faça isso — disse alto. — Não quero que Wim saiba o que está acontecendo se o vir lá. — E havia uma razão maior do que essa. Ela o queria ao seu lado, mais uma vez. Naquela noite, enquanto se vestia para o jantar, nunca passou por sua cabeça que este seria o último dia de seu casamento. Ficou pensando se ele sabia que iria lhe contar tudo naquela noite. Agora, sentia-se como uma tola lembrando de como ficara preocupada com ele ao vê-lo entrar parecendo cansado. Obviamente, era isso que o estivera mortificando e não a fusão.

— Tem certeza de que não se importa que eu durma aqui? — perguntou ele, parecendo preocupado. Estava pensando se ela iria fazer alguma coisa enlouquecida, como tentar se matar ou a ele, mas podia ver em seus olhos que não faria isso. Ela estava com o coração partido, mas não desequilibrada. — Se preferir, posso voltar para a cidade agora. — Para Rachel. Para sua nova vida. Longe dela para sempre. Quando Paris olhou para ele e balançou a cabeça, ele percebeu que era a última coisa que ela queria.

— Quero que fique. — Para sempre. Para o melhor e para o pior, até que a morte nos separe, do jeito que você prometeu há 24 anos. Ela não podia deixar de pensar em como ele conseguia jogar a vida deles fora e esquecer aqueles votos. Aparentemente, com facilidade. Por uma mulher de 31 anos e dois garotinhos. Era como se os anos que ele compartilhara com Paris tivessem desaparecido num piscar de olhos.

Ele balançou a cabeça afirmativamente e foi vestir o pijama, enquanto ela ficava sentada na poltrona, olhando fixamente para o espaço. E quando ele voltou, foi para a cama, ficou ali deitado com o corpo duro, e depois apagou a luz do seu lado. E então, após um longo momento, falou sem olhar para ela, ou tocá-la. Ela mal podia ouvir a voz dele enquanto assoava o nariz.

— Sinto muito, Paris... nunca pensei que isso fosse acontecer... farei tudo que puder para facilitar para você. Eu simplesmente não sabia o que mais podia fazer. — Ele soou impotente e triste enquanto deitava na cama deles pela última vez.

— Você ainda pode desistir dela. Irá ao menos pensar nisso? — disse ela, amando-o tanto que não tinha medo de suplicar. Livrar-se de Rachel era sua única esperança.

Houve um grande silêncio na cama, e finalmente ele respondeu.

— Não, não farei isso. É tarde demais para isso. Agora não há mais volta.

— Ela está grávida? — perguntou Paris, soando horrorizada. Nem pensara nisso. Mas mesmo que estivesse, Paris preferia sofrer a indignidade dele ter um filho ilegítimo do que perdê-lo completamente. Tinha acontecido com outros homens antes, e seus casamentos conseguiram sobreviver. Se ele quisesse, o deles também poderia. Mas ele não queria preservar o casamento. Pelo menos isso era óbvio para ela.

— Não, ela não está grávida. Só acho que estou fazendo a coisa certa para mim, talvez para nós dois. Eu amo você, mas não me sinto da mesma maneira que me sentia em relação a nós dois. Você merece mais do que isso. Precisa encontrar alguém que a ame da maneira que eu a amei.

— Que coisa detestável para você dizer. O que devo fazer? Colocar anúncios? Você simplesmente está me jogando lá fora, como um peixe que devolve para a água, e me dizendo para encontrar outra pessoa. Que conveniente. Fiquei casada com você durante mais da metade da minha vida. Amo você. Teria ficado casada com você até morrer. O que espera que eu faça? — Só de pensar no que ele estava fazendo com ela a enchia de terror e desespero. Nunca se sentira tão amedrontada em toda a sua vida. Sua vida do jeito que tinha imaginado estava acabada, e o futuro parecia repleto de terror, perigo e miséria. A última coisa que ela queria era encontrar outra pessoa. Tudo que queria era ele. Eles eram casados. Para ela, isso era sagrado. Mas, aparentemente, para ele não era.

— Você é linda, inteligente, e uma ótima pessoa. Uma mulher maravilhosa, Paris, e uma boa esposa. Algum homem terá a sorte de tê-la. Eu simplesmente não sou mais a pessoa certa. Alguma coisa mudou... não sei o que é, ou por que... mas sei que mudou. Não posso mais ficar aqui. — Ela sentou e olhou fixamente para ele por um longo tempo, e então lentamente levantou da poltrona e ficou de pé junto a ele, do seu lado da cama. Soluçando baixinho, ela dobrou os joelhos, e afundou a cabeça na cama. Ele ficou lá deitado, encarando o teto, com medo de olhar para ela, enquanto lágrimas rolavam dos cantos dos seus olhos para o travesseiro, e suavemente ele acariciou os cabelos dela. Por toda a sua suave agonia, e todos os sentimentos antigos que esse gesto evocou em ambos, eles dois sabiam que era o último momento desse tipo que iriam compartilhar.

Capítulo 2

O DIA SEGUINTE AMANHECEU num esplendor absoluto com um céu desaforadamente azul brilhante e um sol resplandecente. Paris queria que lá fora estivesse chuvoso e sombrio, enquanto virava-se na cama e lembrava o que tinha acontecido na noite anterior. Assim que lembrou, começou a chorar e olhou para o outro lado para encontrar Peter, mas ele já estava no banheiro se barbeando. Vestiu um roupão e desceu para fazer café para os dois. Sentia-se como se tivesse ficado presa em algum filme trágico e surreal na noite anterior, e pensou que se conversasse com ele coerentemente à luz brilhante do dia, tudo mudaria. Mas primeiro precisava de um café. Cada centímetro de seu corpo doía, como se tivesse sido espancado. Ela não se deu ao trabalho de pentear os cabelos ou escovar os dentes, e a maquilagem cuidadosamente aplicada na noite anterior estava manchada sob os olhos e nas bochechas. Wim olhou surpreso quando ela entrou. Ele estava comendo torrada e bebendo suco de laranja, e franziu a testa quando viu a mãe. Nunca a tinha visto daquele jeito, e pensou consigo mesmo se ela havia bebido demais na festa e estava de ressaca, ou se estava doente.

— Você está bem, mamãe?

— Estou bem. Só estou cansada — disse ela, servindo um copo de suco de laranja para o pai dele, talvez pela última vez na vida, com o mesmo senso de irrealidade que sentira na noite anterior. Talvez fosse apenas uma má fase pela qual estavam passando. Tinha de ser isso. Ele não podia realmente querer um divórcio, podia? Subitamente, lembrou-se de uma amiga que tinha perdido o marido com um ataque cardíaco na quadra de tênis no ano anterior. Ela havia dito que nos primeiros seis meses depois que ele tinha morrido, ficava o tempo todo esperando que ele entrasse pela porta e sorrisse para ela, dizendo que tinha sido uma piada e que estava apenas brincando. Paris esperava que Peter retirasse tudo que dissera na noite anterior. Então Rachel e seus filhos desapareceriam educadamente nas brumas, e ela e Peter continuariam com suas vidas como antes. Era insanidade temporária, só isso, mas quando Peter entrou na cozinha completamente vestido e com uma expressão sombria, ela soube que afinal não era uma brincadeira. Wim também notou o quanto ele estava sério.

— Está indo para o escritório, papai? — perguntou ele, quando do Paris entregou o copo de suco de laranja para Peter, e ele o pegou com uma expressão severa. Estava se endurecendo para a cena que o esperava quando Wim saísse, e não estava muito errado. Ela estava planejando suplicar que ele deixasse Rachel e viesse para casa. Com a vida que compartilhavam em risco, não havia nenhum sentimento de humilhação. Era uma tensão para ambos estar com Wim entre eles, compartilhando seus momentos finais. Wim sentiu que algo estava errado, e pensou se tinham tido uma discussão, embora isso fosse raro para eles, e, um minuto depois, levando a torrada, ele voltou para seu quarto.

A essa altura Peter terminara o suco de laranja, e metade da xícara de café que ela havia lhe servido, se levantou, e começou a subir a escada para pegar suas coisas. Só estava levando uma maleta pequena. Viria durante a semana e empacotaria o resto. Mas sabia que naquele momento tinha de sair o mais depressa possível, antes que ela sucumbisse outra vez, ou ele lhe dissesse coisas que não queria dizer. Tudo que queria fazer agora era partir.

— Podemos conversar por uns minutos? — perguntou ela, seguindo-o até o quarto deles, enquanto ele pegava a mala e olhava para ela infeliz.

— Não há mais nada a dizer. Dissemos tudo ontem à noite. Preciso ir.

— Você não precisa fazer nada, mereço que você pelo menos me ouça. Pelo menos por que não pensa sobre isso? Você pode estar cometendo um erro terrível. Acho que está, e Wim e Meg também acharão. Vamos procurar aconselhamento, e tentar fazer isso funcionar. Você não pode simplesmente jogar fora 24 anos por uma garota qualquer. — Mas ele tinha jogado, e queria fazer isso. Ele estava se segurando ao seu relacionamento com Rachel como o salva-vidas que o salvaria de se afogar no mundo que ele e Paris um dia tinham compartilhado. E naquele momento queria ficar o mais distante possível dela. Ela era o único obstáculo entre ele e o futuro que desesperadamente desejava, com outra mulher.

— Não quero ir ao aconselhamento com você — disse ele rudemente. — Quero o divórcio. Mesmo que eu pare de ver Rachel, percebo que quero sair disso. Quero mais. Muito, muito mais. E você deveria querer também. Nós nos afastamos um do outro. Nossa vida está morta, como uma velha árvore que precisa ser abatida antes que caia e mate alguém. E a pessoa que provavelmente mataria nesse momento sou eu. Paris, não posso mais fazer isso. — Ele não estava chorando quando disse aquilo, dessa vez nem parecia ter remorsos. Ele aparentava determinação. Sua sobrevivência estava em jogo, e não deixaria que Paris o afastasse do que queria, não importava o que dissesse. Sabia que ela o amava, e ele também a amava. Mas estava apaixonado por Rachel e queria uma vida com ela. Agora iria dirigir até Nova York e passaria o resto de sua vida com ela. E nada que Paris pudesse fazer ou dizer o deteria. E ela podia ver precisamente isso em seu rosto. Para ele tinha acabado. Do ponto de vista de Peter, seu casamento estava morto. E tudo que Paris tinha de fazer agora era aceitar, e continuar com sua vida. Mais fácil falar do que fazer.

— Quando isso tudo aconteceu? Quando conheceu essa moça? Ela deve ser fabulosa na cama para fazer você mudar desse jeito. — Ela se odiou por dizer isso, mas não podia se controlar. E sem dizer uma palavra, ele pegou a mala, saiu do quarto e desceu as escadas, enquanto Paris o observava. Ele voltou-se para olhar para ela quando chegou no final da escada, e ela sentiu o estômago virar com se tivesse sido chutada.

— Telefonarei para você sobre os detalhes. Acho que deve usar alguém no meu escritório. Pode usar outra firma se quiser. Você falará com as crianças? — Ele falava sobre o assunto como se fosse um negócio ou uma viagem que estava fazendo, e ela nunca o tinha visto tão frio. Não havia nenhum sinal da culpa e do carinho que ele demonstrara para ela na noite anterior. A porta para o reino encantado estava fechando para sempre. E ela sabia, quando olhou para ele, que lembraria aquele momento para sempre, enquanto ele ficava ali parado com calças cáqui e uma camisa azul bem engomada, com a luz do sol projetando-se pelo seu rosto. Era como lembrar do momento em que ele havia morrido, ou de sua aparência na funerária. Ela queria voar escadas abaixo e se agarrar a ele, mas não o fez. Apenas olhou para ele e balançou a cabeça afirmativamente. E sem qualquer outra palavra, ele se voltou, e saiu pela porta da frente, enquanto ela ficava ali parada, sentindo seus joelhos tremer. Segundos depois ela o ouviu se afastando de carro.

Ainda estava ali parada quando Wim saiu de seu quarto usando short e camiseta e um boné de beisebol. Ele pareceu perplexo quando olhou para ela.

— Você está bem, mamãe? — Ela balançou a cabeça afirmativamente, mas não conseguiu dizer nada. Não queria que ele a visse chorando, ou ficando histérica, e ainda não podia contar para ele. Não se sentia capaz disso. Não podia imaginar quando poderia. E ela sabia que também teria de contar para Meg. — Papai saiu para o trabalho? — Ela balançou a cabeça afirmativamente de novo, e sorriu estranhamente para ele enquanto acariciava seu braço e voltava andando para o quarto.

Ela se deitou na cama, e ainda podia sentir o cheiro da colônia de Peter no travesseiro. Uma amiga cujo marido morrera havia dito que não trocara os lençóis por semanas, e Paris pensou se faria a mesma coisa. Não conseguia imaginar uma vida sem Peter. E pensou por que não estava zangada com ele. Ela não sentia nada exceto pavor, como se soubesse que algo terrível acontecera, e não conseguia lembrar o quê. Mas ela sabia. No fundo ela sabia. Cada fibra de seu ser sabia que perdera o único homem que já amara, e ao ouvir a porta da frente fechar quando Wim saiu, ela rolou para o lado de Peter na cama, enterrou o rosto no travesseiro dele e soluçou incontrolavelmente. O mundo que conhecera e amara por 24 anos acabara de desaparecer. E tudo o que queria era morrer com ele.

Capítulo 3

O TELEFONE TOCOU DIVERSAS VEZES naquele fim de semana, e ela não o atendeu. A secretária eletrônica estava ligada, e ela soube mais tarde que as chamadas eram de Virginia, Natalie e Meg. Ela ainda tinha esperanças de que Peter ligasse e dissesse que tinha sido loucura e que estava voltando para casa, mas ele nunca ligou. Wim entrou e saiu do quarto dela diversas vezes para lhe comunicar seus planos. Ela ficou na cama e disse a ele que estava gripada.

Na noite de domingo teve de levantar para fazer o jantar para Wim. Ele tinha estado fazendo o dever de casa em seu quarto a tarde toda, e desceu quando ouviu o barulho das panelas. Paris estava de pé na cozinha, parecendo confusa. Ela não sabia o que estava fazendo, ou o que deveria cozinhar para o jantar, e levantou os olhos com uma expressão angustiada quando ele entrou.

— Você ainda está doente? Está com uma aparência horrível. Se quiser, posso preparar alguma coisa. — Ele parecia preocupado com ela, era um garoto doce, e podia ver o quanto ela se sentia mal, mas não sabia qual era a razão. Então ele olhou para ela com uma expressão perplexa. — Onde o papai está? — Ele tinha voltado de um encontro com uma garota à uma da madrugada, na noite anterior, e não vira o carro do pai na garagem. — Ele realmente está trabalhando até tarde hoje em dia. — Paris apenas o olhou fixamente, e sentou-se à mesa da cozinha ainda de pijama. Havia dois dias que não penteava os cabelos, nem tomava banho, o que era mais do que incomum para ela. Sempre tinha uma aparência imaculada, e mesmo quando não estava se sentindo bem, fazia um esforço para se vestir e descer. Wim nunca a tinha visto tão perturbada. — Mamãe — disse ele, com uma expressão preocupada —, tem alguma coisa errada? — Tudo que ela pôde fazer foi balançar a cabeça afirmativamente, enquanto seus olhos encontravam os dele. Não tinha nenhuma idéia de como lhe contar o que havia acontecido.

— Seu pai e eu tivemos uma conversa bastante séria na noite de sexta-feira — disse ela, enquanto ele se sentava do outro lado da mesa da cozinha. Ela pegou as mãos dele e as segurou com força.

— Eu não tinha percebido, e acho que foi uma estupidez da minha parte — disse ela, lutando contra as lágrimas em que se afundara durante todo o fim de semana, mas sabia que teria de fazer isso direito por Wim. Ele lembraria desse momento pelo resto de sua vida.

— Mas acho que seu pai andava infeliz há muito tempo. Essa não é uma vida muito excitante para ele. Talvez tenha sido confortável demais, ou entediante demais. Talvez eu devesse ter ido trabalhar depois que você e Meg ficaram mais velhos. Afinal, ouvir falar de revezamento de mães no transporte escolar e de como as plantas estão crescendo no jardim não é muito divertido. De qualquer modo, seu pai decidiu — disse ela, respirando fundo, e olhando suavemente para o filho, não querendo deixar Peter escapar da culpa, mas sentindo que teria de fazer isso pelo bem de seu filho — que não quer mais ficar casado comigo. Sei que é um choque. Também foi para mim. Mas vamos ficar com a casa, ou eu vou ficar, e você e Meg podem vir para cá e ficar aqui sempre que quiserem. A única coisa que será diferente é que papai não estará aqui. — Ela não notou, nem Wim, que o chamara de "Papai" pela primeira vez em anos. Wim parecia estar entrando em estado de choque.

— Você está falando sério? Ele está nos deixando? O que aconteceu? Vocês tiveram uma briga séria sobre alguma coisa? — Ele nunca os tinha visto brigar, e eles nunca tinham brigado. Nunca tinham chegado próximo disso em todos os anos juntos. Nunca houvera mais do que alguns desentendimentos, e quase nenhuma palavra dura. Wim parecia tão chocado quanto ela com o que tinha acabado de saber.

— Ele não está deixando você — disse Paris cuidadosamente. — Está me deixando. Ele acha que é algo que tem de fazer. — Quando ela falou isso, seus lábios tremeram, e ela começou a chorar outra vez. E Wim deu a volta na mesa e colocou os braços ao seu redor. E quando ela levantou os olhos, viu que ele também estava chorando.

— Meu Deus, mamãe, sinto tanto. Ele estava zangado com alguma coisa? Acha que vai mudar de idéia? — Ela hesitou por um longo momento, desejando poder responder de maneira diferente, mas sabia que não podia. Salvo um milagre, Peter não voltaria mais para casa.

— Gostaria que sim — disse honestamente —, mas não acho que vá mudar de idéia. Acho que ele está decidido.

— Vocês vão se divorciar? — perguntou ele através das lágrimas, parecendo uma criancinha de novo, enquanto se agarravam um ao outro, e ele pairava acima dela protetoramente.

— É o que ele quer. — Ela falou baixinho enquanto Wim limpava os olhos e se erguia.

— Que droga. Por que ele faria uma coisa dessas? — Nem sequer lhe ocorria que poderia haver uma outra mulher na vida

JOGO DO NAMORO

do pai, e Paris não ofereceu a informação. Se Rachel permanecesse por perto, e ela tinha certeza que faria isso, Wim descobriria logo. Era responsabilidade de Peter explicar aquela parte, e ela ficava imaginando como ele faria isso sem ficar parecendo um patife para os filhos.

— Acho que as pessoas às vezes mudam. Elas se afastam sem nem mesmo saber. Eu devia ter notado como ele estava se sentindo, mas não notei.

— Quando ele lhe disse isso? — perguntou Wim, parecendo arrasado, e ainda tentando entender o que acontecera. Não era fácil para nenhum dos dois, e a pior parte é que não tinha havido nenhum aviso.

— Sexta-feira à noite, depois do jantar.

— Por isso vocês dois estavam com aquelas caras na manhã de sábado. Pensei que estavam de ressaca. — Ele deu um riso forçado, e Paris pareceu um pouco ofendido.

— Alguma vez você nos viu de ressaca?

— Não, mas pensei que sempre havia uma primeira vez. Você estava com uma aparência horrível. E depois você disse que estava gripada quando a vi mais tarde. — E então ele pensou em algo. — A Meg sabe? — A mãe sacudiu a cabeça. Ela ainda tinha de passar por aquilo, e temia falar com ela pelo telefone. Mas Meg não tinha planos de voltar para casa durante todo o verão. Teria de contar a ela.

— Vou telefonar para ela. — Ela pensara em fazer isso naquela noite, e agora que tinha contado para Wim, sabia que tinha de fazê-lo. — Ligarei para ela mais tarde.

— Você quer que eu diga a ela? — Ofereceu Wim generosamente, ficando silenciosamente zangado com o pai por não ter vindo para casa e dado a notícia a ele pessoalmente. Ele achava que tinha sido uma péssima atitude da parte dele, mas não disse isso para a mãe. A verdade era que Peter não tinha conseguido encarar a situação e tinha ficado aliviado em deixar aquela tarefa penosa para Paris. Para ele, falar com ela tinha sido um drama mais do que suficiente para um fim de semana. E ele sabia que ela faria tudo da maneira certa com as crianças. E qualquer coisa que ela dissesse que ele não gostasse, sempre poderia consertar as coisas mais tarde. Estava acostumado com ela se responsabilizando totalmente pelas crianças, não importava quão pesada a carga fosse dessa vez.

— Você não tem de fazer isso — disse Paris, olhando agradecida para ele, só pelo seu oferecimento de ligar para a irmã. — É minha tarefa. — Ela queria ser a pessoa a contar para a filha.

— Está bem, então faço o jantar. — Subitamente, ocorreu a Wim que agora não havia ninguém para tomar conta de sua mãe, e quando ele partisse para a faculdade, ela ficaria sozinha em Greenwich. Não podia acreditar que o pai tivesse feito isso com ela, era uma coisa que não combinava com ele, e o desmoralizava como herói de Wim. Então ele pensou em outra coisa enquanto pegava a alface, os tomates, e um pouco de galinha fria. — Você quer que eu não vá para Berkeley, mamãe? — Tinha sido aceito em diversas escolas do leste, que provavelmente ainda ficariam contentes em tê-lo. Tinha acabado de aceitar Berkeley e ainda não respondera a algumas das outras. Ele havia planejado fazer isso naquele fim de semana e não o fizera.

— Quero que faça exatamente da maneira que desejava fazer antes de tudo isso acontecer. Se o seu pai realmente levar o divórcio adiante, então tenho apenas que me acostumar com isso. Você não pode se sentar aqui e cuidar de mim para sempre. — Aquela era a parte amedrontadora. Ela ficara deitada na cama pensando nisso o fim de semana todo. Estava sozinha agora. Para sempre. E estaria mais ainda, quando Wim partisse para a faculdade. Tinha sido reconfortante vê-lo enfiar a cabeça pela porta dela o fim de semana todo. Pelo menos era outro ser humano na casa, e ele a amava. Agora, aquele era o pensamento mais aterrorizante de todos. Imaginar quem estaria lá se ela ficasse doente, ou se algo lhe acontecesse. Quem se importaria com ela? Quem até mesmo saberia se ela ficasse doente? Com quem iria ao cinema, ou riria? E se nunca mais alguém a beijasse, ou fizesse amor com ela? E se estivesse verdadeiramente sozinha para sempre? A perspectiva de tudo isso era tão grande que ia além da compreensão. A realidade disso era devastadora. Até Wim parecia entender isso. Por que Peter não entendia?

Ela ficou sentada na cozinha, tentando jogar conversa fora com Wim enquanto ele fazia o jantar, e quando ele pôs o frango e a salada nos seus pratos, ambos empurravam a comida de um lado para o outro sem comer.

— Desculpe, querido — disse ela. — Não estou com muita fome.

— Tudo bem, mamãe. Vai telefonar para Meg agora? — Queria que ela telefonasse, para poder falar com sua irmã mais velha sobre o assunto. Sempre tinham sido unidos, queria saber qual era a opinião dela, e se achava que havia alguma chance de o pai recuperar o juízo. Wim ainda não conseguia entender. Talvez ela tivesse alguma idéia. Esperava que sim. Nunca tinha visto sua mãe desse jeito, e isso o amedrontava. Ela parecia estar com uma doença terminal.

— Acho que sim — disse Paris tristemente, e finalmente se arrastou escada acima para telefonar para ela enquanto Wim botava os pratos na lavadora. Queria estar sozinha quando ligasse para a filha. Não que fosse lhe dizer alguma coisa diferente do que tinha dito para Wim, mas não queria uma audiência enquanto o fazia.

Meg respondeu no segundo toque, e parecia estar de bom humor. Acabara de chegar em casa de um fim de semana em Santa Barbara, e contou para a mãe que tinha um namorado novo. Disse que ele era ator.

48 DANIELLE STEEL

— Você está sozinha, querida, ou quer que eu telefone mais tarde? — perguntou Paris, tentando colocar alguma vida em sua voz, para que não soasse tão morta quanto se sentia.

— Estou sozinha, mamãe. Por quê? Tem alguma coisa para me contar? — Ela soava como se achasse engraçado, e não podia imaginar o que sua mãe iria lhe dizer. Um momento mais tarde, ela poderia imaginar menos ainda. Estava quase gritando quando respondeu. Sentia-se como se sua família toda tivesse sido morta a tiros por um carro que passava. — Está brincando? Ele está maluco? O que ele está fazendo, mamãe? Acha que está falando sério? — Ela estava mais zangada do que triste ou amedrontada. Mas se tivesse visto o rosto da mãe, talvez tivesse sentido o mesmo terror que Wim sentira. Com os cabelos despenteados e círculos escuros sob os olhos, sua mãe estava com uma aparência amedrontadora.

— Sim, acho que está falando sério — disse Paris honestamente.

— Por quê? — E então houve um longo silêncio. — Ele está se encontrando com outra mulher? — Ela era mais velha e vivida do que o irmão. Em seus meses em Hollywood, tinha sido abordada por diversos homens casados, e antes disso a mesma coisa havia acontecido com ela. Embora não pudesse imaginar seu pai traindo sua mãe. Mas também não podia imaginá-lo se divorciando dela. Isso era loucura.

Paris não queria confirmar ou negar sobre outra mulher.

— Tenho certeza que seu pai tem as razões dele. Ele disse que aqui se sentia como se estivesse morto. E quer mais emoção em sua vida do que posso lhe oferecer. Acho que não é muito excitante vir para casa em Greenwich todas as noites e me ouvir falar sobre o jardim — disse Paris, sentido-se humilhada e desencorajada e, de uma certa maneira, responsável pelo tédio que ele havia sentido enquanto estava com ela. Agora percebia que deveria ter arranjado um emprego anos atrás e feito alguma coisa mais interessante com sua vida, como Rachel tinha feito. No final, ela o havia conquistado porque era mais excitante. E mais jovem. Muito, muito mais jovem. Pensar nisso magoava os sentimentos de Paris, e a fazia se sentir velha, feia e entediante.

— Não seja boba, mamãe. Você é muito mais divertida do que o papai, sempre foi. Não entendo o que aconteceu. Ele disse alguma coisa antes disso? — Meg estava tentando encontrar algum sentido naquilo tudo, mas não havia nenhum sentido, era o que ele queria. E ele queria Rachel. Não Paris. Mas Meg não tinha nenhuma pista disso.

— Ele nunca disse nada até a noite de sexta-feira — disse Paris, aliviada por estar conversando com a filha. Entre ela e Wim, e seu firme apoio, sentia-se um pouquinho melhor do que tinha se sentido o fim de semana todo. Pelo menos nenhum deles a culpou. Tivera medo de que a culpassem, pensando que tinha feito alguma coisa horrível para o seu pai. Mas Meg estava sendo muito clara sobre os próprios sentimentos, e sobre em quem botar a culpa. Estava furiosa com o pai.

— Ele está parecendo um louco. Ele aceita se submeter ao aconselhamento com você?

— Talvez. Não para reconstruir o casamento. Ele disse que só iria se ajudasse a me adaptar à idéia de ele se divorciar de mim. Não para salvar o casamento.

— Ele está louco — disse Meg bruscamente, desejando estar em casa com a mãe e o irmão. Detestava estar tão longe num momento de crise. — Onde ele está? Ele falou?

— Ele disse que ia se hospedar num hotel na cidade, e me telefonaria amanhã sobre os detalhes. Ele quer que eu use um dos advogados dele. — Era mais do que tinha contado para Wim, mas Meg era mais velha, e consideravelmente mais confortadora. Sua indignação de alguma maneira fazia com que Paris se sentisse mais humana. — Imagino que ele deva estar no Regency. Geralmente se hospeda lá, quando está na cidade, porque fica perto do escritório.

— Quero ligar para ele. Ele planejava me contar, ou simplesmente esperava que você fizesse isso? — Meg tanto estava de coração partido como estava furiosa, mas a raiva impedia que todas as outras emoções que sentia viessem à tona. Ela ainda nem sequer tinha começado a lidar com a perda e a dor. Wim, possivelmente por ser mais jovem e poder ver o estado em que sua mãe se encontrava, estava mais amedrontado.

— Ele sabia que eu contaria para vocês. Acho que foi mais fácil para ele — disse Paris, tristemente.

— Como está o Wim? — perguntou Meg, soando preocupada.

— Ele fez o jantar para mim. Pobre garoto, fiquei o fim de semana todo na cama.

— Mamãe — disse a filha com severidade —, você não pode deixar que isso a destrua. Sei que deve ser duro, e que foi um choque terrível. Mas coisas estranhas acontecem. Ele também podia ter morrido. Fico feliz que não tenha sido isso. Às vezes as pessoas simplesmente enlouquecem. Acho que ele enlouqueceu. Não sei por que, mas isso tudo não parece com ele. Pensei que vocês ficariam casados para sempre.

— Eu também — disse Paris, enquanto lágrimas faziam seus olhos arderem outra vez. Tinha a sensação de não ter parado de chorar desde sexta-feira. — Não sei o que vou fazer. O que vou fazer sem ele pelo resto da minha vida? — Ela começou a soluçar de novo, e continuou até meia hora mais tarde quando Meg pediu para falar com o irmão. Quando ele atendeu, Paris saiu da linha, e os dois irmãos conversaram por uma hora. A conclusão a que chegaram no final foi de que o pai ficara temporariamente demente, e eles esperavam que ele se recuperasse. Wim ainda tinha uma leve esperança de que ele recuperasse o juízo. Meg tinha menos certeza, e ainda estava pensando sobre a possibilidade de uma outra mulher.

Depois de desligar, ela ligou para o Regency mas ele não estava registrado lá, e ela tentou diversos outros hotéis, e não o encontrou. É claro que ele estava com Rachel, mas nenhum deles sabia disso. Meg acordou às seis horas na manhã seguinte para ligar para ele às nove, horário de Nova York, para seu escritório.

— O que está acontecendo, papai? — perguntou ela para começar, esperando fazer com que ele lhe dissesse honestamente o que acontecera. — Não sabia que você e mamãe estavam tendo problemas. — Ela tentou soar sã e racional, e não acusadora, para que ele conversasse com ela. Mas ele parecia estar mais do que disposto, e surpreendentemente honesto.

— Nós não estávamos tendo problemas — disse honestamente. — Eu estou. Como vai ela? Falou com ela? — Mas ele sabia que sim, já que ela ligara para ele para perguntar sobre os "problemas" deles.

— Ela está parecendo horrível. — Meg não se reprimiu, e queria que ele se sentisse culpado. Ele merecia. — Será que você só teve um ataque ou algo assim, e perdeu o controle? — Mas esse também não era o estilo dele.

Ele suspirou antes de responder à filha.

— Pensei sobre isso por um longo tempo, Meg. Acho que errei em não dizer nada para ela antes. Pensei que poderia me sentir diferente se esperasse, mas não me sinto. Isso é simplesmente algo que preciso fazer, por mim. Sinto-me como se estivesse enterrado vivo com ela em Greenwich, e minha vida estivesse acabada.

— Então arranje um apartamento em Nova York, e mude-se. Vocês dois. Você não tem de se divorciar dela. — Ela estava começando a ter esperanças. Talvez houvesse uma solução, e ela sentia-se como se devesse a sua mãe ajudar seu pai a voltar para ela. Talvez ele de fato a escutasse.

— Não posso ficar casado com ela, Meg. Não a amo mais. Sei que é horrível dizer isso, mas é sincero. — As esperanças dela foram destroçadas num instante.

— Você disse isso para ela? — Meg prendeu a respiração enquanto esperava, percebendo o peso total do golpe que sua mãe recebera. Ia além da imaginação.

— Com tanto tato quanto me foi possível. Mas tive de ser honesto com ela. Não vou reconstruir nosso casamento. Queria que ela soubesse disso.

— Ah! E agora? O que os dois farão daqui por diante? — Ela estava começando a entender, mas ainda não tinha coragem suficiente para perguntar. Sentia-se mal por sua mãe. Não era isso que ela merecia depois de 24 anos de casamento.

— Não sei, Meg. Em algum momento, ela encontrará alguém. É uma mulher bonita. Provavelmente, não levará muito tempo. — Era uma coisa incrivelmente insensível e rude de se dizer, e Meg queria bater nele por isso.

— Ela ama você, papai — disse tristemente.

— Eu sei, querida. Gostaria de ainda estar apaixonado por ela. Mas não estou. — Rachel tinha mudado isso. Para sempre.

— Há uma outra pessoa, papai? — Tinha idade suficiente para que ele fosse honesto com ela, mas ele hesitou. Apenas tempo suficiente para levantar as suspeitas da filha.

— Não sei. Pode haver. Em algum momento. Primeiro tenho de resolver as coisas com sua mãe. — Era uma resposta evasiva que revelou um monte de coisas para ela.

— É uma coisa tão horrível de fazer com a mamãe, ela não merece isso. — Toda a sua solidariedade estava com a mãe, assim como a de Wim. Ele causara o dano, e não tinha de recolher os pedaços. Ela teria de fazer isso. E eles também. E ele não podia simplesmente supor que ela encontraria outra pessoa, como se estivesse trocando de chapéus, sapatos ou vestidos. Era possível que nunca mais encontrasse ninguém, nem quisesse isso. Ela poderia permanecer apaixonada por ele para sempre. Na opinião de Meg e de sua mãe, isso era trágico.

— Sei que ela não merece isso — disse ele tristemente. — Tenho muito carinho por ela, e sempre terei. Tentarei facilitar as coisas para ela. — Se não fosse por nenhuma outra razão, pelo menos para aplacar sua consciência. Tinha se sentido horrivelmente culpado o fim de semana todo, mas a paixão por Rachel não enfraquecera. Se algo havia mudado era que agora que estava livre para levá-la adiante, ela havia se intensificado.

— Como pode ser fácil perder o marido e tudo que você ama? Vai ser horrível para ela quando Wim partir para a faculdade. O que é que ela vai fazer, papai? — A voz de Meg estava chorosa enquanto perguntava isso a ele. Estava terrivelmente preocupada com a mãe.

— Não sei. Ela terá de resolver isso, querida. Isso acontece com as pessoas. As coisas mudam. A vida continua em direções diferentes. As pessoas morrem, e se divorciam, e se apaixonam. Simplesmente acontece. Podia ter acontecido com ela em vez de ter acontecido comigo.

— Mas não aconteceu — insistiu Meg. — Ela jamais teria permitido. Nunca poderia ter feito isso — disse com lealdade. Ainda amava o pai, mas estava com o coração partido pela mãe. Meg não o entendia mais. Ele parecia um estranho. Um estranho egoísta, imaturo e mimado. Ela nunca o tinha visto antes como um egocêntrico.

— Suspeito que você esteja certa — admitiu Peter. — Ela é incrivelmente leal e decente. Eu não a mereço.

— Talvez não, papai — disse ela, parecendo desapontada com ele. — Em quanto tempo pretende fazer isso? — Ela estava

54   DANIELLE STEEL

com esperanças que ele reservasse algum tempo para pensar sobre o assunto, e com sorte, mudar de idéia.

— Acho que vamos agir sem demora. Não há razão para arrastar isso, ou levantar falsas esperanças, e tornar tudo ainda mais doloroso do que já é. Um rompimento rápido e limpo será muito mais simples. — Para ele, mas não necessariamente para Paris. E ele não disse para Meg que chamara um advogado assim que chegara ao escritório, e o havia instruído a dar entrada nos papéis. Queria estar divorciado até o Natal. Tinha prometido a Rachel que casariam até o final do ano, e era o que ele também queria. Ele também sabia que Rachel queria outro bebê, antes que os meninos ficassem muito mais velhos.

— Sinto muito, papai. Estou triste por vocês dois, e por mim e Wim. Isso é tão terrível — Meg falou, e começou a chorar. Ela não tinha tido a intenção, mas não conseguiu se controlar. E uns minutos depois, ela desligou. Sentia-se como se numa única noite tivesse perdido não só sua família, mas todas as suas ilusões. Seu pai acabou sendo alguém que ela nem sequer conhecia, e ela estava apavorada que sua mãe afundasse numa depressão profunda. Não havia nada para detê-la. Não tinha um emprego, em breve não teria nenhum filho em casa, e agora nenhum marido. Tudo que tinha era uma casa vazia, e os amigos em Greenwich. Não era o suficiente para fazê-la continuar. Ou para manter os demônios da escuridão longe dela. Aquilo era tudo em que Meg podia pensar o dia todo, e naquela noite ela telefonou para Wim para relatar a conversa com o pai deles.

— Ele não vai voltar de jeito nenhum — disse ela sombriamente. — Qualquer que seja a razão pela qual ele pirou, planeja ficar assim. — E depois de pensar sobre isso, acrescentou: — Acho que ele está com outra mulher. — Chegara a essa conclusão quando ele tinha se esquivado de sua pergunta.

JOGO DO NAMORO

55

— Ele disse isso? — Wim pareceu horrorizado. Isso nem havia ocorrido a ele. Seu pai era tão respeitável e íntegro, era uma atitude que não combinava nem um pouco com ele. Mas se divorciar de sua mãe também era. Da noite para o dia, ele se tornara um estranho para a mulher e os filhos.

— Não. Mas eu tive essa impressão. Veremos o que vai acontecer. — Se ele realmente estava vendo outra pessoa, e ela era importante para ele, apareceria mais cedo ou mais tarde. Isso certamente explicaria por que ele abandonara sua mãe tão abruptamente.

— Você acha que mamãe sabe? — perguntou Wim solidariamente. Paris tinha ido dormir às oito horas, muito antes dele e Meg estarem conversando.

— Não sei. Não quero aborrecê-la. Já é uma situação ruim o suficiente sem adicionar uma outra mulher. Simplesmente teremos de fazer o melhor que pudermos para ajudá-la. Talvez eu devesse ir para casa no próximo fim de semana. — Mas ela tinha planos que seriam difíceis de cancelar. — Vamos ver como ela vai estar. De qualquer modo, irei para casa para a sua formatura. O que você vai fazer neste verão?

— Vou à Europa com quatro caras da minha turma — disse ele, parecendo deprimido a esse respeito. Não queria desistir da viagem que tinha aguardado ansiosamente o ano todo, nem queria abandonar a mãe.

— Ela poderá estar melhor até lá. Por enquanto não mude nada. Eu a convidarei para vir aqui para uma visita. Nesse momento, ela não parece querer ir a qualquer lugar. — Meg tinha ligado para ela do trabalho naquela manhã, e Paris parecera deprimida demais até mesmo para falar com ela. Meg sugeriu que ela chamasse o médico, mas Paris não quis fazer isso. Não ia ser fácil, para nenhum deles, exceto para seu pai. — Ligue para mim se qualquer coisa acontecer — disse Meg para Wim. Certamente era um final ruim para seu ano de formatura, e um trauma do qual nenhum deles se recuperaria rapidamente.

— Não acho que ela tenha saído da cama hoje — ele confidenciou a ela.

— Ligarei para ela amanhã — disse Meg, enquanto a campainha tocava. Era seu namorado, e ela prometeu telefonar para Wim no dia seguinte. Ele tinha o número do seu celular se alguma coisa desagradável acontecesse. Mas a essa altura, tudo já havia desabado. O que mais poderia acontecer?

Capítulo 4

ERA QUINTA-FEIRA antes que Virginia e Natalie conseguissem falar com Paris. Tinham tentado a semana toda, e estavam almoçando juntas quando ligaram do celular de Virginia. E pela primeira vez em dias, Paris atendeu. Ela parecia rouca e zonza, e tinha estado dormindo. Virginia tinha ouvido as notícias de seu marido na noite de segunda-feira, quando ele voltara do escritório para casa. Peter havia lhe dito discretamente que ele e Paris tinham se separado no fim de semana e iam se divorciar. Peter queria divulgar a notícia o mais rápido possível, de modo que num período de tempo razoável pudesse ser visto abertamente com Rachel. Mas eles não eram o segredo que esperavam ser. Naquela noite, Jim, o marido de Virginia, tinha contado para ela sobre Rachel durante o jantar. E ela compartilhou a informação com Natalie durante o almoço, antes de telefonarem para Paris. Em poucos dias, Paris se tornara o que mais receava, um objeto de preocupação e pena. Ambas as amigas ficaram horrorizadas em perceber o que tinha acontecido. Era um lembrete para cada uma delas de que ninguém estava livre de ser atingida por um raio quando menos esperava. Ninguém jamais podia saber o

58 DANIELLE STEEL

que iria acontecer. E logo quando você pensava que poderia continuar da mesma forma para sempre e que estava segura, descobria que não estava.

— Alô, querida — disse Virginia, soando solidária. Tudo o que desejava era colocar os braços ao seu redor e apertá-la. — Como está se sentindo? — perguntou ela, e Paris podia sentir em sua voz que ela sabia. Não tinha tido coragem de telefonar para ela e contar. Simplesmente não pudera. Era horrível demais. Em vez disso, tinha se retirado para sua cama e procurado refúgio no sono. Tinha acabado de acordar quando Wim chegou da escola, e ele estava fazendo o jantar. Não tinha feito nada desde que Peter deixara a casa na manhã de sábado. Ficava dizendo para Wim que logo estaria bem, mas ele estava começando a duvidar disso.

— Jim lhe contou? — perguntou Paris, enquanto rolava na cama e olhava fixamente para o teto.

— Sim, ele contou — mas Virginia ainda não sabia se Paris tinha conhecimento da outra mulher, e não ia perguntar. Ela passara por sofrimento bastante. — Podemos visitá-la? Nat e eu só estamos sentadas aqui, preocupadas com você.

— Não quero ver ninguém — disse ela honestamente, embora finalmente tivesse tomado um banho de chuveiro na segunda-feira, e outro naquela manhã. — Estou com uma aparência horrorosa.

— Não nos importamos com sua aparência. Como está se sentindo?

— Como se minha vida tivesse terminado na noite de sexta passada. Pelo menos, a vida do jeito que eu conhecia. Gostaria que ele tivesse apenas me matado. Teria sido tão mais simples.

— Ainda bem que ele não fez isso. Você já contou para Meg?

— As crianças têm sido maravilhosas. Pobre Wim, deve estar se sentindo como se estivesse dirigindo uma enfermaria no

JOGO DO NAMORO   59

manicômio. Fico prometendo para ele que vou levantar, e tenho a intenção, mas é simplesmente difícil demais.

— Estamos indo aí — disse Virginia num tom determinado, franzindo a testa significativamente para Natalie do outro lado da mesa, e sacudindo a cabeça, tentando lhe dar um indício de como Paris estava reagindo. Ela não estava.

— Não. Preciso de algum tempo para recuperar o fôlego antes de ver qualquer pessoa. — Sentia-se humilhada e abatida. E nem mesmo suas melhores amigas podiam consertar isso. Ninguém podia. Na terça-feira recebera uma mensagem na secretária eletrônica, do advogado que Peter tinha contratado para ela. E quando ligou para ele, vomitou depois de sua breve conversa. Não foi um bom presságio para o futuro. Ele lhe disse que Peter queria entrar logo com os papéis de divórcio, e iniciar o processo rapidamente. E quando ele disse isso, ela fora tomada por uma onda de pânico. Era como uma queda livre de um avião sem pára-quedas. A única palavra que podia explicar o sentimento era terror. — Ligo para você quando me sentir melhor.

No final, elas deixaram um buquê de flores, um bilhete e algumas revistas no degrau da porta de entrada. Não queriam se intrometer, mas estavam preocupadas com ela. Nunca tinham conhecido nenhum caso de um casamento aparentemente tão sólido como o dos Armstrongs se desfazer tão rapidamente. Era chocante. Mas todos sabiam que acontecia. Como a morte. Às vezes após uma longa doença, e outras vezes sem aviso. Mas sempre de maneira tão definitiva. Todos concordavam que Peter havia feito uma coisa miserável com ela, e ninguém estava ansioso para conhecer Rachel. Isso o excluiria do grupo de seus amigos de anos, mas Jim assegurou à esposa que esse fato não parecia ter importância para ele. Tinha uma mulher linda e jovem em seus braços, e uma nova vida. Ele suspeitava que Peter não olharia para trás, nem pensaria duas vezes sobre o que estava fazendo.

60 DANIELLE STEEL

Agora tudo que Peter queria era Rachel. E os amigos só conseguiam pensar em Paris.

Passou-se um mês até que Paris finalmente saísse da reclusão, a tempo da formatura de Wim. Virginia a viu lá, e quase chorou naquele momento. Ela estava magra e pálida, vestida impecavelmente como sempre, num vestido e casaco de linho branco, os cabelos num coque francês, com brincos e colar de pérolas, e óculos escuros para esconder os círculos escuros e a destruição do mês que havia passado. O mais duro de tudo para ela foi ver Peter lá, não o via desde a manhã em que a tinha abandonado. Ele tinha mandado os papéis de divórcio para ela há três semanas, e quando os recebeu, ela ficou ali parada de camisola, soluçando. Mas não havia nenhum sinal do seu desespero quando o viu. Sua postura era ereta, orgulhosa e serena, cumprimentou-o, e afastou-se para ficar com um punhado de pessoas que conhecia, e o deixou para cumprimentar o filho. Peter parecia estar num bom humor surpreendente. A única que não estava surpresa com isso era Paris. Ela compreendera muito bem, no mês que passara, que tinha sido completamente derrotada. E tudo que queria agora era que ninguém visse isso. Seus amigos eram solícitos e ela conseguiu passar por um jantar em homenagem a Wim num restaurante. Ele convidara uma dúzia de amigos, e Meg viera de Los Angeles. Ela tinha concordado em jantar com o pai na cidade, e ele fez a cortesia de não comparecer ao jantar de Wim. Quando chegou em casa, Paris estava exausta. Ficou deitada na cama sentindo-se como se tivesse passado por uma cirurgia cardíaca, enquanto Meg a observava da porta. Wim tinha saído com os amigos, e ela havia voltado para casa para ficar de olho na mãe. Hoje estava incrivelmente magra, e Meg nunca a vira parecer tão frágil. A palavra que Natalie usara naquele dia fora quebradiça, como se Paris fosse quebrar ao meio a qualquer momento.

— Você está bem, mamãe? — perguntou Meg suavemente, e foi sentar-se ao lado dela na cama, parecendo preocupada.

— Estou bem, querida. Apenas cansada. — Era como se recuperar de um acidente, ou de uma doença grave. Tinha sido a primeira vez que se apresentara em público, e lhe custara muito. Teve de trazer à tona cada grama de coragem só para estar lá. Nem pôde desfrutar o momento. A tensão de ver Peter, tão afastado dela, foi quase demais, e ele mal falara com ela. Tinha sido cortês, mas distante. Agora não eram nem amigos. Ela se sentiu como seu próprio fantasma enquanto passava por aqueles momentos, voltando após sua morte para assombrar as pessoas que um dia conhecera. Não se sentia mais como a pessoa que tinha sido. Até para consigo mesma, sentia-se como uma estranha. Agora nem era casada, ou de qualquer forma, não por muito tempo, e seu casamento tinha sido uma parte tão grande de sua identidade. Abrira mão de tudo o que tinha sido um dia para ser a Sra. Peter Armstrong, e agora sentia-se como se não fosse ninguém. Uma mulher solteira sem rosto, sem amor, indesejável e abandonada. Era seu pior pesadelo.

— Como papai estava quando falou com você? — Naquele momento Meg estava conversando com Wim, mas vira os dois juntos, embora brevemente.

— Estava bem, eu acho. Ele não falou muita coisa. Eu só disse olá, e depois fui conversar com Natalie e Virginia. Parecia mais simples. Não acho que ele esteja muito ansioso para conversar comigo. É constrangedor demais. — Ele estava enviando para ela uma enxurrada constante de papéis para assinar, ofertas de acordo, que incluíam a casa, como havia prometido. Mas só de olhar para os papéis ela ficava deprimida. Detestava lê-los, e às vezes não o fazia.

— Sinto muito, mamãe — disse Meg tristemente. Tinha ficado chocada em ver o quanto sua mãe emagrecera, e brincou com ela que obviamente isso era devido à culinária de Wim. Mas pelo menos dessa vez ele não estava preocupado com ela, podia deixá-la nas mãos de Meg, e celebrar sua formatura. Ele estava partindo para a Europa no fim de semana. Paris tinha insistido para que mantivesse seus planos. Ela disse que em algum ponto teria de se acostumar a ficar sozinha. Ela estava começando a se sentir como uma paciente num hospício, e sabia que tinha de lidar com o problema antes que a matasse.

— Está tudo bem, querida — Paris a tranqüilizou. — Não quer sair e ver seus amigos? Em alguns minutos estarei indo para a cama. — Era tudo o que fazia agora.

— Tem certeza que não vai se importar se eu sair? — Meg detestava deixá-la. Mas no domingo ela estaria verdadeiramente sozinha. Meg tinha de voltar para L.A., e Wim estaria na Inglaterra. Ele estava planejando viajar ao redor da Europa até agosto, voltar por algumas semanas, e então partir para a faculdade. Esses eram seus últimos dias com ele em casa, os últimos com ele e Meg sob um telhado. Sua vida vivendo junto com eles, como um dia já tinha sido, terminara.

E quando levou Wim ao aeroporto no sábado, Paris sentiu-se como se alguém finalmente tivesse cortado o cordão umbilical quando ele a deixou. Ela o fez prometer que compraria um celular logo que chegasse à Europa, para que pudesse saber onde ele estava e lhe telefonar, mas finalmente teve de deixar que ele fosse e ter fé em sua habilidade para cuidar de si mesmo, e ser responsável. Tinha a sensação de ter perdido ainda outro pedaço enorme de sua vida enquanto dirigia de volta para Greenwich. E ficou completamente consternada na manhã seguinte quando Meg partiu, embora tivesse tentado não demonstrar. Depois, ficou andando pela casa como um fantasma, e quase pulou a trinta centímetros do chão quando ouviu a campainha da porta tocar. Era Virginia, cujo filho partira para a Europa com Wim na manhã

JOGO DO NAMORO 63

anterior. Ela pareceu ligeiramente constrangida quando Paris abriu a porta, e sentiu que tinha de se desculpar por aparecer sem telefonar.

— Imaginei que se você estivesse tão nervosa sobre eles quanto eu, era melhor eu vir para cá. Eles ligaram para você?

— Não — disse Paris com um sorriso. Ela estava vestida, seus cabelos estavam penteados, e usara maquilagem para parecer bem para Meg naquela manhã. Mas ainda parecia que estava se recuperando de um caso grave de tuberculose, ou alguma coisa igualmente desagradável. — Não acho que eles vão nos telefonar por alguns dias. Disse a Wim para comprar um celular.

— Eu também — Virginia riu, enquanto Paris foi fazer café. — Onde está Meg?

— Ela partiu há uma hora. Mal podia esperar para voltar para o novo namorado. Ela diz que ele é ator. Trabalhou em dois filmes de terror, e meia dúzia de comerciais.

— Pelo menos ele está trabalhando. — Virginia estava feliz em vê-la de pé e vestida, mas o preço do mês que passara e da perfídia de Peter estavam visíveis demais. Era a expressão de desespero em seus olhos que era tão assombrosa. Como se ela não acreditasse mais em qualquer coisa ou pessoa, e tivesse perdido a esperança e a fé em tudo em que uma vez tinha acreditado. Era brutal.

Elas conversaram durante algum tempo enquanto tomavam café, e Virginia finalmente olhou para ela, vasculhou a bolsa, e lhe empurrou um pedaço de papel. Tinha um nome e um número de telefone, e um endereço no centro de Greenwich.

— Que é isso? — Paris parecia surpresa enquanto o lia. Ela não reconheceu o nome. Dizia apenas Anne Smythe, com um número de Greenwich.

— O telefone da minha analista. Não poderia sobreviver sem ela. — Paris sabia que ela e Jim também tinham passado por seus altos e baixos. Ele era um homem difícil, numa certa época sofrera de depressão crônica, e tinha melhorado incrivelmente com medicamentos. Mas os anos de escuridão que ele havia passado antes disso tinham sido duros para Virginia e seu casamento. Paris sabia que ela consultava alguém mas nunca havia pensado muito sobre isso, nem perguntado.

— Você acha que enlouqueci? — perguntou Paris tristemente, enquanto dobrava o pedaço de papel com o número e o enfiava no bolso. — Às vezes acho que sim. — Era quase um alívio dizer e admitir isso em voz alta.

— Não, não acho — disse Virginia honestamente. — Se pensasse assim, mandaria os homens virem aqui com redes de pegar borboletas e uma camisa-de-força. Mas acho que vai acabar desse jeito, se não sair dessa casa, e falar com alguém sobre o que aconteceu. Você teve um choque terrível. O que Peter fez com você é incrivelmente traumatizante, quase tanto como ver seu marido cair morto no jantar. E, provavelmente, seria muito mais fácil sobreviver a isso do que ao que ele fez. Um minuto você está casada e acha que é feliz, tem um marido e uma vida que conhece e ama durante 24 anos, e no minuto seguinte ele se foi, está se divorciando de você, e você não sabe o que aconteceu com ele. E para tornar as coisas piores, ele está vivendo a uma hora daqui, e se encontrando com alguém vinte anos mais jovem. Se isso não acaba com sua auto-estima e sua mente, não sei o que acabaria. Que merda, Paris, a maioria das pessoas estaria sentada num canto, babando.

— Bem, eu pensei nisso — disse ela com um sorriso forçado — mas faz muita sujeira.

— Em seu lugar eu estaria pirada — disse Virginia, com um profundo respeito por ela. Até o marido de Virginia admitiu que não teria sobrevivido ao golpe, com ou sem medicamentos. E seus amigos percebiam que sempre havia a possibilidade de que

JOGO DO NAMORO

ela pudesse se tornar suicida por causa disso. Com exceção do consolo de saber que seus filhos estavam lá fora em algum lugar do mundo, tinha muito pouco pelo que viver. Ela definitivamente precisava de alguém com quem conversar. E Virginia achava que Anne Smythe seria a pessoa perfeita para isso. Ela era calorosa, realista, sensível, e combinava a quantidade certa de simpatia com uma atitude de está-bem-agora-o-que-vamos-fazer-sobre-isso? Ela pusera Virginia de pé outra vez e a fizera sair do desânimo depois da depressão de Jim. Subitamente, depois que ele estava bem outra vez, Virginia sentira-se deprimida e sem propósito. Estava tão acostumada a concentrar toda a sua atenção nele que quando ele passou a não precisar mais tanto dela, sentiu-se inútil.

— Ela salvou meu couro, e o de diversos amigos que encaminhei para ela. Ela é fantástica.

— Não tenho certeza de que valha a pena salvar o meu couro — disse Paris enquanto Virginia sacudia a cabeça.

— É exatamente isso que eu quero dizer. Você acha que tem alguma coisa errada com você porque ele a deixou, em vez de enxergar que o problema é com ele, e não com você. Ele deveria estar se sentindo uma droga em relação a si mesmo, pelo que fez e não você se sentindo assim porque ele a deixou. — Tudo que Virginia desejava é que Paris ficasse zangada, e até o odiasse, mas ela não faria isso. Era óbvio para qualquer um que a conhecesse que ainda estava apaixonada por ele. Tão devotada a ele como tinha sido. Seria necessário um longo tempo para que o amor morresse, mais tempo do que ele levaria para conseguir os papéis que queria para libertá-lo. O divórcio podia dissolver seu casamento, mas não os sentimentos dela. — Você vai telefonar para ela?

— Talvez — respondeu Paris honestamente. — Não tenho certeza se quero falar sobre isso, particularmente com uma estranha. Ou com qualquer pessoa. Não pretendo sair, porque não quero ver todo mundo sentindo pena de mim. Por Deus, Virginia, é tão patético.

— Só é patético se você deixar ser. Você sequer sabe o que a vida reserva para você. Poderá acabar com alguém muito melhor.

— Nunca quis ninguém a não ser Peter. Nunca olhei ou quis olhar para outro homem. Sempre achei que ele era o melhor de todos, e que era tão incrivelmente sortuda de estar com ele.

— Bem, acabou que ele não era e nem você. Ele fez uma coisa suja, e devia ser enforcado por isso. Mas para o inferno com ele. Tudo o que eu quero é vê-la feliz. — Paris sabia que Virginia era sincera.

— E se eu nunca for feliz outra vez? — perguntou Paris, parecendo preocupada. — E se eu permanecer apaixonada por ele para sempre?

— Então eu dou um tiro em você — disse Virginia, dando um sorriso forçado. — Primeiro experimente a Anne. Se não funcionar, encontrarei um exorcista. Mas você tem de tirar isso do seu sistema, e superar. Se não fizer isso, eu mato você. Não vai querer ficar se sentindo doente e miserável para sempre.

— Não, não quero — disse Paris pensativamente — mas não vejo como ela poderá mudar isso. Não importa o que eu diga a ela, Peter ainda terá partido, nós nos divorciaremos, as crianças estarão crescidas, e ele estará com uma mulher 15 anos mais nova do que eu. Não é bonito.

— Não, mas outras pessoas sobreviveram a isso. Estou falando sério, você pode terminar com um cara dez vezes melhor do que ele. As pessoas perdem seus maridos, eles morrem, ou as abandonam, elas encontram outras pessoas, casam-se outra vez, têm boas vidas. Você está com 46 anos, não pode desistir de sua vida agora. É simplesmente burrice. E errado. E não é justo com você ou seus filhos, ou com qualquer das pessoas que a amam.

Não dê essa satisfação a Peter. Ele tem uma nova vida. Você também merece ter uma.

— Não quero uma nova vida.

— Ligue para Anne. Ou vou amarrá-la e deixá-la na porta dela. Você a verá uma vez? Só uma vez? Se não gostar, não tem de voltar. Só tente.

— Está bem. Tentarei. Uma vez. Mas não vai fazer diferença — insistiu Paris.

— Obrigada pelo voto de confiança — disse Virginia, e se serviu de outra xícara de café. Ela ficou até quase quatro horas, e quando foi embora, Paris parecia cansada, mas melhor. E ela prometera para Virginia, antes que ela saísse, que ligaria para Anne Smythe de manhã. Não podia imaginar que diferença faria, e tinha certeza de que não seria nenhuma, mas se fosse só para tirar Virginia da sua cola, ela disse que ligaria para ela.

Capítulo 5

A SALA DE ESPERA PARECIA uma biblioteca, cheia de livros e de poltronas confortáveis de couro, e uma pequena lareira que Paris pressentia que devia manter o cômodo quente e aconchegante no inverno. Mas, num dia quente de junho, as janelas estavam abertas, e lá embaixo, Paris podia ver um jardim cultivado e bem tratado. O endereço que Virginia lhe dera veio a ser uma bonita casinha de madeira pintada de branco, com molduras amarelas, e graciosas janelas azuis. A palavra que veio à sua mente logo que ela entrou foi aconchegante. E a mulher que saudou Paris minutos depois dela se sentar e folhear uma revista não era nada do que tinha esperado. De alguma forma, ela esperava ver Anna Freud passar pela porta, ou uma pessoa fria, séria e intelectual. Em vez disso, a doutora era uma mulher muito bonita, bem vestida, e bastante sofisticada, em torno dos seus 55 anos. Seus cabelos estavam bem cortados, ela usava maquilagem, e o terninho cáqui que vestia estava impecável e parecia caro. Ela parecia uma matrona abastada, ou a esposa de um executivo importante. Era uma pessoa que você esperava ver numa reunião de jantar, e não combinava nem um pouco com a idéia que Paris fazia de uma psiquiatra.

— Alguma coisa de errado? — Ela sorriu para Paris enquanto entrava em sua sala particular, que era um cômodo arejado e bem decorado, em bege e branco, com bonitas janelas, e pinturas modernas muito interessantes. — Você parece surpresa.

— Eu apenas esperava que tudo isso fosse diferente — admitiu Paris.

— Diferente de que modo? — A doutora estava intrigada, enquanto olhava bondosamente para Paris.

— Mais severo — disse ela honestamente. — Isso é muito bonito.

— Obrigada. — Ela riu e contou um pouco de sua história. — Eu trabalhei para um decorador enquanto estava na escola médica. Sempre penso que, se as coisas saírem errado, posso voltar para aquela atividade. Eu a adorava. — Paris não queria, mas já gostava dela. Havia uma franqueza e honestidade em torno dela, e uma falta de pretensão que era muito atraente. Ela podia se imaginar facilmente sendo sua amiga, se não a tivesse conhecido para esse propósito. — Então, o que posso fazer para ajudá-la?

— Meu filho acabou de partir para a Europa. — Até para Paris, parecia uma maneira estranha de começar, dado tudo o que acontecera. Mas era o que tinha vindo à sua cabeça em primeiro lugar. E as palavras saíram de sua boca antes que tivesse pensado nelas.

— Para morar lá? Qual a idade dele? — Ela estivera avaliando Paris desde que ela tinha entrado e imaginava que estivesse com seus quarenta e poucos anos. Apesar das agonias do mês que passara, ela não parecia mais velha do que parecera antes de tudo acontecer, apenas mais triste. E ainda estava bonita, apesar de uma certa falta de brilho que a doutora reconheceu corretamente como depressão.

— Ele está com 18 anos. E não, ele só está indo por dois meses. Mas sinto sua falta. — Podia sentir as lágrimas ardendo nos olhos só de falar com ela, e ficou aliviada de ver uma caixa de lenços de papel colocada próxima. Ela ficou imaginando se as pessoas choravam com freqüência por lá, e podia facilmente adivinhar que deviam chorar.

— É seu único filho?

— Não, tenho uma filha. Ela mora na Califórnia, em Los Angeles. Trabalha na indústria de cinema como assistente de produção. Está com 23 anos.

— Seu filho está na faculdade, Paris? — perguntou a doutora agradavelmente, tentando juntar as peças do quebra-cabeça que Paris estava apresentando a ela aos poucos. Anne Smythe estava acostumada com isso, era seu trabalho, e ela era boa nisso.

— Meu filho Wim está começando em Berkeley no final de agosto.

— E isso a deixa... sozinha em casa? Você é casada?

— Eu... não... sim... era... até cinco semanas atrás... meu marido me deixou por outra mulher. — Bingo. Anne Smythe ficou tranqüilamente sentada com uma expressão de solidariedade em seu rosto enquanto Paris começava a chorar, e ela lhe estendeu a caixa de lenços de papel.

— Sinto ouvir isso. Você sabia da outra mulher antes disso?

— Não, não sabia.

— É um choque horrível. Vocês tinham tido problemas no casamento antes?

— Não, ele era perfeito. Ou pelo menos eu achava. Quando me deixou, disse que se sentia morto vivendo comigo. Ele me disse, numa noite de sexta-feira, depois de um jantar que oferecemos, que estaria me deixando na manhã seguinte. Antes disso, pensei que estivesse tudo bem. — Ela parou para assoar o nariz, e então, para sua própria surpresa, Paris repetiu tudo o que ele lhe dissera naquela noite palavra por palavra. Ela contou sobre Wim indo para a faculdade, sobre o mestrado em administração de

JOGO DO NAMORO

71

empresas que nunca tinha usado, e sobre as sensações de pânico que estava tendo com relação a quem estaria lá para cuidar dela agora. O que faria com o resto de sua vida? E falou o que sabia sobre Rachel. Uma hora aumentou para duas horas, que era o que a doutora havia planejado para ela. Gostava de começar com sessões longas para que pudesse saber o que tentariam fazer juntas. E Paris ficou chocada em ver como o tempo voara quando a doutora lhe perguntou se gostaria de marcar uma nova consulta.

— Não sei. Eu devo? Que diferença vai fazer? Não vai mudar o que aconteceu. — Ela tinha chorado muito nas duas horas, mas pela primeira vez não se sentia drenada ou exausta. Sentia-se aliviada depois de falar com essa mulher. Elas não tinham resolvido nada, mas a bolha fora perfurada e estava esvaziando lentamente.

— Você está certa, não vai mudar o que aconteceu. Mas com o tempo, espero que mude a maneira como se sente sobre isso tudo. Pode fazer uma grande diferença para você. Você tem de tomar algumas decisões sobre o que fazer com sua vida. Talvez possamos trabalhar nisso juntas. — Era um novo conceito para Paris, e não estava certa de que decisões a doutora estava falando. Até então, Peter tomara todas as decisões. Agora o que tinha de fazer era viver com elas.

— Está bem. Talvez eu volte. Quando você acha?

— Que tal terça-feira? — Era em quatro dias, mas Paris gostou da idéia de vê-la mais cedo em vez de mais tarde. Talvez pudessem tomar as "decisões" rapidamente e ela não tivesse de voltar outra vez. A doutora escreveu a data da consulta num cartão, e lhe entregou, e ela pusera um número de celular nele. — Se as coisas ficarem difíceis durante o fim de semana, Paris, ligue-me.

— Detestaria incomodá-la — disse Paris, parecendo constrangida.

72   DANIELLE STEEL

— Bem, como não entrei para a decoração, pelo menos por enquanto, é isso que faço para viver. Se precisar, ligue-me — disse sorrindo, e Paris sorriu para ela agradecida.

— Obrigada. — Ela dirigiu para casa sentindo-se melhor do que se sentira em semanas, e não tinha nenhuma idéia da razão para isso. A doutora não resolvera nenhum dos seus problemas. Mas sentia-se mais leve e menos deprimida do que se sentira desde que Peter a deixara, e quando chegou em casa telefonou para Virginia para agradecer por tê-la apresentado a Anne Smythe.

— Fico tão contente que tenha gostado dela — disse Virginia, parecendo aliviada. Mas teria ficado surpresa se ela não tivesse gostado. Era uma mulher fantástica, e o melhor presente que poderia dar a Paris depois de tudo que acontecera com ela. — Vai vê-la outra vez?

— Vou — admitiu Paris, parecendo surpresa. Não tinha planejado retornar. — Pelo menos uma vez. Marcamos uma consulta para a semana que vem. — Ouvir isso fez Virginia sorrir. Fora assim que Anne fizera com ela também. Uma consulta após a outra, até que no final freqüentara as consultas por um ano. E desde então, voltara para "refrescamentos" diversas vezes. Sempre que aparecia um problema, ela ia ver Anne algumas vezes para analisá-lo cuidadosamente com ela, e isso sempre ajudava. Era bom ter uma pessoa objetiva com quem falar de vez em quando, e alguém em quem se apoiar numa crise.

Na próxima vez que Paris a viu, ficou surpresa com uma pergunta que a doutora fez na metade da sessão.

— Você pensou em mudar para a Califórnia? — Ela perguntou isso como se fosse uma idéia perfeitamente normal.

— Não, não pensei. Por que pensaria? — Por um momento, Paris parecia confusa. Isso nem sequer tinha ocorrido a ela. Eles viviam em Greenwich desde que Meg nascera, e ela nunca tinha pensado em se mudar. Estabelecera raízes firmes. Até recentemente. Mas mesmo agora, a casa era dela, e nunca pensara em vendê-la. Ficava contente que Peter a estivesse dando para ela.

— Bem, seus filhos moram lá. Você poderá gostar de morar mais perto deles, e de poder vê-los com mais freqüência. Só estava imaginando se havia pensado nisso. — Mas Paris só balançou a cabeça. Não tinha nenhuma noção do que Meg ou Wim achariam disso. E a idéia não ocorrera a ela nem uma vez. Ela a mencionou para Meg no telefone aquela noite, e ela disse que achava uma ótima idéia.

— Você viria para L.A., mamãe?

— Não sei. Não achava que iria a qualquer lugar. Essa doutora que visitei umas duas vezes sugeriu isso hoje.

— Que tipo de doutora? Você está doente? — Meg soou instantaneamente preocupada.

— Na realidade é uma psiquiatra. — Paris suspirou, sentindo-se constrangida, mas nunca guardava segredos de Meg. Eram confidentes e tinham sido assim por anos. Era uma relação que Paris acalentava. Era mais fácil falar com Meg do que com Wim, principalmente porque era mulher e mais velha. — Virginia a recomendou. Só a vi duas vezes. Mas voltarei em alguns dias.

— Acho que é uma atitude muito inteligente. — Meg desejou que o pai fizesse a mesma coisa, ele certamente arruinara a vida de todos sem nenhum aviso prévio, e Meg ainda pensava sobre o que tinha motivado isso. Ele ainda não falara nada sobre Rachel para nenhum dos filhos, e queria deixar que a poeira assentasse primeiro. Rachel disse que estava ansiosa para conhecê-los, e Peter prometera que os conheceria.

— Ela não pode mudar nada — disse Paris, pensando qual era o objetivo de ir a uma psiquiatra. O divórcio estava avançando, e Peter estava apaixonado por outra mulher. Não havia nada que Anne Smythe pudesse fazer para navegar contra a maré ou trazer Peter de volta para ela.

74 DANIELLE STEEL

— Não, mas você pode mudar as coisas, mamãe — disse Meg tranqüilamente. — O que papai fez foi terrível, mas agora depende de você o que irá fazer disso. Acho que seria fantástico se você viesse para cá. Faria bem a você.

— Como você acha que Wim se sentiria sobre isso? Não quero que pense que o estou seguindo até a faculdade.

— Acho que provavelmente ele gostaria, particularmente se você ficasse próxima o suficiente para que ele pudesse ficar com você de vez em quando, e trazer amigos. Eu adorava voltar para você em casa quando estava na faculdade. — Então ela riu da lembrança dos sacos de viagem cheios de roupas para lavar que ela trazia para casa. — Particularmente, se lavar as roupas para ele. Você deve lhe perguntar quando falar com ele.

— Não consigo me imaginar deixando Greenwich. Não conheço ninguém aí.

— Você conheceria pessoas. Talvez você devesse procurar um lugar em São Francisco. Wim poderia ir para lá e ver você a qualquer momento que quisesse. E eu sempre poderei ir até lá nos fins de semana. Acho que faria bem a você sair de Greenwich, mesmo se fizer isso apenas por um ou dois anos. Você adoraria isso aqui. O clima é ótimo, os invernos são suaves, e nós poderíamos vê-la muito mais, mamãe. Por que não pensa sobre isso?

— Eu não posso simplesmente ir embora e deixar essa casa — disse ela, resistindo à idéia. Mas o assunto apareceu de novo na sessão seguinte com a Dra. Smythe, e Paris lhe contou o que Meg tinha dito quando o mencionara.

— Não posso acreditar. Ela realmente gostou da idéia. Mas o que eu faria por lá? Não conheço ninguém. Todos que conheço estão aqui.

— Exceto Wim e Meg — disse Anne Smythe tranqüilamente. Ela plantara uma semente e estava esperando que pegasse e crescesse. Estava contando com os filhos de Paris para regá-la. E se fosse a coisa certa para Paris, ela própria alimentaria a semente. E se não fosse, havia outras coisas que ela podia fazer para sair do buraco em que estivera desde que Peter partira. Anne estava planejando ajudá-la a descobrir e explorar todas as suas opções para uma vida melhor.

Elas falaram sobre um vasto número de coisas, sua infância, os primeiros anos com Peter, os anos que ela amara quando as crianças eram pequenas, seus amigos, o programa de mestrado em que fora tão bem-sucedida e não fizera nada com ele. E no final de julho elas conversaram sobre a idéia de Paris arranjar um emprego. Àquela altura ela se sentia à vontade com Anne, e gostava do tempo que passavam juntas. Os encontros sempre lhe davam alguma coisa sobre o que pensar quando ia embora e voltava para sua casa silenciosa. Paris ainda estava evitando os amigos. Ainda não estava pronta para vê-los.

Foi um verão solitário para ela, com Wim ausente, e Meg em Los Angeles. Ela e Peter tinham chegado a um acordo sobre a partilha. Ela ficava com a casa, como Peter havia prometido, e uma quantia de pensão respeitável. Ele fora generoso com ela, para se livrar da própria consciência, e ela não tinha de trabalhar. Mas queria fazer alguma coisa. Não queria ficar apenas sentada sem fazer nada pelo resto da vida, particularmente se fosse ficar sozinha, o que supunha que iria acontecer. De vez em quando, Anne Smythe tentava falar com ela sobre sair com homens, e Paris não queria ouvir falar disso. A última coisa no mundo que queria fazer era sair em encontros. Era uma porta que ela se recusava a abrir. Não queria sequer dar uma olhada lá dentro, e Anne sempre deixava passar, mas continuava a sugerir a possibilidade de tempos em tempos.

As únicas pessoas que ela viu naquele verão foram Virginia e Natalie. Ela não foi a jantares ou eventos sociais. Não tinha nenhum desejo de ir a lugar algum, exceto almoçar ocasionalmente com suas duas amigas, mas em agosto ela já estava com uma boa aparência outra vez. Estivera trabalhando no jardim, lendo muito, e dormindo menos durante o dia e melhor à noite. Estava com um bronzeado intenso, e sua aparência nunca estivera melhor, embora ainda estivesse muito magra. Mas quando Wim voltou para casa da Europa, ela estava outra vez mais parecida com o que fora, e ele ficou aliviado em ver um lampejo familiar em seus olhos quando ela o pegou no aeroporto e jogou os braços ao seu redor. Ele fora exemplar em ligar para ela, e tivera uma estadia fantástica na França, Itália, Inglaterra, e Espanha, e tudo que podia falar era sobre voltar no ano seguinte.

— Se você for, vou com você — avisou ela, com uma expressão travessa nos olhos, que ele adorou. Ela estava parecendo uma pessoa morta quando partira: — Você ficou ausente por um tempo longo demais. Não sei o que farei quando for para a faculdade. — E então ela lhe falou sobre a sugestão que Anne Smythe fizera, sobre mudar para a Califórnia. Paris estava curiosa sobre sua reação.

— Você realmente mudaria? — Ele parecia surpreso com a idéia, e não tão entusiasmado inicialmente quanto ela esperava. Meg ficara muito mais excitada sobre a possibilidade. Ele aguardava ansioso por sua independência quando partisse para a faculdade, e teve visões dela trazendo-lhe o almoço no campus na pequena lancheira do Batman que ele tinha quando estava no primeiro ano. — Você venderia esta casa? — Era o único lar que realmente conhecera, e também detestava aquela possibilidade. Gostava de pensar em sua mãe na casa que ele amava, esperando por ele, exatamente do jeito que a imaginara o verão todo enquanto passeava pela Europa.

— Não. Se fizesse alguma coisa, eu a alugaria, mas não tenho nem certeza se faria isso. Foi só uma idéia maluca que tive.

— Ela mesma não estava convencida dessa idéia.

— Como é que ela apareceu? — perguntou ele, parecendo intrigado.

— Minha analista sugeriu — disse alegremente, e ele olhou fixamente para ela.

— Sua analista? Você está bem, mamãe?

— Melhor do que estava quando você partiu — disse calmamente, e sorriu para ele. — Acho que me ajudou.

— Qualquer coisa que ajude vale a pena — disse ele valentemente, e então mencionou o fato para sua irmã no telefone à noite. — Você sabia que mamãe estava indo a uma analista?

— Sim, acho que fez muito bem a ela — disse Meg sensatamente. Sua mãe parecera menos deprimida nos últimos dois meses desde que começara a ver Anne Smythe, o que Meg achava que era uma boa coisa.

— Mamãe está ficando louca? — perguntou ele, parecendo preocupado, e sua irmã riu.

— Não, mas ela tem o direito de ficar, depois do que papai fez com ela. — Ainda estava zangada com o pai por despedaçar suas vidas, e Wim também não tinha gostado disso. — Muitas pessoas teriam perdido a sanidade depois de um choque como esse. Você ligou para o papai enquanto estava na Europa? — Ele tinha ligado, mas seu pai não tivera muito para dizer. Ligara mais para a mãe, e freqüentemente para a irmã. Mas na maior parte do tempo, só se divertiu com os amigos.

— Você acha que ela vai realmente mudar para a Califórnia? — Wim ainda estava surpreso com a idéia, mas podia ver alguns benefícios nela, contanto que sua mãe não aparecesse em Berkeley constantemente. Ainda estava preocupado com isso.

— Talvez. Seria uma grande mudança para ela. Não tenho certeza se ela realmente quer, acho que nesse momento só está especulando com a idéia. O que você acha? — Meg estava curiosa com a reação dele.

— Pode ser bom — disse ele cautelosamente.

— Seria muito melhor do que ficar sentada sozinha numa casa vazia em Greenwich. Detesto pensar nela lá sentada sozinha, depois que você for embora.

— É, eu também. — Isso fez com que pensasse como seria para sua mãe, e também não gostou daquilo. — Talvez ela devesse arranjar um emprego e conhecer algumas pessoas — disse pensativo.

— Ela quer, só não sabe o que fazer. Nunca trabalhou realmente. Eventualmente pensará em alguma coisa. A analista ajudará.

— Acho que sim. — Ele ainda estava surpreso com isso. Nunca pensara em sua mãe precisando de alguém para resolver seus problemas, mas tinha de admitir, ela tivera sua cota de surpresas nos últimos três meses. Tinha sido uma grande adaptação para ele também. Era uma sensação estranha chegar em casa e não ter seu pai lá. Dois dias depois de chegar em casa ele dirigiu até a cidade para ver o pai, e eles saíram para almoçar. Ele o apresentou para diversos advogados do escritório, inclusive para uma garota que parecia pouco mais velha que Meg, e ela fora muito cordial e amistosa com ele. Ele a mencionou para a mãe quando chegou em casa, e ela pareceu ficar instantaneamente estressada. Tudo que ele podia pensar era que agora ela ficava perturbada ao ouvir falar de seu pai, portanto, depois disso ele não falou muito sobre o assunto.

Peter tinha prometido voar até São Francisco, para ajudá-lo a se estabelecer na faculdade. E Paris também pareceu não ter ficado contente com isso, embora não tenha dito nada para Wim. Mas ela também estava planejando ir lá e acomodá-lo no dormitório. E ter Peter por lá seria duro para ela. Mas, acima de tudo, não queria fazer disso um problema para Wim. E não parecia justo com Peter ou Wim, pedir a Peter para não ir. Mas ela discutiu isso com Anne na próxima vez em que se encontraram.

JOGO DO NAMORO 79

— Acha que será capaz de lidar com o fato de estar lá com ele? — perguntou Anne solidariamente, enquanto estavam tranqüilamente sentadas em seu consultório uma tarde. Paris pareceu insegura enquanto considerava isso, e então finalmente olhou para ela, sentindo-se estressada. Até pensar nisso era difícil.

— Para ser honesta, não tenho certeza. Vou me sentir tão estranha estando lá com Peter. Você acha que talvez eu não deva ir? — Paris pareceu preocupada.

— Como seu filho se sentiria em relação a isso?

— Acho que ficaria desapontado, e eu também.

— Que tal pedir a Peter para deixar passar essa ocasião? — sugeriu ela, e Paris balançou a cabeça. Também não gostava daquela idéia.

— Acho que Wim ficaria triste se Peter não for.

— Bem, você tem o número do meu celular. Sempre pode ligar para mim, se as coisas ficarem difíceis. E você sempre poderá sair do dormitório, se for desconfortável demais para você. Você e Peter podem combinar de irem lá em turnos. — Paris não pensara nisso, e gostou da idéia como uma posição de reserva se fosse constrangedor demais estar lá com ele.

— Quão difícil poderá ser? — Paris perguntou a ela hesitantemente, tentando parecer mais corajosa do que se sentia.

— Isso depende de você — disse Anne calmamente, e pela primeira vez Paris percebeu que era verdade. — Você tem todo o direito de se afastar, se quiser. Ou até mesmo de não ir até lá. Tenho certeza de que Wim entenderia, se você achar que não vai conseguir lidar com isso. Ele também não quer que você fique infeliz. — E ela estivera muito, muito infeliz, e ele sabia disso, desde que Peter partira.

— Talvez eu olhe umas casas enquanto estiver lá — disse Paris pensativamente.

80 DANIELLE STEEL

— Isso poderá ser divertido — disse Anne, encorajando-a. Paris ainda não tinha tomado nenhuma decisão sobre mudar para o oeste. Era apenas algo sobre o que falavam de tempos em tempos, mas ela ainda achava que queria ficar em Greenwich. Era familiar, e sentia-se mais segura lá. Não estava pronta para fazer quaisquer mudanças drásticas. Mas ainda era outra opção que ela teria. E por falta de idéias melhores, se inscrevera para trabalho voluntário no abrigo para crianças, em setembro. Era um início. A essa altura, tudo era um processo, uma jornada, mais do que um destino. E por enquanto, Paris ainda não tinha nenhuma idéia de onde estava indo, e onde iria aterrissar. Havia três meses que Peter a jogara para fora do avião sem um pára-quedas, e dado o que acontecera, Anne lhe disse que achava que estava indo muito bem. Ela estava levantando de manhã, penteando os cabelos, se vestindo, encontrando suas duas melhores amigas ocasionalmente para almoçar, e estava se preparando para a ida de Wim para a faculdade. Era tudo o que conseguia fazer por enquanto.

Na última vez em que viu Anne antes da viagem, ele partiria em três dias, e Paris o acompanharia. Ela se preparou para ver Peter, e disse a si mesma que podia lidar com isso. E depois que deixasse Wim na faculdade, iria a L.A. para ver Meg. Era alguma coisa pela qual aguardar ansiosamente, e enquanto estava saindo do consultório de Anne, Paris voltou-se para olhar para ela com uma expressão preocupada.

— Acha que vou conseguir? — perguntou, sentindo-se como uma criança amedrontada, e a doutora sorriu.

— Você está indo bem. Ligue se precisar de mim — Anne lembrou a ela outra vez, e Paris balançou a cabeça afirmativamente, e se apressou descendo a escada, lembrando a si mesma repetidamente, enquanto saía, o que a doutora lhe dissera... você está indo bem... você está indo bem. As palavras ecoavam em sua cabeça. Tudo que podia fazer agora era continuar tocando a vida, fazer o melhor que podia, e esperar que um dia aterrissasse de pé. Era a única escolha que Peter lhe deixara quando a jogou do avião. E talvez um dia, se fosse muito sortuda, e o destino estivesse sorrindo para ela, seu pára-quedas finalmente abriria. Ela ainda nem tinha certeza se estava usando um, e tudo o que podia fazer era rezar para que estivesse. Mas, por enquanto, não havia sinal de um pára-quedas. O vento ainda passava assoviando pela sua cabeça numa velocidade aterradora.

Capítulo 6

Paris e Wim voaram para São Francisco com todas as suas malas, seus tesouros e seu computador. Peter estaria viajando sozinho mais tarde naquela noite. E durante todo o tempo de vôo, enquanto Wim assistia ao filme, e dormia um pouco, Paris se preocupava pensando em como seria ver Peter de novo. Depois de 24 anos de casamento, agora ele parecia um estranho para ela. E o pior disso tudo é que estava ansiando por vê-lo outra vez, quase como se fosse uma droga da qual precisasse para sobreviver. Após três meses, e tudo o que ele fizera ao abandoná-la, ainda estava apaixonada por ele, e desejando que algum milagre ocorresse e ele voltasse. A única pessoa para a qual pudera admitir isso fora Anne Smythe, que lhe disse que não era incomum se sentir dessa maneira, e que um dia ela conseguiria abandonar esse sentimento e estaria pronta para continuar com sua vida, mas aparentemente ainda não era a hora.

O vôo durou pouco mais que cinco horas, e eles pegaram um táxi para o Ritz-Carlton, onde Paris tinha reservado dois quartos, um para Wim e outro para ela. Ela levou Wim para jantar em Chinatown naquela noite. Passaram momentos agradáveis juntos,

JOGO DO NAMORO

como sempre faziam, e quando voltaram ao hotel, ligaram para Meg. Em dois dias, Paris estaria voando até lá para vê-la, depois que tivesse acomodado Wim em seu dormitório. Ela supôs que isso levaria dois dias, e não estava com nenhuma pressa em deixá-lo lá. O que realmente a deixava apreensiva era voltar para casa.

Ela alugara uma van pequena para transportar a bagagem dele para o outro lado da ponte até a faculdade, e na manhã seguinte eles deixaram o hotel às dez, e seguiram todas as instruções que lhes foram dadas para ele se registrar. Logo que chegaram lá, Wim assumiu o controle. Ele deu para a mãe o pedaço de papel com o endereço do dormitório, disse-lhe que a encontraria lá em duas horas, e saiu a pé. Ela levou exatamente meia hora só para encontrar o endereço. O campus da Universidade de Berkeley era gigantesco. Paris passeou um pouco pelos arredores, e então sentou-se ao sol numa pedra do lado de fora do dormitório, esperando por ele. Era agradável ficar simplesmente sentada ali. O clima estava morno, o sol estava quente, e a temperatura estava pelo menos 15 graus mais quente do que estivera em São Francisco uma hora antes. E enquanto ficava ali sentada, desfrutando o sol em seu rosto, ela viu uma figura familiar à distância, um modo de andar lento que vira um milhão de vezes antes, e que teria reconhecido de olhos fechados, só pelo palpitar de seu coração. Era Peter, andando em sua direção com uma expressão determinada, e parando a alguns passos dela.

— Olá, Paris — disse friamente, como se mal tivessem se conhecido antes. Nada do tempo ou da história que passaram juntos aparecia em seus olhos ou em seu rosto. Ele tinha se preparado para a ocasião. E ela também. — Onde está Wim?

— Está se inscrevendo para as aulas, e pegando as chaves do dormitório. — Ele balançou a cabeça concordando, parecendo incerto sobre o que deveria fazer. Esperar com ela, ou se afastar e voltar depois. Mas ele também não tinha mais nada para fazer,

84 DANIELLE STEEL

e o campus era tão esmagador em sua enormidade que ficava um pouco desanimador sair andando por lá. Como ela, ele preferiu ficar e esperar, embora se sentisse constrangido de estar em sua companhia. Ele também não estivera ansioso pela viagem, e revestira-se de coragem pelo bem de Wim.

Eles ficaram sentados em silêncio durante algum tempo, perdidos em seus próprios pensamentos. Ele tentava manter seus pensamentos em Rachel. Ela ficava relembrando as coisas que discutira com Anne Smythe sobre vê-lo outra vez. E no final, foi Peter quem falou primeiro.

— Você está com uma boa aparência — disse ele formalmente, sem comentar o fato de que ela estava linda, mas muito magra.

— Obrigada. Você também. — Ela não perguntou como Rachel estava, ou se estava gostando de morar em Nova York, presumivelmente com ela. Há meses Paris suspeitava que o quarto de hotel que ele mantinha reservado era apenas uma fachada, pelo bem dos filhos, e o decoro anterior ao divórcio. Ela não perguntou se ele estava feliz por estar quase divorciado. O divórcio estaria concluído entre o Dia de Ação de Graças e o Natal, o que acrescentaria uma nova dimensão aos feriados para ela nesse ano. — Foi gentil da sua parte vir até aqui — disse polidamente, sentindo uma dor no coração só de estar tão próxima dele e ter de entabular uma conversa fiada com ele, o que parecia absurdo. — Significa muito para Wim.

— Pensei que poderia significar, por isso eu vim. Espero que não se importe que eu esteja aqui. — Ela levantou os olhos para ele, e ele estava mais atraente do que nunca. Ela tinha de se preparar só para olhar para ele. Ainda era quase impossível acreditar como ele a rejeitara de uma maneira tão total, súbita e irreversível. Fora o maior golpe de sua vida. Não podia nem se imaginar recuperando-se dele, ou ousando gostar de outra pessoa de novo. Tudo que conseguia imaginar era continuar a amá-lo, e sofrer daquele jeito pelo resto de sua vida.

— Acho que ambos temos que nos acostumar a fazer essas coisas — disse ela praticamente, tentando soar mais saudável do que se sentia. — Muitos eventos acontecerão que são importantes para as crianças, e temos de ser capazes de lidar com isso por elas. — Embora esse fosse muito próximo, e durante diversos dias, o que tornava as coisas mais difíceis para ela, especialmente em território estranho. Não podia ir para casa depois, para um ambiente mais seguro e familiar, e lamber as feridas. Tudo que podia fazer era voltar para o hotel, o que não era a mesma coisa. Ele balançou a cabeça, concordando silenciosamente com ela, e tudo que ela podia sentir era o futuro se esticando para sempre à frente deles. Um futuro no qual ele tinha Rachel, e ela estava sozinha.

Ele sentou-se num banco em silêncio por algum tempo, enquanto ela permanecia calmamente sentada na pedra, ambos desejando que Wim se apressasse. E finalmente, Peter olhou para ela outra vez. Ele parecia estar ficando cada vez mais desconfortável, e toda a vez que ela dava uma olhada para ele, quase podia vê-lo se contorcendo.

— Você está bem? — perguntou finalmente, e ela abriu os olhos. Tinha ficado com o rosto virado para o sol, tentando não sentir a proximidade dele, o que era praticamente impossível. Ansiava por se levantar e se jogar nos braços dele, ou aos seus pés. Como era possível passar mais da metade de uma vida com alguém e simplesmente levantar-se uma manhã e partir? Ainda era quase impossível para ela aceitar ou especular sobre isso.

— Estou bem — disse tranqüilamente, sem muita certeza do que ele estava querendo dizer. Ele queria saber se estava bem agora, enquanto estava esperando por Wim e sentada numa pedra ao sol, ou num sentido mais amplo? Ela não queria perguntar.

— Preocupo-me com você — disse ele, olhando para os sapatos. Era doloroso demais olhar para ela. Tudo que fizera com ela estava refletido em seus olhos. Eles pareciam piscinas de vidros verdes quebrados. — Isso tem sido duro para nós dois — disse ele finalmente, o que era difícil de acreditar.

— É o que você quer, não é? — sussurrou ela, rezando para que ele dissesse não. Era a última chance de falar isso para ele, ou pelo menos parecia ser.

— Sim. — Ele cuspiu a palavra como uma pedra que estivera presa em sua garganta. — É sim. Mas isso também não quer dizer que seja fácil para mim. Eu só posso imaginar como você deve estar se sentindo. — Para seu crédito, ele parecia triste e preocupado com ela.

— Não, você não pode. Eu também não poderia ter imaginado, até que aconteceu comigo. É como uma morte, só que pior. Às vezes tento fingir que você está morto, o que é mais fácil, porque então não tenho de pensar sobre onde você está, ou por que me deixou. — Estava sendo honesta com ele de um modo martirizante. Mas por que não sê-lo à essa altura? Não tinha mais nada a perder.

— Você vai melhorar com o tempo — disse ele com suavidade, não sabendo mais o que dizer, e então misericordiosamente ambos viram Wim correndo pela estrada em direção a eles. Ele chegou como uma lufada de vento de verão, quente, transpirando e sem fôlego. Por um instante, Paris ficou com pena de ele ter chegado naquele momento, e então, rapidamente, sentiu-se aliviada. Ouvira tudo que precisava saber. Peter estava firme em sua decisão, e apenas com pena dela. Não queria sua piedade e sim seu coração. Dali por diante a conversa só podia ter ido morro abaixo.

Era mais fácil se concentrar em Wim, e daquele momento em diante ambos ficaram ocupados carregando seus pertences escada acima. Quando chegaram em seu quarto, Paris se posicionou na área da cama de Wim, para desempacotar o que tinham trazido, e Peter e Wim arrastaram caixas e malas, um baú, um pequeno aparelho de som, um computador e uma bicicleta por três lances de escada. Tinham alugado da escola um microondas e uma pequena geladeira. Ele tinha tudo de que iria precisar, e eram quatro da tarde e nem todas as coisas estavam arrumadas. Àquela altura, dois de seus colegas de quarto tinham chegado, e o terceiro apareceu um pouco antes de eles partirem. Todos pareciam rapazes saudáveis, jovens e equilibrados. Dois eram da Califórnia e o terceiro era de Hong Kong. E pareciam ser uma boa combinação. Wim tinha prometido jantar com Peter naquela noite, e ele disse que voltaria às seis, e então voltou-se para Paris enquanto desciam a escada vagarosamente. Ambos pareciam cansados, tinha sido um dia longo e emotivo em todos os sentidos. Ela não só estava presenciando o filho mais novo voando para fora do ninho, e ajudando-o a fazer isso enquanto arrumava sua cama carinhosamente e guardava suas roupas, mas ao mesmo tempo estava libertando Peter, ou tentando fazê-lo. Era uma lembrança de sua dupla perda. Tripla, quando pensava em Meg. Todas as pessoas com que contara e amara agora tinham deixado sua vida diária, e Peter deixara muito mais do que isso. Ele partira para sempre.

Ele voltou-se para ela quando chegaram ao salão principal, que estava decorado com um quadro de avisos gigantesco coberto de panfletos e mensagens, e cartazes de concertos e eventos esportivos. Era a essência da vida universitária.

— Gostaria de se juntar a nós para jantar essa noite? — perguntou Peter generosamente, enquanto ela sacudia a cabeça. Estava quase esgotada demais para falar, enquanto puxava um cacho de cabelos loiros para trás, e ele teve de lutar com a tentação de fazer isso por ela. Ela mesma parecia uma mocinha vestida de jeans, camiseta e sandálias. Para ele, Paris parecia pouco mais velha que as garotas movimentando-se no dormitório vizinho, e vê-la daquela maneira lhe trouxe uma onda de recordações.

— Obrigada, mas estou acabada. Acho que voltarei para o hotel e contratarei uma massagem. — Ela estava cansada demais até para isso, mas a última coisa que queria fazer era sentar-se do outro lado de uma mesa de jantar com ele, ou pior, ao lado dele, e ver o que não podia mais ter. Cansada como estava, sabia que tudo o que faria era chorar. Queria poupá-los de tudo isso. — Verei Wim amanhã. Você vai voltar?

Ele sacudiu a cabeça em resposta.

— Tenho de estar em Chicago amanhã à noite. Partirei pela manhã, logo que o sol nascer. Mas acho que ele está bem estabelecido, e amanhã não vai querer mais saber de nenhum de nós. Ele terá dado a partida e começado a corrida — disse Peter com um sorriso. Estava orgulhoso do filho, assim como Paris.

— É, ele terá — disse ela com um sorriso triste. Doía tanto, não importava o quanto fosse certo. Era doloroso para ela. — Obrigada por carregar toda a bagagem pesada — disse ela, enquanto ele a acompanhava até a *van*. — Não parecia ser tanta coisa quando empacotamos tudo. — De alguma forma a bagagem aumentara em proporções extraordinárias no vôo até lá.

— Nunca parece ser — disse ele com um sorriso. — Lembra-se de quando levamos Meg para Vassar? Nunca vi tanta coisa em minha vida. — Ela levara até papel de parede e cortinas, e um tapete, e tinha insistido para que seu pai aplicasse o papel de parede com um grampeador que ela trouxera. Tinha o talento da mãe para transformar cômodos, e felizmente sua colega de quarto gostara do que havia trazido. Mas Peter nunca trabalhara tanto em sua vida. Colocar as cortinas a contento dela fora uma agonia, e Paris riu das lembranças com ele. — O que aconteceu com aquilo tudo? Não lembro de ter voltado para casa, ou ela levou para Nova York? — Eram detalhes pequenos dos quais uma vida toda era feita. Uma vida toda que eles haviam compartilhado e não compartilhariam outra vez.

— Ela vendeu para uma caloura quando partiu. — Ele balançou a cabeça, e eles se olharam por um longo momento. Tantas lembranças que tinham compartilhado eram agora irrelevantes, como roupas velhas deixadas no sótão para se desintegrar silenciosamente. O sótão dos seus corações, e do casamento que ele destruíra. Ela se sentia como se sua vida toda tivesse sido depositada num caminhão de lixo. Todas as coisas que um dia tinham sido tratadas com carinho e amadas e pertenciam a alguém, e agora não tinham mais um lar. Assim como ela tinha sido atirada fora junto com elas. Jogada fora, esquecida, sem amor. Era um pensamento deprimente.

— Cuide-se — disse ele sombriamente, e então finalmente se permitiu dizer o que pensara o dia todo. — Estou sendo sincero, cuide-se. Você está terrivelmente magra. — Ela não sabia o que responder para ele, só o olhou, balançou a cabeça, e olhou para longe de modo que ele não visse as lágrimas em seus olhos. — Obrigado por ter permitido que eu estivesse aqui hoje.

— Fico feliz que você pudesse estar — disse ela generosamente. — Não teria sido a mesma coisa para Wim se você não estivesse. — Ele balançou a cabeça concordando, e ela entrou na van sem olhar para ele, e um momento mais tarde se afastou dirigindo, enquanto ele a observava por um longo tempo. Peter acreditava na escolha que fizera, e havia momentos em que nunca conhecera tamanha felicidade como a que ele e Rachel compartilhavam. E havia outros momentos em que sabia que sentiria a falta de Paris para sempre. Ela era uma mulher extraordinária. E esperava que um dia superasse o que ele lhe fizera. Ele a admirava pela dignidade e pela coragem. Sabia melhor que ninguém que era uma mulher de grande dignidade. Mais do que ele achava que merecia.

Capítulo 7

QUANDO PARIS APARECEU no dormitório no dia seguinte para ver Wim, ele estava saindo com os amigos. Tinha mil coisas em que se inscrever, pessoas para conhecer, mundos a descobrir, coisas a fazer, e ela percebeu em minutos que se ficasse por ali, estaria atrapalhando. Seu trabalho estava feito. Era hora de partir.

— Você quer sair para jantar hoje à noite? — perguntou esperançosa, e ele pareceu constrangido e sacudiu a cabeça.

— Não posso. Desculpe, mamãe. Vai haver uma assembléia para o departamento atlético essa noite. — Ela sabia que ele queria entrar para o time de natação. Fizera parte do time principal durante todo o ensino médio.

— Tudo bem, querido. Acho que vou a Los Angeles ver Meg. Vai ficar bem? — Ela meio que desejou que ele jogasse os braços ao redor de seu pescoço e implorasse para que ela não partisse, como tinha feito na colônia de férias. Mas agora ele era um garoto crescido, e estava pronto para voar. Ela o abraçou por um longo momento, e ele a olhou com um sorriso inesquecível.

— Amo você, mamãe — sussurrou, enquanto os outros o esperavam no corredor. — Cuide-se. E obrigado por tudo. —

Ele queria agradecer pelo dia anterior que, apesar de tudo, ela se dispusera a passar com seu pai, mas não sabia como fazer isso. O pai tinha falado respeitosamente dela na noite anterior, o que quase tinha feito com que Wim perguntasse a ele por que a havia deixado se a tinha em tão alta opinião. Era impossível entender, e era mais do que queria saber. Ele só queria que ambos fossem felizes, a qualquer preço. Especialmente sua mãe. Às vezes ela parecia tão frágil. — Ligarei para você — prometeu Wim.

— Eu amo você... Divirta-se... — disse ela, enquanto saíam do quarto dele, e ele se apressava descendo a escada com um aceno. E então ele se foi, e ela desceu lentamente, desejando só por um segundo que ele fosse criança outra vez, e estivesse começando tudo de novo. Mas o que ela teria feito diferente? Mesmo sabendo o que sabia agora, teria casado com Peter de qualquer maneira. E teria tido Wim e Meg. A não ser pelos últimos desastrosos três meses, não tinha arrependimentos com relação ao seu casamento.

Ela dirigiu de volta a São Francisco na van num dia brilhantemente ensolarado, e retornou ao hotel para fazer as malas. Tinha pensando em visitar algumas casas e apartamentos, para o caso de um dia decidir se mudar, mas não estava com vontade. Tendo deixado um de seus filhotinhos em Berkeley, estava ansiosa para ver o outro em Los Angeles. Paris reservou o vôo das 15 h, arranjou para que um carro a levasse para o aeroporto, e pediu ao hotel para devolver a van, já que, de qualquer modo, eles a tinham alugado para ela. E às 13h30 estava a caminho do aeroporto. Devia chegar em Los Angeles logo após as 16h, e tinha prometido pegar Meg no trabalho. Naquela noite, Paris ficaria no apartamento de Meg, o que parecia divertido e seria menos solitário do que ficar num hotel.

E durante o vôo ela pensou em Peter outra vez, em sua aparência, nas coisas que ele dissera. Pelo menos pudera superar aquilo

92 DANIELLE STEEL

tudo, e conseguira não se humilhar, ou constranger Wim. Considerando todas as coisas, se saíra bem. Tinha um bocado de coisas para conversar com Anne Smythe. E depois, ela fechou os olhos por alguns minutos, e dormiu até aterrissarem em Los Angeles.

No momento em que chegaram, ela pôde sentir que estava numa metrópole alvoroçada e não numa pequena cidade provinciana como São Francisco, ou um subúrbio intelectual boêmio como Berkeley. A atmosfera em Los Angeles, mesmo no aeroporto, era mais como a de Nova York, com roupas mais à vontade e um clima melhor. Só estar lá já era divertido. E quando ela chegou ao estúdio, pôde ver por que Meg o adorava. Seu trabalho era enlouquecido. Mil coisas estavam acontecendo ao mesmo tempo. Atores e atrizes com lindos cabelos e maquilagens perfeitas cruzavam o set apressadamente ou fazendo exigências frenéticas. Técnicos estavam por todos os lados, com acessórios de iluminação nas mãos ou rolos de fiação enrolados nos pescoços. Operadores cinematográficos gritando para outros para montar cenários que ainda tinham de ser iluminados. E um diretor acabara de dizer a todos para dar as atividades por encerradas, o que deixou Meg livre para sair.

— Puxa! É assim todos os dias? — perguntou Paris, fascinada pela ação rodopiando ao redor delas. Meg sorriu, parecendo tranqüila e equilibrada.

— Não. — Meg riu. — Geralmente é mais movimentado ainda. Metade dos atores está de folga hoje.

— Estou impressionada. — Sua filha nunca parecera tão feliz. Ela estava com uma aparência esplêndida, e parecida exatamente com sua mãe. Elas tinham feições idênticas, os mesmos cabelos louros longos, e hoje em dia Paris estava ainda mais magra que Meg, o que lhe dava uma aparência ainda mais jovem.

— Você duas parecem irmãs! — comentou um técnico de iluminação com um sorriso largo enquanto passava por elas, tendo acabado de ouvir Meg chamá-la de "mamãe". E Paris sorriu. Era um mundo intrigante, e uma cena divertida.

E quando ela viu o apartamento de Meg, ficou satisfeita. Era um apartamento pequeno e bonito de um quarto, em Malibu, com vista para a praia. Era um lugar adorável. Ela havia se mudado recentemente de um apartamento menor em Venice Beach, um aumento de salário lhe havia permitido vir para cá, juntamente com um pequeno subsídio que os pais lhe mandavam todos os meses. Eles não queriam que morasse numa vizinhança perigosa, e essa era tudo menos isso. A própria Paris teria se sentido feliz lá, e ver aquilo tudo fez com que pensasse outra vez em morar na Califórnia, para estar perto deles.

— Você foi ver alguma casa em São Francisco? — perguntou Meg, enquanto servia um copo de chá gelado para cada uma delas de uma jarra que mantinha na geladeira, do mesmo jeito que sua mãe fazia. Era uma recordação de casa agradável para Paris, e confortadora enquanto ficavam sentadas numa pequena varanda, e desfrutavam os últimos raios do sol.

— Realmente não tive tempo — disse Paris vagamente, mas tinha a ver mais com estado de espírito do que com tempo. Dizer adeus para Wim a deixara entristecida, sem mencionar o adeus a Peter, e depois disso tudo o que queria fazer era ir embora, e ver Meg para levantar seu astral. Ela se sentira só quando chegara, mas agora estava se sentindo melhor.

— Como é que foi com o papai? — perguntou com uma expressão preocupada, soltando o rabo-de-cavalo que usara o dia todo no trabalho, e deixando os longos cabelos caírem sobre os ombros e descerem pelas costas. Eles eram ainda mais longos do que os de sua mãe, e quando os soltou fizeram-na parecer uma garotinha para Paris. Era uma garota espetacular, tão bonita quanto as atrizes no estúdio, mas não tinha interesse nessa parte. Ela estava usando um top amarrado atrás do pescoço, sandálias de dedo, e jeans, seu uniforme para o trabalho. — Ele se comportou decentemente? — perguntou Meg, parecendo preocupada. Sabia que fora um esforço para sua mãe, embora Wim tivesse dito quando telefonou que eles tinham ficado bem. Mas ele só tinha 18 anos, e às vezes não notava as sutilezas.

— Foi bem — disse Paris, parecendo cansada, e tomando um gole do chá gelado. — Ele foi muito gentil. Foi bom para o Wim.

— E para você?

Paris suspirou. Podia ser franca com Meg. Ela sempre era. Eram tão amigas quanto eram mãe e filha, e sempre tinham sido. Elas não tinham passado por quase nada da rivalidade que vem com os anos de adolescência. Meg sempre fora razoável e estivera disposta a conversar sobre as coisas, diferentemente da maioria dos seus amigos. As amigas de Paris lhe diziam que não sabia o quanto era abençoada, mas ela sabia, agora ainda mais. Meg fora sua maior fonte de apoio desde que Peter partira, quase como uma mãe em vez de uma criança. Mas ela não era mais uma criança. Era uma mulher, e Paris respeitava suas opiniões.

— Para ser honesta, foi difícil. Sua aparência é a mesma de sempre. Eu o vejo, e uma parte de mim pensa que ainda estamos casados, e tecnicamente estamos. É tão estranho, e tão difícil de entender que ele não faz mais parte da minha vida. Provavelmente, também foi difícil para ele. Mas é isso que ele quer. Ele deixou isso claro outra vez. Não sei o que aconteceu. Gostaria de saber. Gostaria de saber onde errei, onde fracassei, o que fiz ou não fiz... Devo ter feito alguma coisa. Você simplesmente não acorda um dia e vai embora. Ou talvez você faça isso. Não sei... Acho que nunca vou entender. Ou superar — disse tristemente, enquanto o sol brilhava em seus cabelos dourados.

— Você foi muito compreensiva ao deixar que ele fosse a Berkeley com você. — Meg a admirava muito, e especialmente a

JOGO DO NAMORO 95

dignidade com que estava encarando o divórcio. Paris sentia que não havia outra escolha. Ela não o odiava, nem mesmo agora. E sabia que tinha de sobreviver a isso, não importava o que custasse. Por enquanto, estava custando cada grama de sua coragem.

— Ele estar lá foi o correto. Deixou Wim realmente feliz. — Então ela contou para Meg sobre a cena da faculdade em Berkeley, os colegas dele, seu dormitório. — Ele estava tão bonitinho quando o deixei. Detestei partir. Vou detestar ainda mais quando voltar para Greenwich. Vou começar a fazer um pouco de trabalho voluntário em setembro.

— Ainda acho que sua analista está certa, você deveria mudar de lá.

— Talvez — disse Paris pensativa, mas não soava convencida. — Então, e quanto a você? Como é o novo namorado? Ele é bonito? — Meg riu em resposta.

— Acho que é. Talvez você não ache. Ele é um tipo de espírito livre. Nasceu numa comunidade em São Francisco, e cresceu no Havaí. Nós nos damos bastante bem. Ele virá mais tarde, depois do jantar. Disse a ele que primeiro queria um tempo a sós com você. — Meg adorava passar tempo com sua mãe, e sabia que ela não ficaria na cidade por muito tempo.

— Qual é o nome dele? Acho que você não me disse. — Tanta coisa tinha acontecido ultimamente, não tinham falado muito sobre o novo namorado, e Meg sorriu.

— Peace.

— Peace? — Paris pareceu surpresa, e Meg riu.

— É, eu sei. Na verdade, combina com ele. Peace Jones. É um ótimo nome para um ator. Ninguém jamais esquece. Ele quer fazer filmes de artes marciais, mas ainda está encalhado nos filmes de terror. Tem uma aparência fantástica. Sua mãe é eurasiana, e o pai é negro. É a mistura mais inacreditável de pessoas exóticas. Ele parece um pouco mexicano, com grandes olhos.

96 DANIELLE STEEL

— Parece interessante — disse Paris, tentando manter a mente aberta. Mas nem mesmo mais aberta, sua mente não estava preparada para Peace Jones quando ele chegou. Era tudo que Meg lhe dissera, e mais. Ele era exoticamente bonito, tinha um físico espetacular que aparecia com perfeição numa camiseta cavada que estava usando e jeans apertados. Andava numa motocicleta que podia ser ouvida por quilômetros e usava botas Harley-Davidson que deixavam marcas negras por todo o tapete bege de Meg, que ela parecia não notar ou com as quais não se importava. Ela estava encantada com ele. E após meia hora da presença dele lá, Paris estava em pânico. Ele falava livremente das drogas que usara quando adolescente no Havaí, metade das quais Paris nunca tinha ouvido falar, e não prestava atenção nas tentativas de Meg para mudar o assunto. Mas ele disse que tinha desistido de todas elas quando se envolvera seriamente em artes marciais. Era faixa-preta de caratê, e disse que passava quatro horas por dia, se não cinco, treinando. E em resposta às perguntas maternais de Paris, ele ficou perplexo quando ela perguntou onde fizera faculdade. Ele disse que praticava educação física regularmente para manter o organismo purificado, e fazia dieta macrobiótica. Era um completo maníaco por saúde, o que pelo menos era um alívio, já que, como resultado, tinha desistido das drogas e do álcool. Mas o único assunto em que parecia estar interessado em falar era sobre seu corpo. E ele conversou em termos enlevados com Paris sobre sua filha, o que pelo menos era alguma coisa. Ele era louco por ela. E até mesmo Paris podia sentir que a atração física entre eles era poderosa. Foi como se toda a vida tivesse sido sugada do ambiente quando ele beijou Meg apaixonadamente, e depois as deixou. E Meg riu quando voltou para o cômodo e olhou para sua mãe, cujo silêncio dizia tudo.

— Agora, mamãe, não entre em pânico.

JOGO DO NAMORO

— Me dê uma razão para não fazer isso — disse Paris, parecendo acanhada. Ela e Meg eram próximas demais para esconder qualquer coisa uma da outra.

— Por uma, não vou casar com ele. Só estamos nos divertindo um com o outro.

— Do que vocês falam? Além das lavagens intestinais de ervas e do programa de exercícios dele? — Meg quase caiu num ataque histérico com a expressão da mãe. — Embora, eu admita, que certamente é um tema fascinante. Pelo amor de Deus, Meg... quem é ele?

— Só um cara legal que conheci. Ele é gentil comigo. Falamos sobre a indústria do cinema. Ele é saudável, não usa drogas, e não está em treinamento para ser um alcoólatra, como a maioria dos sujeitos que conheci quando cheguei aqui. Mamãe, você não sabe como é sair em encontros. Existem muitos sujeitos esquisitos lá fora, e um monte de perdedores.

— Não é muito tranqüilizante, se ele é o que qualifica um sujeito que não é esquisito. Embora tenha sido educado, e pareça ser bom com você. Meg, você consegue imaginar a cara de seu pai se o tivesse conhecido?

— Nem pense nisso. Não estamos saindo há tanto tempo assim, e provavelmente nem vamos continuar por muito mais tempo. Preciso sair mais, e a dieta dele o mantém bastante limitado. Ele odeia boates, bares e restaurantes e vai para a cama às 20h30.

— Isso não é muito divertido — admitiu Paris. Conhecer Peace Jones fora uma experiência totalmente nova, e fez com que se preocupasse com o que Meg andava fazendo. Mas pelo menos o fato de ele não beber ou usar drogas era alguma coisa, embora não fosse o bastante aos olhos de Paris.

— Ele também é muito religioso. É budista. — Meg estava fazendo a campanha dele para a mãe.

— Por causa da mãe?

— Não, ela é judia. Ela se converteu quando se casou com um cara que conheceu em Nova York. É por causa do caratê.

— Não estou preparada para isso, Meg. Se é assim que as coisas são por aqui, vou ficar em Greenwich.

— São Francisco é muito mais conservadora. Além disso, lá todos são gays. — Meg a estava provocando, mas certamente era uma grande porção da população, e ela era famosa por isso. As garotas que moravam lá que Meg conhecia, reclamavam constantemente que todos que elas conheciam eram gays, e mais bonitos do que elas.

— Isso é reconfortante. E você quer que eu mude para lá? Pelo menos encontrarei um cabelereiro decente, se um dia quiser cortar os cabelos e fazer um penteado — disse Paris, e Meg balançou um dedo para ela.

— Que vergonha, mamãe. Meu cabelereiro é hetero. Homens gays estão administrando o mundo. Acho que você gostaria de São Francisco — disse ela, seriamente. — Você podia viver em Marin County, que é como Greenwich, com um bom tempo.

— Não sei, querida. Tenho amigos em Connecticut. Estou lá há uma eternidade. — Parecia amedrontador demais simplesmente arrancar suas raízes e se mudar para quase cinco mil quilômetros de distância porque Peter a havia deixado, embora fosse tentador ficar mais perto dos filhos. Mas a Califórnia parecia ser uma cultura totalmente diferente, e mesmo com sua idade sentia-se velha demais para se ajustar a ela. Era perfeito para Meg, mas não parecia ser a manobra certa para ela.

— Com que freqüência você vê esses amigos agora? — Meg a desafiou.

— Não com muita freqüência — confessou ela. — Está bem. Nunca. No momento. Mas quando as coisas se assentarem, e eu

JOGO DO NAMORO

me acostumar a isso, sairei outra vez. Simplesmente não tenho me sentido com vontade de fazer isso — disse honestamente.

— Algum deles é solteiro? — Meg perguntou cuidadosamente.

Paris pensou por um momento.

— Acho que não. Os solteiros, os viúvos e os que se divorciam mudam para a cidade. É uma comunidade basicamente de casados, pelo menos entre as pessoas que conhecemos.

— Exatamente. Como é que você espera começar sua vida outra vez, entre um monte de pessoas casadas que você conhece há uma vida toda? Com quem você vai sair, mamãe? — Era uma pergunta válida, mas Paris não queria ouvi-la.

— Não vou sair. Aliás, ainda estou casada.

— Por mais três meses. E então o que vai fazer? Não pode ficar sozinha para sempre. — Meg era firme, e Paris evitou seu olhar insistente.

— Sim, eu posso — disse Paris teimosamente. — Se o que me aguarda lá fora é uma geração mais velha de Peace Jones, acho que prefiro continuar solteira e esquecer disso. Não saio num encontro desde os vinte anos, e não vou começar agora, na minha idade. Isso me deprimiria profundamente.

— Você não pode desistir da vida aos 46 anos, mamãe. Isso é loucura. — Mas também era loucura estar solteira depois de 24 anos de casada. Era tudo uma loucura. E se sanidade era sair com uma versão adulta de um Peace Jones, Paris preferiria ser queimada num tronco no estacionamento de um shopping, e disse isso para a filha.

— Pare de usá-lo como uma desculpa. Ele é incomum, e você sabe disso. Existem muitos homens adultos respeitáveis lá fora que se divorciaram ou perderam suas esposas, e que adorariam encontrar um novo relacionamento. Eles são tão solitários quanto você.

100 DANIELLE STEEL

Paris estava tanto com o coração partido como solitária, esse era o verdadeiro problema. Ela não superara Peter, e não esperava fazê-lo ainda nessa vida.

— Pelo menos pense nisso. Para o futuro. E pense em mudar para a Califórnia. Eu adoraria. — disse Meg calorosamente.

— Eu também, querida. — Paris estava sensibilizada com a preocupação e entusiasmo de sua filha. — Mas sempre é possível voar para cá com mais freqüência. Eu adoraria ver você mais. — Meg planejava ir para casa no Dia de Ação de Graças, mas não tinham planos de se verem mais cedo, o que seria duro para Paris. — Talvez eu possa pegar um avião para cá e passar o fim de semana uma vez por mês. — Agora não tinha mais nada para fazer, mas a verdade era que Meg estava ocupada nos fins de semana. Tinha sua própria vida. E, um dia, Paris precisaria ter uma também, mas simplesmente ainda não estava pronta para lidar com isso.

Naquela noite, prepararam o jantar juntas na cozinha pequena e alegre. E dormiram na mesma cama. E no dia seguinte, Paris saiu passeando para cima e para baixo na Rodeo Drive, em Beverly Hills, olhando as vitrines, e depois voltou ao apartamento para esperar por Meg. Ela ficou sentada no deque pegando os últimos raios de sol, pensando no que Meg dissera e especulando sobre o que faria de sua vida. Não conseguia nem imaginar como seria o resto de sua vida agora, e nem tinha certeza se isso importava para ela. Realmente não queria encontrar outro homem, ou sair em encontros com homens. Se não podia ter Peter, preferia ficar sozinha, e passar o tempo com seus filhos e amigos. Só os riscos de encontrar com alguém nos dias de hoje, e dormir com eles, pareciam apavorantes demais para ela. E ela tinha dito isso para Anne Smythe. Era muito mais simples ficar sozinha.

Meg teve um problema no estúdio aquela noite, e não chegou em casa até as dez horas. Paris fez o jantar para ela, e ficou agradecida por deitar na cama com ela. Havia algo tão reconfor-

JOGO DO NAMORO

tante em ficar simplesmente ao lado de outro ser humano e sentir seu calor. Ela dormiu melhor do que dormira em meses. E no dia seguinte, elas tomaram o café-da-manhã no deque. Meg tinha de estar de volta no estúdio às nove, e Paris pegaria o vôo de volta para Nova York ao meio-dia.

— Vou sentir sua falta, mamãe — disse Meg tristemente quando saiu. Ela tinha adorado as duas noites que passaram juntas. E Peace disse que sua mãe era ótima e uma verdadeira beldade, o que ela comunicou devidamente à sua mãe. Paris tinha rido e revirado os olhos. Ele era inofensivo, assim esperava, mas definitivamente estranho. E esperava que fosse um desvio temporário para Meg.

— Quero que volte e me visite em breve, mesmo que não vá ver Wim. — Ambas sabiam que ele queria finalmente abrir as asas, e ficar independente de ambas.

Logo que Meg foi para o trabalho, Paris sentiu uma onda de tristeza engolfá-la. Por mais amorosa e acolhedora que a filha fosse, ela era uma mulher adulta, com um trabalho exigente e uma vida ocupada. Não havia espaço para Paris na vida dela, a não ser por alguns dias e breves visitas. Agora ela tinha de abrir seu próprio caminho, e se ajustar às realidades de sua própria vida. A realidade era que estava sozinha, e ficaria daquele jeito. E ela chorou quando escreveu um bilhete de agradecimento para Meg antes de partir. Paris ficou triste no táxi o caminho todo até o aeroporto, e no vôo de retorno para Nova York. E quando entrou na casa silenciosa em Greenwich, o vazio dela a acertou como uma bomba. Não havia ninguém. Não havia Wim. Não havia Meg. Não havia Peter. Não havia mais nenhuma maneira de se esconder disso. Estava completamente sozinha, e pensou que seu coração partiria enquanto deitava na cama aquela noite, pensando em Peter, e o quanto ele lhe parecera bonito e familiar na Califórnia. Não havia esperanças. E enquanto adormecia na cama que um dia tinham compartilhado, sentiu o desespero envolvê-la até ter a sensação de estar a ponto de se afogar. Às vezes, ainda era difícil acreditar que tinha sobrevivido. À noite, sozinha em sua cama, parecia que todas as pessoas que amara tinham partido.

Capítulo 8

AS SESSÕES COM ANNE SMYTHE pareceram ficar mais difíceis depois que Paris voltou da Califórnia. A terapeuta a estava pressionando com mais rigor, fazendo-a olhar profundamente dentro de si mesma, e trazendo à tona problemas dolorosos. Agora ela chorava em todas as sessões, e o trabalho voluntário que estava fazendo com crianças maltratadas em Stamford era deprimente. Sua vida social não existia. Ela era implacavelmente teimosa sobre o assunto. Não ia a lugar nenhum e não via ninguém, exceto por um almoço ocasional com Natalie e Virginia. Mas agora parecia ter menos coisas em comum com elas. Embora seus filhos tivessem a mesma idade dos delas, ambas tinham maridos, vidas ocupadas, alguém com quem dividir seus dias e noites, e cuidar delas. Paris não tinha ninguém. Tudo o que tinha eram telefonemas para Wim e Meg na Califórnia. Ela insistia teimosamente com Anne que ficaria em Greenwich. Do ponto de vista de Paris, pertencia ao lugar, e não queria se mudar para o Oeste.

— E que tal um emprego? — Anne a pressionou sobre isso outra vez numa manhã, e Paris a olhou desesperada.

104 DANIELLE STEEL

— Fazendo o quê? Arrumando flores? Fazendo festas com jantares? Fazendo lotada? Não sei fazer nada.

— Você tem mestrado em administração de empresas — disse Anne com severidade. Ela botava os pés de Paris no fogo com grande regularidade, mas de algumas maneiras Paris a amava por isso, embora houvesse ocasiões em que também a odiava por isso. A ligação de amizade e respeito entre as duas mulheres parecia ficar cada vez mais forte semana após semana.

— Eu não saberia dirigir uma empresa se minha vida dependesse disso — respondeu Paris — Nunca soube. Tudo que aprendi na escola de administração foi teoria. Nunca pus nada em prática. Tudo que fiz desde então foi ser esposa e mãe.

— Uma atividade respeitável. Agora está na hora de fazer outra coisa.

— Não quero fazer outra coisa. — Paris afundou-se em sua cadeira com os braços cruzados e parecia uma criança fazendo beicinho.

— Está gostando de sua vida, Paris? — disse Anne tranqüilamente, com uma expressão calma.

— Não, não estou. Detesto cada minuto dela. — E tinha certeza que sempre detestaria dali por diante.

— Então sua tarefa, antes que nos encontremos de novo, é pensar sobre o que você gostaria de fazer. Não me importa o que seja. Mas alguma coisa que você realmente goste de fazer, mesmo que seja algo que nunca fez antes, ou que não faz há anos. Tricotar, bordar tapeçaria, jogar hóquei no gelo, ir a aulas de culinária, fotografar, manipular fantoches, pintar. O que for. Você decide. Por enquanto, esqueça do emprego. Vamos descobrir algumas coisas que você goste de fazer.

— Não sei o que gosto de fazer — disse Paris, com uma expressão neutra. — Tenho tomado conta de todas as outras pessoas pelos últimos 24 anos. Nunca tive tempo para mim.

— A finalidade é justamente essa. Agora vamos cuidar de você. Hora do divertimento. Pense em duas coisas ou até mesmo uma que você quer fazer. Não importa o quanto ela pareça tola.

Paris ainda estava parecendo desconcertada quando saiu, e mais ainda quando tentou colocar a caneta no papel. Não conseguia pensar numa única coisa que gostaria de fazer, exceto que alguma coisa que Anne dissera no consultório impressionara Paris, e ela não conseguia lembrar o que fora. Naquela noite, ela já estava na cama, no escuro, pensando um pouco mais sobre isso, quando repentinamente lembrou. Hóquei no gelo. Fora isso que Anne dissera. Patinar no gelo. Ela adorava patinar quando era criança, e sempre tinha gostado de assistir aos patinadores dançando no gelo aos pares. Três dias mais tarde ela retornou vitoriosa para Anne. Ainda a visitava duas vezes por semana, e ainda não se sentia pronta para reduzir as visitas a uma.

— Está bem, descobri algo — disse ela com um sorriso cauteloso. — Patinação no gelo. Eu costumava adorar patinação no gelo quando garotinha. Eu levava Wim e Meg para patinar quando eram pequenos.

— Está bem, então sua tarefa é se levar a um rinque de patinação no gelo o mais rápido possível. Quando nos encontrarmos de novo, quero ouvir que esteve no gelo se divertindo.

Paris se sentiu absolutamente ridícula, mas na semana seguinte foi ao Rinque de Patinação Dorothy Hamil, em Greenwich, e saiu deslizando pelo gelo numa manhã de domingo. Ainda era cedo, e não havia ninguém, exceto uns poucos meninos usando patins de hóquei, e umas duas senhoras idosas, que eram patinadoras surpreendentemente boas e patinavam há anos. E após meia-hora lá, Paris estava se divertindo a valer.

Ela patinou outra vez na semana seguinte, numa quinta-feira pela manhã, e se surpreendeu contratando um instrutor para lhe ensinar a dar piruetas. Estava se tornando seu entretenimento semanal favorito, e quando os filhos vieram para casa para o Dia de Ação de Graças, ela já estava indo bastante bem. O que ainda não tinha feito era ir a qualquer lugar socialmente. Ela não saíra para jantar, ou para uma boate, ou até mesmo para ir ao cinema, desde que Peter partira. Ela disse para Anne que era constrangedor demais sair socialmente, com todos sabendo o que acontecera com ela, e era deprimente demais ir ao cinema sozinha. O único lugar onde se divertia era no gelo. Mas pelo menos tinha isso. E Wim e Meg ficaram imensamente impressionados com sua perícia recém-descoberta quando Paris os convenceu a ir patinar no gelo com ela na manhã de Ação de Graças. Ela se sentia outra vez como uma criança, e até Wim disse que estava orgulhoso dela quando viu o que conseguia fazer.

— Você parece a Peggy Fleming, mamãe — disse Meg, com admiração.

— Dificilmente, querida. Mas de qualquer modo, obrigada.

— Eles patinaram juntos até quase meio-dia. E então foram para casa comer o peru que Paris deixara no forno enquanto saíam. Mas apesar da manhã agradável que compartilharam, e o fato de estar excitada por tê-los em casa, foi uma tarde difícil. O feriado parecia ressaltar tudo que havia mudado no ano que passara. Era angustiante para Paris, e Wim e Meg tinham programado jantar com Peter na cidade na noite seguinte. Ele também estava ansioso por vê-los, mas compreendera que queriam estar com a mãe no Dia de Ação de Graças, e não os pressionara com relação a isso.

Tanto Wim quanto Meg estavam com uma ótima aparência quando pegaram o trem das cinco para a cidade na sexta-feira. Ele os estava levando ao Le Cirque para jantar, o que parecia muito festivo e generoso da parte dele. Ambos aguardavam a ocasião ansiosamente. Meg estava usando um vestidinho preto de sua mãe, e Wim decidira usar um terno, e de repente parecia ser mais velho. Ele parecia ter amadurecido visivelmente nos três meses desde que partira para a faculdade. E Paris estava inegavelmente orgulhosa dele.

Peter estava esperando por eles na entrada do restaurante num terno de risca de giz, e Meg achou que ele estava muito atraente, e lhe disse isso. Ele ficou satisfeito e feliz em passar a tarde com eles. Tinha convidado ambos para ficar com ele no hotel, e reservado quartos para cada um. E, no sábado de manhã, eles planejavam voltar para casa em Greenwich. Ambos retornariam para a costa oeste na manhã de domingo. E na noite de sábado, os dois planejavam ver seus amigos. Com pais separados para satisfazer, agora era difícil encaixar todos no programa, embora ambos também tivessem encontrado com alguns amigos na noite anterior, depois do jantar de Ação de Graças. Paris estava simplesmente grata em ter ambos dormindo lá, não queria monopolizar o tempo deles, e nem Peter queria isso. E eles ficaram contentes em ir à cidade. As árvores de Natal já estavam por todos os lados, e com a neve caindo, havia um ar festivo e a cena parecia com a de um cartão de Natal.

No início, Peter parecia estar um pouco tenso com Meg, como se não soubesse o que lhe dizer, e um pouco mais à vontade com Wim. Ele nunca tinha tido muita facilidade para entabular conversas, e sempre haviam contado com a mãe deles para manter o bate-papo. Sem ela, as coisas ficavam um pouco emperradas. Mas eventualmente, depois de um copo de vinho, ele pareceu relaxar. Nenhum dos filhos tinha visto Peter com muita freqüência depois que ele se fora, embora ele tivesse feito questão de telefonar para eles sempre. E Meg ficou sensibilizada e surpresa quando ele pediu champanhe para a sobremesa.

— Estamos celebrando alguma coisa? — perguntou ela, brincando com ele. Para ela era legal beber, e ela empurrou a taça para Wim para que também pudesse tomar um gole.

108 DANIELLE STEEL

— Bem, na verdade, sim — disse ele, parecendo constrangido. — Tenho um pequeno anúncio a fazer. — Era difícil saber o que seria. Meg pensou que ele havia comprado uma casa nova ou um apartamento, ou melhor ainda, talvez estivesse pensando em voltar para sua mãe. Mas nesse caso, raciocinou, ele teria convidado Paris para se juntar a eles, e ele não fizera isso. Eles ficaram na expectativa, enquanto Peter baixava sua taça e parecia estar esperando o som de tambores. Isso estava sendo mais difícil do que ele esperara, estava se sentindo extremamente nervoso e isso transparecia. — Vou me casar — disse afinal abruptamente, enquanto os filhos olhavam fixamente para ele, assombrados. Antes daquele momento, não tinha havido nada nas conversas com ele que sugerisse isso, mesmo que remotamente. Ele tinha pensado que estava dando tempo para eles se ajustarem ao divórcio, e protegendo Rachel de suas conclusões inevitáveis. Nunca sequer lhe havia ocorrido os danos que causaria ao seu relacionamento com eles deixando que Rachel caísse em suas vidas como um fato consumado, uma surpresa.

— Você está brincando, certo? — Meg foi a primeira a responder. — Não pode estar casando. — Ela parecia chocada, e seu rosto ficou instantaneamente branco como giz.

Tudo em que Wim podia pensar era em sua mãe. Isso a mataria.

— Mamãe sabe?

Ambos pareciam abatidos, e Peter parecia estar em pânico.

— Não, ela não sabe. Vocês são os primeiros a saber. Achei que deviam saber primeiro.

Com quem ele estava casando? Eles nem a haviam conhecido. Meg só conseguia pensar em como é que ele podia fazer isso? E ela não pôde deixar de imaginar que a mulher com quem ele estava casando devia ser a razão pela qual ele deixara sua mãe. Ainda nem estavam divorciados. Como é que ele podia pensar

JOGO DO NAMORO

em se casar? Sua mãe não estava nem saindo em encontros com outros homens e ele mal tinha saído de casa.

— Quando a conheceu? — perguntou Meg sensatamente, mas sentia como se sua cabeça estivesse girando. Tudo que queria fazer era pular de pé, agredi-lo e correr para fora do restaurante gritando, mas sabia que isso seria infantilidade. Sentiu que pelo menos ele merecia que o ouvisse. Talvez tivesse acabado de conhecê-la. Mas se fosse o caso, casar com ela nessa rapidez era loucura. Meg pensou se ele estaria louco.

— Ela trabalha na minha firma de advocacia há dois anos. É uma jovem muito agradável e muito inteligente. Cursou Stanford — disse a eles, como se isso fizesse uma diferença. — E a Faculdade de Direito de Harvard. — Então ela era inteligente e culta. Pelo menos isso eles tinham estabelecido. — E tem dois filhos, Jason e Thomas, que têm cinco e sete anos. Acho que vocês vão gostar deles. — Oh, meu Deus, pensou Meg consigo mesma, eles seriam seus meio-irmãos. E ela podia ver nos olhos do pai que ele estava falando sério. A única coisa pela qual estava grata, enquanto o ouvia, era que ele tinha tido o bom gosto de não trazer a mulher para o jantar. Pelo menos demonstrava uma certa sensibilidade que ele não tinha.

— Quantos anos ela tem? — perguntou Meg, com o estômago afundando. Sabia que sempre lembraria daquele momento como um dos piores de sua vida, só ficando em segundo lugar para o dia em que a mãe lhe ligara para dizer que estavam se divorciando. Mas este estava ficando num segundo lugar muito próximo.

— Ela vai fazer 32 anos em dezembro.

— Meu Deus, papai. Ela tem menos vinte anos que você.

— E oito anos mais que Meg — acrescentou Wim com uma expressão sombria. Ele também não estava gostando daquilo. Tudo que desejava era voltar para casa e para a mãe. Sentia-se como uma criança amedrontada.

— Por que você não se limita a sair com ela? Por que tem de se casar tão cedo? Você e mamãe ainda nem estão divorciados. — Quando disse isso, Meg estava próxima das lágrimas. E seu pai não respondeu à pergunta. Ele olhou diretamente para ela com uma expressão séria. Não iria justificar isso para eles. Pelo menos isso estava claro. Meg não podia deixar de pensar que ele havia perdido o juízo.

— Vamos casar na véspera de ano-novo, e gostaria que ambos estivessem lá. — Houve um silêncio interminável na mesa, enquanto o garçom trazia a conta, e Wim e Meg apenas olhavam fixamente para o pai. A véspera de ano-novo seria em cinco semanas. E essa era a primeira vez que tinham ouvido falar do assunto. Já era um negócio fechado, o que não parecia justo, e era o mínimo que se podia dizer.

— Estava planejando sair com meus amigos — disse Wim como se isso o isentasse de um evento que ele daria quase qualquer coisa para não comparecer. Mas ele não via como ia sair daquela, a julgar pela expressão no rosto do pai. Peter de fato estava sendo tolo o suficiente, sob as circunstâncias, para parecer severo.

— Acho que você vai ter de deixar isso de lado este ano, Wim. É um dia importante. Gostaria que você fosse meu padrinho. — Havia lágrimas nos olhos de Wim quando ele sacudiu a cabeça.

— Não posso fazer isso com a mamãe, papai. Partiria seu coração. Você pode me forçar a ir, mas não serei o padrinho. — Peter não respondeu por um longo momento, e então balançou a cabeça concordando e olhou para Meg.

— Estou supondo que você também estará lá? — Ela balançou a cabeça confirmando e parecia estar tão desolada quanto seu irmão.

— Vamos conhecê-la antes do casamento, papai? — perguntou Meg com uma voz embargada. Ela nem sabia o nome da mulher, e em sua ansiedade ele tinha esquecido de dizer-lhes, mas então cuidou disso no fôlego seguinte:

— Rachel e eu vamos tomar o café-da-manhã com vocês amanhã. Ela também quer que vocês conheçam Jason e Tommy. São garotinhos adoráveis. — Num único fôlego, ele tinha uma nova família, e ocorreu a Meg instantaneamente que sua nova esposa era jovem o suficiente para querer mais bebês. Só essa idéia fez com que se sentisse doente. Mas pelo menos ele os estava incluindo naquele horror. Teria sido pior se tivessem sido excluídos, ou se ele lhes tivesse comunicado depois do casamento.

— Onde vocês vão se casar?

— No Metropolitan Club. Só estarão lá umas cem pessoas. Nenhum de nós queria um casamento grande. Rachel é judia, e não queríamos um casamento religioso. A cerimônia será feita por um juiz amigo dela. — Ia além da imaginação. A imagem de seu pai casando-se com alguém quase reduzia Meg à histeria, não importava o quão inteligente ou agradável a mulher fosse. Como Wim, agora só conseguia pensar em como isso afetaria sua mãe. Ela iria ficar de coração partido. Mas não suicida, esperava ela. Pelo menos, Meg estava contente que ela e Wim estivessem na cidade para lhe trazer conforto.

— Quando você vai contar para mamãe? — perguntou Meg cautelosamente. Havia minutos que Wim não dissera uma única palavra e estava brincando com o guardanapo em seu colo.

— Não tenho certeza — disse seu pai vagamente. — Queria que vocês dois soubessem primeiro. — E então Meg entendeu o que ele estava fazendo. Ele queria que eles contassem para Paris. A tarefa de dar a notícia para ela seria deles.

Depois disso ele pagou a conta, e eles voltaram de carro para o hotel em silêncio. Peter deu boa-noite para eles, e os deixou

112   DANIELLE STEEL

sozinhos nos quartos comunicáveis que reservara para os dois por uma noite. E só depois que ele saiu foi que Meg voou para os braços do irmão, e os dois ficaram ali parados e se abraçaram, chorando alto, como crianças perdidas na noite. Passou-se um longo tempo até que se soltassem, assoassem o nariz, e sentassem.

— Como é que vamos contar para mamãe? — disse Wim, parecendo tão desolado quanto Meg se sentia.

— Não sei. Pensaremos em alguma coisa. Simplesmente contaremos para ela, eu acho.

— Acho que ela vai parar de comer de novo — disse ele, com uma expressão soturna.

— Talvez não. Ela tem a analista. Como é que ele pode ser tão idiota? Ela tem praticamente a minha idade, e tem dois filhinhos. Acho que foi por isso que ele deixou mamãe.

— Você acha? — Wim parecia atordoado. Ele ainda não tinha feito a conexão, mas era jovem e inocente.

— Do contrário ele não estaria se casando tão rápido. O divórcio não estará nem finalizado por uma ou duas semanas. Ele não perdeu tempo nenhum. Talvez ela esteja grávida — acrescentou Meg com uma expressão de pânico, e Wim deitou-se na cama e fechou os olhos.

Depois disso, eles ligaram para a mãe, só para ver como estava, mas nenhum deles disse uma palavra sobre os planos do pai. Eles apenas disseram que o jantar fora agradável no Le Cirque, e que estavam indo dormir no hotel.

E, naquela noite, pela primeira vez em anos, eles dormiram na mesma cama, agarrados um ao outro num desespero inocente, da mesma maneira que tinham feito quando crianças. A última vez que haviam feito isso fora quando o cachorro deles morreu. Meg não conseguia lembrar uma ocasião em que tivesse se sentido tão miserável desde então. Tinha sido há muito, muito tempo.

JOGO DO NAMORO

E de manhã, o pai ligou para seus quartos para se certificar de que haviam acordado, e os lembrou de que se encontrariam com Rachel e seus filhos lá embaixo no restaurante às dez horas.

— Mal posso esperar — disse Meg, sentindo-se como se estivesse de ressaca. E Wim parecia estar se sentindo pior. Ele parecia estar doente.

— Nós realmente temos de fazer isso? — perguntou, enquanto desciam no elevador. Meg estava usando calças compridas de camurça marrom e um suéter da mãe. E Wim estava vestido insolentemente à vontade, usando um blusão de moleton da UCB e jeans. Era tudo que trouxera com ele, e se surpreendeu desejando que o jogassem para fora do restaurante, mas eles não o jogaram. Seu pai e uma jovem muito atraente já estavam esperando por eles numa grande mesa redonda, e dois garotinhos de cabelos louros-pálidos se remexiam em seus assentos. E Meg notou, logo que chegaram lá, que Rachel parecia uma versão mais alta, mais jovem e mais *sexy* de sua mãe. A semelhança era surpreendente. Era como se seu pai tivesse atrasado o relógio e tapeado o tempo, com uma mulher que era uma versão mais jovem da que logo seria sua ex-esposa. De certa maneira era um elogio, mas a ironia disso de alguma maneira tornava tudo muito pior. Por que ele não podia ter apenas se resignado a envelhecer com sua mãe, e não havia deixado as coisas como estavam? E Wim percebeu, quando olhou para ela, que Rachel era a garota que seu pai lhe apresentara casualmente no escritório meses antes. Ao vê-la outra vez agora, Wim sentia-se curioso sobre como e quando ela entrara na vida de seu pai, e se eles já estavam envolvidos um com o outro naquela época.

Peter apresentou ambos os filhos para Rachel, e para Jason e Tommy. E Rachel se esforçou consideravelmente com Meg e Wim. E finalmente, no final do café-da-manhã, ela olhou para os dois e falou cautelosamente com eles sobre o casamento. Ela havia dis-

114   DANIELLE STEEL

cordado violentamente de Peter com relação a lhes contar tão tarde, e estava bem consciente do quanto seria duro para eles. Mas também não estava disposta a adiar o casamento. Do seu ponto de vista, já tinha esperado o suficiente. Apenas achava que Peter devia ter contado para eles muito mais cedo do que fizera. A idéia dele de esperar um pouco, depois que havia deixado a mãe deles, parecia mais do que tola para ela. A única coisa que ela tinha feito antes do fatal café-da-manhã foi avisar a Jason e Tommy para não dizer que Peter estava morando com eles, e eles tinham concordado.

— Sei que deve ser duro para vocês saber que vamos nos casar — disse ela lentamente. — Sei que isso foi uma grande mudança para vocês, e provavelmente veio como um choque. Mas eu realmente amo seu pai e quero fazê-lo feliz. E quero que ambos saibam que são bem-vindos em nossa casa a qualquer momento. Quero que sintam que também é sua casa. — Ele tinha comprado um lindo apartamento na Quinta Avenida, com uma vista esplêndida do parque, e dois quartos de visita para eles. E havia três quartos para os meninos e a babá. Rachel dissera que se tivessem um bebê, o que ela esperava que acontecesse, os meninos poderiam dividir um quarto.

— Obrigada — disse Meg, numa voz sufocada depois do pequeno discurso de Rachel. Depois disso eles conversaram sobre o casamento. E às onze e meia, depois de não falar nem uma vez durante o café-da-manhã todo, Wim olhou para a irmã e disse que tinham de pegar o trem.

Ambos abraçaram o pai antes de ir embora, e pareciam estar com uma enorme pressa em partir. Peter lembrou a Wim de que o casamento seria de smoking, e ele confirmou com a cabeça, e com passos rápidos, eles saíram do hotel e entraram num táxi depois de uma despedida apressada de Rachel e dos meninos. Wim não falou uma palavra para a irmã, ele simplesmente olhou fixamente para fora da janela, e ela segurou sua mão. A véspera de ano-novo seria catastrófica, os dois sabiam disso, não só para eles, mas também para sua mãe. E eles ainda tinham que dar a notícia. Mas Meg queria fazer isso, não queria que seu pai a aborrecesse outra vez. Ela já passara por aborrecimentos suficientes.

— Como é que você acha que foi? — Peter perguntou a Rachel enquanto pagava a conta, e ela ajudava os meninos a vestir seus casacos. Eles tinham se comportado muito bem, embora nenhum dos filhos de Peter lhes tivesse dito uma palavra até partirem.

— Acho que os dois parecem estar em estado de choque. Essa é uma coisa grande demais para eles engolirem de uma vez só. Eu, os meninos, o casamento. Eu também ficaria bastante chocada. — E ela havia ficado assim quando seu próprio pai fizera a mesma coisa. Ele tinha se casado com uma de suas colegas de classe de Stanford, no ano em que saíra da faculdade. E ela não falara com ele durante três anos, e desde então falara muito pouco. Aquilo havia criado uma ruptura permanente entre eles, particularmente quando sua mãe morrera cinco anos mais tarde, oficialmente de câncer, mas presumivelmente de sofrimento emocional profundo. Era uma história familiar para ela, mas não a dissuadira do que estava fazendo com Peter. Estava desesperadamente apaixonada por ele. — Quando você vai comunicar a Paris? — perguntou, enquanto saíam para a rua e chamavam um táxi, para voltar ao apartamento na Quinta Avenida.

— Não, não vou. Meg disse que faria isso. Acho que é melhor — disse ele, sucumbindo à covardia, contudo grato por não ter de contar ele mesmo.

— Também acho — disse Rachel, enquanto dava o endereço ao motorista, e eles se dirigiam rapidamente para a parte superior da cidade. Peter pôs um braço ao redor dela, bagunçou os cabelos dos meninos, e pareceu aliviado. Tinha sido uma manhã

116   DANIELLE STEEL

dura para ele. E tudo que podia fazer agora era forçar Paris a sair de sua cabeça. Não tinha nenhuma outra escolha. Ele disse para si mesmo, como vinha fazendo agora por seis meses, que o que estava fazendo era certo, para todos. Era uma ilusão à qual ele teria de se agarrar agora, para o melhor ou para o pior, pelo resto de sua vida.

Capítulo 9

PARIS ENTROU NO CONSULTÓRIO de Anne Smythe, parecendo vitrificada. Parecia um fantasma flutuando pela porta enquanto se sentava, e Anne a observou, avaliando-a outra vez. Não a via daquela maneira havia meses. Não desde junho, quando viera vê-la pela primeira vez.

— Como vai a patinação no gelo?

— Não vai — disse Paris num tom só.

— Por que não? Você esteve doente? — Elas tinham se visto há apenas quatro dias, mas muita coisa podia acontecer em quatro dias, e havia acontecido.

— Peter vai se casar na véspera de ano-novo.

Houve um longo silêncio.

— Entendo. Isso é muito duro.

— Sim, é — disse Paris, parecendo ter tomado tranqüilizante. Ela não gritou, não chorou. Não entrou em quaisquer detalhes, ou contou como tinha sabido. Simplesmente ficou sentada ali parecendo morta, e era assim que se sentia. Outra vez. A última esperança que tinha abrigado se fora. Ele não havia recobrado o juízo ou mudado de idéia. Ele se casaria em cinco semanas.

118   DANIELLE STEEL

Meg e Wim lhe contaram assim que retornaram da cidade na tarde de sábado. E depois, Meg tinha dormido em sua cama à noite. E os dois tinham voltado para a Califórnia no dia seguinte. Paris tinha chorado a noite toda de domingo. Por eles, por Peter, por ela mesma. Sentia-se condenada a ficar sozinha pelo resto de sua vida. E ele tinha uma nova esposa. Ou teria, em cinco semanas.

— Como se sente?

— Uma merda.

Anne sorriu para ela.

— Estou vendo. Aposto que sim. Qualquer pessoa se sentiria desse jeito. Você está zangada, Paris? — Paris sacudiu a cabeça e começou a chorar silenciosamente. Foi necessário um longo tempo para que respondesse.

— Só estou triste. Muito, muito triste. — Ela parecia destroçada.

— Você acha que devemos conversar sobre algum remédio? Acha que ajudaria? — Paris sacudiu a cabeça de novo.

— Não quero fugir disso. Tenho que aprender a viver com isso. Ele se foi.

— Sim, ele se foi. Mas você tem uma vida toda à sua frente, e algumas coisas serão muito boas. Provavelmente, nunca será tão ruim como está sendo agora outra vez. — Era um pensamento reconfortante.

— Espero que não — disse Paris, assoando o nariz. — Quero odiá-lo, mas não odeio. Eu a odeio. A vagabunda. Ela arruinou minha vida. E ele também, o merda. Mas de qualquer maneira eu o amo. — Ela parecia uma criança, e sentia-se como tal. Sentia-se totalmente perdida, e não conseguia imaginar sua vida sendo algum dia feliz de novo. Tinha certeza de que não seria.

— Como estavam Wim e Meg?

— Ótimos comigo. E transtornados. Estavam em choque. Perguntaram-me se eu sabia sobre ela, e eu menti para eles. Não achei que seria justo com Peter se dissesse a verdade, que ela foi a razão pela qual ele me deixou.

— Por que você está encobrindo por ele?

— Porque ele é o pai deles, e eu o amo, e não parecia ser justo com ele dizer a verdade. Ele é quem deve fazer isso.

— Isso é muito decente de sua parte. — Paris balançou a cabeça, e assoou o nariz outra vez. — E quanto a você, Paris? O que vai fazer para superar isso? Acho que deve ir patinar outra vez.

— Não quero patinar. Não quero fazer nada. — Ela estava profundamente deprimida outra vez. O desespero tinha se tornado um modo de vida.

— E que tal você ver seus amigos? Você foi convidada para alguma festa de Natal? — Agora isso parecia irrelevante.

— Muitas. Recusei todas.

— Por quê? Acho que deveria ir.

— Não quero que as pessoas sintam pena de mim. — Essa fora sua cantilena pelos últimos seis meses.

— Eles se sentirão com muito mais pena se você se tornar uma reclusa. Por que não fazer um esforço para ir a pelo menos uma festa, e ver como se sai?

Paris ficou sentada olhando fixamente para ela por um longo momento, e depois sacudiu a cabeça.

— Então, se está tão deprimida assim, acho que devemos falar de remédios — disse Anne firmemente.

Paris deu uma olhada para ela da cadeira, e então suspirou profundamente.

— Está bem, está bem. Irei a uma festa de Natal. Uma. Mas é só.

— Obrigada — disse Anne, parecendo satisfeita. — Quer falar sobre qual delas?

— Não — disse Paris, franzindo as sobrancelhas para ela. — Vou decidir isso eu mesma. — Elas passaram o resto da sessão falando sobre como ela se sentia em relação ao casamento iminente de Peter, e ela parecia estar um pouco melhor quando partiu, e da vez seguinte que veio, deixou escapar que tinha aceitado ir a um coquetel que Virginia e seu marido estavam oferecendo na semana antes da véspera de Natal. Wim e Meg viriam para casa passar duas semanas no dia seguinte. Wim tinha um mês de férias, mas iria esquiar em Vermont com amigos depois do casamento de Peter. Tudo que Paris queria fazer era superar os feriados. Se ainda estivesse viva e de pé no dia de ano-novo, calculou que estaria na dianteira do jogo.

A única coisa que Paris concordou em fazer, além de ir à festa que a apavorava, era se mimar o quanto pudesse. Anne disse que era importante se acalentar, descansar, dormir, fazer um exercício, até mesmo se submeter a umas massagens lhe faria bem. E dois dias mais tarde, como um sinal da providência, uma mulher que tinha conhecido nos seus dias de rodízio de transporte escolar encontrou com ela na mercearia, e lhe deu um cartão de uma massagista e aromaterapeuta que disse que experimentara, e que, segundo ela, era fabulosa. Paris se sentiu tola aceitando o cartão, mas não poderia fazer mal nenhum, disse para si mesma. E Anne estava certa, ela tinha de fazer alguma coisa pela sua paz e sanidade, especialmente se fosse continuar se recusando a tomar antidepressivos, o que estava determinada a fazer. Queria ficar "boa" e feliz por si mesma, por alguma razão isso era importante para ela, embora não achasse que houvesse nada de errado com outras pessoas tomando remédios. Simplesmente, ela não queria. Portanto, a massagem parecia uma alternativa saudável, e quando chegou em casa naquela tarde, telefonou para o nome no cartão.

A voz do outro lado da linha era um pouco etérea, e havia uma música indiana tocando no fundo, que Paris achou irritan-

JOGO DO NAMORO

te, mas continuou determinada a manter a mente aberta. O nome da mulher era Karma Applebaum, e Paris esforçou-se para não rir enquanto o anotava. A massoterapeuta disse que viria à sua casa, que tinha a própria mesa e que levaria seus óleos de aromaterapia. Aparentemente, os deuses estavam com elas, porque Karma disse que exatamente naquela noite, por sorte, havia tido um cancelamento. Paris hesitou por um minuto quando Karma se ofereceu para vir às nove horas, e então decidiu que não havia mal algum. Não tinha nada a perder, e achava que poderia dormir melhor. Isto parecia vodu, e ela nunca havia tido uma massagem em toda a sua vida. E só Deus sabia o que a aromaterapia implicava. Parecia ridícula. Era espantoso o que as pessoas eram levadas a fazer, disse para si mesma.

Ela preparou para si uma xícara de sopa instantânea antes que a "terapeuta" chegasse. Quando Meg telefonou, ela admitiu envergonhada o que estava a ponto de fazer, e a filha insistiu que seria bom para ela.

— Peace adora aromaterapia — encorajou Meg. — Fazemos isso o tempo todo — disse alegremente, e Paris gemeu. Ela havia temido algo assim.

— Contarei como foi tudo — disse Paris, irônica enquanto desligava.

Karma Applebaum chegou dirigindo uma picape com símbolos hindus pintados na lateral. Seus cabelos louros estavam cuidadosamente penteados em pequenas tranças com contas. Estava toda vestida de branco. E apesar do ceticismo de Paris, ela teve de admitir que a mulher tinha um rosto adorável e tranqüilo. Havia algo de sobrenatural nela, e ela tirou os sapatos no momento em que entrou na casa. Perguntou onde era o quarto de Paris, subiu silenciosamente para armar a mesa, e a forrou com lençóis de flanela. Ligou uma almofada elétrica na tomada, tirou um pequeno som estéreo portátil da bolsa, e pôs uma música suave para tocar. Era aquela música indiana que Paris tinha ouvido ao telefone. E quando Paris saiu do banheiro num robe de caxemira com que parecia viver vestida atualmente, o quarto estava quase escuro, e Karma estava pronta. Paris sentiu-se como se estivesse a ponto de participar de uma seção espírita.

— Deixe-se expirar para longe todos os demônios que a têm possuído... Mande-os de volta para o lugar de onde vieram. — Karma disse isso num sussurro enquanto Paris estava deitada na mesa. Ultimamente, não havia percebido que estava possuída por demônios. E sem uma palavra, respirando profundamente, Karma moveu suas mãos a alguns centímetros acima do corpo um tanto rígido e ansioso de Paris. Isso parecia ridículo. Karma balançava as mãos como varinhas mágicas, e disse que estava sentindo os chakras de Paris. E então ela parou abruptamente acima do fígado de Paris. Enrugou a testa, preocupada, e falou com um receio genuíno.

— Sinto um bloqueio.

— Onde? — Ela estava começando a deixar Paris nervosa. Só queria uma massagem e não informações sobre o fígado.

— Acho que está alojado entre seus rins e seu fígado. Você tem tido um problema com sua mãe?

— Não ultimamente. Ela morreu há 18 anos. Mas tive muitos problemas com ela antes disso. — Sua mãe fora uma mulher extremamente amarga e zangada, mas Paris quase nunca pensava nela. Tinha problemas muito maiores.

— Então deve ser outra coisa... mas sinto espíritos na casa. Você os ouviu? — Ela estava certa desde o início, pensou Paris, tentando não deixar a "terapeuta" amedrontá-la. Era uma seção espírita.

— Não, não ouvi. — As filosofias de Paris geralmente eram firmemente enraizadas em fato e não em ficção. E não estava interessada em espíritos. Só estava interessada em sobreviver ao divórcio, e ao casamento iminente de Peter. Teria preferido lidar com espíritos. Poderia ter sido mais fácil se livrar deles. Karma começou a mover as mãos outra vez, e parou com uma expressão de horror cinco centímetros acima do estômago de Paris.

— Aqui está, encontrei — disse ela com um olhar vitorioso.

— Está em seus intestinos. — As notícias estavam piorando a cada minuto.

— O quê? — perguntou Paris, dividida entre um senso de ridículo e uma onda de pânico. A idéia de essa mulher encontrar alguma coisa nos intestinos de Paris não a tranqüilizava.

— Todos os demônios estão em seus intestinos — disse Karma com uma expressão de certeza. — Você deve estar muito zangada. Está precisando de uma irrigação do cólon. — Quem quer que fosse essa mulher, obviamente, ela era do mesmo planeta de Peace, o namorado vegetariano de Meg. — Você realmente não vai tirar o que precisa da massagem até ter limpado todas as toxinas do seu organismo. — Isso estava ficando pior a cada segundo.

— Podíamos fazer tudo que for possível dessa vez, sem a irrigação do cólon? — Era exatamente a última coisa que Paris queria considerar. Tudo o que queria era uma massagem e uma noite de sono decente logo após.

— Posso tentar, mas você realmente não vai receber o meu melhor trabalho sem ela. — Era um sacrifício que Paris estava disposta a fazer, apesar do fato de Karma parecer extremamente desencorajada. — Farei o que puder. — E então, finalmente, ela tirou uma garrafa de óleo da bolsa, besuntou Paris com ele, e começou a esfregá-lo em seus braços, mãos e ombros. Depois ela trabalhou o peito, o estômago e as pernas, e soltou sons estridentes de desespero a cada vez que suas mãos passavam pelo estômago de Paris.

— Não quero deixar os demônios confortáveis — explicou ela. — Você tem de lavá-los com um jato d'água. — Mas a essa altura, a música, o óleo, a sala escura, e as mãos de Karma já tinham começado a exercer sua mágica em Paris. Apesar dos alegados demônios em seus intestinos, ela finalmente estava relaxando. E já se sentia melhor, quando Karma lhe sussurrou para que virasse. O que ela fez com as costas e ombros tensos de Paris foi a melhor parte. E a despeito dos demônios e do karma ruim sobre o qual estava estacionada, estava tão relaxada que se sentia como se estivesse derretendo. Era exatamente o que estava precisando. E enquanto ficava ali deitada com os olhos cerrados, a sensação era celestial — até que repentinamente sentiu como se tivesse sido golpeada entre os omoplatas por uma bola de tênis voando a 160 quilômetros por hora, como se Karma tivesse arrancado seu ombro.

— O que você está fazendo? — disse Paris, abrindo os olhos em pânico.

— Aplicando sucção. Você vai adorar. Retirará todos os demônios em seu corpo junto com as toxinas. — Oh! não, eles outra vez. Aparentemente, os demônios tinham mudado dos seus intestinos para a parte superior de seu corpo, e Karma estava determinada a pegá-los. Ela continuou batendo nas costas de Paris com uma xícara quente, o que criava uma sucção, e puxando-a com um som estalado alto. Doía muito, e fez com que Paris se remexesse, se sentindo constrangida em pedir que ela parasse. — Ótimo, não é?

— Não exatamente — disse Paris, finalmente sendo honesta. — Gostei mais da outra parte.

— Seus demônios também. Não podemos deixá-los ficar confortáveis demais, podemos? — Por que não? Paris estava tentada a perguntar. Enquanto eles estavam confortáveis, ela também estava. A sucção pareceu durar uma eternidade, e então misericordiosamente cessou. E com isso, ela começou a amassar e dar tapas nas nádegas de Paris. Agora era óbvio que os demônios

JOGO DO NAMORO

estavam sentados em suas nádegas. Mas se fosse o caso, estavam levando uma surra daquelas das mãos de Karma. E então, sem aviso, ela pegou pedras quentes, quase intoleráveis, e as colocou nos ombros de Paris. Pegou mais duas de sua bolsa de mágicas, e pressionou as solas dos pés de Paris até parecerem estar pegando fogo. — Isso vai limpar seus intestinos e sua cabeça até que faça a irrigação do cólon — explicou ela. Enquanto ainda estava torturando as solas dos pés de Paris, o cheiro de algo queimando tomou o cômodo. Era uma mistura de carne e pneus queimados, e era tão forte que Paris começou a tossir, sem conseguir parar. — Era o que eu achava. Respire fundo agora. Eles detestam esse negócio. Precisamos expulsar deste quarto todos os espíritos das trevas. — Era um cheiro que Paris temia que ficasse no quarto para sempre, e estava começando a recear que ela tivesse posto fogo no sofá, quando abriu os olhos e olhou ao redor. Havia um aquecedor pequeno com uma pequena vela e com uma garrafa de óleo em cima, com um pegador.

— O que é aquilo? — perguntou, ainda engasgando com os vapores, enquanto Karma sorria. A pureza do rosto dela fez Paris lembrar de Joana D'Arc sendo engolida pelas últimas chamas.

— É uma poção que eu mesma faço. Funciona todas as vezes.

— Para quê? — Ia causar danos nos tapetes e cortinas. O odor oleoso picante parecia penetrar no quarto todo.

— Isso é ótimo para seus pulmões. Está vendo como você está começando a eliminar tudo? — Paris estava começando a ter receio de que fosse vomitar. Aquilo estava começando a eliminar a sopa instantânea que tomara antes de Karma chegar para massageá-la. E antes que pudesse pedir à mulher para apagar a vela e se livrar da poção mágica, Karma pôs uma garrafa diferente sobre as chamas, e em segundos havia um cheiro tão poderoso no quarto que lágrimas encheram os olhos de Paris. Era um odor

126   DANIELLE STEEL

que lembrava entre veneno para ratos, arsênico e cravos, e era tão esmagador que Paris mal podia respirar.

— O que esse faz? — Sobreviver no quarto estava se tornando um certo desafio, enquanto Karma continuava a massagem. Paris ainda estava deitada sobre o estômago, e a parte mais estreita de suas costas estava pegando fogo devido às pedras oleosas e quentes. Era agoniante, mas, de uma maneira engraçada, tanto o calor como o peso delas eram agradáveis. Estava começando a entender a filosofia que levava algumas seitas a dormir em camas de pregos, ou engolir chamas. Isso afastava a mente de suas inúmeras doenças e as fazia se concentrar em todos os lugares do corpo que estavam queimando, em agonia, ou que simplesmente doíam. Quando Karma lhe disse para se virar outra vez, e Paris obedeceu, ela derramou inesperadamente uma xícara de sal sobre seu abdômen, cobrindo-lhe o umbigo, e deixando uma bola quente de incenso cair em cima, enquanto Paris observava fascinada.

— O que isso vai fazer?

— Vai sugar todos os venenos, e lhe trazer paz interior. — Pelo menos o incenso era melhor, se comparado aos óleos queimando, mas o que Karma pôs nas chamas depois foi como uma primavera instantânea, e o aroma floral era tão poderoso que Paris espirrou violentamente, fazendo com que o incenso sobre seu estômago voasse para o outro lado do quarto. — Eles estão detestando isso — Karma sorriu, referindo-se outra vez aos demônios de Paris. Mas ela não conseguiu parar de espirrar durante os cinco minutos seguintes, e finalmente admitiu a derrota. Os óleos tinham acabado com ela.

— Eu também, acho que sou alérgica àquele negócio — disse Paris, e Karma deu a impressão de ter sido esbofeteada.

— Você não pode ser alérgica a aromaterapia — ela pronunciou com certeza absoluta. Mas àquela altura, Paris já tinha sofrido o bastante. A massagem, o que houve dela, foi agradável, mas os óleos e as pedras em brasa e os cheiros picantes tinham sido demais. E já passava das 11 horas.

— Acho que sou alérgica — disse Paris firmemente —, e está ficando tarde. Sinto-me culpada em mantê-la na rua a essa hora. — Ao dizer isso, ela se sentou, girou as pernas para fora da mesa, e estendeu a mão para o robe.

— Você ainda não pode se levantar — disse Karma insistentemente. — Tenho que acomodar seus chakras antes de partir. Deite-se. Se não fizer isso, é como deixar todas as torneiras abertas, e você perderá toda a sua energia assim que se levantar. — Um pensamento assustador. Portanto, com um olhar de suspeita, e apesar de seu juízo lhe dizer o contrário, Paris deitou-se outra vez. E Karma correu as mãos pelo espaço acima dela, cantando alguma coisa ininteligível com os próprios olhos fechados. Misericordiosamente, só levou cinco minutos, e então terminou. Mas o odor no quarto era tão esmagador que Paris não conseguia imaginar como seria capaz de dormir lá outra vez.

— Muito obrigada — disse, enquanto pulava da mesa, e Karma a alertava para não tomar banho até o dia seguinte de manhã. Seria um choque grande demais, tanto para seus demônios quanto para ela. Mas Paris sabia que não havia jeito de ficar deitada em sua cama a noite toda coberta de óleo.

Karma levou mais uma meia hora para arrumar tudo, cobrou cem dólares, o que pelo menos foi razoável, e à meia-noite já havia ido embora. Depois de deixá-la sair, Paris voltou para o quarto, e tudo que conseguiu fazer foi rir. Uma parte havia sido relaxante, mas a maior parte da sessão tinha sido ridiculamente absurda. E ela balançou a cabeça afirmativamente quando Karma a alertou de que teria de fazer uma irrigação de cólon e limpar seu organismo antes que ela voltasse, ou a terapia nunca iria funcionar.

Paris ainda estava sorrindo consigo mesma quando entrou no banheiro, ligou o chuveiro, e deixou o roupão cair, vendo suas costas no espelho. Havia contusões redondas iguais por ela toda, causadas pela sucção. Tinham uma aparência aterrorizante, e dadas as cores vermelho-arroxeadas profundas, era fácil imaginar que o resultado da "sucção" seria de um azul-escuro no dia seguinte. As marcas eram apavorantes de ver, e aparentavam ser tão dolorosas quanto tinham sido enquanto a mulher as tinha feito. Seja lá o que o tratamento houvesse feito com seus demônios, tinha feito também uma bagunça nas costas de Paris. Quando ela verificou outra vez pela manhã, seus piores receios se confirmaram. Parecia ter sido severamente maltratada durante a noite, e havia duas marcas vermelhas de queimaduras em seus ombros, das pedras quentes. E o quarto em que tudo acontecera cheirava como se alguém tivesse morrido. Mas pelo menos, aquilo tinha feito Paris rir. Era alguma coisa. E de qualquer maneira, o que importava? Não havia ninguém para ver suas costas. Quando Meg telefonou para perguntar sobre a experiência, Paris só conseguia rir.

— Como foi, mamãe?

— Foi certamente interessante. Um tipo de forma moderna de neomasoquismo. Aliás, eu tenho demônios em meus intestinos.

— É, eu sei, o Peace também tem. Ele os pegou de seu pai.

— Espero que você não pegue — disse Paris, soando preocupada. — Ela disse que eu peguei os meus da minha mãe.

— Peace vai ficar realmente impressionado com você, mamãe — disse Meg, sorrindo ao pensar nisso. Ao menos sua mãe tivera um bom espírito esportivo.

— Você ficaria ainda mais impressionada se visse os hematomas nas minhas costas.

— Eles terão desaparecido em alguns dias, mamãe. Talvez você devesse experimentar a massagem Rolfing da próxima vez — disse Meg, rindo para ela.

— Deixa para lá. Meus demônios e eu nos sentimos muito bem do jeito que estamos.

No dia após a festa de Natal nos Morrisons, à qual ela havia concordado em comparecer, Paris entrou no consultório de Anne, parecendo contente.

— Você se divertiu? — perguntou Anne, esperançosa. Tinha sido a primeira vez que ela havia ido a uma festa em sete meses. A última a que havia comparecido tinha sido sua própria festa, na noite em que Peter lhe disse que queria o divórcio.

— Não, detestei. — Ela olhou de maneira presunçosa para sua analista, como se tivesse comprovado sua opinião. Tinha feito tudo que Anne havia dito para fazer, da massagem à festa, e tinha detestado cada minuto.

— Quanto tempo você ficou?

— Vinte minutos.

— Isso não conta. Tem de ficar pelo menos uma hora.

— Sete pessoas me disseram o quanto estavam pesarosas por meu marido ter me deixado. Os maridos de duas das minhas amigas me perguntaram se eu os encontraria às escondidas para um drinque em alguma ocasião. E cinco pessoas me disseram que tinham sido convidadas para o casamento de Peter. Não vou sair outra vez, sinto-me como uma idiota patética.

— Sim, você vai sair outra vez. E você não é uma idiota patética. Você é uma mulher cujo marido a abandonou. Isso é duro, Paris, mas acontece. Você sobreviverá.

— Não vou sair — disse Paris, com uma expressão determinada. — Não vou lá fora outra vez. E fiz uma massagem. A mulher era uma doida, e fiquei com hematomas durante dias. Tenho demônios em meus intestinos. Nunca mais vou a outra festa. Nunca mais — disse ela, decidida e muito teimosa.

— Então você terá de conhecer algumas pessoas que não saibam de Peter. Também é uma possibilidade. Mas não pode ficar em casa o resto de sua vida como a Greta Garbo. No mínimo, preocupará seus filhos, e ficará louca de tédio. Você não

130 DANIELLE STEEL

pode simplesmente ficar em casa. Precisa de mais em sua vida do que isso.

— Sairei depois que Peter se casar — disse Paris, vagamente.

— Que diferença isso vai fazer? — perguntou Anne, parecendo sobressaltada.

— Pelo menos as pessoas não estarão falando sobre o casamento. Uma delas foi estúpida o suficiente para me perguntar se eu tinha sido convidada.

— E o que você disse?

— Que mal podia esperar, e estava indo a Nova York para comprar um vestido novo para a ocasião. O que eu deveria dizer? Não, estou planejando me suicidar nessa noite.

— Você está? — disparou Anne de imediato.

— Não — disse Paris, com um suspiro. — Mesmo que quisesse, não faria isso com meus filhos.

— Mas você quer?

— Não — disse ela, tristemente. — Gostaria de morrer, mas não quero fazer isso eu mesma. Além disso, não tenho a coragem.

— Bem, se você algum dia reconsiderar e pensar nisso, quero que me ligue imediatamente — disse Anne, seriamente.

— Eu ligo — prometeu Paris, e estava sendo sincera. Ela estava infeliz, mas não infeliz o bastante para se matar. Não queria dar essa satisfação a Rachel.

— O que vai fazer no ano-novo?

— Provavelmente chorar.

— Existe alguém que gostaria de ver?

— Acho que todos que conheço vão ao casamento de Peter. Isso é bastante deprimente. Vou ficar bem. Vou dormir simplesmente. — Ambas sabiam que seria uma noite difícil. Não poderia ser de outra maneira.

Naquele ano o Natal foi tranqüilo. Wim e Meg passaram a véspera com ela, e o Natal com o pai e Rachel. Paris havia saído e

JOGO DO NAMORO

comprado uma árvore, e a havia decorado antes deles chegarem da Califórnia. E cinco dias antes do Natal, seu decreto final de divórcio chegou, e ela apenas ficou ali sentada, olhando para ele por um longo tempo, e então o guardou numa gaveta trancada. Era como ler um atestado de óbito. Em toda a sua vida nunca tinha pensado que veria seu nome num desses. Ela nem disse às crianças que ele viera. Não conseguiu se forçar a dizer as palavras. Estava acabado. Quase exatamente sete meses depois que ele a havia abandonado. E agora estava se casando com Rachel. Paris tinha uma sensação de irrealidade sobre tudo isso. Sua vida se tornara surreal.

E na tarde da véspera de ano-novo, Wim e Meg foram de carro para a cidade. Paris deu-lhes um beijo de despedida, e não disse nada enquanto os via sair. Depois disso pensou em ligar para Anne, mas não tinha nada a dizer. Para ninguém. Tudo que queria era ficar sozinha. Fez um pouco de sopa para si mesma, assistiu à televisão por algum tempo, e às nove horas foi para a cama. Ela nem sequer se permitiu pensar no que estava acontecendo. Sabia que os convivas tinham sido convidados para as oito horas. E também sabia que quando apagasse as luzes aquela noite, Peter e Rachel teriam trocado seus votos e seriam marido e mulher. A vida que havia sido sua por 24 anos e nove meses tinha acabado. Ele tinha uma nova esposa, uma nova vida. Do ponto de vista dele, ela não existia mais. Ele tinha acabado com tudo. E, enquanto adormecia, ela disse a si mesma que não se importava mais com ele, ou com Rachel, ou com qualquer coisa. Tudo que queria era esquecer que já o havia amado, e adormecer. Estavam partindo para uma lua-de-mel no Caribe no dia seguinte, e uma nova vida começaria para eles. Era um novo ano, uma nova vida, um novo dia. E para Paris, quisesse ela que fosse desse jeito ou não, também seria uma nova vida.

Capítulo 10

A SEMANA APÓS O CASAMENTO DE PETER tornou-se um borrão para ela. Quando Paris acordou no dia primeiro, estava gripada. Quando as crianças voltaram de Nova York, ela estava com uma febre violenta, espirrava e tossia, e só queria dormir. Wim partiu para esquiar com os amigos, e Meg voltou para Los Angeles para se encontrar com Peace. Ainda estavam se encontrando, mas Meg tinha admitido para a mãe que estava cansada dele. Pelo menos, o regime de saúde, os hábitos de alimentação estranhos e o programa de exercícios intenso a estavam irritando. Ela estava loucamente entediada com Peace.

— Todas as vezes que o vejo, tudo que quero é comer hambúrguer no Burger King. Se ele me levar para mais um restaurante vegetariano, vou enlouquecer.

Paris ficou aliviada. E depois que ambos partiram, passou-se uma semana antes que se sentisse humana outra vez. Era sua primeira manhã fora da cama depois da gripe quando Natalie telefonou, e disse que havia tido o mesmo problema. Ela disse que estava fazendo um jantar para o sábado seguinte, só para alguns velhos amigos, e pensou se Paris gostaria de comparecer. Não havia nada de especial relativo à ocasião, e ela não falou nem uma palavra sobre o casamento de Peter. Por um momento, Paris ficou tentada a não aceitar o convite, e então lembrou da promessa que fizera para Anne Smythe. Não via Natalie desde o Dia de Ação de Graças. Parecia fácil e agradável, portanto aceitou. E quando contou isso para Anne, ela ficou satisfeita.

— Que bom. Espero que seja divertido — disse, parecendo sincera, e Paris disse que realmente não se importava. Mas quando estava se vestindo naquela noite, pela primeira vez em meses, percebeu que estava ansiosa para rever os amigos. Talvez Anne estivesse certa, e ela estivesse pronta. Natalie havia dito que não haveria mais que uma dúzia de pessoas, o que parecia cômodo para Paris. Não estava no espírito para acontecimentos elegantes. E Natalie havia dito que Virginia e Jim também estariam lá.

Ela vestiu calças compridas de veludo e um suéter de casimira, e penteou os cabelos num coque pela primeira vez em meses. Estava a ponto de calçar sapatos altos quando viu que estava nevando. Acabou enfiando os sapatos nos bolsos do casaco e calçando botas.

Quando olhou pela janela logo antes de sair, percebeu que teria de limpar a neve da entrada da garagem com uma pá para sair. Pensou em ligar para os Morrisons para pegar uma carona com eles, mas não queria incomodá-los. Se ia sair sozinha, tinha de se acostumar a cuidar de si mesma. Vestiu um casaco pesado com um capuz e luvas, e saiu com uma pá. Levou vinte minutos para tirar a neve da saída da garagem, e raspar o gelo do pára-brisa do carro, e quando saiu para o jantar estava vinte minutos atrasada. Mas quando chegou na casa de Natalie e Fred somente quatro dos convidados estavam lá. Os outros também tinham enfrentado o mesmo problema. Estava se formando uma nevasca mais forte do que a esperada. E quando Fred descobriu que tinha dirigido sozinha, disse que se tivesse telefonado teriam ficado felizes em passar por lá para apanhá-la. Mas ela riu e se sentiu supreendentemente independente.

À altura em que os últimos convidados chegaram, ela percebeu que era a única pessoa solteira lá, que era mais ou menos o que tinha esperado. Eles tinham convidado quatro casais, e Paris. Era algo com que teria de se acostumar. Ser a única diferente do grupo. Estava aliviada porque conhecia a todos que estavam lá, e ninguém teve o mau gosto de mencionar o casamento de Peter, embora soubesse que alguns haviam ido, como Virginia e seu marido.

— Então, como vão as coisas? — perguntou Virginia tranqüilamente. Tinham almoçado juntas na semana anterior, e Virginia tinha dito que estava se recuperando da mesma gripe. Quase todos que conheciam tinham passado por ela. Estavam discutindo remédios caseiros quando a campainha tocou outra vez, e Paris percebeu que eles tinham convidado ainda mais um casal. Mas quando ela se voltou, viu um homem que ela não reconheceu entrando na sala. Ele era alto, tinha cabelos escuros, e parecia ligeiramente com Peter, exceto por, percebia-se depois de uma inspeção mais cuidadosa, ser mais velho e ter uma ampla área careca. Mas ele parecia ser uma pessoa agradável quando entrou.

— Quem é aquele? — Paris perguntou para Virginia, que disse que não o conhecia. E embora não dissesse a Paris, ela ouvira falar dele. Era o novo corretor de ações de Fred, e eles o haviam convidado para apresentá-lo a Paris. Achavam que já estava mais do que na hora dela sair para o mundo e conhecer alguém. E embora não estivesse consciente disso, o jantar todo fora planejado ao redor dela. Era um jantar piedoso, como mais tarde contou para Anne.

A nova adição entrou andando pela sala usando um paletó, um suéter xadrez vermelho de gola rulê, e calças xadrez que Paris não pode evitar ficar olhando fixamente. Eram as calças mais

JOGO DO NAMORO 135

chamativas que já tinha visto, e ficou óbvio, quase desde o minuto em que ele se sentou, que estivera bebendo. Ele se apresentou para todos, antes que Fred pudesse fazê-lo, e sacudiu as mãos das pessoas até que seus braços doessem. No momento em que se virou para Paris, ela soube exatamente por que havia sido convidado.

— Então você é a alegre divorciada de Greenwich — disse, sorrindo entre os dentes para ela, sem sacudir sua mão, segurando-a. Ela teve de fazer um esforço visível para conseguir que ele afrouxasse o aperto de modo que pudesse puxar sua mão direita de volta. — Ouvi dizer que seu marido acabou de se casar outra vez — disse rudemente, e Paris balançou a cabeça confirmando e voltou-se para Virginia.

— Que encantador — sussurrou, enquanto Virginia estremecia, e viu Natalie olhando ferozmente para o marido do outro lado da sala. Fred tinha jurado que o sujeito era fantástico. Mas ele só tinha encontrado com ele duas vezes no escritório. Tudo o que sabia é que ele era divorciado, tinha três filhos, e que, de acordo com os relatos do próprio, era um esquiador maravilhoso. Pareceu o suficiente para inspirar Fred a convidá-lo. Não conheciam mais nenhum solteiro, e Fred assegurou a Natalie que ele era inteligente e tinha uma aparência decente, administrava bem a conta deles, e não tinha namorada.

Até o jantar começar, ele tinha contado uma série de piadas obscenas, a maior parte inapropriada para uma companhia mista, e uma parte das quais de fato era engraçada. Até Paris riu entusiasticamente de uma delas, mas quando ele sentou ao seu lado na mesa de jantar, aumentou o tom de voz. Nesse momento ele já tinha tomado mais dois uísques, e começado a arrastar a fala antes de chegar à sopa.

— Jesus, você não detesta sopa num jantar? — disse, mais alto do que percebia. — Sempre derramo na minha roupa toda, costumava deixar que caísse na minha gravata, por isso não as uso mais. — E ela só podia supor que ele também não queria sujar o blazer, já que enfiou o guardanapo na gola rulê, e perguntou para Fred onde estava o vinho. — Aqui deve ser um estado de lei seca. Você ainda está no AA, Fred? Onde está o vinho, cara? — Fred se apressou a servir o primeiro copo para ele, enquanto Natalie parecia querer matá-lo. Ela estava consciente demais de quão frágil Paris estivera, e do fato que essa era a primeira vez que ela saíra para jantar. Ela queria ter sido sutil apresentando-a a esse homem. E ele era tão sutil quando uma enchente numa casa de fazenda, e consideravelmente menos atraente. Ele tinha o hábito de tirar e botar os óculos, e fazendo isso, despenteava os cabelos. Quanto mais bêbado ficava, mais desgrenhado parecia, e mais obscenas tornavam-se suas piadas. Ele tinha mencionado todas as partes possíveis do corpo ao final do primeiro prato, todas as possíveis posições sexuais ao final do segundo prato, e quando veio a sobremesa, estava dando socos na mesa e rindo tão alto de suas próprias piadas que Paris não conseguia mais manter uma cara inexpressiva quando olhava para Virginia do outro lado da mesa. Foi horrível.

E quando se levantaram da mesa de jantar, Natalie levou Paris para um canto e pediu mil desculpas.

— Sinto muito. Fred jurou que ele era um sujeito agradável, e achei que você poderia gostar de conhecê-lo.

— Tudo bem — disse Paris, indulgentemente. — Ele é até um pouco engraçado. Sabe, você não tem que me apresentar para ninguém. Estou perfeitamente feliz, sozinha, entre bons amigos. Não estou interessada em namoros.

— Deveria estar — disse Natalie seriamente. — Não pode ficar sozinha naquela casa pelo resto de sua vida. Temos que encontrar alguém. — Mas a primeira tentativa deles certamente tinha sido desastrosa. Àquela altura o lobo solitário tinha se acomodado no sofá, e estava se embriagando com brandy. Parecia estar a ponto de dormir, e Paris comentou com Virginia que teriam de deixá-lo ficar aquela noite, ou levá-lo de volta de carro para o lugar de onde viera. Ele não estava em condições de dirigir, especialmente numa tempestade de neve. Estava nevando muito mais do que no início da noite, e até Paris estava se sentindo insegura com relação a dirigir de volta para casa, mas não teria admitido isso. Estava determinada a ser auto-suficiente, e não um fardo.

— Eu realmente acho que você devia ter um bom espírito esportivo e acomodá-lo no seu quarto de visitas — disse Virginia para Paris com um sorriso forçado arrependido. Tinha sido uma noite e tanto. E ela estava contente que Paris ainda estivesse sorrindo. Tinha certeza que ela própria não estaria sorrindo, e ela e Jim tinham trocado olhares enigmáticos diversas vezes durante a noite. O corretor de ações definitivamente não era o que poderia fazê-la feliz. E quando ele deu um tapinha no bumbum de Paris, quando ela estava passando pelo sofá, seu coração afundou. Chegou a um ponto que não era mais engraçado. E a solidariedade da amiga, embora fosse bem intencionada, era de certo modo degradante, como se ela não pudesse cuidar de si mesma, e eles tivessem de fazer isso por ela. Ela tinha de ter alguém a qualquer preço, sob quaisquer circunstâncias, para que não sentissem pena dela. Sem dúvida, ele era um perfeito desastre como acompanhante.

— Olá, docinho. Venha e sente-se perto de mim, e vamos nos conhecer. — Ele olhou maliciosamente para ela.

Paris sorriu palidamente para ele, e disse boa-noite para sua anfitriã. Ela disse que queria escapar silenciosamente, para não interromper a festa. E depois de olhar para ela cuidadosamente, Natalie não discordou. Paris levara o espírito esportivo a novos e altos níveis aquela noite.

— Realmente sinto muito sobre o Ralph. Se lhe agradar, eu simplesmente darei um tiro nele, antes que beba mais brandy. E

138 DANIELLE STEEL

depois disso, darei um tiro no Fred depois que todo mundo for para casa. Prometo que me sairei melhor da próxima vez.

— Da próxima vez, só convide a mim, sozinha. Eu simplesmente preferiria — disse Paris suavemente.

— Eu prometo — disse Natalie, abraçando-a e observando-a enquanto calçava as botas. Ela era tão bonita, e parecia estar tão incrivelmente solitária. Ver isso partia o coração de Natalie. — Você vai ficar bem dirigindo na neve? — perguntou Natalie, parecendo preocupada.

— Vou ficar ótima — disse ela com um sorriso largo e uma confiança que não sentia. Teria caminhado para casa na neve em vez de passar mais um minuto naquela sala, com Raph, o Repugnante, e os amigos que obviamente sentiam pena dela. Sabia que a intenção deles era boa, mas a realidade da situação era o suficiente para trazer-lhe lágrimas aos olhos. Era a isso que tinha sido reduzida. A homens como Ralph, que usavam calças xadrez, contavam piadas rudes, e bebiam o suficiente para se qualificar para uma reunião do AA. Ela simplesmente não podia agüentar nem mais um minuto. — Falo com você amanhã, e obrigada! — Ela acenou enquanto voava pela porta, rezando para que seu carro pegasse. Teria preferido pedir uma carona a permanecer lá. Agora só queria ir para casa, e tirar as roupas. Ela agüentara uma dose mais do que suficiente naquela noite.

Quando Natalie voltou à sala com um ar derrotado, Ralph olhou ao redor na expectativa de ver Paris.

— Onde está a Londres... Milão... ou Frankfurt... ou qualquer que seja o nome dela?

— O nome dela é Paris, e ela foi para casa. Acho que estava com dor de cabeça — disse ela incisiva, jogando lanças no marido através dos olhos, se retirando, parecendo envergonhada. A noite definitivamente não tinha saído do jeito que esperavam.

JOGO DO NAMORO

— Que pena. Gosto dela. Ela é realmente bonitona — disse Ralph, tomando mais um gole de brandy. — Isso me lembra da história sobre... — E quando ele terminou, Paris já estava na metade do caminho para casa, dirigindo mais rápido do que deveria numa tempestade de neve, mas tudo que desejava era correr para dentro de casa, trancar a porta e esquecer daquela noite. Tinha sido um pesadelo. Sabia que independente do que acontecesse em sua vida, lembraria de Ralph para sempre. Paris estava repassando a noite em sua cabeça, quando fez uma curva, e o carro derrapou. Ela pisou no freio, o que piorou as coisas, quando bateu num pedaço de gelo, e deslizou direto para fora da estrada antes que pudesse parar. E a traseira do carro se alojou firmemente num banco de neve. Tentou tirá-lo gentilmente de lá, mas tudo que fazia piorava a situação, e ficou alí sentada, sentindo-se frustrada e indefesa. Ela esperou, e tentou de novo, mas não havia como mover o carro. Nem mesmo os pneus para neve a ajudaram. Precisava de um guincho para sair dali.

— Merda — disse alto, e sentou-se encostada no banco, pensando se tinha levado com ela o cartão da seguradora AAA. Procurou na bolsa e tudo que havia lá era uma nota de cinco dólares, as chaves de casa, a licença de motorista, e um batom. Então procurou no porta-luvas, e quase gritou de alegria quando viu o cartão da AAA. Peter sempre fora meticuloso com relação a coisas assim. E ela teria se sentido grata, se não estivesse tão zangada com ele. A culpa era dele por ter passado uma noite como aquela. Era graças a ele que estava sendo usada como forragem para homens como Ralph, enquanto ele passava a lua-de-mel em St. Bart's com Rachel. A culpa era dele.

Ela também encontrou o número da emergência no portaluvas, telefonou, e relatou o que acontecera. Eles disseram que chegariam lá o mais rápido possível, algo entre meia e uma hora. E então ela ficou sentada lá. Pensou em ligar para Meg para pas-

140 DANIELLE STEEL

sar o tempo, mas não queria preocupá-la dizendo que estava presa num banco de neve à meia-noite. Portanto, simplesmente sentou lá e esperou, e o caminhão-guincho apareceu 45 minutos depois.

Ela saiu do carro, enquanto eles levantavam o carro para fora da vala e o colocavam de volta na estrada. Ela chegou em casa uma hora e meia depois de ter deixado o jantar. Era quase uma e meia, e estava exausta. Entrou em casa, fechou a porta, e se encostou contra ela pesadamente. E pela primeira vez desde que Peter partira, ela sabia que estava zangada. Estava tão zangada que queria matar alguém. Ralph. Natalie. Fred. Peter. Rachel. Qualquer um e todos eles. Deixou cair o casaco no chão da entrada, chutou as botas, subiu as escadas batendo os pés, e tirou as roupas. Ela as deixou espalhadas pelo chão do quarto, e isso não importava mais. Não havia ninguém para ver. Ninguém para limpar a entrada da garagem com pá ou levá-la de carro para casa, ou para evitar que derrapasse com o carro, ou deslizasse para dentro da vala, ou para afastar bundões como o Ralph. Ela odiava todos eles, mas mais do que qualquer um, ela odiava Peter. E quando foi para a cama aquela noite, ficou deitada e olhou para o teto, odiando-o quase tanto quanto um dia o amara. E sabia exatamente o que faria sobre isso. Já estava na hora.

Capítulo 11

PARIS ENTROU VIOLENTAMENTE no consultório de Anne na segunda-feira, e olhou para ela, que parecia assombrada.

— Estou deixando tudo.

— Deixando o quê? A terapia? — Era óbvio que Paris estava zangada.

— Não. Sim. Bem, um dia. Estou deixando Greenwich.

— O que provocou isso?

— Fui ao maldito jantar na noite de sábado, e eles me arrumaram um imbecil total, sem nem me perguntar como me sentia sobre isso. Você não acreditaria como foi. Primeiro, tive de limpar a entrada da garagem com a pá, depois ele apareceu vestindo calças xadrez e contou piadas nojentas. Ficou completamente bêbado, e deu um tapinha no meu bumbum depois do jantar.

— E é por isso que você está partindo? — Anne nunca a tinha visto com uma aparência melhor. Havia cor em seu rosto, e seus olhos estavam fuzilantes. Ela parecia muito saudável, e finalmente viva. Estava outra vez com o controle da própria vida, de uma forma como nunca tinha estado antes.

142 DANIELLE STEEL

— Não. Por causa de Peter. Eu o odeio. Isso tudo é culpa dele. Foi para isso que ele me deixou. Ele me deixou por aquela merdinha, e agora tenho que lidar com idiotas como Ralph, e com os meus malditos e estúpidos amigos que sentem tanta pena de mim que acham que estão me fazendo um favor. Estou mudando para a Califórnia.

— Por quê? — Anne estreitou os olhos enquanto a observava.

— Porque aqui não tenho nenhuma vida.

— E você terá na Califórnia? — Queria que ela partisse pelas razões certas, não para fugir do que não estava fazendo em Greenwich. Se esse fosse o caso, levaria todos os problemas com ela. Uma cura geográfica não era a resposta, a não ser que fizesse isso pelas razões certas.

— Pelo menos não vou ficar presa num banco de neve no caminho para casa depois de um jantar.

— E você sairá para jantar?

— Não conheço ninguém para me convidar — disse Paris, indo um pouco mais devagar. Mas estava certa sobre a mudança. Já tinha se decidido. — Mas eu poderia arranjar um emprego, e conhecer novas pessoas. Sempre poderei voltar para cá mais tarde. Só não quero ficar perto de amigos que sentem pena de mim. Isso torna tudo ainda pior. Todos aqui sabem sobre o Peter. Quero conhecer pessoas que não saibam nada sobre ele, ou sobre o que aconteceu.

— Parece razoável. O que vai fazer com relação a isso?

— Amanhã vôo para São Francisco. Já fiz uma reserva. Telefonei para um corretor de imóveis essa manhã. Vou ver umas casas e apartamentos. Telefonei para Wim e ele parece estar bastante ocupado, mas disse que poderia me encontrar para jantar. Não sei quanto tempo ficarei lá. Vai depender se encontro alguma coisa ou não. Mas pelo menos vou tentar. Não posso ir a outro jantar como esse. — Aquilo tinha sido a última gota. Mas Anne achava que ela estava pronta, já achava isso há meses, mas o ímpeto de tomar essa atitude tinha de partir de Paris. E agora partira. Ela estava pronta para seguir em frente.

— Bem, parece que viramos uma curva, não é? — Anne parecia satisfeita com sua paciente, embora fosse sentir falta dela. Tinham trabalhado bem juntas, mas esse era o resultado final que ela procurara. Paris sobre os próprios pés outra vez, levantando e correndo. Ela levara oito meses para chegar lá, mas agora chegara.

— Você acha que sou louca? — perguntou Paris, parecendo preocupada.

— Não. Acho que você é extremamente sã. Acho que está fazendo a coisa certa. Espero que encontre algo que lhe agrade.

— Eu também — disse Paris, parecendo triste outra vez por um minuto. — Detesto ir embora. Tenho tantas recordações aqui.

— Vai vender a casa?

— Não. Só vou alugá-la.

— Então você sempre poderá voltar. Não está fazendo nada que não possa ser revertido se não gostar da Califórnia. Dê uma chance, Paris. Há um mundo todo lá fora para você descobrir. Pode fazer qualquer coisa que queira, ir aonde quiser. A porta está totalmente aberta.

— Isso é bastante amedrontador.

— E excitante. Estou muito orgulhosa de você.

Ela então disse para Anne que tinha decidido não contar logo para seus amigos. Primeiro queria comprar uma casa. Não queria ninguém tentando fazê-la desistir. As únicas pessoas a quem tinha contado foram Anne e seus filhos, e todos os três ficaram contentes com a decisão de Paris de mudar.

Ela deixou Anne meia hora mais tarde, foi para casa fazer as malas, e Natalie telefonou para se desculpar outra vez sobre o jantar.

144 DANIELLE STEEL

— Não se preocupe com isso — disse Paris, despreocupada.
— Foi tudo bem.

— Você quer sair para almoçar essa semana?

— Não posso. Vou ver Wim em São Francisco.

— Bem, vai ser divertido. — Natalie estava aliviada em ouvir que pelo menos ela estava se mexendo. Sabia como os últimos meses tinham sido duros, e não via uma solução para ela, a não ser que encontrasse outro marido. Com candidatos como Ralph em ação, estava começando a parecer mais do que improvável. Mas tinha de haver alguém. Ela e Virginia tinham feito um juramento solene de encontrar um homem para ela, não importava o que custasse.

— Telefono para você de novo quando voltar — prometeu Paris, e então terminou de empacotar as coisas.

Na manhã seguinte, ela estava no avião para São Francisco. Estava voando na primeira classe, e havia um empresário atraente sentado ao seu lado. Ele estava de terno, trabalhando num computador e aparentava uns 50 anos. E depois de olhar sutilmente para ele, ela leu um livro, almoçou, e então assistiu ao filme. Eles só estavam a uma hora de São Francisco quando a sessão acabou, e a essa altura seu companheiro de poltrona tinha guardado o computador. Ele deu uma olhada para ela com um sorriso enquanto a comissária oferecia para eles queijo e fruta ou leite e biscoitos. Paris pegou um pedaço de fruta, e pediu uma xícara de café. A comissária parecia conhecê-lo quando encheu a xícara para ele.

— Você vai com freqüência a São Francisco? — perguntou Paris gentilmente. Ele era um homem atraente.

— Duas ou três vezes por mês. Trabalhamos com uma firma de fundos de investimento de risco, em investimentos de biotecnologia no Vale do Silício. — Soava razoavelmente impressionante, e ele parecia próspero e estável. — E você? Está indo para trabalho ou lazer? — perguntou ele.

— Estou indo visitar meu filho em Berkeley. Ele está na faculdade lá. — Paris o vira dando uma olhada para sua mão esquerda, e ela não estava mais usando sua aliança. Ela a havia usado até o divórcio se concretizar, e tirá-la quase a matou. Mas não havia mais nenhuma razão para usá-la. Peter estava casado com outra pessoa. Mas ainda se sentia nua sem ela. Desde o dia em que se casaram nunca a havia tirado, sempre se sentira sentimental e supersticiosa sobre isso. Ela notou que seu companheiro de poltrona também não estava usando uma aliança. Talvez fosse um bom sinal.

— Quanto tempo vai ficar? — perguntou ele com um interesse crescente.

— Não sei. Vou procurar por uma casa ou apartamento. Estou pensando em me mudar para lá.

— De Nova York? — Ele parecia intrigado. Ela era uma mulher muito atraente. E ele imaginou que estaria em torno dos 40 anos. Parecia jovem para ter um filho na faculdade.

— De Greenwich.

— Divorciada? — Ele parecia ter prática nisso.

— Sim — disse ela cautelosamente. — Como sabia?

— Não existem muitas mulheres solteiras em Greenwich, e se está pensando em mudar, parece que está sozinha. — Ela balançou a cabeça confirmando, mas não fez nenhuma daquelas mesmas perguntas para ele. Não tinha certeza se queria saber, e não queria parecer ansiosa. E quando o piloto anunciou que era sua última chance para levantar e andar pelo avião, ela levantou-se do assento e ficou esperando para entrar no banheiro. Estava de pé bem do lado de fora da pequena cozinha, quando a comissária olhou para ela. Era a que tinha acabado de servi-los, e ela sorriu para Paris e se aproximou para falar numa voz controlada.

146   DANIELLE STEEL

— Não é da minha conta, mas você pode querer saber. Ele é casado, tem uma esposa e quatro filhos em Stanford. Duas das mulheres deste vôo já saíram com ele e ele nunca informa sobre isso. Ele sempre viaja para cá. Eu o vi falando com você, e nós mulheres temos que ser unidas. É claro, talvez isso não a incomode. Mas de qualquer modo é bom saber. Ele não diz que é casado, pelo menos nunca disse para nós. Descobrimos isso de outro passageiro regular do vôo, que conhece a esposa dele.

— Obrigada — disse Paris, parecendo atordoada quando o banheiro ficou vazio. — Muito obrigada — e então entrou para lavar as mãos e pentear os cabelos, e enquanto fazia isso olhou para seu reflexo no espelho. Era um mundo grande e mau lá fora, cheio de indivíduos revoltantes, vis e impostores. A probabilidade de encontrar um indivíduo bom parecia ser tão boa quanto encontrar uma agulha no proverbial palheiro. Nada era impossível, mas pelo menos para Paris, parecia extremamente improvável, e de qualquer modo ela não queria um homem. A última coisa que queria era se envolver com qualquer pessoa. Sabia sem sombra de dúvida que jamais se casaria de novo. Peter a havia curado. Tudo que podia fazer agora, em sua opinião, era se acostumar a ficar sozinha.

Ela voltou para o assento com os cabelos recém-penteados, arrumados elegantemente numa trança caindo pelas costas, e o batom aplicado cuidadosamente, e seu companheiro de poltrona olhou para ela, com olhar apreciador. Um momento mais tarde, ele lhe deu seu cartão de visitas, e ela o pegou e o segurou.

— Estou hospedado no Four Seasons. Ligue para mim se tiver tempo para jantar. Onde está hospedada? — perguntou ele, de maneira agradável.

— Com meu filho — mentiu ela. Mas depois do que tinha acabado de ouvir, não planejava dar a ele qualquer informação. Sabia mais do que o suficiente sobre ele. — Acho que estaremos bastante ocupados — disse casualmente, enquanto colocava o cartão na bolsa.

— Ligue para mim em Nova York quando voltar — disse ele, e quando disse isso, eles aterrissaram com uma batida e taxiaram pela pista em São Francisco. — Você precisa de uma carona para o centro? — perguntou solícito, e ela sorriu, pensando na esposa dele.

— Não, obrigada. Tenho amigos me esperando. Mas obrigada por oferecer — disse ela alegremente. E quando ele a viu subir num táxi sozinha vinte minutos mais tarde, levantou uma sobrancelha e chamou sua atenção. Ela acenou, enquanto partiam para o centro e, logo que chegou ao hotel, jogou fora o cartão dele.

Capítulo 12

NOS PRÓXIMOS QUATRO DIAS, Paris se sentiu como se tivesse visto todas as casas da cidade. Ela visitou quatro apartamentos, e decidiu rapidamente que não era um apartamento que queria. Após anos numa casa bem ampla, com muito espaço por onde andar, não estava pronta para um apartamento. No final, ela reduziu a escolha a duas casas das quais gostara. Uma era uma casa grande de pedras em Pacific Heights, parecida com a casa em Greenwich, e a outra era uma graciosamente antiquada em estilo vitoriano, com um apartamento de hóspede na Vallejo Street em Cow Hollow. Tinha a vantagem de estar próxima da água, ter uma vista da baía, e da ponte Golden Gate. O que mais agradou a ela era que Wim poderia usar o apartamento de hóspede sempre que quisesse, e ainda se sentir como se tivesse uma certa independência de sua mãe. Ele podia até levar os amigos para lá. Era perfeita. O preço estava bom, e os proprietários estavam dispostos a alugá-la. E ela era uma inquilina ideal. Não tinha dívidas e era uma adulta responsável. O lugar todo estava recém-pintado e parecia alegre, limpo e claro.

Os pisos eram lindos, de madeira, e a parte principal da casa tinha três quartos, um no andar de cima com uma vista espetacular, e dois logo abaixo dele, que podia usar para Meg, e quem mais viesse visitar, ou que podiam simplesmente ficar vazios. Havia uma agradável cozinha em estilo de casa de campo, e a sala tinha a vista de um pequeno jardim bem cuidado. Tudo era numa escala menor do que estava acostumada, mas gostava desse aspecto em relação à casa. Teria de separar e escolher dentre sua mobília, e mandar o resto para um depósito. E o corretor lhe disse que podia alugar mobília para ela até que sua própria chegasse. Eles decidiram tudo numa tarde. Ela assinou o contrato de locação, e o corretor deixou as chaves com ela naquela noite no Ritz-Carlton. Ela pagou o primeiro e o último mês de aluguel, e um substancial depósito de segurança. Tudo que tinha de fazer agora era alugar a casa de Greenwich, mas mesmo que isso levasse algum tempo, não havia razão para esperar lá. Podia mudar a hora que quisesse.

Ela jantou com Wim na última noite, e então levou-o de carro para ver a casa. Ela tinha alugado um carro e estava se acostumando a dirigir ao redor das colinas. E ele se apaixonou pelo apartamento de hóspede.

— Puxa, mamãe! Posso trazer meus amigos para ficar comigo um dia desses?

— A qualquer hora que quiser, querido. Foi por isso que a aluguei. — Havia mais dois quartos pequenos no andar de baixo, e o jardim era compartilhado. Era tudo que queria. Tinha charme e privacidade para ela, e espaço mais do que suficiente, e seria um ninho para Wim voltar para casa, embora ela não esperasse que ele viesse com freqüência. Estava se esbaldando em Berkeley. Ele tinha contado para ela que fizera muitos amigos, estava gostando das aulas e tendo um bom desempenho.

— Quando você vai se mudar para cá? — Wim parecia animado, e Paris estava satisfeita.

— Logo que empacotar as coisas de Greenwich.

— Você vai vender a casa?

— Não, apenas alugar. — Pela primeira vez em meses, ela tinha algo pelo qual esperar, e estava excitada com sua vida. Subitamente alguma coisa boa estava acontecendo, em vez de desastre e trauma. Levara oito meses para ela chegar até aqui, mas tinha chegado.

Ela o levou de carro de volta para Berkeley, e na manhã seguinte voltou de avião para Greenwich. Dessa vez sua companheira de poltrona era uma mulher bem velha que disse que estava indo visitar o filho, e dormiu da decolagem até a aterrissagem. Paris se sentiu como se tivesse estado ausente durante meses quando entrou na casa em Greenwich. Tinha feito muita coisa em pouco tempo.

Ela ligou para Natalie e Virginia na manhã seguinte, e contou para elas o que acontecera. Ambas ficaram em choque, e tristes com a notícia. Detestavam vê-la partir, mas disseram que estavam felizes por ela se era o que queria. Ela não disse que o jantar de Natalie tinha sido decisivo. Já tinha chamado um corretor, e começariam a exibir a casa naquele fim de semana. Elas lhe disseram que poderia demorar um pouco até que a alugasse. Era uma época morta do ano, já que as pessoas tendiam a alugar, mudar, ou comprar na primavera ou verão. Ela já tinha telefonado para a companhia de mudanças, e estava planejando começar a empacotar as coisas durante o fim de semana. Tinha muitas decisões a fazer sobre o que levar com ela, e o que guardar no depósito. Virginia ligou mais tarde naquela manhã. Ela tinha dado a notícia para Jim, e eles queriam oferecer uma festa de despedida. Natalie fez a mesma oferta na manhã seguinte. Até o final da semana, pelo menos quatro pessoas tinham telefonado e dito que queriam vê-la antes que partisse, e convidá-la para jantar. De repente, as pessoas não estavam sentindo pena dela, estavam excitadas com o que estava fazendo, embora pesarosas em vê-la partir, e ela estava adorando isso. Era como se finalmente tivesse conseguido virar o curso do navio, decidindo mudar para a Califórnia. Ela nunca se deu conta de que a mudança de atitude e perspectiva era mais da parte dela do que da parte de qualquer outra pessoa. Mas da noite para o dia toda a atmosfera de sua vida tinha mudado.

E para sua surpresa, até a tarde de domingo, a casa tinha sido alugada. Era apenas o segundo grupo a vê-la, e as primeiras pessoas ligaram uma hora mais tarde, ficando severamente desapontadas por ela já estar alugada. A família que a estava alugando a queria por um ano, com opção para mais um ano. Estavam sendo transferidos de Nova York para Atlanta, e tinham três filhos adolescentes. A casa era perfeita para eles, e eles ficaram aliviados que Paris não tivesse objeções quanto às crianças. Pelo contrário, o pensamento de sua casa retornando à vida e sendo bem habitada a deixava feliz. E Paris ficou pasma com o aluguel que pôde cobrar por ela. Ele cobriria a casa na Califórnia e mais alguma coisa. Portanto, a mudança fazia sentido de todas as maneiras. Ela passou as próximas semanas empacotando e separando as coisas, visitando amigos, e se despedindo. Estava planejando estar em São Francisco até o final de janeiro, e quando a companhia de mudanças veio, ela estava pronta.

Reservou um quarto na Homestead Inn para o último fim de semana, e almoçou pela última vez com Virginia e Natalie antes de partir. Na realidade, tinha se divertido nas festas que elas lhe haviam oferecido. Tinham convidado apenas velhos amigos, e mais nenhum estranho para cortejá-la. A sensação foi de ser a semana do velho lar. Ela nunca percebera o número de pessoas que conhecia e das quais gostava genuinamente em Greenwich, e por um ou dois minutos quase ficou triste por estar partindo.

152 DANIELLE STEEL

Mas em sua última sessão com Anne, ela soube que estava tomando a decisão certa. Havia um tipo de atmosfera festiva com relação a tudo que estava fazendo. Mas sabia que teria sido diferente se tivesse ficado. Ela estaria sentada sozinha em sua casa, deprimida e desanimada. Contudo, ficaria sozinha em São Francisco. Ainda tinha de encontrar um emprego, e conhecer novas pessoas. E Paris prometeu ligar para Anne, fariam sessões telefônicas duas vezes por semana até que se acomodasse.

Ela saiu para o aeroporto às oito da manhã de sexta-feira. E enquanto o avião decolava para São Francisco, forçou-se a não pensar em Peter. Ele estava ocupado com sua nova vida, e agora ela tinha de fazer a própria vida. E se fosse um desastre, e ela descobrisse que tinha cometido um erro, sempre poderia voltar para Greenwich. Talvez voltasse um dia. Mas, durante o próximo ano, iria abrir suas asas e voar, ou pelo menos tentar. Nessa ocasião, sabia que estava com seu pára-quedas bem no lugar. Não estava em queda livre através do espaço, e ninguém a havia empurrado para fora do avião. Ela tinha pulado, e sabia o que estava fazendo e por quê. Mudar para São Francisco era a coisa mais corajosa que fizera até agora. Wim prometera vir visitá-la naquele fim de semana. E quando o avião aterrissou em São Francisco, ela estava sorrindo consigo mesma.

Ela deu o endereço de sua nova casa para o motorista do táxi, e o corretor tinha feito o que havia prometido. Ele disse que tinha alugado mobília suficiente para quebrar o galho até que a dela chegasse. Ela tinha cama, cômodas, mesa de jantar e cadeiras, sofá, mesa de centro e alguns abajures na sala de estar. Tudo parecia respeitável quando chegou lá. Ela carregou a mala para o segundo andar e a colocou no quarto, enquanto olhava ao redor. Era o início da tarde em São Francisco, e podia ver a ponte Golden Gate da janela do quarto. E quando se viu refletida no espelho pendurado sobre a cômoda, sorriu. Não havia sequer um som na casa silenciosa quando ela sussurrou "Querida, estou em casa!" para seu próprio reflexo, e então, enquanto ficava ali parada, sentindo-se leve e esperançosa pela primeira vez em meses, ela sentou na cama e riu. Sua nova vida tinha começado.

Capítulo 13

HAVIA MUITO POUCO PARA PARIS fazer na nova casa até que sua mobília chegasse do leste. A mobília alugada era pouca mas adequada, e embora a vista fosse espetacular, sem sua própria mobília, quadros e acessórios de decoração, parecia uma coisa impessoal e fria. A única coisa que podia pensar em fazer era ir ao florista e comprar milhares de flores. Portanto, no sábado, depois de lavar umas roupas, e de uma longa conversa com Meg, ela entrou em seu carro alugado e dirigiu pelos arredores. Queria que o lugar estivesse o mais bonito possível quando Wim viesse para jantar com um amigo na noite de domingo.

Ela estava pensando em sua conversa com Meg, enquanto dirigia para o sul, na Fillmore Street, e virava à direita para Sacramento, onde tinha visto um número de pequenas lojas de antigüidades por onde queria passear. Meg lhe dissera que ela e Peace tinham decidido parar de se ver no fim de semana anterior. Ela estava chateada mas não estava perturbada com isso, e embora talvez não fosse pelas mesmas razões, ela tinha concordado com a mãe que não era o relacionamento certo para ela. Ambos tinham chegado à conclusão de que seus interesses e metas eram diferentes, embora a própria Meg tivesse dito que ele era um sujeito bastante decente. E ela não achava que os meses que passara com ele tivessem sido uma perda de tempo.

— E agora? — perguntou Paris para ela tranqüilamente. Gostava de estar atualizada sobre a vida de sua filha e sempre tinha estado. — Já tem alguém em vista? — Paris perguntou alegremente, e Meg riu.

— Mamãe! Só se passou uma semana! Que tipo de vagabunda você acha que sou? — Mesmo tendo sido um relacionamento não muito importante, ela precisava de tempo para se desligar e lamentar. Ele fora bom para ela, e tinham compartilhado muitos momentos bons, apesar do que Paris pensava dele.

— Não acho que você seja uma vagabunda. Acho que é linda e jovem, e os homens vão fazer filas enormes à sua porta.

— Não é tão fácil assim. Existem muitos sujeitos loucos por aqui. Os atores estão todos apaixonados por eles mesmos, embora Peace não estivesse, mas ele estava mais envolvido com artes marciais e saúde do que com a carreira de ator — e ele mesmo tinha dito que estava pensando em ensinar caratê em vez de representar papéis em filmes de terror. Começara a perceber que representar não era para ele. — Metade dos sujeitos que conheço têm um envolvimento pesado com drogas, muitos deles saem com jovens atrizes. Todos têm uma história por aqui. E sujeitos normais que conheço, como advogados, corretores de ações ou contadores, são terrivelmente entediantes. Os homens da minha idade são tão chatos e imaturos. — Isso mais ou menos resumia tudo, na opinião de Meg.

— Tem de haver alguém, querida. Na sua idade, o mundo está cheio de jovens qualificados.

— E na sua idade, mamãe? O que você vai fazer para conhecer pessoas? — Meg estava preocupada com isso por ela. Não

156 DANIELLE STEEL

queria que ela ficasse sentada em mais outra casa vazia, sentindo-se deprimida numa cidade onde não conhecia ninguém.

— Só cheguei aqui ontem. Dê-me uma chance. Prometi à minha analista que encontraria um emprego, e vou fazer isso. Mas não tenho certeza de onde devo procurar.

— Por que você não dá aulas? Você tem mestrado, poderia ensinar economia numa escola de administração, ou num nível universitário? Talvez você deva procurar um trabalho em Stanford ou em Berkeley.

Certamente era uma possibilidade, e ela pensara nisso, mas as posições de ensino do tipo que Meg estava sugerindo eram altamente competitivas, e não se sentia mais qualificada. Ela própria teria de voltar para a faculdade, e a perspectiva não era muito atraente. Queria fazer algo mais divertido. E graças à culpa e generosidade de Peter, e à pequena herança que tinha administrado bem através dos anos, não tinha de deixar que o salário fosse a consideração principal. — Wim me matará se eu for trabalhar em Berkeley. Vai pensar que o estou seguindo. Se fizesse isso, teria de ser Stanford. — Apesar do fato de que havia trinta mil estudantes no campus da Berkeley, queria respeitar a autonomia recém-descoberta de que Wim estava tão orgulhoso.

— Que tal um trabalho em escritório? Você conheceria muitos homens lá — disse Meg, tentando ser solícita.

— Não estou procurando um homem, Meg. Só quero conhecer pessoas. — Sua filha tinha outras aspirações para ela. Queria que encontrasse um marido para cuidar dela emocionalmente, ou pelo menos, um romance sério. Ela odiava saber que sua mãe estava se sentindo solitária, e não havia dúvida de que ela estava, desde que Peter partira.

— Bem, homens são gente — insistiu Meg, e sua mãe riu.

— Nem sempre. Alguns são. Alguns não. — Peter provara isso, mas o que também provara fora que ele era humano, com as mesmas fraquezas de todo mundo. Ninguém era perfeito. Ela só não tinha esperado que ele fizesse o que fez. Pensou que ficariam casados para sempre. Isso tornava quase impossível para ela confiar em qualquer outra pessoa. — Não sei, alguma coisa aparecerá. Estava pensando em fazer um daqueles testes loucos de aptidão para trabalho, que dizem quais são seus pontos fortes. Eles provavelmente dirão que eu devia ser uma enfermeira do exército, fazer campanhas de higiene bucal ou virar artista. Às vezes esses testes aparecem com umas sugestões bem malucas. Talvez eles apliquem o soro da verdade na gente para fazê-los.

— Acho que você deve fazer um — disse Meg firmemente.

— O que tem a perder?

— Apenas tempo e dinheiro. Acho que devo fazer. Aliás, quando é que você vem me ver? — Era tão maravilhoso terem agora a opção de ver uma à outra mais facilmente. Tinha sido noventa por cento da razão pela qual mudara para São Francisco, mas Meg lhe disse pesarosamente que teria de trabalhar pelas próximas semanas. Estava esperando poder visitá-la assim que terminassem o filme atual, mas por enquanto estava mergulhada nele até o pescoço.

Paris ainda estava pensando na situação de trabalho, e em sua conversa recente com Meg, quando estacionou o carro que estava alugando e entrou numa loja de antigüidades na Sacramento. Seu próprio carro era uma picape e estava a caminho vindo de Greenwich. Segundo a programação, deveria chegar perto do mesmo dia que o resto de seus pertences. Ela comprou uma linda caixinha de prata, e então foi ao lado na outra loja, e encontrou um par de candelabros de prata antigos que lhe agradaram. Estava se divertindo muito apenas andando de loja em loja e olhando os artigos. E ao lado da última ela descobriu uma loja de flores muito elegante embora pequena, numa elegante casinha vitoriana. Havia três arranjos de flores do campo espetaculares na vitrina.

Ela nunca tinha visto nada como eles. As cores eram deslumbrantes, a combinação de flores era incomum e magnífica, e as urnas de prata em que estavam eram as mais elegantes que já vira. E quando entrou, uma mulher jovem muito bem vestida estava recebendo encomendas ao telefone. Ela levantou os olhos para Paris quando desligou, e Paris notou que ela estava usando um solitário com um diamante bem grande. Essa não era de jeito nenhum uma loja de flores comum.

— Posso ajudá-la? — perguntou a mulher agradavelmente.

De fato, Paris queria comprar umas flores para a casa, mas foram os três arranjos na janela que tinham feito com que entrasse.

— Nunca tinha visto flores tão lindas — disse, olhando fixamente para elas de novo.

— Obrigada. — A mulher no balcão sorriu para ela. — São para uma festa que estamos fazendo essa tarde. Os potes pertencem ao cliente. Podemos fazer arranjos em seus próprios vasos, se gostar, e quiser trazer um.

— Isso seria maravilhoso — disse Paris pensativamente. Ela tinha um samovar antigo de prata que na realidade era muito similar ao do meio. Ela e Peter o haviam comprado numa exposição de antigüidades na Inglaterra. — Não terei nada durante algum tempo, ou de qualquer maneira, por algumas semanas. Acabei de mudar do leste.

— Bem, simplesmente traga-os a qualquer hora. E se estiver oferecendo um jantar, também ficaremos felizes em arranjar o serviço de banquetes para você. — De fato era uma florista muito incomum, ou talvez a mulher só estivesse sendo solícita. Paris não tinha certeza. — Na verdade — ela sorriu outra vez — esse é o meu extremo das coisas. Eu administro um serviço de banquetes, e faço muito trabalho para o proprietário da loja. Hoje só estou servindo de babá da loja para eles. A garota que geralmente trabalha aqui está doente. E a assistente de Bixby está num chá de bebê, ela vai ter filho na semana que vem — O nome da loja era Bixby Mason.

— Essa é mesmo uma loja de flores? — perguntou Paris, parecendo confusa. Enquanto dava uma olhada ao redor, podia ver que a decoração era bastante luxuosa, e havia uma escada estreita de mármore que levava aos andares de cima na parte de trás do cômodo.

— No começo, sim. Mas de fato agora é muito mais. O dono é um artista e um gênio. Ele organiza todas as melhores festas da cidade, da entrada à sobremesa. Fornece a música, o serviço de banquetes, decide o tema, ou trabalha com os clientes para criar a atmosfera que eles querem, desde pequenos jantares a casamentos para oitocentas pessoas. Ele monopoliza bastante o mercado de entretenimento em São Francisco. As flores agora são apenas a ponta do iceberg, por assim dizer. Organiza festas por todo o estado, e às vezes pelo país.

— Muito impressionante — disse Paris tranqüila, enquanto a mulher alcançava uma biblioteca atrás dela e puxava três álbuns enormes encadernados em couro. Havia pelo menos mais duas dúzias nas prateleiras.

— Quer dar uma olhada? Essas são apenas algumas das festas que ele organizou no ano passado. Elas são realmente fantásticas. — Se as flores na janela eram alguma indicação do trabalho dele, Paris tinha certeza de que eram fantásticas. E quando sentou-se para folhear os livros por curiosidade, ficou imensamente impressionada. As casas nas quais ele trabalhava eram espetaculares, os ambientes eram os mais elegantes que já tinha visto. Mansões, jardins, terrenos lindamente ajardinados em grandes propriedades com tendas especialmente projetadas para acomodar os convidados, em fazendas que ela jamais pensaria em usar. Os casamentos que viu no álbum eram requintados. E havia um punhado de pequenos jantares que ele tinha fotografado, que

160 DANIELLE STEEL

eram o sonho de qualquer anfitriã. Num deles havia cabaças pinta-das à mão na mesa para uma festa de Halloween, em outro, uma profusão de orquídeas marrons com minúsculos vasos chineses segurando pequenos ramos de ervas, e uma festa dos anos 1950 com tantas decorações engraçadas na mesa que ela sorriu enquanto virava a última página, e finalmente devolveu os álbuns com uma expressão de reverente admiração.

— Muito, muito impressionante. — E ela estava sendo since-ra. Queria ter tido a imaginação de fazer algo assim em Greenwich. Oferecera algumas belas festas de jantar, mas nada dessa classe. Quem quer que fosse o dono, era realmente um gênio criativo.

— Quem é ele?

— Seu nome é Bixby Mason. Na realidade ele é um artista, bem, é um pintor e escultor. Se formou em arquitetura, mas acho que jamais a usou. Simplesmente, ele é um homem muito, muito criativo, com uma imaginação e visão inacreditáveis, e uma boa pessoa. Todos que trabalham com ele o amam. — Paris também percebeu, do que tinha visto, que ele provavelmente cobrava uma fortuna. Mas devia. O que ele criava para os clientes era obvia-mente único em todos os aspectos. — Uma vez o chamaram de planejador de casamentos, e ele quase os matou. Ele é muito mais do que isso. Mas faz muitos casamentos. Eu preparo o banquete para muitos deles, e adoro trabalhar com ele. Tudo sai como um relógio. Ele é maníaco por controle. Mas tem de ser. É por isso que as pessoas voltam a procurá-lo, porque tudo que ele toca fica perfeito. E tudo que os anfitriões têm de fazer é desfrutar a festa. — Ele valia o seu peso em ouro para as pessoas para as quais trabalhava.

— E assinar um cheque polpudo depois, eu aposto — acres-centou Paris. Era fácil ver que os eventos que ele coordenara ti-nham custado uma fortuna.

— Ele vale a pena — disse a mulher que estava cuidando da loja sem dar nenhuma justificativa. — Ele torna seus eventos inesquecíveis. Tristemente, ele também organiza funerais. E são lindos e de bom gosto. Ele nunca economiza nas flores, comida, ou música para as festas. Traz bandas de avião de todos os lugares, até da Europa se for necessário.

— Incrível. — Agora era embaraçoso pensar em trazer seu samovar de prata para que pusessem flores nele. Ele estava operando numa escala tão grandiosa que qualquer negócio que pudesse dar a eles não faria diferença. E como ainda não conhecia ninguém, não estava planejando fazer qualquer festa. — Fico feliz em ter entrado — disse Paris, com franca admiração. — Estava procurando por um florista. Mas não acho que farei festas durante algum tempo, já que acabei de mudar para cá.

A garota lhe entregou um cartão e disse que ela ligasse sempre que achasse que pudessem ajudá-la.

— Você adoraria o Bixby. Ele é muito divertido. Neste momento o pobre está ficando maluco. Sua assistente vai ter um bebê em uma semana, e temos casamentos agendados todos os fins de semana. Ele disse para Jane que talvez ela tenha de trabalhar de qualquer jeito. Acho que ele não sabe muito sobre bebês. — Ambas riram, e quando Paris olhou para ela, teve um pensamento ultrajante, e não teve certeza se devia perguntar a ela. Mas enquanto punha o cartão no bolso, decidiu jogar a cautela ao vento e tentar.

— De fato, estou procurando por um emprego. Já organizei muitas festas com jantares, mas não nessa escala. Que tipo de assistente ele está procurando? — Parecia ridículo, até para ela, pensar que ele poderia querê-la. Não tinha nenhuma experiência no mercado de trabalho, e certamente nenhuma experiência nessa linha de trabalho, a não ser pelos seus jantares bastante calmos, embora alguns tivessem ficado muito bonitos.

162   DANIELLE STEEL

— Ele precisa de alguém com muita energia, e muito tempo livre de noite e nos fins de semana. Você é casada? — Ela parecia ser. Tinha aquela aparência tranqüila, respeitável e bem tratada de esposas que eram bem-cuidadas.

— Não, sou divorciada — disse Paris baixinho. Ela ainda dizia aquilo como se estivesse admitindo ter sido condenada por um delito grave, e via as palavras como o anúncio público de um fracasso. Era algo que ela e Anne ainda estavam tentando trabalhar.

— Tem filhos?

— Sim, dois. Um mora em Los Angeles, e o outro está em Berkeley.

— Bem, isso parece interessante. Por que não fala com ele? Ele deve ligar em alguns minutos. Deixe-me seu telefone, e se estiver interessado, ligo para você. Ele está por um fio com Jane agora. O bebê virá a qualquer minuto, e o marido dela quer que pare de trabalhar. Pensei que iria tê-lo no último casamento. Está com a aparência de quem vai ter trigêmeos. Graças a Deus não vai ser isso, mas vai ser um bebê grande. E não sei o que ele vai fazer se não a substituir. Não gostou de nenhuma pessoa que entrevistou. É um perfeccionista, e um tirano para se trabalhar para ele, mas faz um trabalho tão bonito, e basicamente é uma pessoa tão decente, que todos nós o amamos. — Soava nada mais do que divertido para Paris. — Há mais alguma coisa que você quer que ele saiba? Experiência no trabalho? Idiomas? Interesses especiais? Contatos? — Ela não tinha nenhuma delas, particularmente em São Francisco. Pelos últimos 24 anos só fora mãe e dona-de-casa. Mas achava que se ele lhe desse uma chance, poderia desempenhar o trabalho.

— Tenho MBA, se for de alguma utilidade para ele. — E então, tendo dito aquilo, ficou receosa que ele fosse achá-la superqualificada e pouco imaginativa. — Conheço um bocado de jardinagem, e sempre arrumo minhas próprias flores — então ela deu uma olhada para a janela —, mas não naquela escala — disse humildemente.

— Não se preocupe, ele tem uma mulher japonesa que faz aqueles arranjos para ele. Bix também não conseguiria fazer aquilo. Entretanto, ele é ótimo para reunir pessoas que conseguem. É o que faz de melhor. Orquestrar o evento todo. Ele é o maestro. Nós tocamos a música. Tudo que você teria de fazer seria recolher as peças e segui-lo por aí com um caderno, e dar telefonemas. É o que Jane faz.

— Sou um gênio com um telefone — disse Paris, sorrindo. — E tenho tempo de sobra. E um guarda-roupas decente, portanto não o envergonharei com os clientes. Administrei uma casa bastante apresentável pelo últimos 24 anos. Não sei o que mais posso dizer, a não ser que pelo menos gostaria conhecê-lo.

— Se der certo — disse a mulher encorajadoramente, enquanto Paris anotava seu nome e telefone —, ele será seu melhor amigo. É um homem adorável. — E quando Paris lhe entregou o pedaço de papel, a mulher que disse que era chefe de banquete olhou para Paris nos olhos com um sorriso solidário. — Sei como é. Fui casada 18 anos, e quando meu casamento desmoronou, eu não tinha nenhuma experiência de trabalho e nenhuma qualifi·cação. Tudo o que eu sabia era dobrar roupas lavadas, levar as crianças para a escola no rodízio do transporte escolar, e cozinhar para meus filhos. Foi quando entrei para o negócio de banquetes. Era a única coisa que eu achava que sabia fazer. Acabou que eu tinha muito mais qualificações do que sabia. Agora tenho escritórios em Los Angeles, Santa Bárbara, e Newport Beach. Bixby me ajudou a fazer isso. Você tem de começar em algum lugar, e este pode ser o lugar para você. — O que ela disse trouxe lágrimas aos olhos de Paris, enquanto ela agradecia. — Meu nome é Sydney Harrington, e espero ver você de novo. E se isso não der certo, ligue para mim. Já estive em seu lugar, e tenho muitas

164 DANIELLE STEEL

idéias. — Ela entregou o próprio cartão do serviço de banquetes a Paris, e ela agradeceu de novo. Sentia-se como se estivesse flutuando no espaço quando saiu da loja. Mesmo que não conseguisse um emprego disso tudo, achava que tinha feito uma nova amiga. E Sydney Harrington era um bom contato para se ter. Trabalhar para ela no serviço de banquetes também seria ótimo. Trabalhar para Bixby Mason soava como um sonho tornando-se realidade. Ela percebeu que era improvável que pudesse ter uma chance, não tinha nenhuma experiência no mercado de trabalho, e menos ainda em eventos elaborados como os que ele fazia. Mas pelo menos era um lugar para começar, e ela estava orgulhosa de si mesma por ter falado e perguntado sobre a possibilidade. Esse era um mundo totalmente novo para ela.

Paris passou as duas horas seguintes entrando e saindo de lojas na Sacramento Street. Comprou um jogo de pratos de salada numa loja bonita mais embaixo na rua, e uma tapeçaria para tecer em noites solitárias. Às quatro horas estava em casa outra vez. Preparou uma xícara de chá para si mesma, e sentou-se olhando para a vista. Tinha sido uma tarde agradável. Ela ainda a estava desfrutando, quando o telefone tocou e ela atendeu. Era Sydney Harrington, e tinha notícias excitantes.

— Bixby perguntou se você poderia estar aqui às nove horas na segunda-feira. Não quero alimentar suas esperanças, não tenho nenhuma idéia de qual será a escolha dele, mas eu disse que achei você fantástica. E ele realmente está desesperado. Rejeitou todas que a agência mandou. Achou que eram simplesmente chatas demais e sem imaginação, e não gostou da aparência delas. Você teria de ir a todos os eventos com ele, e a alguns sozinha, se ele tiver dois ao mesmo tempo. Ele sempre dá uma passada, mas não pode estar em dois lugares simultaneamente, em especial se um deles for fora da cidade, portanto, você tem de estar bastante à vontade com os clientes e convidados, e se encaixar entre eles.

Isso é importante para ele. Como Bixby diz, sua assistente é como uma extensão dele, sua representante no mundo. Ele e Jane vêm trabalhando juntos há seis anos. Vai ser uma grande mudança para ele. Deveria ter contratado alguém para que ela treinasse há meses. Acho que ele estava negando a existência do bebê.

— Ela está saindo do emprego ou tirando licença-maternidade? — Não que importasse, pelo que Sydney tinha dito, Paris teria ficado feliz em trabalhar para ele durante meses ou até semanas até que ela voltasse. A experiência seria valiosa, e o trabalho certamente seria divertido.

— Ela está saindo de vez. Ele fez o casamento deles, e o marido disse que se ela não desistir agora, Bix poderá fazer seu divórcio. Paul diz que não viu Jane por mais de dez minutos de cada vez nos últimos cinco anos. Ele quer que ela fique em casa, e ela concordou. Acho que está pronta para isso. Bix é fantástico, mas a quantidade de trabalho é incrível. Espero que esteja preparada para isso se conseguir o emprego. — Sydney estava tentando ser tão honesta quanto possível com ela, não havia razão para ser de outra maneira, e ela gostara de Paris quando se conheceram.

— Parece maravilhoso — disse Paris com entusiasmo, e estava sendo sincera. Então perguntou nervosamente: — O que devo vestir? Ele tem alguma coisa que goste ou deteste? — Queria maximizar a chance de conseguir o emprego, e era grata por toda a informação que Sydney compartilhara com ela.

— Seja apenas você. É o que ele mais gosta. Seja aberta, honesta, e seja você. E esteja pronta para trabalhar um dia de 18 horas. Ele também gosta disso. Ninguém no planeta trabalha tão duro quanto Bixby Mason, e ele não espera nada menos de qualquer outra pessoa. — Ele parecia um homem interessante.

— Soa fantástico para mim. Não tenho filhos em casa, nenhum marido, nenhuma casa grande para cuidar. Nem sequer conheço alguém aqui. Não tenho mais nada para fazer.

166   DANIELLE STEEL

— Ele vai adorar isso. E eu falei a ele sobre o seu MBA. Acho que ele ficou curioso. Boa sorte — disse ela, com um tom caloroso na voz. Estivera na mesma situação cinco anos antes, e Bixby a transformou para ela. Era eternamente grata a ele, e se agora pudesse ajudar a uma outra pessoa que estava no mesmo barco, ficaria contente. — Na segunda-feira entro em contato com você para saber como tudo correu.

— Obrigada — disse Paris agradecida e cada palavra sua era sincera. — Mantenha os dedos cruzados!

— Vou manter. Você vai se sair muito bem. Estou com um bom pressentimento em relação a isso. Acho que estava escrito que você deveria entrar na loja hoje. Ele ia deixá-la fechada porque não tinha ninguém para ficar lá, e eu me ofereci para mantê-la aberta para ele, mas foi simplesmente um golpe de sorte. Destino. Agora vamos ver no que vai dar. E se isso não der resultado, outra coisa dará. Tenho certeza disso. — Paris agradeceu outra vez, e elas desligaram. E ela ficou sentada olhando fixamente para a vista de sua sala, com um sorriso no rosto. Repentinamente, boas coisas estavam acontecendo. Melhores do que sonhara. Só esperava não fazer papel de boba na segunda-feira, ou dizer alguma coisa errada. Tinha tão pouco a oferecer para ele, pensou, mas se ele lhe desse uma chance, poria o coração e a alma no trabalho. Essa era a melhor coisa que lhe acontecera em anos.

Capítulo 14

PARIS ESTACIONOU O CARRO na Sacramento Street na manhã de segunda-feira às dez para as nove, e foi até a porta preta com uma aldrava de bronze ao lado da loja, onde Sydney lhe dissera para ir. E notou constrangida que suas mãos estavam tremendo quando apertou a campainha. Estava usando um terninho preto de bom talhe, e sapatos pretos de salto alto, seus cabelos estavam cuidadosamente puxados para trás num coque, e ela tinha pequenos brilhantes nas orelhas. Sentia-se um pouco bem vestida demais, mas queria que ele visse que se vestiria apropriadamente nas festas, e afinal, essa era uma entrevista. Não tinha querido se vestir de menos ou demais, e estava carregando uma bolsa Chanel clássica que Peter havia lhe dado no Natal há muitos anos. Tinha tido tão poucas ocasiões para usá-la em Greenwich que parecia nova em folha. Imaginou se devia esta carregando uma pasta, mas não possuía uma. Tudo o que tinha para oferecer a ele era seu cérebro, energia, tempo, e sua habilidade de organização. Esperava que fosse o suficiente para ele.

Uma campainha soou, e quando empurrou a porta, ela abriu e revelou um lance curto de degraus de mármore levando ao andar

DANIELLE STEEL

de cima, exatamente como a escada da loja. A casa estava lindamente decorada. Ela ouviu vozes no andar de cima, e as seguiu. Parou num corredor elegante, com trabalhos originais de arte moderna de artistas conhecidos. À sua frente estava um cômodo amplo forrado de madeira, com prateleiras enfileiradas de livros, e nele estavam sentados um homem louro surpreendentemente bonito, com uns 37 anos, num suéter preto de gola rulê e calças pretas, e uma jovem que estava tão grávida que Paris quase sorriu pensando em Agnes Gooch em no filme *A Mulher do Século*. Ela saiu da cadeira com dificuldade, veio cumprimentar Paris no corredor e a levou para dentro da sala.

— Você deve ser Paris, que nome maravilhoso. Sou Jane. E esse é Bixby Mason. Nós a estávamos esperando. — Ele já estava examinando Paris cuidadosamente com olhos que pareciam de raios-X enquanto a inspecionava. Ela podia sentir que ele estava notando tudo, dos cabelos aos brincos, à bolsa Chanel e aos sapatos de salto alto que usara, mas parecia aprovar, e sorriu quando pediu que sentasse.

— Terninho fantástico — disse ele, enquanto estendia a mão para trás e agarrava o telefone que estava tocando. Ele respondeu a uma rápida série de perguntas, e então voltou-se para resumir tudo para Jane quando ela sentou.

— O caminhão com as orquídeas está atrasado. Eles estão na metade do caminho de Los Angeles para cá, devem chegar antes do meio-dia, o que quer dizer que quando chegarem teremos de nos apressar. Mas darão um abatimento no preço para compensar pelo atraso. Acho que vamos conseguir. A festa não começa até sete horas, e se entrarmos na sala às três, estaremos bem. — Ele voltou a atenção para Paris outra vez, e perguntou há quanto tempo estava em São Francisco e por que tinha vindo. Ela já pensara em como iria responder a ele. Não queria soar deprimida ou patética, ele não precisava saber todos os detalhes sangrentos, apenas o fato de que estava divorciada e sozinha.

— Estou aqui há quatro dias — disse ela honestamente. — Sou divorciada. Fui casada 24 anos, administrava minha casa, tomava conta das crianças, não trabalhava, organizei um bom número de festas com jantares. Adoro decorar, receber pessoas e fazer jardinagem. E vim para São Francisco porque meu filho está em Berkeley, e minha filha mora em Los Angeles. E tenho MBA em administração de empresas. — Ele sorriu ante a rápida narração, e embora parecesse sofisticado e elegante, também havia alguma coisa calorosa em seus olhos.

— Há quanto tempo está divorciada?

Ela respirou fundo.

— Há mais ou menos um mês. Ele foi oficializado em dezembro, mas estou separada desde maio passado.

— Isso é duro — disse ele solidário —, depois de 24 anos. — Ele não perguntou o que acontecera, mas ela podia ver que ele sentia pena dela, e tentou não se entregar às lágrimas. Sempre era mais difícil quando as pessoas eram agradáveis com ela. A gentileza deles sempre a fazia chorar, mas ela se forçou a pensar no que estava fazendo, e manteve os olhos firmes nos dele.

— Você está bem?

— Estou ótima — disse tranqüila. — Tem sido um processo de adaptação, mas meus filhos têm sido maravilhosos. E meus amigos também. Eu só queria mudar de cenário.

— Você estava morando em Nova York? — Ele estava interessado nela.

— Em Greenwich, Connecticut. É uma comunidade residencial opulenta, e tem uma espécie de vida própria.

— Eu a conheço bem — sorriu ele. — Cresci em Purchase, que não é muito distante, e tem praticamente a mesma filosofia. Comunidades minúsculas cheias de pessoas ricas que sabem da vida umas das outras. Mal pude esperar para dar o fora de lá depois da faculdade. Acho que fez a coisa certa vindo para cá. — Ele sorriu aprovador para ela.

— Eu também. — Ela sorriu largamente para ele. — Particularmente se conseguir um emprego trabalhando para você. Não posso pensar em nada que eu gostasse mais — disse, quase tremendo enquanto fazia seu discursozinho corajoso.

— É muito trabalho muito, muito, muito duro. Trabalhar para mim é um saco. Sou completamente maníaco e obsessivo sobre tudo. Quero tudo perfeito. Trabalho um milhão de horas por dia. Nunca durmo. Ligarei para você no meio da noite para lhe dizer algo que havia esquecido e que você terá de fazer logo no início da manhã. Esqueça a vida romântica. Terá sorte se puder ver seus filhos no Dia de Ação de Graças e no Natal, e provavelmente também não os verá nessas ocasiões, porque teremos festas para organizar. Prometo deixar você em frangalhos, levá-la à loucura, ensiná-la tudo que sei, e fazer você desejar nunca ter posto os olhos em mim pelo menos em noventa por cento do tempo, se não mais. Mas se conseguir agüentar tudo isso, Paris, então nós vamos nos divertir à beça. O que acha disso tudo?

— Como um sonho que se tornou realidade — disse ela honestamente. Era tudo que queria fazer. Isso a manteria ocupada e distraída, faria com que se sentisse útil, as festas e eventos que eles faziam tinham de ser excitantes, conheceria novas pessoas, mesmo que fossem clientes dele e não amigos dela. Não podia pensar num trabalho melhor para ela, e não se importava que ele fosse duro. Queria trabalhar. — Eu acho, espero que possa fazer um ótimo trabalho para você.

— Quer tentar? — perguntou ele, também com uma expressão de excitação nos olhos. — Vamos organizar somente quatro jantares essa semana. Um esta noite, dois amanhã, e uma festa de aniversário de casamento de quarenta anos de bom tamanho

JOGO DO NAMORO

na noite de sábado. Se sobreviver a tudo isso, estará contratada.
— Então ele olhou para Jane com uma expressão séria. — E se
você tiver esse bebê antes disso, vou dar umas palmadas nele e
estrangular você, entendeu, Sra. Winslow? — Ele balançou um
dedo para ela, e ela riu, esfregando a enorme barriga de Buda que
parecia estar a ponto de explodir para fora do vestido a qualquer
minuto.

— Farei o melhor que posso. Terei de falar com ele e dizer
que se, aparecer antes do fim de semana, o padrinho ficará extremamente zangado.

— Exatamente. Não receberá nenhuma herança minha, nenhum fundo de garantia, nenhuma festa de formatura, nenhum
presente para o Natal ou aniversários. Ele deve ficar onde está até
que Paris e eu descubramos se podemos trabalhar juntos, entendido? E, nesse meio tempo, quero que você ensine a ela tudo que
sabe. — Em cinco dias e Jane não vacilou.

— Sim senhor, Capitão Bly, Meritíssimo. Absolutamente.
— Ela prestou continência para ele, e ele riu para ela enquanto se
levantava. E Paris ficou surpresa ao ver como era alto. Tinha pelo
menos um metro e noventa e cinco de altura, era incrivelmente
bonito, e ela estava quase certa de que ele era gay.

— Ah, cale a boca — disse ele para Jane, rindo enquanto ela
também se levantava, embora com uma dificuldade considerável.
E então ele se voltou para Paris com uma expressão severa fingida.
— E se você ficar grávida, casada ou descasada, será despedida na
hora. Não posso passar por isso de novo. — Ele então parecia um
menino resignado, e ambos riram. — Isso tudo tem sido muito duro
para mim. Você poderá ficar com estrias — disse para Jane —,
mas meu nervos estão muito mais esticados do que seu estômago!

— Desculpe, Bix — disse ela, parecendo qualquer coisa
menos contrita. Estava entusiasmada com o bebê, e sabia que ele

172   DANIELLE STEEL

estava feliz por ela. Em seis anos trabalhando com Bix, ele se tornara seu mentor e melhor amigo.

— Pensando melhor — disse ele então a Paris — amarre as trompas. Aliás, quantos anos você tem?

— Quarenta e seis. Quase 47.

— É mesmo? Estou impressionado. Se não soubesse que tinha filhos, pensaria que estivesse com uns 38 anos. Quando você disse que tinha um filho em Berkeley, imaginei que tivesse no máximo quarenta anos. Estou com 39 anos — disse ele à vontade —, mas fiz plástica nos olhos no ano passado. Você não precisa fazer nada, por isso não vou me dar ao trabalho de lhe dar o nome do cirurgião. — Ele foi muito generoso com os elogios, e ela ficou sensibilizada com o que disse. E então ele ficou sério quando deu uma olhada para a montanha de papéis sobre sua escrivaninha. Havia arquivos espalhados por todos os lados, fotografias, amostras de fazenda, projetos, desenhos, e o aspecto da escrivaninha de Jane no cômodo ao lado estava consideravelmente pior. Uma parede inteira do escritório dela era feita de cortiça, e havia um milhão de bilhetes e mensagens presos nela. — Quando você pode começar? — perguntou ele abruptamente para Paris, parecendo de repente acelerar seus motores. Ela podia ver o dínamo que ele era. Mas tinha de ser. Estava cheio de trabalho.

— Quando quiser — disse ela calmamente.

— Está bem então, agora. Você vai poder, ou tem planos para hoje?

— Sou toda sua — disse ela, e ele sorriu exultante, e Jane convidou Paris a entrar em seu escritório.

— Ele adorou você — sussurrou quando sentaram uma do lado oposto da outra à escrivaninha. Mostraria tudo que pudesse para ela. Achava que isso ia dar certo. — Posso notar. Todas as outras pessoas que ele entrevistou saíram pela porta em torno de dois minutos. "Olá, adeus, muito obrigado, suma." Ele detestou

JOGO DO NAMORO

173

todas. Mas gostou de você. É exatamente o que ele estava precisando. Além disso, não tem marido, nem filhos, é nova na cidade. Pode segui-lo por todos os lugares, se concordar com isso. — Jane aparentava estar tão esperançosa como ela se sentia.

— Soa como um emprego sob medida para mim. É tudo que eu queria. E eu também gosto dele. Parece ser um bom homem. — Além da elegância, da aparência atraente, e do estilo sofisticado, podia sentir que ele era decente, verdadeiro e honesto.

— Ele é — Jane a tranqüilizou: — Tem sido incrível comigo. Era para eu ter casado logo depois de ter vindo trabalhar aqui, e meu noivo me abandonou, literalmente enquanto eu estava de pé na igreja. Meus pais ficaram furiosos, tinham gasto uma fortuna no casamento. Eu fiquei atordoada durante quase um ano, mas acabou sendo o melhor para mim. O casamento jamais teria dado certo. E como Bix diz, ele me fez um enorme favor, embora na época eu não tenha gostado. De qualquer maneira, então conheci Paul e ficamos noivos em quatro meses, o que chocou a todos, e meus pais se recusaram a pagar pelo casamento. Disseram que eu estava casando com ele, reagindo à rejeição e que nunca daria certo, e eles já tinham pago por um casamento, portanto para o inferno comigo. Então Bix armou o casamento mais sensacional que já se viu. Trouxe uma banda de avião da Europa, Sammy Go, que é fantástica. Fez a festa na casa dos Getty, com a permissão deles, é claro. Foi inacreditável, e ele mesmo pagou tudo. Meus pais ficaram constrangidos, mas de qualquer modo deixaram que ele fizesse isso. As coisas ficaram bastante tensas entre nós por algum tempo. E agora, Paul e eu estamos casados há cinco anos, e vamos ter esse bebê. Adiei isso o mais que pude, porque odiava deixar Bix em apuros, mas finalmente Paul bateu o pé, e agora aqui estamos. E Bix simplesmente não tem querido enfrentar isso. Ele não conseguia encontrar ninguém de quem gostasse, e na realidade não olhou muito. E eu

174   DANIELLE STEEL

juro, não acho que o bebê vá esperar até o fim de semana, portanto é bom que você aprenda tudo rapidamente. Farei o que puder para ajudá-la. — Era muita informação num pequeno discurso, e quando ela disse, uns minutos depois, que estava com 31 anos, Paris percebeu que ela tinha a mesma idade da garota que se casara com Peter. E Jane parecia quase uma criança para ela, embora fosse obviamente capaz ao extremo. Isso fez com que Paris imaginasse brevemente se Peter e Rachel também iriam querer um bebê. A idéia em si a deixava doente, mas ela não tinha de se preocupar com isso agora, havia coisas demais para fazer.

Elas passaram a manhã toda revisando os arquivos, detalhes importantes sobre os melhores clientes, como seu sistema de recursos funcionava, com quem contar e com quem não contar, e quem usar de qualquer maneira. E então elas repassaram uma lista aparentemente interminável de eventos que estavam por vir. Paris mal podia compreender tantas festas em uma cidade, dentro de um breve número de meses. Também haveria diversas em Santa Barbara e Los Angeles, e um grande casamento planejado para o outono em Nova York, mas o casal ainda não estava noivo oficialmente. Por via das dúvidas, a mãe da noiva já tinha ligado.

— Puxa! — disse Paris, quando se recostaram nas cadeiras após algumas horas. Havia ali o suficiente para manter dez assistentes ocupadas, ela não conseguia começar a imaginar como Jane fizera aquilo tudo. — Como você mantém tudo organizado? — perguntou Paris, parecendo preocupada. No final das contas, estava começando a pensar se o trabalho seria demais para ela. Não queria transformar a empresa dele, ou suas festas, numa bagunça. Era um trabalho hercúleo. E ela tinha um respeito enorme por ambos.

— Depois de algum tempo você se acostuma — disse Jane tranqüilizadora. — Não é mágica, é apenas trabalho. A chave é usar recursos muito bons que não a deixem na mão. De qualquer forma, isso acontece às vezes, mas muito raramente. E Bix só deixa que aconteça uma vez. Se eles fazem trapalhada, ou o desapontam de alguma maneira, ele nunca dá uma segunda chance. Nossos clientes simplesmente não admitem isso. Perfeição é o segredo do sucesso dele. E quando alguma coisa sai errada, o cliente nunca fica sabendo. Trabalhamos que nem mouros para consertar, ou improvisar para que as coisas ainda funcionem.

— Ele é realmente um gênio — disse Paris admirando-o.

— É — disse Jane simplesmente — mas ele também trabalha como uma mula. E eu também. Você está de acordo com isso, Paris?

— Sim, estou. — E estava sendo sincera.

Elas passaram o resto da tarde revendo mais arquivos, as orquídeas para o jantar daquela noite chegaram, como prometido, e às três horas, Jane e Paris estavam no local do evento. Era uma casa grande e imponente na Jackson Street, em Pacific Heights. Paris tinha ouvido falar do cliente, ele era o diretor de uma firma de biotecnologia internacionalmente conhecida no Vale do Silício. Era um jantar formal para vinte pessoas. A casa em si tinha sido requintadamente decorada por um decorador francês famoso, e a sala de jantar tinha sido toda arrumada com móveis de laca em vermelho vivo.

— Bix não gosta de fazer o óbvio — explicou Jane. — Qualquer outra pessoa teria colocado rosas vermelhas aqui, e acho que muitas colocaram. É por isso que ele escolheu orquídeas marrons. — Sua própria equipe estava fazendo a comida naquela noite, e Bix tinha comprado sininhos de prata perfeitos, com as iniciais dos convidados gravadas neles, como brindes de festa. Os brindes de festa engenhosos, como ursinhos e cópias de ovos da Fabergé para cada convidado, eram sua marca registrada. As pessoas adoravam ir às festas dele.

176 DANIELLE STEEL

Ele tinha contratado uma orquestra de baile para depois do jantar, e uma parte da mobília tinha sido retirada da sala de estar para acomodá-la. E enquanto Jane e Paris aguardavam, um caminhão chegou com um piano de cauda. Não havia uma única coisa que ele fizesse pela metade.

O próprio Bix chegou meia hora mais tarde, e ficou quase até a hora do jantar. Quando partiu, tudo estava organizado e em perfeita ordem. Ele mesmo retirara, puxara, enfiara e girara as flores dos arranjos, e no último minuto substituiu as tigelas de prata em que estavam porque não gostou delas. Mas uma coisa era certa, seria uma noite que todos os convidados recordariam.

Jane então também correu para casa para botar um vestido preto de cocktail, e planejava voltar antes que o primeiro convidado chegasse. Geralmente, em pequenos jantares, ela ficava até que os convidados se sentassem, em jantares maiores e mais complicados, ela ficava até que estivessem dançando após o jantar. Isso levava a longos dias de trabalho e noites ainda mais longas. Ela havia dito a Paris que ela não precisaria estar lá naquela noite, mas Paris tinha insistido em se juntar a ela, e ver como coordenava o evento. Quando usavam serviços de banquete, ela ficava de olho neles e assegurava que o serviço fosse impecável. Ela se certificava de que os convidados fossem recepcionados apropriadamente quando chegassem, que os cartões com os lugares marcados nas mesas lhes fossem entregues, que os músicos estivessem em seus lugares, que as flores ainda estivessem arrumadas, e os manobristas soubessem o que estavam fazendo com os carros. Não havia nenhum detalhe negligenciado por Bixby Mason ou quaisquer de seus funcionários. E quando uma cobertura pela imprensa era apropriada, eles escreviam os textos.

Paris dirigiu para casa o mais depressa possível e deixou a água correndo para tomar banho, enquanto tirava um vestido curto do armário, e soltava os cabelos para escová-los. Ela não tinha parado desde as nove horas daquela manhã. E isso era apenas o começo.

Ela discou o número de Meg rapidamente enquanto procurava alguma coisa para comer. Tinha menos de uma hora para se vestir e encontrar com Jane na festa, antes que os convidados viessem. Meg ainda estava no estúdio quando atendeu o telefone celular.

— Acho que tenho um emprego — disse ela animadamente, e então contou tudo sobre Bixby Mason.

— Parece fantástico, mamãe. Espero que consiga o trabalho.

— Eu também, querida. Só queria lhe dizer, estou trabalhando. É tão excitante! — Ela contou o que fizera o dia todo, e então Meg foi chamada de volta ao cenário. E Paris ligou para Anne Smythe, em Greenwich.

— Encontrei o emprego perfeito, e estarei em experiência essa semana — disse ela animada quando contatou Anne em casa. Sentia-se como uma criança que acabara de conseguir um lugar no time, ou que estava pelo menos fazendo teste para isso. — Estou adorando!

— Estou orgulhosa de você, Paris — disse Anne, sorrindo exultante no outro extremo. — Foi um trabalho rápido. Quanto tempo você levou? Três dias? — O mais rápido que podia, Paris contou tudo. — Se ele tiver algum juízo, a contratará num minuto. Ligue para me contar.

— Farei isso — prometeu ela, e então deslizou na água e fechou os olhos por cinco minutos. Realmente gostara do que fizera o dia todo, e uma das coisas de que gostava era o fato de que podiam ver seus conceitos e trabalho duro executados e finalizados. Havia uma tremenda sensação de realização em assistir os eventos se desenrolando. Paris já podia ver isso.

Ela chegou de volta à casa em Jackson Street cinco minutos antes de Jane, e elas saíram de lá precisamente às dez e meia, uma vez que os convidados já estavam dançando. Tudo saíra tranqüilamente. E os anfitriões tinham sido agradáveis e acolhedores quando conheceram Paris. Ela estava tão elegante quanto os convidados num vestido preto simples de cocktail. Tivera o cuidado de usar algo fechado e distinto. A idéia era se misturar e não chamar atenção para si mesma, o que ela entendia totalmente. Jane a achou perfeita, amadurecida, sensível, capaz, trabalhadora e criativa. Quando um dos manobristas criou um problema com um dos convidados, Paris disse ao chefe da equipe, de uma maneira discreta e firme, para telefonar para a base e substituí-lo. Ela não tinha esperado que Jane lhe desse orientações. Por sua vez, ela estava ocupada na cozinha, trabalhando o programa com o *chef*, para se certificar de que os suflês que seriam servidos com o primeiro prato não baixassem antes que os convidados fossem levados à mesa. Cada pedaço do quebra-cabeças tinha de se encaixar, e como um corpo de balé, todos tinham de se movimentar com uma precisão infinita, ainda mais quando organizavam casamentos gigantescos. Isso era apenas uma amostra de como era o resto, mas Paris entrara de cabeça e tinha atuado com graça e competência. Jane sabia que ela era exatamente o que Bixby precisava.

— Você deve estar exausta — disse Paris solidariamente para ela, quando saíram da casa em Jackson Street. Estava com nove meses de gravidez e tinha permanecido de pé por 14 horas. Não era exatamente o que o médico havia recomendado, ou o que seu marido queria.

— Eu disse ao bebê que não tenho tempo para que ele nasça nessa semana — disse Jane, parecendo cansada enquanto paravam ao lado de seu carro e ela sorria para Paris.

— Qual é a data esperada? — perguntou Paris calorosa, realmente gostava dela. Jane dedicava tudo de si e mais um pouco para Bixby. Definitivamente, estava na hora dela passar o bastão, Paris apenas esperava que Bix deixasse que ela o recebesse.

— Amanhã — disse Jane com um sorriso lastimável. — Estou tentando fingir que não sei disso. Mas ele sabe — disse ela, esfregando a barriga. O bebê a havia chutado a noite toda, e estava tendo contrações já há duas semanas. Ela sabia que eram apenas ensaios, mas o show final estava chegando. — Vejo você pela manhã — disse a Paris, deslizou por trás do volante com dificuldade, e Paris ficou com pena dela. Esse não era nenhum jeito de levantar os pés e esperar um bebê. A programação dela teria matado a maioria das mulheres que não estavam grávidas, e era fácil ver por que seu marido insistira para que pedisse demissão e ficasse em casa com o bebê. Ela tinha feito isso por seis anos, e agora estava na hora de parar. Pelo bem dela e do bebê. — Você fez um trabalho maravilhoso hoje — disse ela a Paris, e então se afastou com um aceno, enquanto Paris entrava em seu carro e dirigia para sua casa na Vallejo. E ela percebeu, quando entrou e largou a bolsa, que estava exausta. Fora um dia longo e interessante, seguido de uma noite bem-sucedida. Ela estivera extremamente consciente, durante o evento todo, de que estava constantemente se concentrando para aprender tudo que precisava saber o mais rápido possível. Mas nada do que tenha feito naquele dia tinha parecido fora do comum para ela, ou impossível de executar. Sabia que podia fazer isso. E enquanto se esticava na cama aquela noite, tudo o que desejava era conseguir esse emprego como assistente de Bixby Mason. E se Deus quisesse, e fosse seu destino, ela conseguiria isso.

Capítulo 15

OS DOIS DIAS SEGUINTES FORAM um turbilhão, enquanto Paris aprendia os procedimentos com Jane. Eles tiveram duas festas para fazer na noite de terça-feira. Bixby encabeçou uma delas, a mais importante das duas, e Jane cuidou da outra, para um cliente um pouco menos exigente. Uma foi um evento extraordinário numa galeria de arte, que envolvia um show de luzes e uma banda techno, e muitos detalhes técnicos complicados. A outra foi um jantar black-tie para velhos amigos de Bixby. E Paris ficou indo de lá para cá entre as duas, ajudando no que podia, e aprendendo o que pudessem lhe ensinar. Ela se divertiu na galeria de arte, mas também gostou de estar com Jane no jantar black-tie. Naquele dia, Jane não estava se sentindo bem, e na metade da noite Paris a mandou para casa e administrou o resto do jantar por ela. E Jane ainda parecia um pouco desconfortável na manhã seguinte. Não havia dúvida, a chegada do bebê estava se aproximando. Ela já tinha passado um dia da data calculada.

— Você está bem? — Paris perguntou para ela com uma expressão preocupada, enquanto se acomodavam em lados opostos da escrivaninha em seu escritório.

JOGO DO NAMORO

— Só estou cansada. Tive tantas contrações que não consegui dormir ontem à noite. E Paul está zangado comigo. Disse que eu não devia estar trabalhando. Ele acha que vou matar o bebê. — Paris não discordava dele de todo, pelo menos do ponto de vista que Jane deveria estar descansando, e não se esforçando tanto quanto estava fazendo, mas Jane queria dar a Paris uma chance de se assentar, e tinha prometido a Bix que terminaria a semana, se não tivesse o bebê.

— Você não vai matar o bebê, mas nessa marcha pode se matar — disse ela, empurrando uma banqueta de veludo em sua direção. — Ponha os pés para cima.

— Obrigada, Paris. — Elas então repassaram o resto das pastas. E mais dois casamentos foram agendados naquela manhã. Paris viu como ela lidava com os detalhes, que pessoas ela anotava para ligar. Era uma preparação cuidadosa. Havia uma secretária que vinha duas vezes por semana para datilografar as coisas para eles, e um contador que tratava da cobrança. Mas a responsabilidade por todo o resto estava nos ombros de Bixby e Jane. E Paris sabia que ela iria realmente sentir falta disso, se ele não sentisse. Estava adorando cada minuto, e quando chegou a tarde de quinta-feira, sentiu-se como se estivesse estado lá eternamente.

Na sexta-feira, elas cuidaram dos últimos detalhes da festa de aniversário de casamento dos Fleischmann. Era seu quadragésimo aniversário, e eles estavam fazendo um jantar black-tie para cem pessoas no sábado, em sua residência em Hillsborough. Aparentemente, era uma propriedade magnífica no topo de uma montanha, e a Sra. Fleischmann tinha dito que ansiara uma vida toda pelo evento. Bixby queria que tudo estivesse perfeito para ela. Infelizmente ela tinha uma fraqueza pelo cor-de-rosa, mas ele a convencera a encomendar uma tenda que era tão pálida que quase não era rosa. E eles trouxeram por via aérea as tulipas mais pálidas da Holanda. Ele conseguira resgatar a celebração do mau

182   DANIELLE STEEL

gosto e a transformara em algo refinado. É claro que a Sra. Fleischmann planejava vestir cor-de-rosa, e seu marido lhe dera um anel com um diamante cor-de-rosa pela ocasião.

Quando Paris a conheceu no sábado, ela era uma mulher baixinha adorável com seus sessenta e tantos anos, que parecia dez anos mais velha. Tinha três filhos, e 13 netos, dos quais todos estariam presentes, e era óbvio que ela era louca por Bixby. Ele tinha feito o *bar mitzvah* de um de seus netos no ano anterior, e Jane disse a Paris que eles tinham gasto meio milhão de dólares no evento.

— Puxa! — disse Paris, impressionada.

— Fizemos um de dois milhões em Los Angeles, há alguns anos atrás, para um produtor famoso. Eles contrataram três números de circo, e literalmente fizeram um circo de três picadeiros e um rinque de patinação para as crianças. Foi um acontecimento e tanto.

Quando os convidados chegaram para as bodas dos Fleischmann, a equipe Bixby Mason estava com tudo sob total controle, como sempre. A Sra. Fleischmann estava sorrindo radiante de orelha a orelha, e seu marido parecia emocionado com a festa que Bixby havia criado para eles. E quando Oscar Fleischmann levou sua esposa para a pista para a primeira dança, uma valsa, Paris ficou ali com lágrimas nos olhos, sorrindo.

— Lindos, não são? — sussurrou Bix para ela — Eu a adoro. — Ele adorava a maioria de seus clientes, e era dessa maneira que conseguia criar tal mágica para eles. Ele tinha de realmente gostar deles para fazer isso. É claro que havia aqueles de quem não gostava, e ele também fazia seu melhor por eles, mas a festa nunca dava bem a mesma sensação de quando ele gostava, ou tinha um carinho especial por eles.

Paris estava parada perto do bufê, observando a cena, num vestido de noite longo simples de seda azul-marinho, quando um

JOGO DO NAMORO 183

homem foi até ela, e começou a conversar. O vestido estava bonito nela, e ela penteara os cabelos num coque francês, mas estava tendo o cuidado de não parecer ostentosa, ou usar cores vivas quando estava trabalhando. Tentava passar despercebida, do modo que Bix e Jane faziam. Quase sempre, Bix usava preto, como um fantoche ou artista da mímica, e passava uma elegância tranqüila. Hoje em dia, Jane estava limitada a um vestido de cocktail preto, e um vestido de noite longo que estava forçado nas costuras. Mas ela estivera de bom humor o dia todo, e pareceu tomar um segundo fôlego pelo resto da noite. A essa altura o bebê parecia estar mais do que enorme, e o médico disse que ele teria quatro quilos e meio. Ela aparentava isso.

— Bonita festa, não é? — comentou um homem grisalho num smoking, enquanto Paris dava uma olhada rapidamente por sobre o ombro. Ele estava de pé logo atrás dela. E quando ela se voltou, não pôde deixar de notar que ele era muito atraente. Ele aparentava estar em seus quarenta e tantos anos, e parecia muito distinto.

— É sim. — Sorriu para ele afavelmente, tentando não animar a conversa, enquanto era cortês com ele. Não queria encorajá-lo. Estava trabalhando. Só que não parecia estar. Era mais bonita que a maior parte dos convidados, a maioria dos quais era muito mais velha. Mas os filhos dos Fleischmann estavam lá, e um punhado de seus amigos. Paris assumiu que o homem de cabelos grisalhos era um deles.

— Bufê fabuloso — Havia uma mesa inteira devotada ao caviar, que tinha estado com um movimento considerável. — Você conhece bem os Fleischmann? — perguntou ele estabelecendo uma conversa, determinado a envolvê-la. Ele tinha olhos azuis brilhantes da cor dos de Peter, e por mais que detestasse admitir, era ainda mais bonito. Tinha uma aparência esbelta, atlética e estava em boa forma. E era tão bonitão que poderia ter sido um ator ou modelo, mas ela tinha certeza de que ele não estava nesse grupo.

— Acabei de conhecê-los hoje — disse, calmamente.

— É mesmo? — disse ele, assumindo que ela fosse a namorada de alguém. Verificara sua mão esquerda procurando uma aliança, mas não havia nenhuma. — São pessoas adoráveis. — E então, com um sorriso que foi quase estonteante, voltou-se para ela. — Gostaria de dançar? Meu nome é Chandler Freeman. Sou associado de negócios do Oscar Jr. — Ele cuidara da apresentação completa enquanto ela sorria para ele, mas não fazia nenhum movimento em direção à pista de dança.

— Eu sou Paris Armstrong, e trabalho para Bixby Mason, que organizou esse evento espetacular. Não sou uma convidada. Estou trabalhando.

— Estou vendo — disse ele, não perdendo o ritmo, enquanto seu sorriso se alargava ainda mais. — Bem, Cinderela, se dançar comigo até soar a meia noite, prometo procurar por você em todo o reino, até encontrar o par do sapatinho de cristal. Vamos?

— Realmente, não acho que eu deva — disse ela, parecendo entretida mas constrangida. Ele era muito atraente, e muito charmoso.

— Eu não conto se você não contar. E você está bonita demais para estar parada aqui nas laterais. Uma dança não vai fazer nenhum mal, vai? — Ele já estava com um braço ao redor dela, e sem esperar por uma resposta, a estava levando em direção à pista de dança. E para seu próprio assombro, ela seguiu. Ela encontrou os olhos de Bix ao longo do caminho, e ele sorriu para ela e piscou o olho, o que parecia sugerir que ele não via nenhum problema naquilo. Portanto, ela deixou que Chandler Freeman a levasse para a pista e a carregasse para longe. Ele era um dançarino experiente, e haviam-se passado três músicas quando ele a levou para sua mesa. — Gostaria de se juntar a nós? — Ele estava lá com diversos amigos, e de fato estava sentado com Oscar Fleischmann Jr., que era um homem atraente mais ou menos da idade de Paris com uma esposa muito bonita, que estava coberta de brilhantes e esmeraldas. A família tinha feito fortuna com petróleo em Denver, e então havia mudado para São Francisco. Jane lhe disse, mais tarde, que o *bar mitzvah* tinha sido do filho de Oscar Jr.

— Adoraria — disse Paris, em resposta ao seu convite para se juntar a eles. — Mas tenho de voltar para a minha equipe. — Não queria ser inadequada, ficar íntima demais dos convidados, e dar uma impressão ruim ao cliente, ou a Bixby. Ela não tinha nenhum problema para se manter em seu lugar, não tinha nenhuma intenção de conquistar os convidados, não importava quão atraentes fossem. E não havia dúvida, Chandler Freeman era de arrasar. Ficou imaginando quem seria sua acompanhante, e como ela tinha se sentido com relação a ele estar dançando com ela. Mas não pôde identificar ninguém na mesa que parecesse estar com ele. Ao que parecia, sua acompanhante havia cancelado no último minuto.

— Me diverti muito dançando com você, Paris — disse ele, quase em seu ouvido para que ninguém o ouvisse. — Adoraria ver você outra vez.

— Deixarei meu número no sapatinho de cristal — disse ela enquanto ria. — Sempre pensei em por que o príncipe nem sequer perguntou seu nome. Faz com que se tenha dúvidas sobre ele. — Chandler riu com o que ela disse.

— Paris Armstrong. E você trabalha para Bixby Mason. Acho que consigo lembrar disso — disse ele, como se pretendesse de fato ligar para ela e vê-la outra vez. Mas ela não estava contando com isso. Ele era apenas um homem muito charmoso e atraente. Era bom para seu ego, por um minuto ou dois, mas não esperava ou queria mais do que isso.

186   DANIELLE STEEL

— Obrigada outra vez, tenham uma ótima noite — disse para a mesa em geral e se afastou, e enquanto fazia isso, pôde ouvir a mulher de Oscar dizer numa voz alta — Quem era aquela? — e Chandler responder — Cinderela — e todos na mesa riram. Paris ainda estava se divertindo quando voltou para Bixby e Jane.

— Sinto muito — disse para Bixby se desculpando. — Não queria insultá-lo por não dançar com ele, e fugi logo que pude.

— Mas Bixby não parecia nem um pouco preocupado, a não ser com Jane, que finalmente estava sentada, e parecia estar a ponto de arrebentar.

— Parte do segredo de nosso sucesso é saber quando se misturar com os locais, e quanto retroceder e trabalhar. Você o fez exatamente da maneira certa. As pessoas às vezes gostam que nos misturemos a elas por algum tempo. Eu faço isso. E acho que está bem se você também fizer um pouco disso. Contanto que mantenhamos um olho em como o evento está transcorrendo. Há muitas festas que fazemos em que estou na lista de convidados — disse ele, sorrindo para ela. Do ponto de vista dele, Paris não só era eficiente e competente, mas era socialmente experiente, e ele queria que ela soubesse disso. — Aliás, — disse ele com um brilho nos olhos — aquele pareceu um bom partido — disse maliciosamente, referindo-se a Chandler. — É bem bonitão. Quem é ele?

— O Príncipe Encantado — disse ela alegremente, e então baixou os olhou e notou Jane esfregando a área lombar.

— Você está bem? — perguntou Paris a ela, parecendo preocupada.

— Estou bem. O bebê está apenas numa posição esquisita. Acho que está sentado nos meus rins.

— Que agradável — disse Bix, virando os olhos e fingindo horror. — Não sei como as mulheres fazem. Isso me mataria — disse ele, apontando para o estômago dela.

JOGO DO NAMORO

— Não, não morreria, você se acostuma a isso — disse Paris, sorrindo.

— Por falar nisso, seu filho é muito bem comportado — disse ele para Jane, quando alguns convidados finalmente começaram a sair. Fora uma longa noite, e eles tinham quase uma hora dirigindo de volta para a cidade. Bix contratara uma equipe para desmontar a tenda, e supervisionar o desmonte da festa, assim, não tinham de ficar lá. — Eu disse para ele não vir até depois das bodas dos Fleischmann, e não há ainda nenhum sinal dele. Excelentes modos, Jane, eu a cumprimento. Meu afilhado é um pequeno príncipe. Eu teria lhe dado umas palmadas se tivesse chegado mais cedo. — Todos riram, e Bix foi conversar com a Sra. Fleischmann até que os últimos convidados tivessem se retirado em seus carros e ela finalmente estivesse sozinha com seu marido, Bix, Jane e Paris.

— Foi tudo que eu tinha sonhado que seria — disse ela feliz, parecendo uma visão em cor-de-rosa, enquanto olhava fixamente com adoração para o marido, e depois, com gratidão para Bixby. — Obrigada, Bix. Nunca esquecerei isso.

— Foi lindo, Doris, e você também é. Nós também nos divertimos.

— Vocês todos fizeram um trabalho tão bom — disse ela calorosamente. Ela também gostou de Paris, e achou que ela tinha sido uma adição excelente ao time.

Bix foi pegar sua maleta, e as roupas que tinha trocado para vestir o smoking. Tinha estado trabalhando lá a tarde toda. Os Fleischmann entraram na casa de braços dados, e Paris estava andando para o carro, quando ouviu Jane dar um gemido suave. A princípio não soube o que era, e quando voltou-se para olhar para ela, Jane subitamente se dobrou, e uma quantidade de água se esparramou no gramado onde ela estava.

188   DANIELLE STEEL

— Oh! Meu Deus! — disse ela, olhando para Paris com os olhos arregalados. Acho que minha bolsa acabou de arrebentar. — E em segundos, estava dobrada com uma dor terrível.

— Sente-se — disse Paris firmemente para ela, e a ajudou a sentar na grama para que pudesse recuperar o fôlego. — Você está bem, vai ficar tudo bem. Parece que o bebê fez exatamente o que Bix disse. Ele esperou até o final da festa. Agora vamos para casa. — Jane balançou a cabeça afirmativamente, mas a contração que ela estava tendo era forte demais para que pudesse falar. E quando terminou, ela olhou com ar sofrido para Paris.

— Acho que vou ficar enjoada. — Paris tinha tido trabalhos de parto assim, rápidos e severos, vomitando por tudo, e coisas demais acontecendo ao mesmo tempo. Mas em sua experiência, significava que o bebê também viria rápido. Jane estava vomitando quando Bix voltou para procurá-las.

— Meu Deus, o que aconteceu com você? O que comeu? Espero que não tenha sido o caviar ou as ostras, as pessoas os estavam devorando e dizendo como estavam gostosos. — Mas Jane só olhou para ele, mortalmente envergonhada.

— Acho que ela está em trabalho de parto — disse Paris calmamente para ele. — Há algum hospital aqui perto?

— Agora? Aqui? — Bixby parecia horrorizado, e Jane interrompeu imediatamente.

— Não quero ir para um hospital aqui. Quero ir para casa. Estou bem. Agora estou me sentindo melhor.

— Vamos discutir isso no carro — disse Paris sensatamente, e ajudou Jane a entrar no assento de trás onde poderia se deitar. Havia uma toalha na mala, e Paris a colocou ao lado dela, e sentou-se no banco da frente. Bix as havia levado de carro, e ele tirou o paletó do smoking, o colocou na mala, e um momento mais tarde eles partiram. A essa altura Jane já tinha ligado para Paul, e lhe contado o que estava acontecendo. Prometeu ligar de volta

JOGO DO NAMORO

para ele em cinco minutos. — Acho que você também devia ligar para o seu médico. Quando começaram as contrações? — Paris perguntou, enquanto Jane discava o número do obstetra.

— Não sei. Eu me senti esquisita a tarde toda. Pensei que fosse algo que tinha comido. — Então ela conseguiu falar com a central do doutor e eles a transferiram para ele. Ele disse para ela ir direto para o California Pacific Medical Center na cidade. Ele achou que não haveria problema em voltar de carro. E se qualquer coisa mudasse drasticamente, disse para ela parar e ir para um hospital no caminho, ou na pior das hipóteses, ligar para emergência. Ele ficou aliviado em ouvir que ela não estava dirigindo de volta sozinha, e que estava deitada. Então ela ligou outra vez para Paul e disse para ele a encontrar com a bolsa de pernoite no hospital. Ela estava pronta no hall de entrada há três semanas. E assim que ela acabou de falar com ele, veio outra contração. Foi grande, e ela não pôde falar por três ou quatro minutos.

— Se a memória não me falha — disse Paris para Bix enquanto segurava a mão de Jane. Ela estava quase quebrando seus dedos, e agarrando a mão de Paris numa prensa, enquanto apertava os olhos e deixava escapar um som de gemido que apavorou Bix. — Pelo que me lembro, quando você não consegue falar durante as contrações, é hora de estar no hospital. Acho que ela está mais adiantada do que pensa.

— Oh, meu Deus! — disse Bix, aparentando estar em pânico. — Por Cristo, sou homossexual. Não devo ver essas coisas, ou mesmo saber delas. O que vou fazer agora?

— Dirija de volta para a cidade o mais rápido possível — disse Paris, rindo dele, e sentindo-se melhor outra vez, Jane também estava rindo fracamente no assento de trás.

— Seu afilhado quer vê-lo, Bix — Jane provocou, e ele gemeu mais alto do que ela tinha gemido há um momento atrás.

— Bem, diga a ele que eu não quero vê-lo. Ainda. Quero vê-lo cuidadosamente enrolado num cobertor azul, numa enfermaria de hospital, e não antes de seus cabelos terem sido penteados. E isso vale para você também — disse ele, dando uma olhada para Jane pelo espelho retrovisor, mas estava genuinamente preocupado. A última coisa que queria era que algo desagradável acontecesse com ela, ou com o bebê, enquanto os levava de carro para a cidade. — Têm certeza de que não devíamos parar num hospital no caminho? — perguntou ele para ambas as mulheres, e Jane insistiu que estava bem. Ela teve diversas outras contrações, e Paris as estava cronometrando. Ainda eram de sete em sete minutos. Ela sabia que tinham tempo, mas não muito.

As duas mulheres conversavam suavemente entre as contrações, e Jane teve uma horrível no exato momento em que passavam pelo aeroporto, a toda velocidade.

— Você está bem? — perguntou Bix, e a voz de Jane estava rouca quando falou de novo.

— Sim. Acho que talvez fique enjoada de novo. — Mas desta vez não ficou, e ela disse a Paris, quando chegaram nos arredores da cidade, que estava com vontade de fazer força para baixo.

— Não faça isso! — disse Paris firmemente. — Estamos quase lá. Só agüente firme.

— Oh, meu Deus! — disse Bix — isso não está acontecendo. — E então ele virou-se para Paris com uma expressão nervosa. — Você também faz partos?

— Isso faz parte das atribuições do emprego? — perguntou ela, mantendo um olho em Jane e segurando a mão dela na sua.

— Talvez tenha de fazer. Espero que não. E por falar nisso... — começou ele, enquanto voava atravessando um sinal vermelho na Franklin Street, e por pouco não levando a batida de um carro. Ele nunca tinha dirigido tão rápido, ou de maneira mais irresponsável em toda a sua vida. — Você está contratada, Paris.

JOGO DO NAMORO

Caso ainda não lhe tenha dito. Você fez um ótimo trabalho essa semana. E você no assento de trás — disse brincando para Jane — está despedida. Não quero vê-la no escritório na segunda-feira. Nunca mais volte! — A essa altura estavam na Califórnia Street, e Jane estava produzindo sons horríveis. Paris estava tentando fazê-la respirar em estilo cachorrinho para que não contraísse os músculos para baixo.

— Podemos parar? — perguntou Jane indecisa. O movimento do carro estava fazendo com que ficasse enjoada.

— Não! — Bix quase gritou. O hospital estava a apenas algumas quadras de distância. — Não vou parar e você não vai ter o bebê neste carro! Está ouvindo, Jane?

— Vou ter se quiser — disse ela, deitada de costas com os olhos fechados. Ela tinha começado a suar e soltado a mão de Paris para segurar a barriga. Paris sabia que teriam sorte se chegassem lá a tempo. O bebê definitivamente estava vindo. E assim que pensou nisso, Bix freou ruidosamente e parou do lado de fora do hospital, nas vagas reservadas para veículos de emergência. Sem perguntar a nenhuma das duas, ele pulou do carro e correu para dentro para encontrar o doutor. — Acho que o bebê vai nascer — disse Jane numa respiração entrecortada, e tudo que queria fazer era gritar.

— Tudo bem, querida, estamos aqui — disse Paris, enquanto saltava do carro, e abria a porta de trás para alcançar Jane, mas quando fez isso, dois atendentes correram para fora com uma maca, e Paul estava com eles. Eles a puseram na maca enquanto ela chorava, e estava soluçando quando segurou Paul com ambas as mãos. Ela tinha sido muito corajosa, mas agora estava com medo, e tão aliviada em vê-lo.

— Estava tão preocupado com você — disse ele, enquanto segurava sua mão e eles a empurravam para dentro a toda velocidade, enquanto Paris e Bix olhavam, e a seguiam para dentro.

192 DANIELLE STEEL

Eles nem tentaram levá-la para cima, a levaram direto para a sala de emergência, e Paris e Bix ainda estavam tentando recuperar o fôlego quando ouviram o grito. Foi um uivo longo e aterrorizante que era tão primitivo, grave e profundo que penetrou até a alma das pessoas. Bix olhou para Paris aterrorizado, e agarrou sua mão.

— Oh, meu Deus! Ela está morrendo? — Ele tinha lágrimas nos olhos. Nunca tinha ouvido nada assim. Soava como se alguém a tivesse serrado em dois.

— Não — disse Paris baixinho, enquanto ficavam de mãos dadas na sala de espera — acho que acabou de ter o bebê.

— Que horror. Foi assim com você?

— Com um deles. Eu tive uma cesariana com o outro.

— Vocês são uma raça admirável, todas vocês. Jamais poderia passar por isso.

— Vale a pena — disse ela, enquanto também limpava uma lágrima dos olhos. Pensar nisso a lembrava de Peter.

E um momento mais tarde, uma das enfermeiras da emergência saiu para dizer a eles que o bebê era saudável e pesava quatro quilos e seiscentos gramas. Meia hora mais tarde eles empurraram Jane de maca passando por eles, enquanto Paul a seguia orgulhoso, segurando o bebê. Todos estavam subindo para um quarto.

— Você está bem? — perguntou Paris, enquanto se inclinava para beijá-la. — Estou orgulhosa de você. Foi fantástica.

— Foi bastante fácil — disse Jane brincando. Tinham acabado de lhe dar algo para a dor, e ela estava parecendo um bocado zonza. E, com quatro quilos e seiscentos gramas, Paris sabia que não podia ter sido fácil.

— Voltaremos para vê-la amanhã — prometeu Paris, enquanto Bix se inclinava e também a beijava.

— Obrigado por não tê-lo na festa dos Fleischmann — disse ele solenemente, e todos os três riram. Ele deu uma olhada no bebê, e comentou para Paul que ele parecia enorme. — Parece que ele deveria estar fumando um charuto e carregando uma maleta. Este é meu afilhado — disse orgulhoso para uma das enfermeiras. E um momento depois, a pequena família que tinha se formado subiu para conhecer um ao outro.

— Que noite incrível — Bix disse a Paris, enquanto estavam parados do lado de fora sob uma noite estrelada. Eram três da manhã.

Fora uma semana extraordinária. Ela tinha conseguido um emprego, feito dois novos amigos, e quase feito um parto.

— Obrigada pelo emprego — disse ela, enquanto ele a levava de carro para casa. Agora tinha a sensação de serem velhos amigos.

— Teremos de colocar a atividade de parteira em nosso panfleto depois dessa noite — disse ele, solene. — Estou extremamente contente de não termos tido que fazer o parto daquele bebê.

— Eu também — disse Paris com um bocejo, enquanto sorria para ele. Sabia que aquela noite criara uma ligação entre eles que poderia não estar lá se não tivesse acontecido. Nenhum deles jamais a esqueceria. Nem Jane, ela tinha certeza disso.

— Gostaria de vir amanhã para o café-da-manhã? — perguntou Bix enquanto a deixava em casa. — Gostaria que conhecesse meu parceiro. — Era um cumprimento e uma honra o fato de ele querer trazê-la para seu mundo particular, mas ele achava que ela tinha merecido. Ela era uma pessoa adorável.

— Eu não sabia que você tinha um sócio — disse ela sonolenta, parecendo intrigada, mas contente por ter sido convidada.

— Eu não tenho. Estava me referindo ao homem com quem vivo — disse ele, rindo dela. — Você viveu uma vida protegida, não é?

194 DANIELLE STEEL

— Desculpe, eu não estava raciocinando. — Ela deu uma risadinha. — Eu adoraria.

— Venha às 11 horas. Poderemos nos embebedar pensando na noite de hoje. Foi uma pena que ele não estivesse conosco. Ele é médico.

— Mal posso esperar para conhecê-lo — disse ela sinceramente, e então saiu do carro e acenou enquanto destrancava a porta da frente, e entrava.

— Boa-noite — gritou, enquanto ele se afastava pensando nos eventos da noite. Um bebê veio ao mundo, ele quase tinha tido que fazer o parto dele, e tinha uma nova assistente. Tinha sido um dia e tanto.

Capítulo 16

Depois de dormir até o mais tarde possível, Paris tomou um banho, vestiu calças cáqui e um antigo suéter de casimira e seu paletó favorito, e apareceu à porta vizinha da loja às onze. Sabia que Bix e seu amigo moravam nos dois andares acima do escritório. Ele comprara o prédio anos antes, e os aposentos privativos, quando ela entrou, eram adoráveis. Os cômodos eram aconchegantes e quentes. Havia livros por todos os lados, e um fogo crepitava na lareira, onde Bix e um homem mais velho estavam sentados e lendo o jornal de domingo. O homem mais velho estava usando um paletó de tweed, calças compridas e uma camisa azul aberta, e Bix estava de jeans e suéter de moleton. O homem mais velho tinha cabelos brancos, mas sua aparência era jovial e vigorosa. Eles formavam um casal atraente.

Bix a apresentou a Steven Ward, e Steven a cumprimentou calorosamente. Ele parecia estar com sessenta e poucos anos.

— Ouvi dizer que vocês dois tiveram uma noite e tanto ontem, e quase fizeram o parto do bebê de Jane.

— Foi bem próximo disso — disse Paris com um sorriso, enquanto Bix lhe servia um Bellini. Era champanha com um pouco de suco de pêssego, e quando ela o provou, era delicioso.

— Não pensei que conseguiríamos.

— Nem eu — disse Bix honestamente. — Pensei que se eu não nos matasse no carro, poderíamos superar tudo. Uma situação um bocado cabeluda.

— Muito — concordou Paris, tomando outro gole do Bellini, e voltando-se para o parceiro de Bix. — Bix me disse que você é médico — disse com naturalidade, e ele balançou a cabeça afirmativamente.

— Sou clínico geral — disse, discretamente.

— Está se especializando em HIV e Aids — completou Bix, parecendo obviamente orgulhoso de Steven. — O melhor na cidade.

— Deve ser difícil — disse Paris solidária.

— E é, mas estamos indo muito melhor hoje em dia com os medicamentos.

Paris soube, enquanto conversavam, que ele viera para São Francisco do Centro-Oeste, para trabalhar com pacientes de Aids no início dos anos 1980, e que tinha ficado ali desde então. E enquanto Bix fazia omeletes para eles, Steven lhe disse que seu parceiro anterior morrera de Aids há dez anos, e ele e Bix estavam juntos há sete. Ele tinha 62 anos, e era óbvio que tinha grande admiração por Bix, e que eram muito felizes.

Eles sentaram-se na sala de jantar, comendo omeletes e croissants, enquanto Bix lhes servia cappuccinos. Era um cozinheiro maravilhoso, isso era muito bom, segundo ele, porque Steven não conseguia nem ferver água. Ele podia salvar vidas, ou dar mais conforto às pessoas, mas na cozinha era um caso perdido.

— Uma vez ele tentou cozinhar para mim, quando fiquei doente, e quase me matou. Tive uma crise estomacal. Ele fez sopa de tomate para mim, de lata, muito obrigado, e era uma lata de *chili*. Eu cozinho — disse Bix firmemente. A relação deles pare-

JOGO DO NAMORO

cia ser interessante e animada, baseada em respeito mútuo e uma profunda afeição. Steven falou abertamente sobre o quanto tinha sido traumático para ele quando seu parceiro anterior morrera. Eles tinham ficado juntos 27 anos antes disso.

— Aprender a viver sem ele foi uma adaptação tremenda. Durante dois anos, eu nem sequer saí. Tudo que fiz foi trabalhar, ler, e dormir. E então conheci Bix, namoramos por um ano, e estamos vivendo juntos há seis. Fui muito sortudo — disse ele com um olhar grato para Bix.

— É, você foi — disse Paris baixinho. — Fui casada durante 24 anos, e nunca pensei que nos divorciaríamos. Ainda estou cambaleando com o choque. Às vezes penso nisso, e simplesmente não posso acreditar que aconteceu. Agora ele está casado com outra pessoa.

— Há quanto tempo ele a deixou? — perguntou Steven solidário. Ele podia ver facilmente porque Bix gostara dela. Era uma mulher muito agradável, inteligente, interessante, e uma companhia divertida, era difícil imaginar por que seu marido a havia deixado. Ela parecia ser tudo que um homem poderia querer.

— Passaram-se nove meses — disse Paris tristemente.

— E ele já se casou? — Bix parecia chocado, e fez mais perguntas que seu parceiro. — Foi por isso que ele a deixou? — Ela balançou a cabeça, mas desta vez conseguiu não chorar, o que já era alguma coisa. As coisas estavam melhorando. Estava se sentindo melhor.

— Ela tem 31 anos. Acho que é difícil competir com isso.

— Você não deveria ter de competir — disse Bix abruptamente. — Espero que ela tenha valido a pena. Que coisa miserável fazer isso com você, Paris. Você já saiu com alguém? — perguntou interessado.

— Não, e não pretendo sair. Estou velha demais para isso. Não vou fazer ridículo competindo com garotas da idade da mi-

198 DANIELLE STEEL

nha filha. E de qualquer modo, não existe ninguém que eu queira. Eu realmente o amava. — Dessa vez seus olhos se encheram de lágrimas, e Steven tocou seu ombro.

— Também me senti assim. Jurei que nunca mais sairia com ninguém. E você é muito mais jovem do que eu era quando John morreu.

— Estou com 46 anos e sou velha demais para namorar.

— Ninguém é velho demais para namorar — disse Steven sensatamente. — Há viúvos e viúvas de pacientes meus, que estão com 75 anos, e ainda se apaixonam e se casam.

— Nem todos os pacientes dele são gays — disse Bix como explicação.

— Estou falando sério, Paris. Você tem uma vida toda à sua frente. Só precisa de tempo. Nove meses não são nada. Pelo menos para algumas pessoas. Outras parecem encontrar alguém em semanas ou meses. Mas não importa como você faça isso, lamentar a perda de um ente querido ou de uma relação nunca é fácil. Levei três anos para encontrar Bix, e nunca pensei que me sentiria desse jeito outra vez. Somos muito felizes — disse ele, e Paris ficou sensibilizada com a honestidade e compaixão deles. O que estavam compartilhando com ela era uma informação valiosa. Não fazia diferença para ela se eles eram gays ou heteros. Os sentimentos eram os mesmos.

— E é muito mais difícil encontrar alguém que valha a pena no mundo gay — disse Bix francamente. — Tudo gira em torno de aparências, beleza, e juventude. Não há nada mais difícil do que ficar velho e sozinho no mundo gay. Se você não for jovem e bonito, está tudo acabado. Voltei ao mundo do namoro durante dois anos depois do meu último relacionamento, e detestei cada minuto. E eu só tinha trinta, e naquela época já me sentia como se tudo tivesse acabado para mim. Conheci Steven quando estava com 32 anos, e mal pude esperar até me estabelecer com ele. Não

JOGO DO NAMORO

sou namorador — disse Bix honestamente, mas ele podia ter sido. Aos 39 anos ainda era estonteantemente bonito. Na sua juventude, depois da faculdade, ele tinha sido modelo. Mas seus valores estavam baseados em algo muito mais sólido.

— Também não sou namoradeira — disse Paris com um suspiro. — Você pode imaginar alguma coisa mais ridícula do que estar lá fora saindo com namorados na minha idade? É tão humilhante e deprimente. — Ela contou para eles sobre a noite do jantar em Greenwich com o corretor bêbado que contou piadas sujas e usou calças xadrez. Fora o momento decisivo em sua mudança para São Francisco, ainda que fosse só para fugir de noites como aquelas entre seus amigos.

— Acho que saí com o irmão gay dele — disse Bix, rindo, e então lhe contou algumas histórias que a fizeram rir mais ainda. — Tive alguns dos piores encontros arranjados do planeta. Meu último parceiro me largou por um cara mais novo, ele tinha 22 anos, eu acho, e todos sentiram pena de mim. E, para provar isso, eles me arrumaram encontros com as piores pessoas que podiam lembrar. Preferivelmente, multiviciados, ou melhor ainda, psicopatas. Namorei com um cara que não dormia há dois anos, e ele era doido, tinha alucinações o tempo todo e pensava que eu era a mãe dele. Uma tarde voltei para casa e o encontrei desmaiado no sofá, usando uma calcinha cor-de-rosa e um sutiã preto, completamente fora de si com Quaaludes, e eu disse que ele tinha de ir embora. Isso não foi nada comparado com o amante da natureza, que devia ser parente do Estrangulador de Hillside. Ele tinha cinco cobras e as deixava soltas em minha casa. Ele perdeu duas, levou um mês para encontrá-las, e eu quase desisti do apartamento. Enfrentei umas aberrações e tanto! Paris, prometo que nunca vou lhe arranjar um encontro às escuras. Gosto demais de você. Terá de fazer suas próprias compras. Tenho respeito demais por você para até mesmo tentar.

— Obrigada. Como você e Steven se conheceram? — perguntou, curiosa em relação ao casal. Realmente gostava deles. E o café-da-manhã que Bix preparara tinha sido delicioso. Ele disse que Sydney lhe ensinara a fazer omeletes.

— Foi de uma maneira bastante aberta. Eu precisava de um novo médico. Nós gostamos um do outro. Ele resistiu durante dois meses, em que inventei um bocado de problemas de sinusite, dores-de-cabeça, e dores nas costas misteriosas até que ele finalmente entendeu a mensagem, e me convidou para jantar. — Steven sorriu com a recordação, e Bix olhou para ele com adoração.

— Eu era um pouco lento na paquera — desculpou-se Steven.

— Pensei que ele estava procurando uma figura paternal.

— Nada tão pervertido — disse Bix simplesmente. — Apenas um namorado.

Agora eles eram muito mais do que isso, pelo que Paris podia ver, eram mais como um casal confortavelmente casado, e ela respeitava o relacionamento que eles compartilhavam. De uma maneira engraçada, eles lembravam sua intimidade com Peter, e quando ela voltou para casa naquela tarde, descobriu que isso a fez se sentir solitária. Eles estavam tão íntimos e à vontade um com o outro, e tão confortáveis. Isso a lembrou de como era agradável ter alguém com quem compartilhar a vida.

Paris telefonou para Meg e ela tinha saído. E às seis Wim apareceu com um dos seus colegas de quarto. Ela tinha prometido fazer o jantar para ele, e eles passaram uma noite adorável. Tinha sido um bom dia e ela estava gostando de sua vida na Califórnia. Até o tempo tinha cooperado desde que havia chegado. Estava lá havia dez dias, e embora fosse fevereiro, estava quente e ensolarado. De acordo com os relatórios de Virginia e Natalie, estava nevando em Greenwich. Paris ficou extremamente satisfeita por ter saído de lá.

JOGO DO NAMORO

— Então, o que está achando do seu novo emprego, mamãe? — perguntou Wim, interessado, enquanto esticava as longas pernas de um lado ao outro do sofá, e se recuperava do imenso jantar. Ele e seu colega de quarto lhe haviam agradecido profusamente, e tinham comido como se estivessem famintos.

— Estou adorando — disse ela, radiante.

— O que você faz exatamente? — Ele não lembrava. Quando ela descreveu o trabalho pela primeira vez, pareceu confuso. Era algum tipo de firma planejadora de casamentos, pensou ele, o que era próximo o suficiente, contanto que ela estivesse feliz.

— Planejamos eventos e festas. Casamentos, festas com jantar, inaugurações. O homem que idealiza e coordena tudo é muito criativo.

— Parece divertido — disse, relaxando na casa nova dela. E ele adorou o apartamento no primeiro andar. Ele e o amigo já tinham dado uma olhada e Wim disse que viria visitá-la com freqüência. Ela esperava que ele viesse, mas conhecia o suficiente da garotada dessa idade para não contar com isso. Ele estaria ocupado na faculdade.

Eles ficaram até as dez horas, e então dirigiram de volta para Berkeley. E às 11, ela já havia limpado tudo, colocado a camisola e ido para a cama. Tinha sido um domingo maravilhoso. Os fins de semana eram o que ela mais temia, e o que mais lhe tinha entristecido em Greenwich. Davam a sensação de que todas as outras pessoas no mundo tinham alguém com quem estar, e ela não. Mas ali, de algum modo, parecia diferente. Tinha gostado da manhã com Steven e Bix, e da noite com Wim e seu colega de quarto. Meg lhe telefonou quando estava a ponto de dormir, e contou sobre o dia em Venice Beach, ela também se divertira bastante. Tudo estava bem no mundo, pelo menos na Califórnia, no mundo de Paris.

Capítulo 17

SEGUNDA-FEIRA FOI UM DIA MOVIMENTADO. Paris não tinha mais Jane para aconselhá-la, ela estava feliz em casa com o marido e seu novo bebê. Eles o tinham batizado de Alexander Mason Winslow, e ela tinha dito que ele era um bebê tranqüilo.

Paris e Bix trabalharam rigorosamente juntos. No sábado seguinte era o Dia dos Namorados, e eles tinham dois eventos programados. Como fizera com Jane, ele planejava estar em um, e queria que Paris ficasse no outro. Mas nenhum deles era uma grande festa. E já era final da tarde quando o telefone tocou, e a secretária que viera cuidar da papelada deles disse a Paris que era para ela, o Sr. Freeman.

— Não conheço nenhum — disse ela animada, e estava a ponto de dizer que anotasse o recado, quando subitamente lembrou. Era o Príncipe Encantado. — Alô? — disse cautelosamente, pensando se era o homem com quem havia dançado nas bodas dos Fleischmann. E logo que ouviu sua voz, achou que parecia com a dele, pelo menos o mais próximo que podia lembrar.

— Espero que você não se importe que eu esteja telefonando — desculpou-se suavemente. — Peguei seu número com

Marjorie Fleischmann, que o conseguiu de sua sogra. Uma rota bastante tortuosa, mas aparentemente eficiente. Como vai, Cinderela?

— Bem. — Ela riu, impressionada pelo esforço que fizera para localizá-la, e pensando por que tinha se dado ao trabalho. Ela não tinha sido muito afável, apesar da dança que tinham compartilhado. — Temos estado ocupados. Tivemos de fazer uma grande limpeza hoje. Eu quase fiz o parto de um bebê no caminho da festa para casa naquela noite. — Ela contou a ele sobre Jane, e ele pareceu achar divertido. E então ela esperou para ouvir a razão pela qual ele lhe telefonara. Talvez ele quisesse dar uma festa.

— Pensei que talvez pudéssemos almoçar amanhã. O que acha disso, Paris? — Uma tolice foi a primeira coisa que veio à sua mente, mas ela não falou. E por que foi a segunda. Ela definitivamente não estava no estado de espírito adequado para ir a um encontro. Era a última coisa que queria.

— É muito gentil de sua parte, Chandler. — Ela recordou seu nome. E não queria almoçar com ele. — Geralmente não saio para almoçar. Estamos terrivelmente ocupados.

— O açúcar no seu sangue vai cair se não almoçar. Será um almoço rápido. — Ele não tinha o hábito de receber não por resposta. E nesse caso não pretendia. Ele era tão franco que ela não sabia o que dizer para ele, a não ser de uma maneira rude, o que também não parecia ser apropriado. Era um homem muito agradável.

— Bem, então um almoço bem rápido — disse ela, ficando aborrecida depois consigo mesma por ter sido pressionada a ir a um almoço ao qual não queria ir, com um homem que não conhecia. — Aonde nos encontraremos? — Ela iria entrar e sair e de uma maneira profissional, não importava o que ele tivesse em mente.

— Eu a pego no escritório ao meio-dia. E prometo que a levo de volta em uma hora.

— Será mais fácil se eu encontrar com você — insistiu ela teimosamente. — Não sei onde estarei de manhã.

— Não se preocupe com isso. Eu a pegarei. Dessa maneira não precisará se preocupar se estiver atrasada. Posso responder às chamadas telefônicas do meu carro enquanto espero. — Era exatamente o que ela não queria, sair de carro com um total estranho. — Vejo você ao meio-dia, Cinderela — disse ele alegremente, e desligou, enquanto ela ficava sentada à sua escrivaninha e fervilhava quando Bix entrou.

— Alguma coisa errada? — perguntou ele quando viu a expressão no rosto dela.

— Acabei de fazer algo realmente estúpido — disse, aborrecida consigo mesma. O homem no telefone tinha mantido o controle total.

— Você desligou o telefone na cara de um cliente? — perguntou ele com uma cara inexpressiva. Não podia imaginar o que seria.

— Nada desse tipo — ela o tranqüilizou. Já tinha agradecido pelo brunch no dia anterior, e dito o quanto tinha gostado de ter conhecido Steven Ward, e como ele era um homem agradável. Bix ficara feliz. Ele queria que os três fossem amigos. — Deixei um indivíduo me convencer a almoçar com ele, e eu nem queria ir. Mas antes que me desse conta, ele me enrolou e disse que me pegaria ao meio-dia. — Bix sorriu.

— Alguma pessoa que eu conheço? O sujeito da festa de aniversário de casamento dos Fleischmann?

— Como você sabe? — Ela pareceu surpresa.

— Imaginei que ele telefonaria. Aquele tipo geralmente telefona. Qual é mesmo o nome dele?

— Chandler Freeman. É um associado de Oscar Fleischmann Jr. Não sei o que ele faz.

— Li sobre ele aqui e ali. Parece ser um namorador profissional para mim. Comprador, tome cuidado.

— O que isso quer dizer? — Ela era uma inocente perdida na floresta de um novo e corajoso mundo.

— É uma classe especial. Alguns deles nunca se casaram, outros passaram por divórcios feios que lhes custaram muito dinheiro, de mulheres que de qualquer modo eles odiavam. Em geral são sujeitos cheios de pose. E o resto do tempo eles saem, saem, saem e saem, e falam para todo mundo o quanto sua ex-mulher era piranha. E de acordo com eles, a razão pela qual nunca se casaram é porque nunca encontraram a "mulher certa". E a chave é que nunca encontrarão. Não querem encontrar. Só querem namorar. Para eles, temporárias são divertidas.

— Bem, isso certamente cobre a descrição deles — disse Paris com um sorriso largo. — Verei o quanto ele vai me contar de sua história, e direi a você se alguma parte confere.

— Infelizmente, é provável que confira. — Bix sentiu pena dela. Sair em encontros era algo que ele esperava não ter de fazer nunca mais. Gay ou hetero.

— Você se importa se eu sair para almoçar amanhã? — perguntou ela numa reflexão posterior, e ele riu.

— Você quer que eu diga sim?

— Mais ou menos. — Não tinha certeza absoluta. Ele era um homem atraente, parecia divertido, e era apenas um almoço, disse para si mesma.

— Vá. Você vai se divertir. Precisa correr riscos. Ele parece um sujeito legal.

— Mesmo que seja um namorador profissional?

— E daí? Não é casamento. É almoço. Você estará segura. É um bom treino.

— Para quê?

— Para o mundo real — disse ele honestamente. — Você terá de sair um desses dias. Não pode ficar em casa eternamente. Você é o tipo de mulher que merece ter um bom homem em sua vida, Paris. E não vai encontrar um se não sair.

— Pensei que tinha um — disse ela tristemente, e Bix balançou a cabeça.

— Afinal ele não era tão bom quanto você pensava.

— Acho que não.

Meia hora mais tarde ele mostrou a ela um urso branco de um metro e vinte centímetros feito de rosas que estava mandando para Jane, e era tão espetacular que tirou o fôlego de Paris.

— Céus, como é que você conseguiu fazer isso?

— Eu não fiz. Eu o desenhei. Hiroko fez o resto. Bonitinho, não acha? — Estava orgulhoso dele, e satisfeito porque Paris também tinha gostado.

— É incrível. Ela vai se apaixonar por ele. — Ele o levou de volta para baixo, para a loja no nível da rua e o mandou para Jane com um bilhete, o que fez Paris lembrar que queria comprar um presente de bebê para ela, talvez no fim de semana, quando tivesse tempo, se tivesse. Tinha de trabalhar em uma das festas de Dia dos Namorados, mas estava livre durante a maior parte do dia antes disso. Não conseguia acreditar em como sua vida tinha ficado movimentada em pouco mais de uma semana. E ela disse isso para Anne Smythe quando lhe telefonou à noite ao chegar em casa. Agora suas sessões tinham de ser à noite ou nos finais de semana, apesar da diferença de horário, e Anne disse que não se importava. Estava feliz em ouvir notícias suas, e deliciada em saber que as coisas estavam indo tão bem. Elas já tinham concordado em reduzir as sessões a uma vez por semana. Paris não tinha tempo para mais do que isso. A não ser numa emergência, quando ela sabia que sempre poderia ligar.

Ela contou para Anne que iria almoçar com Chandler no dia seguinte, sobre o que Bix dissera sobre ele, e quanto a ele ser possivelmente um namorador profissional.

— Mantenha uma mente aberta — lembrou Anne. — Você pode se divertir. E mesmo que ele seja um "namorador profissional" como Bix disse, pode ser uma pessoa interessante de você conhecer. Você ia conhecer pessoas, lembre-se. Não tem de amar a todas. Ele poderá apresentá-la a um círculo de amigos. — Era uma boa opinião. Ela estava partindo do zero, e quando deixou Greenwich sabia que seria um trabalho duro. Estava apenas começando.

Às 11h55 no dia seguinte, Paris ouviu um ronco debaixo da sua janela de escritório, e quando olhou para baixo, viu uma Ferrari prata. E segundos depois viu Chandler Freeman sair, usando um paletó, calças cinza, camisa azul e uma gravata amarela. Pareciam ser da Hermès. Ele tinha uma aparência muito elegante, e extremamente próspera. Chandler tocou a campainha, subiu, e um momento mais tarde estava de pé à frente da escrivaninha, com um sorriso deslumbrante.

— Estou muito impressionado. Esse é um escritório e tanto.

— Obrigada. Só trabalho aqui há mais ou menos cinco minutos. — Não queria levar o crédito por Bix. Ele decorara tudo sozinho.

— Como assim?

— Mudei-me de Greenwich, Connecticut, há menos de duas semanas. É apenas a minha segunda semana no emprego.

— Parece que você está aqui há séculos.

— Obrigada. — Ela sorriu.

— Vamos? — disse com um amplo sorriso. Ele tinha dentes perfeitos, parecia ter saído de um comercial de pasta de dentes. Um homem incrivelmente bonito. Era impossível não notar, e de certo modo ela se sentiu lisonjeada por ele estar levando-a para sair.

Ela o seguiu pelas escadas e até o carro, e segundos mais tarde a Ferrari prata partiu rugindo.

— Aonde vamos? — perguntou nervosa, e ele sorriu para ela.

— Gostaria de dizer que a estou seqüestrando, mas não estou. Sei que você tem pouco tempo, portanto vamos para um lugar bem perto. — Ele a levou a um pequeno restaurante italiano numa casa vitoriana, com um jardim no quintal, a apenas algumas quadras do escritório. — Esse é um dos segredos mais bem guardados da cidade. — Os proprietários pareciam conhecê-lo bem. — Saio muito para almoçar — explicou ele — e detesto ficar preso no interior de restaurantes. — O clima estava mais quente do que na semana anterior. A primavera tinha chegado.

O garçom ofereceu a ela uma taça de vinho, que ela recusou, pedindo um chá gelado. Chandler tomou um bloody mary, e eles pediram saladas e massas para o almoço. A comida era extremamente boa. Em algum momento na metade do almoço, enquanto ele batia papo com ela, Paris começou a relaxar. De fato, ele era um homem muito interessante, e parecia ser um bom sujeito.

— Há quanto tempo você se divorciou? — ele finalmente perguntou, enquanto ela percebia que ouviria muito essa pergunta. Talvez devesse distribuir folhetos com todos os detalhes.

— Dois meses. Estou separada há nove. — Ela não forneceu mais nenhuma informação. Pelo menos por enquanto, não era da conta dele. Não lhe devia nenhuma explicação.

— Quanto tempo ficou casada?

— Vinte e quatro anos — disse simplesmente, e ele estremeceu.

— Nossa. Deve ter doído.

— Muito — disse ela, sorriu e inverteu as posições. Também queria informações. — E você?

— Eu o quê? — perguntou ele, com um sorriso evasivo.

JOGO DO NAMORO 209

— Mesmas perguntas. Há quanto tempo está divorciado? Quanto tempo ficou casado? — Ela estava aprendendo.

— Fiquei casado durante 12 anos. Estou divorciado há 14.

— É um longo tempo — comentou ela, pensando sobre isso.

— É, sim — concordou ele.

— Nunca mais se casou? — Talvez ele estivesse escondendo um outro casamento, mas não se Bix estivesse certo.

— Não. Não me casei.

— Por que não?

— Acho que nunca encontrei a mulher certa. — Ah, merda. Talvez Bix estivesse certo. — Ou talvez ser solteiro tenha sido simplesmente muito divertido até agora. Eu estava com trinta anos quando me divorciei. E fiquei bastante magoado. Minha mulher fugiu com meu melhor amigo. Foi um golpe miserável. Eles estavam tendo um caso há três anos, antes dela me deixar. Coisas assim acontecem, mas doem como o diabo quando acontecem com você. — Mais informação. A ex-mulher como a suprema piranha. Uma vagabunda.

— Isso parece muito ruim — disse ela solidariamente, mas ele não parecia estar mais perturbado. Passara-se um longo tempo. Talvez longo demais. — Você tem filhos?

— Um. Meu filho está com 27 anos, mora em Nova York, e tem duas garotinhas. Sou avô, o que às vezes tenho dificuldade de acreditar. Mas as duas são muito engraçadinhas. Estão com dois e quatro anos. Com outra a caminho. — Aos 48 anos, bonitão como era, ele não parecia um avô.

Então eles conversaram sobre outros assuntos, viagens e cidades favoritas, idiomas que falavam e os que desejavam saber falar. Paris tinha um conhecimento superficial de francês. Chandler disse que falava espanhol fluentemente. Ele tinha vivido em Buenos Aires por dois anos quando era jovem. Restaurantes favoritos em Nova York. Ele até perguntou sobre seu nome, que sempre tinha parecido tolo para ela. Seus pais tinham passado a lua-de-mel em Paris, e a haviam concebido lá. Portanto a tinham batizado com o nome de sua cidade favorita. Ele disse que o nome era exótico e pareceu apropriadamente entretido. Com muita prática, manteve uma conversa leve. Era uma boa companhia, e no caminho de volta para o escritório na Ferrari, ele lhe disse que pilotava o próprio avião, com um co-piloto, é claro. Era um G4. E se ofereceu para levá-la para voar com ele em alguma ocasião. Chandler falou, quando a deixou, que adoraria vê-la outra vez, talvez pudessem jantar mais para o final daquela semana, e ela lhe disse que tinha de trabalhar. Ele simplesmente sorriu, e a beijou no rosto antes de partir. E então num rugido do motor, se afastou rapidamente enquanto Paris subia as escadas. Bix estava fazendo esboços em sua escrivaninha.

— Então?

— Acho que você está certo. Nem sei por que fui. Não quero namorar. Então qual é o objetivo?

— Pratique para quando crescer. Um dia você vai crescer. A não ser que queira ser uma freira.

— É uma idéia.

— E aí?

— Ele foi casado por 12 anos, está divorciado há 14. E simplesmente não conheceu a mulher certa para fazê-lo querer casar outra vez. Gostou dessa?

— Não, não gostei — disse Bix, parecendo frio. Depois de conhecê-la por uma semana, já se sentia seu protetor. Ela precisava ser protegida, mais do que qualquer outra pessoa. E ele queria fazer isso por ela. Era um bebê na floresta. E por direito ainda deveria estar casada e feliz em Greenwich, mas não estava. Obrigada, Peter. Que tinha Rachel. Agora Bix queria que ela também tivesse alguém.

JOGO DO NAMORO

— Ele tem um filho, duas netas e mais uma a caminho. Viveu em Buenos Aires durante dois anos. E pilota o próprio avião. Ah! e sua esposa teve um caso com seu melhor amigo enquanto estavam casados, fugiu com ele, daí o divórcio. E isso foi mais ou menos tudo.

— Muito bem. — Bix sorriu para ela. — Você tomou notas ou lembrou de tudo isso?

— Eu gravei tudo num aparelho em meu sapato — disse ela, com um sorriso largo. — Então o que você acha? Minha analista diz que não importa se ele for um merda, ele pode me apresentar aos amigos dele.

— Que provavelmente também são uns merdas. Namoradores profissionais mantêm-se unidos. Eles detestam casais casados, acham que são burgueses e estúpidos.

— Ah! Então? Será que ele é? Quero dizer, um namorador profissional.

— Talvez. Tenha cuidado. Ele a convidou para sair outra vez?

— Sugeriu um jantar mais para o final da semana. Eu disse que tinha de trabalhar.

— Você gosta dele?

— De uma certa maneira. Ele é interessante e inteligente, e muito sofisticado. Só não sei se é uma boa pessoa.

— Eu também não, é isso que você tem de observar. Dê uma chance a ele, mas uma bem pequena. Proteja-se, Paris. Isso é o que conta.

— É um bocado de trabalho.

— Mas vale a pena. A não ser que queria ser freira.

— Vou pensar nisso.

— Hoje em dia os hábitos são feios, lembre-se disso. Não tem mais Audrey Hepburn e Ingrid Bergman em túnicas esvoaçantes. Elas são curtas e de poliéster, e os penteados são uma droga. — Ela riu, balançou a cabeça, e voltou para sua escrivaninha. E mais para o final da tarde, Chandler lhe enviou flores. Duas dúzias de rosas vermelhas, com um bilhete. "Obrigado por tirar uma folga do trabalho. O almoço foi maravilhoso. Vejo você em breve. CF." Bixby olhou para as flores, leu o bilhete e balançou a cabeça.

— Ele é um profissional. Mas as rosas são lindas. — Bixby era duro por ela. Ela mandou um bilhete de agradecimento para Chandler e esqueceu dele. Eles ficaram afogados em trabalho pelo resto da semana, em antecipação pelo Dia dos Namorados. Cada cliente que eles tinham queria mandar alguma coisa criativa para alguém, mesmo que fosse para suas mães, ou irmãs em Des Moines. E os românticos eram os piores. Ele teve de arranjar idéias geniais para cada um deles, mas sempre conseguia. E ainda tinham duas festas para organizar.

Na quinta-feira, Chandler telefonou outra vez. E a convidou para jantar na noite de sábado.

— Sinto muito, Chandler, não posso. Tenho de trabalhar.

— Você sabe que dia é esse? — perguntou ele oportunamente.

— Sim, eu sei. Dia dos Namorados. Mas ainda tenho de trabalhar. — Se não estivesse nesse trabalho agora, estaria tentando esquecer a data. Estava feliz por estar trabalhando. Ela e Peter sempre saíam para jantar, e tinham feito isso no ano anterior, embora agora ela soubesse que ele já estava encontrando Rachel. Ela ficou pensando como é que ele tinha lidado com a situação. Contudo ele tinha conseguido isso na época, e a tinha resolvido permanentemente em maio. Esse ano ele estaria com Rachel.

— A que horas você terminará seu trabalho?

— Tarde. Provavelmente em torno das 11. — Ela estava trabalhando num jantar pequeno e de acordo com a regra da casa, poderia sair quando os convidados sentassem para o jantar. Ela estava se dando uma margem de segurança quando disse 11 horas. E tentando desencorajá-lo.

— Posso esperar até essa hora. Que tal um jantar à meia-noite?

Ela hesitou por um longo momento, sem certeza do que estava fazendo. Não queria namorar. Mas estava falando sobre isso com ele como se talvez quisesse. Ela não sabia o que fazer. Ele a estava encurralando nesse sentido. E ela estava permitindo que isso acontecesse. Mas havia algo em relação a ele que era muito atraente.

— Não sei, Chandler — disse ela honestamente. — Não acho que esteja pronta para isso. O Dia dos Namorados é um grande evento.

— Nós o faremos pequeno. Eu entendo. Também estive lá.

— Por que eu? — perguntou ela queixosamente, e ele soou muito gentil quando respondeu.

— Porque acho que você é espetacular. Não conheço ninguém como você há 14 anos. — Era uma afirmação bastante forte, e o que era pior, soava como se ele estivesse sendo sincero. Ela não tinha nenhuma idéia do que dizer.

— Você deve sair com alguém que não tenha de trabalhar.

— Prefiro sair com você. Por que não marcamos meia-noite? Faremos algo simples e nada amedrontador. E se você terminar mais cedo, pode me telefonar. Sairemos para comer algo simples como um hambúrguer. Nenhuma pressão. Nenhuma recordação. Apenas bons amigos num dia tolo. — Ele fez o encontro parecer agradável, e ela ficou tentada a aceitar. — Por que não pensa sobre o assunto, e eu telefono para você amanhã? O que acha?

— Está bem — disse ela fracamente, um pouco sob o encantamento dele. Ele era tão razoável, tão afável e tão convincente, era difícil de resistir.

E embora tivesse pensado sobre o assunto naquela noite, não chegara a nenhuma decisão. Metade dela queria vê-lo e metade não. E quando ele lhe telefonou na sexta de manhã, ela estava ocupada e distraída e antes que soubesse, tinha concordado. Ela disse que ligaria para ele depois da festa, quando terminasse, e eles sairiam de jeans para comer hambúrgueres. Era uma solução perfeita para o Dia dos Namorados. Não tinha de ficar sozinha, mas também não iria para um jantar romântico. E isso a satisfazia totalmente.

Afinal, os convidados sentaram-se às nove horas no jantar em que estava trabalhando. Ela saiu às nove e meia, e ele a pegou às dez, de jeans, como prometido. Paris estava usando jeans, um suéter de casimira vermelho e um casaco branco de lã grossa que tinha há anos.

— Você parece uma namorada, Cinderela — disse Chandler, sorrindo para ela, enquanto a beijava no rosto. Estavam na metade do jantar num restaurante tranqüilo que ele escolhera, quando ele empurrou uma caixinha na direção dela, e dois cartões. Paris não tinha nada para ele.

— O que é isso? — perguntou ela, parecendo constrangida. Julgando pelos envelopes cor-de-rosa e vermelho, era fácil saber o que eram. Eram cartões do Dia dos Namorados. Quando os abriu, eram engraçados e muito bonitinhos. Na caixa embrulhada havia uma caixinha de prata em forma de coração, cheia de coraçõezinhos feitos de doce com dizeres. Era um presente muito carinhoso. — Obrigada, Chandler, isso foi muito gentil de sua parte. Não tenho nada para você.

— Não precisa ter. Você veio jantar comigo. É o suficiente. — Sua expressão era sincera, e ela ficou muito sensibilizada. Foi uma noite agradável. Ela chegou em casa à meia-noite, e quando ele a levou até à porta, a beijou castamente no rosto.

— Obrigada, foi perfeito — disse ela, e estava falando sério. Não se sentira desconfortável ou pressionada. E ele fora uma companhia muito boa.

— Era assim que eu queria que fosse. O que está fazendo amanhã? Posso convencê-la a andar na praia? — Ela hesitou por um momento e então balançou a cabeça concordando. — Ótimo. Eu a pegarei às duas.

E quando ele veio pegá-la, ambos estavam usando tênis de corrida e jeans. Eles passaram duas horas andando pela praia e por Crissy Field, até a ponte Golden Gate. Era uma tarde maravilhosa com uma brisa suave. Paris tinha deixado os cabelos soltos, e ele olhava com admiração para seus longos cabelos louros voando ao vento. E quando ele a trouxe para casa, ela o convidou para subir para um drinque. Como sempre, ela tomou chá gelado, e ele tomou uma taça de vinho branco enquanto admirava a vista.

— Adoro sua casa — disse agradavelmente.

— Eu também — disse ela, enquanto se juntava a Chandler no sofá. Estava começando a se sentir confortável com ele. — Mal posso esperar para que minha mobília chegue. — A chegada estava marcada para a semana seguinte.

Eles se sentaram lá por uma hora, conversando sobres seus filhos, e a razão pela qual seus casamentos não tinham dado certo. Ele disse que provavelmente tinha se sentido muito seguro de si e fora descuidado demais.

— Acho que confiei demais nela — disse calmamente. — Simplesmente assumi que podia.

— Você tem de poder confiar em alguém, Chandler.

— Acho que desde então não confiei mais. Acho que é por isso que não estou casado.

— Tem de confiar na pessoa certa.

— Você confiava nele? — perguntou ele, olhando com firmeza para ela, e ela balançou a cabeça afirmativamente. — O que aprendeu com isso?

— Que mesmo as pessoas que você ama cometem erros. As pessoas mudam de opinião. Elas deixam de amar. Acontece, eu acho. Foi apenas má sorte o que aconteceu comigo.

— Você é muito ingênua. A sorte não faz coisas assim acontecerem, ou teria acontecido comigo e com você também. Eu não fui infiel com ela. Você não foi infiel com ele. Foi? — Paris balançou a cabeça, isso era verdade. — Portanto a conclusão certa é que talvez ele não fosse confiável. Minha suposição é que ele não é tão bom quanto você pensa. Não foi um acidente. Ele deixou que acontecesse, exatamente como minha esposa. Talvez ele até tenha saído atrás disso, com total desconsideração pelo que isso faria a você. Isso não importava para ele.

— Não acho que seja tão simples assim — disse ela, razoavelmente. — Acho que as coisas acontecem, e as pessoas se envolvem em relacionamentos dos quais não conseguem sair. Elas ficam confusas. E as pessoas mudam. Peter mudou. Ele disse que estava entediado comigo.

— Tédio faz parte do casamento. Quando você se casa, tem de esperar sentir tédio.

— Nem sempre — disse ela, ouvindo as palavras de Bix soarem em sua cabeça. Namoradores profissionais acham que as pessoas casadas são entediantes e burguesas. — Eu não me sentia entediada.

— Talvez não soubesse que estava. Aposto que sua vida é muito mais interessante agora — disse ele com um sorriso, enquanto tomava um gole do vinho. Ele tinha idéias bem definidas.

— De algumas maneiras — concedeu Paris. — Mas isso não é o que eu teria escolhido fazer com minha vida. Estava feliz do jeito que era.

JOGO DO NAMORO 217

— Aposto que daqui a um ano você estará feliz por ele ter ido embora. — Aquele conceito era inconcebível para ela. Sabia que não importava o que acontecesse, jamais ficaria feliz por Peter ter partido. Tudo que teria desejado era ficar casada com ele. Mas como não podia ter isso, estava disposta a reconhecer as bênçãos em sua nova vida. Mas mesmo agora elas estavam em segundo lugar, e ela suspeitava que sempre estariam.

Chandler ficou até as seis horas, e então foi embora. Ele disse que ia a Los Angeles no dia seguinte em seu avião, e que ligaria para ela quando tivesse voltado. E na manhã seguinte, ela recebeu flores dele outra vez.

— Vejo que o Sr. Freeman está numa perseguição acalorada — comentou Bixby secamente quando entrou no escritório para revisar alguns dos desenhos para um casamento que eles organizariam em junho. — Está se divertindo?

— Acho que sim — disse ela cautelosamente, mas não tinha certeza. Ele era calmo, agradável e muito charmoso, mas sob a superfície havia alguma coisa amarga e zangada. Ele tinha uma animosidade do tamanho de sua ex-mulher.

Já era quinta-feira antes que ela tivesse notícias dele, e a essa altura ele estava em Nova York. Ele disse que tinha negócios lá, e que não estaria em casa até a noite de domingo, não que ela se importasse. Mas fora atencioso de sua parte telefonar. Na semana seguinte ele ligou, e perguntou se ela gostaria de ir a Los Angeles com ele em seu avião. Ela hesitou, mas somente por um minuto. Não tinha nenhuma intenção de viajar com ele, ou mais especificamente, de dormir com ele. Ainda não estava pronta para avançar tanto. E tão delicadamente quanto pôde, disso isso a ele, e ele riu.

— Eu sei disso. Estava planejando reservar dois quartos no Bel-Air. Queria levá-la comigo a uma das festas pré-Grammy. Tenho um amigo no ramo de música e ele me convida para ir até lá todos os anos. É um show e tanto. Gostaria de ir?

218   DANIELLE STEEL

Ela hesitou e então percebeu que poderia ver Meg. Ela poderia tê-la visto de qualquer maneira se fosse até lá sozinha. Mas tinha de admitir que a festa que ele estava sugerindo parecia divertida.

— Não tenho certeza de poder tirar esse tempo de folga do trabalho. Deixe-me falar com Bix, e lhe darei uma resposta. — Não tinha certeza do que queria fazer com relação ao convite, mas estava ganhando tempo. Naquela tarde, ela perguntou a Bixby sobre o convite enquanto estava sentada em seu escritório trabalhando com ele.

— Posso abrir mão de você por um dia, se é o que você quer — disse ele generosamente. — Tem certeza de que quer ir?

— Não, não tenho — disse ela, parecendo tão confusa quanto se sentia. — Ele é um homem agradável, mas não estou pronta para ir para a cama com ele ou com qualquer outro — admitiu inocentemente. — Ele disse que reservaria um quarto só para mim. Pode ser divertido. Não sei.

— Diabos, Paris, por que não? — disse Bixby com um sorriso. — Também gostaria de ir.

— Então você vai com ele — provocou Paris.

— Ele não ficaria surpreso? — Bixby riu. — Ele reagiu bem quanto a você ter seu próprio quarto? — Estava curioso.

— Parece que sim — disse ela pensativa.

— Ele parece bastante tranqüilo. — Era precisamente o que Bixby não gostava com relação a Chandler. O sujeito parecia ser um profissional.

Ao final da tarde, ela telefonou para Chandler, e respirando fundo, disse que iria. Ele disse que voariam para lá na manhã de sexta-feira. A festa para a qual a estava convidando era naquela noite. E, felizmente, por pura sorte, Bixby não tinha nenhum evento importante agendado para aquele fim de semana. Apenas um pequeno jantar que o serviço de banquetes de Sidney

JOGO DO NAMORO 219

Harrington estava preparando. E ela cuidaria dele sozinha. No fim de semana seguinte, estariam organizando um casamento enorme, e Paris não teria podido ir para Los Angeles.

Naquela noite, Paris telefonou para Meg e mencionou que estava indo para lá. Disse que não sabia quais seriam seus planos para o resto do fim de semana, mas que encontraria tempo para ver Meg sempre que pudesse. Também estava planejando dizer isso a Chandler.

— Parece bem elegante, mamãe — disse Meg, parecendo satisfeita por ela. — Como ele é?

— Não sei. Agradável, eu acho. É muito bonito e se veste muito bem. Ele apresenta um bom jogo, como Bixby diria. E é muito gentil comigo. — Mas ela não parecia entusiasmada. Ele não era Peter, e era estranho estar com um novo homem, e ainda mais estranho estar viajando com ele para outra cidade. Ainda não tinha certeza se deveria. Mas ele parecia compreender as regras básicas, e as aceitava. Estava aliviada que ele tivesse concordado com quartos separados. Do contrário não teria aceitado. E estava planejando pagar pelo próprio quarto. Não queria ficar devendo a ele. Ir para a festa com ele e para Los Angeles em seu avião era mais do que o suficiente.

— Está gostando dele, mamãe? — perguntou Meg, parecendo preocupada.

— Não, não estou. Não estou realmente namorando com ele — disse, se iludindo. — Só estamos saindo como amigos.

— Ele acha que é só isso?

— Não sei o que ele acha. Mas com certeza entendeu claramente que não vou dormir com ele. Acho que é um cavalheiro, e se não for, ficarei com você. — Meg riu com as ilusões de sua mãe sobre namoro.

— É melhor levar um spray de pimenta com você, caso ele arrombe seu quarto.

220   DANIELLE STEEL

— Não acho que seja desse tipo. Pelo menos espero que não. Se fizer isso, chamo a polícia.

— Isso seria ótimo — Meg riu outra vez, e então disse para sua mãe que estava saindo com uma pessoa nova. Era o primeiro homem com quem saíra desde Peace.

— Esse tem um nome normal? — provocou a mãe, e Meg disse que sim. O nome dele era Anthony Waterston, e era outro ator jovem que conhecera no estúdio. Ela disse que era muito talentoso, mas que ainda não sabia muito sobre ele.

— Isso tudo é muito difícil, não é? — Fazia com que Paris se lembrasse de quando tirara o mato de seu jardim em Greenwich. Às vezes, você tinha de olhar com cuidado para decidir quais eram as flores e o que era mato. E mesmo assim, algumas vezes, você não tinha certeza. — Verei você em algum momento neste fim de semana — prometeu Paris, e então telefonou para Wim para lhe dizer que estaria viajando. Ele tinha saído, mas ela deixou uma mensagem em sua secretária eletrônica.

Naquela noite, quando foi para a cama, pensou por um longo tempo e com muito cuidado sobre o que vestiria. Achava que não tinha nada bonito o suficiente para um evento formal de Hollywood, e então se decidiu por um vestido de seda branco que Peter adorava. Tinha sido um pouco ousado para Greenwich, mas era o melhor que podia fazer, e não tinha tempo para fazer compras. Estava ocupada demais no trabalho. Pela semana toda não teve mais nenhum minuto para respirar. Ou para pensar em Chandler Freeman.

Capítulo 18

CHANDLER PEGOU PARIS na Ferrari às oito horas na manhã de sexta-feira, e ela já estava pronta esperando por ele. Sua mala estava arrumada, e ela levava o vestido em um porta-roupas. Estava usando um terninho preto e uma jaqueta de pele, e ele vestia um terno escuro. Formavam um belo casal quando partiram de carro. E uma hora mais tarde, depois de estacionar o carro, estavam embarcando no avião de Chandler.

O avião era confortável e de linhas elegantes, e ela ficou surpresa em ver que havia uma atendente a bordo quando ele ocupou seu lugar no assento do piloto.

Paris tomou uma xícara de chá e leu um jornal enquanto voavam para o sul, e quando terminou, estavam prontos para aterrissar. Tinha sido um vôo curto, e ela ficou impressionada com a perícia de Chandler pilotando o avião. Obviamente ele levava aquilo a sério, e não prestou nenhuma atenção nela até que tivessem tocado o solo. Havia uma limusine esperando por eles. Meg estivera certa. Estava se tornando um fim de semana muito elegante. Mais do que ela pensara.

222   DANIELLE STEEL

Eles conversaram na limusine a caminho do hotel, e todos pareciam conhecê-lo no Bel-Air. Eles se comportaram obsequiosamente, e um assistente do administrador os levou para seus quartos. Quando Paris os viu, ficou impressionada. Ele ficou num tipo de apartamento que disse que sempre usava, e reservara uma suíte enorme para ela, pela qual já havia pago, apesar de suas objeções. Ele disse que queria fazer isso por ela. Aliás, ele insistiu nisso.

— Chandler, isso é maravilhoso — disse ela, parecendo embaraçada. Era tão difícil acreditar que a estivesse mimando tanto. Ela não tinha esperado nem remotamente algo assim.

Almoçaram no restaurante, e admiraram os cisnes enquanto as aves andavam e nadavam no lago. Depois, Chandler perguntou se ela gostaria de sair para fazer compras na Rodeo Drive. Ele ainda estava com a limusine a postos, e ela confessou timidamente que gostaria.

— Você não tem de vir comigo. Só quero olhar as lojas um pouco. Nunca tenho tempo quando venho visitar Meg — disse para ele. Mas tinham diversas horas antes que precisassem se aprontar. Não precisavam estar na festa do Grammy antes das sete horas. E Paris nunca levava muito tempo para se vestir. Tudo que fazia era tomar um banho e enrolar os cabelos num nó elegante. E usava tão pouca maquiagem, que não demorava nada para aplicar. Raramente se atrasava. Estava sempre perfeitamente vestida, e impecavelmente organizada. Chlander já havia notado isso.

Ele parecia estar aproveitando muito sua companhia, e Paris estava achando fácil estar com ele. Ele tinha senso de humor, e era bem simples. E parecia ter experiência em fazer compras com mulheres. Conhecia todas as lojas certas, e esperou pacientemente enquanto ela olhava as roupas. Ele nem mesmo se importou quando ela experimentou umas poucas coisas. E no caminho de volta para o hotel, ele a deixou estarrecida ao fazer surgir uma

JOGO DO NAMORO

223

pequena sacola de compras da Chanel, e entregá-la a ela. Ele havia comprado enquanto ela estava experimentando alguns suéteres e uma blusa que estavam em liquidação. No final, a única coisa que ela comprara em toda aquela caminhada tinha sido um par muito simples de sapatos pretos que achou que seriam bons para o trabalho. E quando ela segurou a sacola que ele lhe dera, levantou os olhos para ele, hesitante.

— Chandler, você não precisava fazer isso. — O que quer que fosse, sendo da Chanel, era caro.

— Sei que não precisava. Mas gosto de mimá-la um pouco. Você merece, Paris. Quero que esse fim de semana seja divertido. E agora, você lembrará dele toda vez que vir esse presente. — Ela abriu a caixa de presente cautelosamente enquanto voltavam para o hotel, e ficou atordoada quando viu que era uma linda bolsa preta de couro de crocodilo. Não teria ousado comprá-la para si mesma, e ele notou isso, portanto a comprara para ela. — Chandler, meu Deus! — exclamou com os olhos arregalados quando a viu. — É tão linda. — E também era incrivelmente cara.

— Gostou?

— Adorei, mas não devia ter feito isso. — Ela se voltou e lhe deu um beijo suave no rosto. Ninguém fizera nada assim por ela. Ela mal o conhecia, e o gesto fora tão generoso quanto espontâneo. Era um presente adorável. Mas Chandler estava acostumado a comprar presentes extravagantes para as mulheres em sua vida, mesmo quando ainda não tinham ido para a cama com ele. E ele parecia não querer nada em troca. Ela sabia que a bolsa se tornaria importante em sua vida, e sempre a recordaria dele, o que era precisamente sua intenção. Tinha sido um bom investimento que havia deixado uma ótima impressão nela.

Ele pediu que fizessem uma massagem em Paris quando voltaram para o hotel. E desapareceu em seu próprio quarto, para receber uma também. Ela não o viu mais até pouco antes das

224 DANIELLE STEEL

sete. Até lá, ela relaxou com a massagem, deleitou-se em seu banho, e admirou repetidamente a bolsa que ele lhe dera. Ela telefonou para Meg e lhe contou sobre a bolsa, e a filha pareceu preocupada.

— Cuidado com ele, mamãe. Se comprou um presente desses, vai pular em cima de você. — A mãe riu com a expressão.

— Eu mesma estava com medo disso. Mas acho que não vai fazer nada. Está sendo muito respeitável e controlado.

— Espere até hoje à noite — disse Meg sombriamente, e então voltou apressada para o trabalho. Estava preocupada com sua mãe e esse homem. Paris não tinha idéia do que estava fazendo. E obviamente o sujeito era um grande comprador. Algo em relação a ele estava começando a sugerir a Meg que ele era tranqüilo demais. A não ser que estivesse loucamente apaixonado por sua mãe e nunca tivesse feito isso antes, ele parecia ser algum tipo de playboy para ela. Mas contanto que sua mãe pudesse lidar com isso, talvez ficasse tudo bem. Se pudesse. Meg não tinha mais certeza.

Chandler apareceu à porta de Paris às 18h55, num smoking impecavelmente cortado que fora feito para ele em Londres. Ele estava com uma aparência melhor do que qualquer artista de cinema e Paris também estava espetacular. O longo vestido branco de noite colava-se ao seu corpo apenas o suficiente, mas não demais, e sua silhueta era maravilhosa. Ela usara um pouco mais de maquilagem do que de costume, e tinha varetas de strass prendendo seu coque, e brincos de diamantes. Quando saíram do hotel, ela estava usando um casaco de mink sobre o vestido. E enquanto andava, Chandler apenas podia vislumbrar as sandálias prateadas de salto-alto com fivelas de strass. Sua aparência era requintada e ele estava obviamente orgulhoso em estar de braço dado com ela enquanto entravam no Beverly Hills Hotel.

Todo o hotel fora tomado pelo seu amigo da empresa de discos Walter Frye, que Paris descobriu, quando entraram, ser facilmente o homem mais importante no mundo da música. Quando eles entraram, pareceu que duzentos fotógrafos estavam tirando sua fotografia.

— Você está linda, Paris — sussurrou Chandler, enquanto afagava a mão que estava enfiada no braço dele, e eles deslizavam entre os fotógrafos. Allison Jones estava logo à frente deles, e fora indicada para quatro Grammys. A maior vencedora do ano anterior, Wanda Bird, estava vindo atrás. Ambas eram descobertas de Walter, e eram cantoras inacreditáveis. Allison tinha vinte anos, e estava usando um vestido de renda creme que mal cobria seu corpo, e deixava pouco para a imaginação.

Era uma noite deslumbrante. Havia oitocentas pessoas na sala, entre elas todos os maiores nomes da indústria da música, cantores, produtores, intermediários poderosos de todos os tipos. Os fotógrafos que seguiam seus caminhos estavam enlouquecendo. E no meio disso tudo estava Walter Frye, que ficou encantado em ver Chandler, e sorriu calorosamente quando viu Paris.

Uma hora mais tarde todos foram lentamente para o salão de jantar, e Paris não ficou menos surpresa ao ver que estavam na mesa de Walter. Ela ficou sentada entre Chandler e Stevie Wonder.

— Essa é uma noite e tanto — disse para Chandler num sussurro.

— É divertido, não é? — disse ele, parecendo extremamente à vontade.

— É sim — concordou Paris, o que era uma avaliação discreta.

Logo que a sobremesa foi servida, as luzes diminuíram, e um grupo de artistas composto de muitas estrelas se revezou cantando para a audiência, inclusive a maioria dos indicados para Grammys. O show durou aproximadamente três horas, enquanto as pessoas gritavam, balançavam e cantavam junto com eles, e quando terminou, Paris desejou que pudesse continuar para sempre. Ela só gostaria que seus filhos pudessem ter assistido. Ela não conseguia nem começar a descrever o evento para eles. Ele terminou muito depois da meia-noite, e já passava de uma hora quando voltaram ao Bel-Air.

— Gostaria de tomar um drinque no bar? — Chandler perguntou para ela.

— Adoraria — concordou Paris. Detestava quando a noite acabava. — Que apresentação incrível — disse ela, dando goles numa taça de champanhe, enquanto ele bebia brandy. — Nunca a esquecerei.

— Achei que você poderia gostar. — Ele parecia satisfeito, e se divertira compartilhando a noite com ela.

— Gostar? Eu adorei. — Eles conversaram sobre tudo por mais uma hora até o bar fechar, então ele a acompanhou de volta ao quarto, beijou-a no rosto, e disse que a veria de manhã. Ela mencionara Meg para ele mais cedo, e ele sugerira a Paris que a convidasse para almoçar com eles. Era incrivelmente generoso e hospitaleiro, e agiu como se estivesse morrendo de vontade de conhecê-la. Paris nunca tinha conhecido alguém como ele. A experiência toda era inesquecível, e quando entrou em seu quarto, viu a bolsa preta de couro de crocodilo outra vez, sobre a mesa. Ela a colocou sobre o vestido longo branco, e olhou para o espelho. Não podia imaginar qualquer pessoa fazendo isso por ela. Não tinha nenhuma idéia de como agradecer a ele.

E quando ela telefonou para Meg na manhã seguinte, Paris estava rindo.

— O que é tão engraçado? — perguntou Meg, rolando na cama e bocejando. — Meu Deus, mamãe, são só nove e meia.

— Eu sei. Mas quero que você almoce conosco. Você tem de conhecê-lo.

— Ele a pediu em casamento? — Meg parecia em pânico.

— Não. E ele também não pulou em cima de mim. — Ela esperara a noite toda e desde manhãzinha para dizer isso a ela.

— Você se divertiu ontem à noite?

— Foi incrível. — E ela contou tudo para Meg.

— Tenho de conhecê-lo.

— Ele disse para você nos encontrar no Spago, às 12h30.

— Mal posso esperar. Posso levar o Anthony?

— Ele tem uma aparência decente?

— Não — disse Meg honestamente —, mas tem muito boas maneiras. E não fala sobre lavagem de cólon.

— Imagino que isso seja alguma coisa — disse Paris grata, e quando encontrou com Chandler para o café-da-manhã, avisou-o de que Meg traria seu acompanhante atual.

— Está bem. Gostaria de conhecê-lo — disse entusiasmado, e ela avisou que não poderia se responsabilizar pela aparência dele. Então descreveu Peace, e ele morreu de rir.

— Meu filho costumava sair com garotas assim. E então encontrou "aquela especial". Ela é bem comum, e ele casou-se com ela seis meses depois de conhecê-la. Agora eles têm três bebês, ou quase. Ainda há esperança para todos nós — disse de bom humor. — Simplesmente não tenho sido tão sortudo quanto ele. Até agora. — Ele sorriu significativamente para Paris, e ela ignorou o sorriso. Não estava pronta para quaisquer comprometimentos, e ainda achava que nunca estaria. E disse isso para Chandler durante o café-da-manhã. Não queria enganá-lo. — Eu sei disso — disse ele gentilmente. — Você precisa de tempo, querida. Não pode passar por tudo aquilo pelo que passou há menos de um ano e esperar não ter cicatrizes. Levei anos para superar o que minha ex-mulher fez comigo. — Paris não tinha certeza se já superara. Ele falava com uma raiva muito mal disfarçada quando mencionava a ex-mulher.

— Não sei se um dia estarei pronta para me envolver outra vez — disse honestamente. — Ainda me sinto como se estivesse casada com ele.

— Eu também me senti assim por um longo tempo. Seja paciente consigo mesma, Paris. Eu sou. Não vou a lugar nenhum. — Ela não podia acreditar que tivera a boa sorte de conhecê-lo. Ele era tudo o que qualquer mulher podia querer, e tudo que parecia desejar era estar com ela, a despeito das regras básicas.

Depois eles se sentaram um pouco no jardim do Bel-Air, e chegaram prontamente ao Spago às 12h30. Meg e Anthony chegaram vinte minutos mais tarde, e embora Meg estivesse com uma aparência encantadora, Anthony não estava. Ele estava usando calças de algodão preto e uma camiseta amassadas, e embora Paris tentasse não notar, parecia que os cabelos estavam sujos. Eles ficavam pendurados em cachos sobre os olhos e estavam oleosos. Mas era um rapaz muito bonito. E foi extremamente educado com Chandler e Paris. Ele tinha a tatuagem de uma cobra descendo por um braço, e estava usando brincos bastante grandes. Mas Chandler não parecia ter ficado nem um pouco afetado com sua aparência e entabulou uma conversa muito inteligente com ele, o que foi mais do que Paris pode fazer. Embora tivesse achado Peace excêntrico e um pouco maluco, Paris desgostou imediatamente de Anthony. Ela o achou um impostor. Ele mencionava nomes constantemente, e ela o achou condescendente com sua filha, como se estivesse fazendo um grande favor só em estar com ela. E isso irritou Paris durante o almoço todo, de tal maneira que ainda estava fumegando depois que ele e Meg deixaram a mesa. Ele tinha uma audição naquela tarde, e tinha prometido deixar Meg de volta em Malibu. Paris prometeu telefonar para ela mais tarde.

— Estou deduzindo que você não gostou dele — disse Chandler para ela, quando estavam sozinhos na mesa.

— Foi tão óbvio assim? — Paris pareceu constrangida. Ela tinha detestado o rapaz.

— Não para o olhar destreinado. Mas você esquece, eu sou pai. Já passei por isso. Às vezes, você simplesmente tem de cerrar os dentes e fingir que não está notando. Eles geralmente desaparecem bem rápido. Acho que ele é bastante ambicioso. Mais cedo ou mais tarde vai se prender a alguém que possa ajudá-lo na carreira. — E Meg era apenas uma assistente de produção. Paris só esperava que ele não ferisse seus sentimentos. Não queria que Meg ficasse com o coração partido por um jovem ator qualquer, e Anthony aparentava ser exatamente o cara capaz de fazer isso.

— Eu o achei arrogante e pomposo, e tão narcisista que é surpreendente que consiga manter uma conversa.

— Isso não é um pré-requisito para um ator? — provocou Chandler. — Ele é um garoto inteligente. Provavelmente irá longe. Ela está loucamente apaixonada por ele? — Não parecia.

— Espero que não. O último era esquisito. Esse é horrível.

— Tenho certeza que vai ver muitos mais antes que tudo isso acabe. Eu vi. Durante algum tempo, não pude me manter atualizado sobre as namoradas do meu filho. Todas as vezes em que começava a entrar em pânico com relação a uma delas, ela desaparecia.

— Com meus filhos também tem sido assim. Ou com Meg tem sido. Wim geralmente é um pouco mais constante. Ou pelo menos era, antes de ir para a faculdade. Detesto me preocupar com eles, mas não quero que acabem com as pessoas erradas.

— Não acabarão. Apenas precisam se divertir primeiro, e experimentar um pouco. Meu palpite é que esse garoto já terá desaparecido antes que você saiba.

— Espero que sim — disse Paris quando deixaram a mesa, e então agradeceu a ele por ter levado todos para almoçar. Achava que tinham abusado um pouco, mas ele não parecia se importar.

Aliás, ele agiu como se tivesse gostado, e disse que adorara conhecer sua filha. Chandler sempre tinha os instintos certos, e gestos atenciosos intermináveis em seu repertório.

Passaram a tarde visitando galerias de arte, e foram ao Los Angeles County Museum antes de voltar ao hotel. Naquela noite ele a levou ao L'Orangerie para jantar, e pediu caviar para ela. Não havia nada que não fizesse para mimá-la. E quando voltaram para o hotel, Paris estava feliz e relaxada. Havia tido outra noite maravilhosa. E dessa vez, quando a deixou à porta, ele a beijou firme e longamente na boca, e ela não resistiu. Mas ele não fez nenhuma tentativa de ir além. E olhou para ela com ternura e pesar quando a deixou.

Quando ela se olhou no espelho enquanto escovava os cabelos, se perguntou o que estava fazendo. Podia se sentir deslizando lentamente para longe de Peter. Chandler era o primeiro homem além de Peter, que ela havia beijado em 26 anos. E o que era pior, ela gostara. Estava quase lamentando por não ter ficado no mesmo quarto com ele. E perceber isso fez com que ficasse quase sem dormir até de manhã. Embora nada horrendo tivesse acontecido, podia sentir que sua relação recém-iniciada com Chandler estava lentamente fugindo do controle.

Capítulo 19

CHANDLER VOOU COM ELA de volta para São Francisco ao meio-dia no domingo, depois de um farto café-da-manhã no Bel-Air. E ela estava em casa às duas e meia, após um fim de semana mágico.

— Agora realmente me sinto como Cinderela — disse ela, enquanto ele carregava suas malas para dentro. — Vou virar uma abóbora a qualquer momento.

— Não, não vai. E se virar, eu simplesmente seqüestro você outra vez — disse ele, rindo para ela. — Ligo para você mais tarde — falou, enquanto a beijava na porta, e ela torceu para que ninguém estivesse olhando. Sentia-se mais do que um pouco ousada, deixando um homem trazê-la para casa com uma mala. Mas não sabia de quem estava se escondendo. Não conhecia ninguém na vizinhança, e ninguém se importava com o que ela estava fazendo.

E exatamente como prometera, ele telefonou naquela noite.

— Sinto sua falta — disse suavemente, e Paris instantaneamente sentiu algo diferente. Detestava admitir, mas também sentia falta dele, mais do que desejava.

232   DANIELLE STEEL

— Eu também — respondeu.

— Quando vou vê-la outra vez? — perguntou ele, avidamente. — Que tal amanhã?

— Vou trabalhar até tarde com Bix — disse ela pesarosa, e dessa vez era verdade. — Que tal terça-feira?

— Perfeito. Gostaria de conhecer meu apartamento? Eu poderia fazer o jantar para você.

— Você não precisa fazer isso. Eu posso ajudá-lo.

— Eu adoraria — disse ele, soando feliz, prometendo ligar para ela de manhã.

E, no dia seguinte, no trabalho, Bix estava esperando por ela como um pai severo, e queria um relatório da viagem.

— Então, como foi?

— Fantástico. Melhor do que eu esperava. E ele foi um perfeito cavalheiro.

— Era disso que eu tinha medo — disse Bix soturnamente.

— Por que? Você queria que ele me estuprasse? — Ela estava num bom humor incrível.

— Não. Mas homens de verdade não são perfeitos cavalheiros. Eles ficam mal-humorados e cansados. Não levam mulheres para fazer compras. O que me faz lembrar, ele levou?

— Sim — disse ela, rindo dele — e comprou uma bolsa Chanel para mim.

— Pior ainda. Quando foi a última vez que um homem a levou para fazer compras e lhe comprou uma bolsa Chanel? Peter fez isso?

— Não. Ele destestava fazer compras. Preferia um tratamento de canal a ir comigo fazer compras.

— Precisamente. Esse cara é agradável demais, Paris. Ele me amedronta. Sujeitos de verdade rasgam as suas roupas. São desajeitados. Não sabem tudo que precisam fazer a não ser que tenham praticado muito, com muitas mulheres.

JOGO DO NAMORO

— Não acho que ele seja virgem.

— Espero que não. Mas para mim ele soa como um playboy.

— Ele disse que não conheceu a mulher certa. Ele tem encontrado outras mulheres.

— Não caio nessa. Existem muitas boas mulheres lá fora, morrendo de vontade de conhecer homens direitos. Se ele quisesse, já poderia ter encontrado uma.

— Talvez. Segundo o que todos falam, não é tão fácil assim.

— Para um cara como ele é. Tem uma Ferrari e um avião, e muito dinheiro. Você acha que seria muito difícil para ele encontrar a mulher certa?

— Boas mulheres não querem necessariamente todas essas coisas. Amanhã ele vai preparar o jantar para mim.

— Estou ficando nauseado — disse Bix, recostando-se em sua cadeira com uma expressão preocupada.

— O que há de errado em preparar o jantar para mim?

— Peter fazia isso? — perguntou ele francamente.

— Não se pudesse evitar. — E então ficou séria por um momento. — Peter me deixou por outra mulher. No final, quão correto ele era? Não muito. — Era a primeira vez que ela dizia isso. — Chandler esteve no mesmo barco em que eu estou. Acho que está sendo cauteloso — disse razoavelmente. O fato de Bix suspeitar tanto dele estava começando a aborrecê-la. Chandler não merecia isso.

— Acho que ele tem estado ocupado. Saí com um cara como ele uma vez. Ele me mimou como o diabo, e eu não conseguia entender isso. Relógios, pulseiras, paletós de casimira, viagens. Senti-me como se tivesse morrido e ido para o céu, até que descobri que ele estava indo para a cama com outros três sujeitos, e era o filho-da-puta mais promíscuo do planeta. Ele não tinha alma, não tinha coração, e quando ficou cansado de mim, nem sequer respondia às minhas chamadas telefônicas. Fiquei com o coração

234 DANIELLE STEEL

partido até entender. Não havia nenhuma solidariedade. Ele era um jogador. Receio que Chandler seja assim. O mesmo tipo de sujeito, só que esse gosta de mulheres. Tente não ir para a cama com ele rápido demais — disse ele, e ela balançou a cabeça concordando. Em pouco tempo, ela e Bixby tinham se tornado impressionantemente íntimos, e ela o amava. Bix era inteligente, sensível, e se importava com ela. Tudo o que queria fazer era protegê-la, e ela apreciava isso, mas achava que ele estava errado em relação a Chandler.

Eles trabalharam até tão tarde aquela noite quanto esperara. No dia seguinte, ela saiu do escritório às seis horas, e Chandler a pegou às sete e meia. No início, ela não o reconheceu quando ele chegou porque ele estava dirigindo um velho Bentley em vez da Ferrari.

— Que carro adorável — disse ela, admirando-o, e ele disse que quase nunca o usava, mas detestava a idéia de vendê-lo. Achou que ela gostaria de vê-lo.

Mas o apartamento dele, quando o viu, era ainda melhor. Era uma cobertura em Russian Hill, com uma vista de 360 graus, e um terraço que quase a deixou tonta. E tudo no apartamento ou era mármore branco ou granito preto, ou couro preto. Era extraordinário, e muito masculino. A cozinha era uma maravilha da tecnologia sofisticada moderna. E tudo estava pronto. Ostras em meias conchas, lagosta fria, e um delicioso *capellini* com caviar. Não havia nada para ela fazer, enquanto se sentavam para comer numa longa mesa de granito na cozinha. Ele diminuiu as luzes e acendeu velas, e colocou CDs de alguns dos artistas a que tinham assistido na festa de Walter Frye. Serviu um Bordeaux branco excelente para ela. O jantar era muito mais elegante do que qualquer coisa que teria cozinhado para ele, e ela o saboreou cuidadosamente.

JOGO DO NAMORO

Depois sentaram na sala de estar à frente da lareira, admirando a vista. Estava um pouco frio lá fora, e agradável ao lado dele junto ao fogo. E depois de algum tempo, eles estavam se beijando. Ela o conhecia havia apenas três semanas, mas apesar de todas as reservas, dos avisos de Bix, estava se apaixonando por ele. Não conseguia mais lembrar por que isso era supostamente uma idéia tão ruim, ou por que sentira uma lealdade tão eterna a Peter. Que diferença fazia? Ele estava casado com Rachel. Ela não devia nada a ele, disse para si mesma, enquanto Chandler continuava a beijá-la, deslizando uma das mãos lentamente por sua perna, sendo cauteloso, porque não queria aborrecê-la. Ele parou e olhou para ela, e ela se derreteu em seus braços. Pareceu que foram horas mais tarde, mas subitamente ela estava deitada ao lado dele na cama, e sem as roupas.

— Paris, não quero fazer isso a não ser que você queira — disse ele, gentilmente.

— Eu quero — sussurrou ela, enquanto ele aninhava a cabeça contra seu corpo, onde encontrou seus seios e os acariciou. Seus corpos pareceram se enredar e misturar, e ele a tomou com perícia e cuidado. Chandler lhe deu prazeres que não imaginara nem mesmo com Peter. Ela passou a noite com ele, e fizeram amor outra vez de manhã. Peter nunca tinha feito isso. Ela sentiu uma deslealdade estranha quando se levantou, mas quando se sentou à frente de Chandler do outro lado da mesa do café-da-manhã, sentiu-se melhor. Ele parecia feliz e em paz, e estava sorrindo para ela. Isso não era um sonho, era real.

— Foi incrível — disse ele, e então a provocou quando ela enrubesceu. Tinha sido melhor do que ela jamais esperara.

— Sim, foi — disse Paris, bebendo o suco de laranja que ele lhe serviu.

Ele a levou de volta para casa, a tempo de se vestir para o trabalho, e prometeu telefonar mais tarde. Ele fez isso, e a levou para almoçar em seu restaurante italiano favorito com um jardim. Ela se sentia completamente enfeitiçada, e dessa vez não disse nada para Bix. Não era da conta dele. A noite que passara com Chandler mudara as coisas. Sua lealdade agora era para com ele. Tinham um relacionamento.

E então ela se sentiu sem jeito durante o almoço, enquanto lutava para lhe fazer uma pergunta que não era usual, mas era sua primeira incursão em águas novas. E ela queria agir responsavelmente.

— Eu... nós deveríamos... nós devemos fazer um teste para Aids antes de ir mais adiante? — Ela sentia-se grata porque ele usava proteção, mas sabia que se iam parar de usá-la, pelo menos algumas vezes, provavelmente deviam fazer um exame. Isso parecia ser o que as pessoas faziam, pelo menos de acordo com Meg.

— Contanto que usemos proteção, não precisamos — disse ele, sorrindo para ela, e ela balançou a cabeça, concordando. Não queria pressionar mais sobre o assunto. Era embaraçoso demais. E a resposta dele lhe pareceu razoável. Além disso, resolvia o problema do anticoncepcional para ela.

Ele a pegou em casa naquela noite depois do trabalho, e ela outra vez passou a noite em seu apartamento. No dia seguinte Meg lhe telefonou no escritório, parecendo preocupada.

— Mamãe, você está bem? Liguei ontem à noite e na noite anterior, bem tarde, e você tinha saído. Estava trabalhando?

— Não... eu... tinha saído com Chandler.

— Alguma coisa aconteceu?

— Não, claro que não. Está tudo bem, querida. Só saímos e ficamos conversando até tarde.

— Bem, tome cuidado. Não se apaixone por ele rápido demais. — Ela soava como Bix, mas Paris agradeceu e voltou para o escritório. Pobrezinho, todos suspeitavam tanto dele, e ele era tão bom para ela. Não conseguia lembrar de ter estado tão feliz as-

JOGO DO NAMORO

sim. Queria ligar para Anne e contar para ela, mas não teve tempo até o fim de semana. Eles tiveram dois casamentos no sábado, e com a diferença de horário, não conseguia telefonar. Paris trabalhou até tão tarde, que não viu Chandler o fim de semana todo. Um casamento foi até duas e meia da manhã, e o outro foi até depois das quatro, e ela não queria telefonar e acordá-lo. Casamentos eram diferentes de jantares, muito mais coisas podiam sair erradas. Precisavam controlar cada mínimo detalhe, e sempre ficavam para supervisionar até o final. Chandler disse que entendia e ela o encontrou na noite de domingo para jantar. Queria que conhecesse Wim, mas quando ligou para ele no dormitório, Wim disse que estava ocupado. Portanto, ela e Chandler comeram sozinhos.

Eles passaram uma noite tranqüila na casa dela assistindo a vídeos, e dessa vez Paris fez o jantar para ele. Cozinhou uma grande terrina de massa e uma salada, uma comida muito mais simples do que ele servira, mas o vinho era bom. E depois que fizeram amor, ele voltou para o apartamento dele. Disse que tinha uma reunião cedo no dia seguinte.

E pelas três semanas seguintes, eles viveram em seu próprio mundo aconchegante. Sempre que ela não estava trabalhando, estava com ele. Ela passava a noite no apartamento dele com mais freqüência do que ele ficava em sua casa. Mas uma coisa ela não era mais, não era solitária. Ela se sentia como se estivesse vivendo uma existência de contos de fadas. Nunca conhecera ninguém como ele. Ele era atento a todas as suas necessidades, afável, solícito e engraçado. E continuou sendo muito consciencioso em relação a usar proteção. Um dia ela sugeriu que fizessem testes para Aids, para tranqüilizar um ao outro, de modo que não tivessem mais que usar proteção, quando fosse seguro para ela. Mas ele disse que era mais fácil usar camisinhas. E pensando sobre isso mais tarde, de alguma maneira uma campainha disparou em sua cabeça, e aquela noite ela perguntou outra vez sobre o assunto.

— Se fizermos testes para Aids, não teremos de usar nada — disse cautelosamente. Parecia tão mais simples para ela.

— É sempre uma boa idéia usar proteção — disse ele sabiamente, quando voltou do banheiro e se aconchegou ao seu lado outra vez. Estava numa forma física extraordinária, e tinha um corpo esplêndido. Suas habilidades sexuais eram mais do que impressionantes. Mas apesar disso ela decidiu fazer a ele a pergunta que tinha surgido em sua mente naquela tarde, embora já soubesse a resposta, ou achasse que sabia.

Ela se apoiou em um cotovelo na cama e sorriu para ele.

— Você não dorme com mais ninguém, dorme? Bem, quero dizer, desde que ficamos juntos.

Ele olhou para ela e sorriu, e desenhou os bicos dos seus seios com um dedo, o que a excitou.

— Essa é uma pergunta bem complexa.

— E eu suponho que tenha uma resposta simples — disse ela suavemente. — Estou supondo que esse é um arranjo exclusivo. — Ela ouvira Meg usar o termo.

— Exclusivo é uma palavra muito grande — disse ele, enquanto ficava deitado de costas e olhava fixamente para o teto sem expressão.

— O que isso significa? — Ela podia sentir um nó se formando em sua garganta.

— Não dormi com mais ninguém desde que fiquei com você — disse ele, enquanto olhava para ela, e ela o observava. — Mas poderia acontecer. Ainda é cedo demais para nos comprometermos um com o outro.

— Não espero um comprometimento — disse ela tranqüilamente. — Mas espero um relacionamento exclusivo, ou monógamo, ou como você queira chamá-lo.

— Contanto que usemos camisinhas, isso não é um problema. Eu não colocaria você em risco, Paris, não faria isso.

— Mas você também não vai ser monógamo?

— Não posso prometer isso a você. Não quero mentir para você. Somos adultos. Tudo pode acontecer.

— Está se reservando o direito de ver outras mulheres? — Paris parecia atordoada. Nem sequer tinha pensado que ele poderia fazer isso, ou que iria querer fazer isso.

— Você não deixa tempo sobrando para eu fazer isso — disse ele alegremente. Mas ele viajava. E havia muitas noites em que ela tinha de trabalhar. Ela nunca esperara aquela resposta dele, e parecia extremamente contrariada quando sentou-se na cama e baixou os olhos para ele, deitado ao seu lado. Até então, nunca tinha percebido que esse não era um arranjo exclusivo. — Você nunca disse que isso era um problema para você — disse ele, parecendo um tanto irritado que o assunto tivesse vindo à tona.

— Não achei que tinha de dizer. Apenas pensei que também era o que você queria. Você disse que o que estava acontecendo entre nós era especial e diferente.

— É especial. Mas não vou ser colocado numa coleira. Não somos casados. E ambos sabemos quão pouco isso significa.

— Não, não sei — disse queixosa. — Não sei nada disso. Eu era fiel ao meu marido, e ele foi fiel comigo por mais de vinte anos de casamento. E isso não importa. — Repentinamente ela pareceu triste. A realidade a atingiu. Esse relacionamento não era casamento, era namoro. — Não quero compartilhar você.

— Você não é minha dona — disse ele, parecendo zangado.

— Não sei se quero ser. Mas quero saber que enquanto estiver indo para a cama comigo, seja lá por quanto tempo for, você não dormirá com outras pessoas.

— É prematuro fazer isso num relacionamento, Paris. Somos adultos, somos livres. Você poderá conhecer alguém com quem queira ir para a cama.

— Não se estiver envolvida com você, e se isso acontecer, você será o primeiro a saber. — Ela agora estava sentada reta como uma vareta.

— Isso é nobre da sua parte — disse ele, de maneira prática —, mas não vou fazer a mesma promessa a você. Coisas acontecem, mesmo quando você não as planeja.

— Você me diria depois, se acontecesse?

— Não necessariamente. Não devo isso a você. Não depois de seis semanas. Talvez em seis meses, dependendo de como as coisas andem entre nós. Mas isso está bem distante. Nós ainda não estamos lá.

— Existe um livro de regras sobre isso? Porque, se existe, quero vê-lo. Existem quadros de horários sobre o que acontece e quando, como o que acontecerá em seis semanas, e então você pode esperar três meses, ou seis, ou um ano? Quem faz essas regras?

— Isso depende do acordo entre duas pessoas — disse ele confortavelmente. Não ia deixar que ela o pressionasse. Incomodava-o que ela estivesse até mesmo tentando. Exclusividade não era parte do negócio. Para ele.

— E que acordo nós temos? — perguntou Paris, olhando diretamente para ele.

— Nenhum oficial por enquanto. Estamos nos divertindo, não estamos? Do que mais precisamos além disso? — Paris não disse uma palavra enquanto saía da cama e olhava para ele por sobre o ombro.

— Preciso de muito mais. Preciso saber que sou a única mulher em sua vida, ou pelo menos em sua cama, por enquanto.

— Isso não é razoável — disse ele simplesmente.

JOGO DO NAMORO

— Acho que é. Acho que é uma maneira triste das pessoas viverem. A vida tem a ver com integridade, amor e comprometimento, e não apenas se divertir e fazer sexo.

— Você se diverte comigo? — perguntou ele enquanto rolava de lado e a observava. Ela estava se vestindo.

— Sim, me divirto. Mas a vida também tem a ver com mais do que apenas diversão.

— Então dê uma chance para que ela chegue lá. É cedo demais para estar falando sobre coisas assim. Paris, não estrague tudo.

— Você acabou de fazer isso. — Mas ela tinha de admitir que, pelo menos ele era honesto. Mas não era muito mais do que isso.

— Se você deixar essa questão de lado, poderemos eventualmente chegar lá, mas não pode forçar isso.

— E enquanto estamos chegando lá, você quer ir para a cama com outras pessoas?

— Posso nunca fazer isso. Ainda não fiz. Mas sim, eu poderia.

— Não quero me preocupar com isso, e me preocuparia. Sempre ficaria imaginando. Agora que sei como você se sente sobre isso, não tenho certeza de que um dia confiaria em você. Como poderia? Não mais do que você poderia confiar em mim. Nunca saberia o que eu estava fazendo. Exceto que, comigo, você saberia. Essa é a diferença.

— Não espero isso de você. Essas são as regras básicas.

— O quê? Cada um por si, e transe com quem você quiser? Que patético. E na realidade, é muito triste. Quero mais do que isso. Quero amor e integridade entre duas pessoas.

— Nunca menti para você. E nunca mentiria.

— Não — disse ela tristemente — você simplesmente não me contaria. Contaria? — Ele não respondeu, e ela ficou parada e olhou para ele por um longo tempo. — Se um dia se sentir

242 DANIELLE STEEL

diferente com relação a isso, ligue para mim. — Ela queria dizer, se um dia você crescer e parar de brincar. — Tem sido maravilhoso. Mas não seria se eu soubesse que você estava me traindo. E para mim, é isso que seria. Sou uma pessoa muito antiquada.

— Você só quer se casar e me controlar — disse ele cinicamente. — E se não estiver casada, quer fingir que está. Bem, não está. Portanto o melhor é aproveitar. E você não terá controle sobre mim. — Aquele era o pior crime para ele, uma ofensa capital.

— Eu estava gostando... por um minuto... você estragou tudo.

— Está perdendo seu tempo — disse ele, parecendo aborrecido, enquanto levantava e ficava parado, nu, perante ela. — As pessoas não jogam mais por essas regras. Elas desapareceram com a Idade Média.

— Talvez — disse Paris tranqüilamente — mas se for verdade, vou desaparecer com elas. Obrigada por tudo — disse, e então saiu e fechou a porta. Ela ficou de pé no corredor por um minuto, e então apertou o botão do elevador. Parte dela desejou que ele abrisse a porta e implorasse para que ela voltasse. E o resto dela sabia que isso nunca iria acontecer. Aprendera uma lição dolorosa. E quaisquer que fossem as regras básicas na versão de Chandler Freeman para o namoro moderno, Paris sabia que não eram para ela, e ele também não. Bixby estava certo.

Capítulo 20

ERA A TERCEIRA SEMANA de março quando ela parou de ver Chandler, e passaram-se duas semanas inteiras depois disso até que Bix a questionasse sobre o assunto. De alguma maneira tinha a sensação de que ele não estava telefonando mais. Ela estivera quieta por alguns dias, e depois parecia estar se mantendo ocupada como de hábito. Finalmente, ele perguntou sobre tudo numa noite em que estavam trabalhando até tarde, planejando um casamento.

— Perdi alguma coisa? Ou Chandler não está mais telefonando?

Ela hesitou por um momento, e então balançou a cabeça afirmativamente.

— Você está certo. Ele não está telefonando.

— Vocês dois tiveram uma briga? Ou você se cansou de caviar e Ferraris? — Ele sabia usar bem as palavras, e ela sorriu para ele. Estivera aborrecida durante a primeira semana, e estava começando a se sentir melhor. Mas sentia-se tão tola quanto ferida. Devia ter sabido, mas não soubera. E ele nunca mais ligara para ela. Desaparecera numa nuvem de fumaça. Ela aprendera alguma coisa, mas não tivera prazer nisso. E detestava admitir, mas sentia falta dele. Ele tinha sido maravilhoso com ela, e se não fosse por mais nada, o sexo tinha sido fantástico. Pela primeira vez num ano, sentira-se como uma mulher, em vez de uma rejeitada. Num sentido, ele fora bom para ela, mas levara um pedaço seu. Pior ainda, ela o dera para ele.

— Não funcionou. Eu cometi um erro. — Paris hesitou por um momento, e então contou tudo para Bix.

— O merdinha. Que sórdido.

— Foi? — perguntou para Bix honestamente. Ele era oito anos mais novo do que ela, mas era muito mais experiente, e ela confiava em seu julgamento. Sentia-se como se tivesse viajado pelo tempo e chegado num outro mundo. E de algumas maneiras, isso acontecera.

— É, foi sórdido — Bix confirmou para ela. — E nem um pouco legal. É muita falta de sinceridade. Mas há muita gente lá fora que se comporta como ele. Homens e mulheres. Não é exclusivo de nenhum sexo. Simplesmente não são pessoas escrupulosas. E não agem seguindo regras muito boas. Você não deveria ter de perguntar se uma relação é exclusiva. Pessoas decentes não querem ir para a cama com diversas pessoas ao mesmo tempo. Eu não quis. Steven não quis. Mas algumas das pessoas que namorei eram exatamente como Chandler. Elas ainda estão por aí, indo para a cama com todo o mundo. E daí? O que é triste é que elas não estão sendo amadas, e a maioria delas não é capaz de amar ninguém, nem a si mesmas.

— Eu sempre me sinto como se todos os outros tivessem um manual de instrução, e eu não. Fazia sentido para ele, e ele era muito convincente. O único problema é que não fiquei convencida. Eu me detestaria se vivesse dessa maneira. A única coisa que isso me ensinou é que nunca mais quero ir para a cama com alguém que não me ame. Pensei que ele amasse. Eu pensei que estava se apaixonando por mim, e eu estava me apaixonando por ele. Não acho que foi amor. Acho que foi luxúria. E veja o que eu ganhei com isso.

— Você ganhou uma bolsa maravilhosa — ele lembrou, e ela riu.

— É, ganhei. Essa é uma troca infernal. Minha integridade por uma bolsa.

— Você não sacrificou sua integridade. Você não sabia o que estava acontecendo.

— Achei que sim. Assumi que sim, esse foi o erro.

— Bem, você não o cometerá de novo. E isso quebrou o gelo. Você perdeu sua virgindade. Agora pode sair e encontrar um homem bom. — Bix sorriu para ela. Ele admirava sua honestidade, e sentia por Chandler ter sido tão bundão, mas não estava surpreso.

— Quantos sapos terei de beijar primeiro? — perguntou Paris, parecendo preocupada. Ela questionava seriamente seu próprio julgamento.

— Uns poucos. Todos nós beijamos. Se ficar com verrugas nos lábios, sempre pode retirá-las.

— Não tenho certeza se tenho a coragem de fazer muito disso. Realmente dói — disse ela honestamente.

— Sim, dói, e é deprimente como o diabo. Namorar é uma merda.

— Obrigada, Peter — disse ela, soando amarga pela primeira vez. — Não posso acreditar que ele me condenou a isso. — Bix balançou a cabeça. Era assim que as coisas funcionavam. Uma pessoa ia embora com outra pessoa, e o outro indivíduo era jogado numa cova, e tinha de sobreviver às cobras. Não era muito divertido. — Eu devia odiá-lo por fazer isso comigo, mas ainda não tenho certeza se odeio, ou odiarei um dia. Só espero não sentir falta dele pelo resto da minha vida. Eu ainda sinto a cada droga de dia — disse ela com lágrimas nos olhos. — Não consigo acreditar que na minha idade, tenho de sair lá fora como uma garota tola e namorar. Quão revoltante isso lhe parece? E patético.

— Não é patético. É simplesmente como as coisas são. E mesmo se um relacionamento dá certo, mais cedo ou mais tarde, alguém morre, e o outro fica sozinho, e tem de começar outra vez. É uma droga, mas é a vida.

— Como o Steven — disse ela solenemente, pensando no parceiro de Bix cujo amante tinha morrido nove anos antes. — Mas ele teve sorte. — Ela sorriu para seu amigo. Sentia-se como se fossem amigos há anos, em vez de meses. — Ele encontrou você.

— Nada é perfeito — disse ele enigmaticamente, e ela o olhou, pensando se eles tinham brigado.

— Algum problema? — Paris também queria estar lá para apoiá-lo, assim como ele estava lá para apoiá-la. Tinha sido um bom amigo desde que se conheceram.

— Poderá haver, algum dia. Ainda não.

— O que isso quer dizer?

— Significa que ninguém sai ileso. O parceiro de Steven morreu de Aids. E ele é soropositivo. Pode ser que a doença não o pegue durante anos, ou nunca se desenvolva. Mas isso pode acontecer a certa altura. Quando entrei no relacionamento eu sabia disso. Entretanto, resolvi que não importava quanto tempo tínhamos porque no final valeria a pena. E tem valido. Não me arrependo de um minuto que passei com ele. Apenas quero que ele viva para sempre. — Havia lágrimas em seus olhos, e nos dela também, quando se aproximou para lhe dar um abraço. Eles ficaram abraçados por um longo momento, e ele sorriu para ela através das lágrimas. — Eu o amo tanto, ele é um homem tão maravilhoso.

JOGO DO NAMORO

— E você também é — disse ela com um nó na garganta. Definitivamente, a vida não era justa.

— Sabe, se eu um dia me sentisse atraído por mulheres, o que não não me sinto, graças a Deus, homens já são complicados o suficiente, muito obrigado... você seria minha primeira escolha.

— Devo considerar isso uma proposta? — provocou ela, enquanto sorria através de lágrimas.

— Absolutamente... mas não exclusivamente... sinto muito, ainda teria de dormir com garotos... e eu contaria para você... mas você poderia assumir que definitivamente não somos exclusivos. Tudo bem?

— Aonde assino?

Ambos riram, e Bix sacudiu a cabeça. Gostava de conversar com ela. Sentia-se como se ela fosse sua irmã.

— Eu disse para você que Chandler não prestava.

— Eu sabia que eventualmente você me diria isso. Mas ele tinha tanta lábia. Ele me disse que não se sentia assim em 14 anos. Do que estava falando?

— Ele estava iludindo você. Sujeitos desse tipo dizem qualquer coisa que funcione. Quando encontrar o homem certo, saberá. Ele não era o homem certo.

— É o que parece.

Eles arrumaram tudo para encerrar a noite, e sentiram-se mais íntimos um do outro pelas confissões que tinham feito, ela sobre o erro de ter-se envolvido com Chandler, e ele sobre Steven ser soropositivo. Isso retirara um pouco do peso dos ombros dele, assim como dos dela. E quando Paris chegou em casa, ligou para Meg. E para tristeza de sua mãe, Meg estava aos prantos.

— O que aconteceu? Você e Anthony brigaram?

— Acho que você pode dizer isso. Descobri que ele está vendo uma outra garota. Ela nem é uma garota. É uma mulher. É alguma grande produtora, e ele tem ido para cama com ela há

248 DANIELLE STEEL

semanas. — A ambição dele venceu no final. Outro sujeito sem qualquer integridade. Mas no caso dele, Paris não estava surpresa, nem Meg. Ela soubera quem e o que ele era. Apenas tinha desejado que ele permanecesse com ela por algum tempo. Ele durara mais ou menos o mesmo tempo que Chandler — seis semanas.

— Sinto muito, querida. Chandler também saiu de cena. — E então ela teve uma idéia. — Você quer vir aqui para casa esse fim de semana? — Sua mobília chegara no mês anterior, e agora ela já se sentia em seu lar. A casa estava linda.

— O que aconteceu com Chandler? — perguntou Meg enquanto assoava o nariz.

— A mesma coisa. Não perguntei a ele se éramos exclusivos. Não sabia que devia perguntar isso.

— Isso aconteceu comigo na faculdade — disse Meg sabiamente. — Você sempre tem de perguntar.

— Como é que ninguém me disse isso?

— Você não precisava saber disso. Agora precisa. Da próxima vez, pergunte. E se eles disserem não, saia pela porta. Aliás, faça disso uma cláusula de quebra de acordo quando estiver para entrar.

— Você negocia o próximo contrato para mim? — provocou Paris.

— Claro. — E então Meg suspirou. — Isso tudo não é uma droga? Fico pensando se um dia encontrarei alguém decente. Provavelmente não aqui. — Ela parecia desencorajada, aos 24 anos. Essas não eram boas notícias para Paris. Ela faria 47 em maio.

— Eles não parecem ser muito melhores aqui.

— Ou em qualquer outro lugar. Minhas amigas em Nova York conhecem os mesmos tipos de sujeitos. Todos são jogadores ou mentirosos, ou têm fobia a comprometimento. E quando você conhece um cara legal, ele diz para você que é gay. Eu desisto.

JOGO DO NAMORO   249

— Não na sua idade. O homem certo vai aparecer, para você, se não para mim. Não tenho certeza se me importo. Estou velha demais.

— Não seja boba, mamãe. Você ainda está jovem. E está linda. Talvez eu vá para casa nesse fim de semana. Estou deprimida.

— Eu também. Podemos sentar na cama, tomar sorvete juntas, e assistir TV.

— Mal posso esperar.

Paris a pegou no aeroporto na sexta à noite, e não tinha de trabalhar o fim de semana todo. Elas fizeram exatamente o que disseram que iriam fazer. Sentaram na cama, ficaram abraçadas uma com a outra, e assistiram a filmes antigos na TV. Nenhuma delas se vestiu, escovou os cabelos, ou pôs maquilagem, e adoraram isso. Wim veio para o almoço no domingo, e pareceu surpreso quando viu as duas. Felizmente, ele viera sozinho.

— Vocês estão doentes? — perguntou ele, surpreso. — Você está com uma aparência de merda — disse para a irmã.

— Eu sei — disse ela, sorrindo para ele. Tivera um ótimo fim de semana na companhia da mãe.

— Tivemos um fim de semana em prol da sanidade mental — explicou Paris.

— O que é isso?

— Assistimos a filmes antigos, choramos e ficamos na cama, e falamos mal dos rapazes. Meu namorado me traiu. — Meg contou os detalhes para ele.

— Isso é uma droga — disse ele, solidariamente.

— E quanto a você? — perguntou Meg, enquanto Paris servia sopa para eles, e sentava-se no sofá. Ela adorava estar com eles. — Está saindo com alguma garota bonitinha?

— Dúzias delas — disse ele orgulhoso. — Fizemos um concurso no dormitório, para ver quantas delas cada um podia pe-

250 DANIELLE STEEL

gar. Peguei 12 em duas semanas — disse ele, parecendo inocente, e sua irmã parecia que ia jogar alguma coisa nele.

— Você é um porco. É a coisa mais revoltante que já ouvi. Cristo, com todos esses sujeitos merda soltos no mundo, não precisamos que você também se transforme em um deles. Caia na real.

— O que você espera que eu faça? Case no primeiro ano de faculdade? Sou um garoto. — Ele era todo inocência e bom humor.

— Então seja um garoto decente, pelo amor de Deus — Meg chamou sua atenção, enquanto Paris aprovava. — Seja um sujeito legal, que trata as mulheres com gentileza e respeito. O mundo precisa de sujeitos bons como você.

— Não quero ser um cara legal ainda. Quero me divertir um pouco.

— Eu espero que não à custa de outra pessoa, Wim — Paris reprovou-o. — As pessoas têm responsabilidades umas com as outras, de tratar um ao outro bem.

— Sim, eu sei. Mas às vezes a pessoa tem de ser um pouco despreocupada. Você não pode ser responsável o tempo todo.

— Pode sim — insistiu sua irmã. — Comece agora. Está quase com 19 anos. — O aniversário dele era dois dias depois de sua mãe, em maio. — Nunca é cedo demais para ser um homem decente. Estou contando com você, Wim.

— Tenho que ser decente? — perguntou ele, quando terminou a sopa. Sua mãe e sua irmã pareciam estar num humor esquisito.

— Sim, tem — disse Paris. — Porque se não for, vai ferir alguém algum dia. — E, em vez de nela mesma, estava pensando no pai deles quando disse isso. Passou longe do entendimento de Wim, mas Meg entendeu.

Capítulo 21

PARIS NEM SEQUER PENSOU em namoro depois que terminou com Chandler. À medida que maio passava, eles tiveram mil detalhes dos quais cuidar para os casamentos que estavam fazendo em junho. Havia sete. E Meg veio de avião passar a noite com ela para celebrar seu aniversário, e depois voou de volta no avião das seis da manhã. Foi uma coisa carinhosa que ela fez. Bix lhe dera um bolo no escritório, e uma estola de casimira turquesa linda. Ele disse que ficaria ótima com um vestido preto. E dois dias mais tarde ela dirigiu até Berkeley para celebrar o aniversário de Wim com ele. Foi um mês movimentado.

Mas o aniversário do dia em que Peter a deixara foi duro para ela. Acordou com uma sensação triste, e imediatamente lembrou-se de que data era aquela. Ela ficou quieta e séria o dia todo. Finalmente, Bix perguntou sobre o que havia, e ela lhe disse. E quando chegou em casa do trabalho, foi para a cama e chorou. Muitas coisas boas tinham acontecido com ela no último ano, mas se alguém tivesse perguntado ou dado uma varinha mágica para ela, tudo que teria pedido, num instante, seria ter Peter de volta. Sem perguntas. Sua vida mudara para sempre, e nem sempre para melhor. Mas algumas coisas boas também tinham aconteci-do. A mudança para São Francisco, a casa em que estava vivendo, e o emprego que fora sua salvação, graças a Bix, sua amizade e à amizade de Steven. Havia muitas coisas pelas quais era grata. Mas ainda sentia uma falta terrível de Peter, e estava começando a suspeitar de que sempre sentiria. Simplesmente, era assim. Ela não esperava mais que alguém preenchesse esse vazio, e não ima-ginava que pudessem fazê-lo. Finalmente adormeceu, ficou alivia-da, e enfim o dia horrível acabara.

Haviam se passado alguns dias quando Sydney Harrington telefonou. Ela tivera uma idéia. Um velho amigo estava chegan-do à cidade, e ela queria oferecer um pequeno jantar para ele. Mas ela disse que a verdadeira razão pela qual ligara era porque queria apresentá-lo a Paris. Ele morava em Santa Fé, e era um artista. Sydney disse que era um homem adorável, e mesmo que não houvesse nenhuma outra razão, Paris iria gostar de conhecê-lo. Era um escultor, e trabalhava com barro.

Paris tentou ser delicada, mas foi notavelmente vaga. E final-mente, depois que Sydney fez uma rapsódia interminável, con-cordou em encontrá-los para almoçar. Ela achou que devia um favor a Sydney por tê-la recomendado para o emprego quase qua-tro meses antes. E Sydney era uma mulher sensível e inteligente, com uma ótima cabeça, bom julgamento, e bom gosto. Quão ruim poderia ser seu amigo?

Paris mencionou isso para Bix naquela tarde, e ele riu e revi-rou os olhos.

— Você sabe de algo que eu não sei? — perguntou ela, pare-cendo preocupada.

— Não. Mas sabe como me sinto em relação a encontros com pessoas que não conhecemos. Um dos meus favoritos foi o do homem de 82 anos que foi levado pela enfermeira para almo-çar comigo. Na época eu tinha 26 anos, e o amigo que arranjara

JOGO DO NAMORO 253

o encontro para mim achara que eu podia botar uma centelha de volta na vida dele. Eu teria feito isso, mas o pobre velho só ficava ali sentado e babava. Ele mal conseguia falar, e eu me desfiz em lágrimas quando fui embora. Mas tive outros que foram piores.

— Você não está me encorajando — disse Paris, parecendo amedrontada. — Não pude sair dessa. Sydney me deu uma chave de braço. Ele é um velho amigo dela.

— Somos todos cegos em relação aos nossos amigos. Aonde esse sujeito mora?

— Santa Fé. É um artista.

— Esqueça. Ele é geograficamente indesejável. O que vai fazer com um sujeito em Santa Fé, mesmo que ele seja maravilhoso?

— Como é que fui me meter nisso? — reclamou Paris. — Há três meses atrás eu disse que nunca iria namorar. Agora tornei-me atração para artistas visitantes, e Deus sabe o que mais. O que vou fazer?

— Vá almoçar com o cara. Vai deixar Sydney feliz. E em junho vamos matá-la com todos esses casamentos. — Ela estava encarregada do serviço de banquete para cinco deles, e ganhando um bocado de dinheiro.

Mas quando chegou o dia do encontro às escuras, Paris estava cansada e num péssimo humor. Seu secador de cabelos tinha sofrido um curto-circuito e quase botara fogo na casa. Seu carro quebrara a caminho do trabalho. E ela estava ficando resfriada.

— Não posso apenas cometer suicídio e esquecer do almoço? — perguntou a Bix. Ela esperara uma hora pelo guincho. Tinha havido uma emergência na ponte.

— Não. Você prometeu a Sydney. Seja boazinha.

— Você vai, e diz a ele que você sou eu.

— Isso seria engraçado. — Ele riu para ela. — Você se meteu nisso, agora vá brincar.

254 DANIELLE STEEL

Eles tinham concordado em se encontrar num restaurante mexicano, que ficava a quatro quadras de distância, e Paris nem gostava de comida mexicana. E quando ela chegou lá, Sydney estava esperando numa mesa. Seu amigo estava estacionando o carro. Ele devia ter estacionado em outro condado, porque passou-se meia hora antes que aparecesse. E quando entrou pela porta usando um poncho indígena e um chapéu de cowboy, parecia estar cambaleando, e Paris achou que estava bêbado. Sydney explicou rapidamente.

— Ele tem um problema nos ouvidos. Afeta seu equilíbrio. É um sujeito realmente formidável. — Paris sorriu palidamente enquanto ele se aproximava, sorria para ela hesitantemente e sentava-se. Ele tirou o chapéu de cowboy e colocou-o sobre uma cadeira, e quando fez isso, Paris não pôde deixar de notar que ele parecia ter dez anos de barro sob as unhas. Mas não havia como negar que era um homem de aparência interessante. Ele próprio quase parecia um nativo americano, mas quando lhe perguntou se era, ele disse que não. Ele disse que os detestava, e que eram a escória de Santa Fé.

— São todos uns bêbados — disse ele, enquanto Paris se encolhia. E depois disso entrou num discurso longo e veemente contra os negros. De alguma maneira, ele se esqueceu dos judeus. Mas conseguiu jogar manchas raciais em quase todos os outros, inclusive no garçom mexicano que os estava atendendo, comentários que o homem ouviu, e voltou-se para lançar um olhar mau para os três. Paris tinha certeza de que ele cuspiria na comida deles, e não o culpava nem um pouco por isso.

— Então, Sydney me disse que você é um artista — Paris conseguiu dizer suavemente, tentando não se preocupar com o garçom e a comida. Mas tinha de superar a ocasião de alguma maneira. Não seria fácil, e todo o respeito pelo julgamento de Sydney havia desaparecido quando o homem surgiu.

JOGO DO NAMORO 255

— Trouxe algumas fotos do meu trabalho — disse ele, orgulhosamente. Seu nome era William Weinstein, o que poderia ter explicado por que os judeus foram deixados de fora de sua lista de odiados. Nascera no Brooklyn, e havia dez anos que mudara para Santa Fé. Ele tirou um envelope do bolso, virou algumas fotografias, e as entregou a Paris. Eram símbolos fálicos de três metros de altura feitos de barro. O homem tinha muitos pênis no cérebro.

— É um trabalho muito interessante — disse Paris, fingindo estar impressionada. — Você usa modelos vivos? — perguntou mais como um gracejo, e ele balançou a cabeça confirmando.

— Na realidade, eu uso o meu próprio. — Ele achou aquilo histericamente engraçado e riu tanto que quase tossiu até morrer. Junto com o barro sob as unhas, o suficiente para criar outra escultura, os dedos dele eram manchados de nicotina. — Você gosta de andar a cavalo?

— Sim, mas não faço isso há muito tempo. Você gosta?

— Sim, eu gosto. Tenho um rancho, você devia ir até lá. Não temos eletricidade nem esgoto. Leva dois dias de cavalgada para chegar lá.

— Isso deve tornar a entrada e saída de lá muito difícil.

— Gosto dessa maneira — disse Bill. — Minha mulher detestava. Queria voltar para Nova York. Ela morreu no ano passado. — Paris balançou a cabeça, paralisada de espanto que Sydney tivesse querido que ela o conhecesse. Não sabia o que dizer.

— Sinto muito sobre sua esposa.

— Eu também. Fomos casados durante quase cinqüenta anos. Estou com 73 anos. — E com isso, misericordiosamente, a comida chegou. Paris pedira uma quesadilla, que estava tão suave quanto possível. O artista pedira uma mistura de aspecto perverso coberta com uma montanha de feijão, da qual ele parecia gostar e disse comer quase todos os dias. — Feijão é a melhor coisa que

256 DANIELLE STEEL

se pode comer. A comida mais saudável que existe. Mesmo que nos faça peidar. Você gosta de feijão? — Paris fez um som engasgado, e Sydney pareceu não notar. Ela disse que ele tinha sido amigo de seu pai, que também fora artista, e que tinha muito carinho pela mulher de Bill. Paris não conseguia nem imaginar como fora a vida da pobre mulher, presa num rancho com ele. Só podia supor que ela havia cometido suicídio, como sua única via de fuga. E enquanto pensava nisso, Paris pediu licença, e foi ao banheiro das mulheres. E logo que chegou lá, trancou a porta e pegou seu telefone celular. Ela ligou para Bix no escritório.

— Ele é bonitinho?

— Se você não me tirar daqui, talvez tenha de matar Sydney antes do final do almoço. Ou me suicidar.

— Imagino que não seja bonitinho.

— Além da imaginação. Ele é um homem de Neanderthal numa fantasia de cowboy, que faz esculturas de três metros do próprio pênis.

— Ouça, se o pênis dele é grande assim, talvez valha a pena ir até Santa Fé. Talvez eu até vá com você.

— Você quer calar a boca? Ligue para mim em cinco minutos. Vou dizer a eles que você está tendo uma emergência no escritório.

— Que tipo de emergência? — ele parecia estar se divertindo enormemente. Paris não estava.

— Não importa que tipo de emergência. A emergência é esse maldito almoço.

— Você está sendo muito expressiva. Ele lhe mostrou fotos do pênis dele?

— Mais ou menos. As esculturas são as piores coisas que já vi.

— Não seja tão crítica de arte. Talvez ele seja um cara legal.

JOGO DO NAMORO   257

— Olhe, é pior do que o seu babão. Isso dá uma idéia para você? — Ela estava ficando mais desesperada a cada minuto.

— Não pode ser. — Bix soava cético. — Aquele foi o pior encontro às escuras que já tive.

— Esse também é. Agora telefone para o meu celular em cinco minutos.

— Está bem, está bem, telefonarei. Mas é bom você pensar numa boa emergência. Sydney não é nenhuma boba. Vai enxergar direto através de você.

— Sydney é uma total idiota se queria que eu conhecesse esse sujeito. Aliás, ela deve ser psicótica. Talvez me odeie.

— Ela não odeia você. Na semana passada ela me disse o quanto gostava de você. E Paris?

— O quê? — Estava pronta para matar alguém. Se necessário, o próprio Bix.

— Traga uma fotografia do pênis dele para mim.

— Só ligue para mim... Estou falando sério! Ou peço demissão.

Ela voltou para a mesa com o batom retocado, e o artista levantou os olhos do seu almoço.

— Você fica bonita de batom. É uma cor bonita

— Obrigada — disse, sorrindo para ele, e quando começou a comer de novo, seu telefone tocou.

— Detesto essas coisas — comentou ele enquanto ela atendia, e imediatamente franziu a testa. Era Bix, falando todas as coisas obscenas que podia imaginar ao telefone.

— Você fez o quê? — disse ela, parecendo horrorizada, enquanto olhava para Sydney com preocupação. — Oh, Bix, que horrível. Sinto muito... agora? Eu... bem, estou almoçando com Sydney e um amigo... ah, está bem, está bem, acalme-se... Voltarei em cinco minutos. Não tente se mexer até eu voltar. — Ela desligou o telefone, e olhou aflita para Sydney.

— O que aconteceu? — Ela também parecia preocupada.

258 DANIELLE STEEL

— É o Bix. Você sabe como ele é fraco. — Ela deu uma olhada para Bill com um sorriso, para fazer uma pequena travessura antes de ir embora. — Ele é gay — explicou.

— Odeio veados — disse ele, e arrotou.

— Achei que você poderia dizer isso. — Então ela se voltou outra vez para Sydney. — Ele deu um jeito nas costas.

— Não sabia que ele tinha um problema nas costas. — Sydney pareceu ficar instantaneamente solidária, porque Paris sabia que ela mesma tinha problemas nas costas, e usava uma cinta quando trabalhava.

— Ele está no chão e não consegue sequer se mover. Precisa que o leve ao quiroprático. Disse que se eu não voltar agora, ligará para o 911.

— Sei exatamente como ele se sente. Tenho uma hérnia de disco, e quando ela fica ruim, passo semanas sem poder andar. Você quer que a gente também vá com você?

— Não se preocupem. Posso lidar com ele. Mas tenho de voltar.

— Todos os veados deviam levar um tiro — declarou o artista, e então arrotou de novo.

— Sinto muito ter de correr — ela se desculpou com ambos, e então cumprimentou Bill. — Tenha uma estadia maravilhosa enquanto estiver aqui. Gostei muito de conhecer você. E boa sorte com seu trabalho.

— Você quer dizer com o meu pênis? — Ele riu alto, e então tossiu.

— Totalmente. Boa sorte para seu pênis. Até logo, Syd. Obrigada pelo almoço. — Ela acenou e correu porta afora, fumegando por todo o trajeto de volta, e quando chegou no escritório, Bix estava esperando por ela com um sorriso zombeteiro.

— Então, onde está?

— Onde está o quê? Do jeito que estou zangada, talvez tenha de matar alguém.

— Minha fotografia do pênis dele.

— Nem fale comigo. Nunca mais. Nunca mais falo com você ou com Sydney. Pelo resto da minha vida. O sujeito era totalmente biruta. E para a sua informação, ele odeia veados, e acha que todos deviam ser mortos a tiros. Mas ele também odeia negros, e nativos americanos.

— Adoro esse cara. Qual era a aparência dele?

— De um zumbi. Mora num rancho sem eletricidade ou esgoto.

— Não é de admirar que faça esculturas de três metros do próprio pênis. O pobre coitado não tem mais nada para fazer.

— Não fale comigo. Simplesmente, não fale comigo. Nunca mais. E eu nunca mais, nunca mais, pelo resto de toda a minha maldita vida irei num encontro às escuras outra vez.

— É, é, eu sei — disse Bix, recostando-se em sua cadeira, rindo dela. — Eu também disse isso. E sabe o quê? Eu saí. E você também vai sair.

— Foda-se você — disse ela, marchou para dentro de seu escritório, e bateu a porta com tanta força que a contadora saiu de seu cubículo e olhou ao redor com uma expressão amedrontada.

— Paris está bem?

— Ela está ótima — disse ele, ainda rindo. — Acabou de sair num encontro às escuras.

— Não deu certo? — perguntou ela, parecendo solidária, e Bix sorriu divertido e sacudiu a cabeça.

— Acho que não, Sra. Simpson. Acho que não. E essa é a história dos encontros às escuras.

Capítulo 22

PARIS E BIX FICARAM MUITO ocupados em maio, e conseguiram sobreviver a todos os sete casamentos de junho, para sua própria surpresa. Paris nunca havia trabalhado tão duro em sua vida, e Bix disse que ele também. Mas todos os casamentos saíram maravilhosos, todas as noivas ficaram em êxtase, todas as mães ficaram orgulhosas, e todos os pais pagaram contas relativamente astronômicas. Foi um mês fantástico para Bixby Mason, Inc. E no fim de semana depois do último casamento, Meg veio de Los Angeles. Era seu único momento de descanso, já que fariam duas festas gigantescas do Dia da Independência no fim de semana seguinte.

Elas estavam relaxando tranqüilamente no jardim de Paris, conversando sobre trabalho, vida e a viagem de Wim à Europa. Ele partira com amigos no dia anterior. Meg virou-se cautelosamente para sua mãe, e parecia estar pensando em alguma coisa. E Paris notou.

— O que você está remoendo? — perguntou ela. — O que há?

— Queria lhe perguntar uma coisa, mas não sabia como.

— Hum. Parece importante. Alguém novo em sua vida?

— Não. — Nenhuma delas tinha namorado em dois meses. E Paris era enfática sobre não querer namorar. O encontro arranjado por Sydney fora a gota d'água. Mas sabia que Meg conheceria alguém em algum momento, e fazia votos que conhecesse. — Dei de cara com uma amiga de Vassar no outro dia. Eu não a via há bastante tempo. Está casada e vai ter um bebê, o que parece estranho, mas ela também me contou uma história triste. Não a vejo desde que nos formamos, e naquela época sua mãe estava muito doente. Aparentemente, ela morreu naquele mês de julho. Ela se foi faz dois anos, câncer de seio, eu acho. Não quis perguntar. — Paris estava tentando imaginar onde Meg queria chegar com tudo isso, não conseguia ver o que poderia fazer para ajudar. Ou talvez a garota precisasse de uma figura materna com quem conversar, especialmente agora que estava grávida. E se fosse isso, Paris estaria à disposição.

— Como ela está passando? — Paris parecia preocupada.

— Parecia estar bem. É uma garota muito forte. E casou-se com um sujeito muito bom. Eu mesma tinha uma queda por ele. — Ela sorriu com a lembrança, e então virou-se para a mãe com olhos sérios. — De qualquer modo, ela disse que seu pai está bem, mas que se sente sozinho. Eu só fiquei pensando se... bem... na verdade, eu o conheci por alguns dias, ele é um homem realmente agradável. Acho que você gostaria dele, mamãe.

— Oh! pelo amor de Deus... Meg, não comece. Eu disse para você, não vou mais sair com ninguém. — Ela não só soava firme, mas enfática. Chandler Freeman e o escultor de Santa Fé tinham sido o suficiente para durar por uma vida toda, ou pelo menos por diversos anos. Paris não estava mais interessada em namorar.

— Mamãe, isso é bobagem. Você está com 47 anos. Não pode simplesmente desistir pelo resto de sua vida, e entregar os pontos. Não está certo.

262   DANIELLE STEEL

— Está extremamente certo para mim. Não preciso de um homem em minha vida. E além disso, não quero um. — A verdade era que ela queria, por todos os motivos, mas era tão terrivelmente difícil encontrar um. E o único que já quisera se fora.

— E se você estiver deixando passar a oportunidade de uma vida toda? Ele é banqueiro, e uma pessoa extremamente decente. Não é nenhum tipo de maluco solteiro badalador.

— Como você sabe?

— Porque o conheci — insistiu Meg. — E é até bonitão.

— Não me importo. Você não saiu com ele. Os homens se transformam em sociopatas quando namoram.

— Não, não se transformam. Alguns são mais estranhos que outros. Como o Peace — Paris sorriu divertida, e Meg riu.

— Exatamente. Como é que você sabe que esse homem não é o pai do Peace?

— Confie em mim. Ele parece com o papai. O mesmo tipo. Camisa, gravata, terno de risca de giz, bom corte de cabelo, boas maneiras, educado, inteligente, e é um bom pai. Tudo de que você gosta.

— Não vou fazer isso, Meg.

— Sim, vai — disse sua filha com um sorriso malicioso.

— Não, não vou.

— Com os diabos que você não vai. Eu disse a ela que jantaríamos com eles hoje à noite. Ela também estava vindo passar o fim de semana com o pai.

— Você o quê? Não posso acreditar que fez isso! Meg, eu não vou!

— Você tem de ir, ou fará de mim uma mentirosa. É assim que as pessoas agradáveis se conhecem. Elas são apresentadas. Era assim que os pais faziam, agora os filhos fazem isso, apresentam seus pais divorciados a novos companheiros. — Soava sensato para Meg.

JOGO DO NAMORO

263

— Não pretendo "acasalar" com esse homem. — Paris estava exasperada, mas Meg não arredava pé, e Paris não queria constrangê-la, portanto, sob enormes protestos, no final, ela concordou. — Eu devia mandar examinar minha cabeça — murmurou enquanto dirigiam para o centro da cidade. Iam jantar numa churrascaria que a amiga de Meg sugerira. O nome dele era Jim Thompson, e aparentemente ele gostava de carne. Pelo menos não era vegetariano. E Paris pretendia encurtar a noite o máximo possível. Ela vestira um terninho preto soturno, penteara os cabelos num rabo-de-cavalo, e fora sem maquilagem.

— Será que você poderia tentar ao menos um pouquinho? — reclamou Meg enquanto a observava se vestindo. — Parece uma diretora de funerária, mamãe.

— Ótimo. Assim ele não vai querer me ver de novo.

— Você não está ajudando — Meg a repreendeu.

— Não pretendo fazer isso.

— É assim que muitas mulheres conhecem seus segundos maridos.

— Não quero um segundo marido. Ainda não me recuperei do primeiro. E sou definitivamente alérgica a encontros às escuras.

— Eu sei. Lembro do último. Ele deve ter sido uma exceção.

— Não, ele não foi. Algumas das histórias de Bix são piores — murmurou sombria, a caminho do centro, Paris mergulhou num silêncio solene.

Os Thompsons estavam lá quando chegaram ao restaurante. Jim era alto, magro, um homem grisalho com rosto sério, usando calças cinza e um paletó. Estava com sua filha muito bonita e muito grávida, que era da idade de Meg. Seu nome era Sally, e Paris lembrou dela logo que a viu. Ela nem se permitiu olhar para Jim, até que se sentaram. Paris teve de admitir que havia alguma coisa aparentemente muito gentil e decente em relação a ele, e pensou que ele tinha olhos lindos e tristes. Podia-se perceber que alguma coisa terrível acontecera com ele, assim como acontecera com ela, mas também podia-se perceber que ele era um homem muito agradável. E sem querer, Paris sentiu pena dele. E na metade do jantar, eles começaram a conversar. Conversaram tranqüilamente enquanto as meninas contavam as últimas fofocas, e riam sobre seus amigos. E todo aquele tempo, Jim estava contando para ela sobre quando sua esposa morrera. E antes que soubesse, ela estava contando sobre Peter indo embora. Eles estavam trocando tragédias como cartões de beisebol.

— Do que vocês estão falando? — perguntou Sally, enquanto os dois membros mais velhos do grupo pareciam subitamente culpados. Não era exatamente uma conversa animada para o jantar, e não queriam compartilhá-la com as filhas. Sally e seu filho sempre diziam para Jim que ele precisava parar de falar sobre a mãe deles, particularmente para estranhos. Fazia isso com freqüência. Ela se fora havia aproximadamente dois anos agora. E para Jim, era como se tivessem sido minutos.

— Estamos apenas conversando sobre nossos filhos — disse Paris alegremente, disfarçando por ele e por si mesma. O irmão de Sally era um ano mais velho do que Wim, e estava em Harvard.

— Sobre como vocês são filhos horríveis e o quanto os detestamos — provocou Paris, com um olhar conspirador para o pai de Sally, pelo qual ele ficou grato. Gostara de falar com ela, mais do que tinha esperado. Sentira-se tão relutante quanto ela para vir ao jantar, e fizera tudo que podia para dissuadir a filha. Mas agora estava aqui, deliciado por não ter sido bem-sucedido. Ambas as garotas eram muito teimosas e amavam seus pais.

Eles então falaram sobre os respectivos planos para o feriado da Independência. Sally e o marido iam viajar no fim de semana, provavelmente, o último que teriam sozinhos antes que o bebê chegasse. Jim disse que estava numa corrida de barcos à vela com amigos, e Paris disse que estaria trabalhando em dois piqueniques

JOGO DO NAMORO

do feriado. Jim achou que o trabalho dela parecia muito divertido, embora admitisse que, pessoalmente, não gostava muito de festas. Ele parecia ser uma pessoa tranqüila e um pouco retraída, mas era difícil julgar se isso era devido às circunstâncias ou à sua natureza. Ele admitiu para Paris que andava deprimido desde que se tornara viúvo. Mas também teve de admitir que quando saía, sentia-se melhor.

As garotas despediram-se quando eles foram embora, e Jim perguntou a Paris baixinho, discretamente, se podia telefonar para ela. Ele parecia ser muito antiquado, e muito formal, e ela hesitou por um momento, e então balançou a cabeça concordando. Se não fosse por outra razão, pelo menos talvez pudesse ajudá-lo. Não se sentia fisicamente atraída por ele, mas obviamente ele precisava de alguém com quem conversar, e não era um homem sem atrativos. Apenas seus circuitos pareciam estar desligados no momento, e ela pensou se ele estaria tomando algum tipo de medicamento. Eles se cumprimentaram quando se separaram, e Jim sussurou para ela que lhe telefonaria, e então desceu caminhando pela rua com a filha, animadamente. Ele parecia um homem que não tinha para onde ir. Até mesmo seus ombros caídos sugeriam que estava infeliz.

— Então — perguntou Meg, enquanto entravam no carro —, o que achou? — Tinha a sensação de que sua mãe gostara dele, mesmo que não estivesse disposta a admitir. E Sally sussurrara para Meg, enquanto estavam abraçadas se despedindo, que não via seu pai tão animado desde que a mãe morrera.

— Gosto dele. Não da maneira que você pensa, ou da maneira que você e Sally planejaram, crianças más que vocês são. — Paris sorriu. — Mas é um homem solitário que precisa de alguém com quem conversar. E obviamente é uma pessoa muito decente. A doença e a morte de sua esposa foram muito duras para ele.

266   DANIELLE STEEL

— Também foi duro para Sally — comentou Meg, e então olhou seriamente para a mãe. — Ele não precisa de uma enfermeira psiquiátrica, mamãe, precisa de uma namorada. Não seja tão co-dependente.

— Não sou co-dependente. Sinto pena dele.

— Bem, não sinta pena. Apenas desfrute a companhia dele.

— Mas ainda não havia muito a desfrutar. Ele tinha passado o jantar todo falando sobre os médicos dela, e sua doença, sua morte, seu funeral e como fora tão bonito, e o monumento que ainda estava construindo para ela. Todas as estradas tinham levado a Roma, e qualquer assunto que ela mencionava levava diretamente de volta à falecida Phyllis. Paris sabia que ele tinha de se libertar daquele trauma emocional, assim como ela precisara fazer com Peter. E, obviamente, levava mais tempo para se lamentar a morte do que o divórcio ou a traição. Do ponto de vista dela, Jim tinha o direito, e ela estava disposta a ouvir. Além disso, podia se identificar com muita coisa. De certo modo, sentia-se menos divorciada e mais enviuvada, devido à partida súbita de Peter, na qual ela não tivera nenhuma voz ativa. Ele poderia mesmo estar morto.

— Ele disse que telefonaria para mim — Paris informou voluntariamente, e Meg pareceu satisfeita. Em particular, quando ela atendeu o telefone na manhã seguinte e era ele. Depois de cumprimentar Meg agradavelmente, Jim pediu para falar com sua mãe. E Paris tomou o telefone dela rapidamente. Eles conversaram por alguns minutos, e Meg viu a mãe fazer uma anotação, balançar a cabeça, e dizer que adoraria jantar com ele.

— Você tem um encontro? — Meg perguntou com uma expressão de surpresa. — Já? Quando? — ela estava rindo de orelha a orelha e Paris parecia perplexa, insistindo que não era um encontro romântico. — Diga-me isso em três semanas, quando estiver indo para a cama com ele — provocou Meg. — E não esqueça, dessa vez lembre-se de perguntar se é exclusivo. —

Embora ambas concordassem que com Jim Thompson não era provável que isso fosse ser um problema, pelo menos não no momento. Sally disse que ele não tinha nem olhado para outra mulher desde que sua esposa falecera. E Paris acreditava. Também não tinha certeza se ele estava olhando para ela. — Então quando vai vê-lo? — perguntou Meg ansiosamente. Sentia-se como uma mãe. Queria que esse romance funcionasse. Todos eles queriam.

— Terça-feira, para jantar.

— Pelo menos ele é civilizado, e não vai levá-la ao tipo de lugares a que os meus me levam. Ou vou a restaurantes de sushi de quinta categoria onde tenho intoxicação alimentar, ou a vegetarianos, ou a lanchonetes tão amedrontadoras que tenho receio de entrar nelas. Os homens com que saio nunca me levam a um lugar decente.

— Talvez você precise de alguém um pouco mais velho — Paris sugeriu simplesmente, embora Meg nunca tivesse gostado de garotos mais velhos nem mesmo quando era adolescente. Eles simplesmente não a atraíam. Sempre gostara dos da mesma idade que ela, e de vez em quando, de alguns um ou dois anos mais novos. Mas então tinha de agüentar os jogos imaturos que os acompanhava.

— Ligue e me conte como foi com o Sr. Thompson. — Meg lembrou a ela quando partiu, e Paris passou o resto da noite lavando roupas, o que não era glamouroso mas útil. E na segunda-feira, ela e Bix engrenaram em alta velocidade para organizar os piqueniques que fariam no fim de semana. Quando a noite de terça chegou, Paris estava enterrada até as orelhas em detalhes, e quase esqueceu que tinha um encontro com Jim Thompson. Ela correu do escritório para casa às seis, depois de sair voando de uma reunião com Bix, e dizer a ele que estava saindo para jantar.

— Você tem um encontro? — Ele pareceu surpreso. Ela não dissera nada sobre ter conhecido uma pessoa nova, e ultimamente

268 DANIELLE STEEL

fora enfática com relação a não namorar. Ainda estava reclamando do encontro arranjado com o cara de Santa Fé, e o usava como uma razão ampla para permanecer uma virgem nascida de novo.

Em resposta à pergunta dele, Paris pareceu vaga e disse:

— Não realmente.

— O que isso quer dizer?

— Estou agindo como uma técnica em psiquiatria para o pai de uma amiga de Meg que perdeu a esposa para um câncer de seio há dois anos.

— Isso é duro — disse Bix, com uma expressão solidária. — Como ele é?

— Correto, atualizado, com uma boa aparência. Normal.

— Excelente. Quantos anos ele tem?

— Em torno de 59 ou 60 anos.

— Parece perfeito. Nós o aceitamos. Vá.

— Não fique animado. Tudo o que ele faz é falar sobre a esposa. Ele está obcecado por ela.

— Você mudará tudo isso. Steven era exatamente assim quando o conheci. Achei que se o ouvisse falar mais uma vez sobre o amante que morrera em seus braços, eu gritaria. Leva algum tempo, mas eventualmente, acaba. Dê tempo a ele. Ou talvez Prozac. Ou talvez Viagra.

— Deixe isso para lá. Só vou jantar com ele. É um aconselhamento sobre o pesar, não é uma terapia sexual, Sr. Mason.

— Seja lá o que for, divirta-se. Boa-noite! — ele gritou enquanto ela se apressava descendo as escadas, e meia hora mais tarde ela já lavara os cabelos, secara com secador, fizera uma trança enquanto estavam úmidos, e vestira calças cinza-chumbo e um suéter combinando, e acabara de calçar os sapatos quando a campainha da porta soou. Ainda estava sem fôlego quando abriu a porta e convidou Jim para entrar.

JOGO DO NAMORO

— Cheguei cedo? — perguntou Jim Thompson hesitante. Ela estava com aquela expressão de o-que-você-está-fazendo-aqui-tão-cedo?, mas estava apenas preocupada e com pressa, e tentou relaxar enquanto sorria para ele e o fazia entrar.

— De jeito nenhum. Acabei de chegar do trabalho há pouco tempo. É uma semana louca, sempre é. Se não é o Dia da Independência, é o Dia dos Namorados, ou Dia de Ação de Graças, ou um aniversário de casamento, ou um aniversário ou um casamento, ou então "apenas uma reunião com um jantarzinho" para quarenta numa noite de terça-feira. É divertido, mas nos mantém ativos.

— Parece que está envolvida num negócio alegre. Que sorte a sua. Trabalhar em banco não é muito divertido, mas suponho que também seja útil. — Ele sentou-se no sofá da sala, e ela lhe serviu uma taça de vinho. Era uma linda noite, e a neblina não descera aquela tarde, portanto ainda estava quente. Freqüentemente, ficava mais frio no verão que na primavera. — Que casa adorável você tem, Paris — disse ele, olhando ao redor. Ela tinha lindas antiguidades, e obviamente um gosto excelente. — Phyllis adorava antigüidades. Costumávamos visitar as lojas de antiguidades em todas as cidades para onde íamos. Ela preferia artigos ingleses, como você. — Como fizera na primeira noite, Phyllis se juntara a eles mais uma vez. E Paris tentou dirigir a conversa para os filhos, perguntando a ele sobre seu filho. Como Wim, ele acabara de partir para a Europa para viajar com amigos. — Não o vejo o bastante, agora que está na costa leste — reclamou Jim. — Parece que ele não gosta mais de voltar para casa, e não posso dizer que o culpo por isso. Não é um lugar muito alegre.

— Você vai viajar nesse verão? — perguntou Paris, determinada a mudar a conversa, e tentando verdadeiramente. Se apenas pudesse tirá-lo do assunto de sua perda, talvez ele até pudesse se divertir, ou ser divertido. Não havia nada obviamente errado com

270 DANIELLE STEEL

ele. Ele era legal, inteligente, educado, empregado, atraente, quase bonitão, e tinha filhos da mesma idade que os dela. Certamente, era mais do que o suficiente para levar as coisas adiante, se apenas pudesse tirar Phyllis da sala. Estava se tornando uma espécie de desafio para ela, e Paris estava determinada a vencer, pelo bem dele assim como pelo dela. Como Bix imaginara de sua descrição concisa, ele era o candidato mais provável que ela vira. E o mais parecido com Peter de algumas maneiras. Tudo o que tinham de fazer era deitar Phyllis gentilmente de volta em seu túmulo, ao qual ela pertencia.

Eles conversaram por algum tempo, e então Jim a levou de carro para jantar, num pequeno bistrô francês com mesas na calçada. Era um lugar adorável, e trouxe de volta uma enxurrada de recordações para Jim. Ele e sua falecida esposa adoravam a França, e tinham passado muito tempo em Paris. Aliás, Phyllis falava um francês quase perfeito. Mudar a maré parecia impossível enquanto eles conversavam desajeitadamente ao longo do jantar, e não sabendo mais o que fazer, Paris se encontrou puxando recordações de Peter. Como seu casamento fora, como tinham sido unidos durante todos aqueles anos, e como fora um choque imenso quando ele partira. Eles pareciam alternar histórias de guerra um com o outro, e quando Paris chegou em casa, estava exausta. Não falava tanto sobre Peter desde que ele a deixara.

— Gostaria de vê-la outra vez — disse Jim cautelosamente quando a levou de volta para casa depois do jantar. Paris não o convidou para entrar. Simplesmente não queria ouvir mais nenhuma história sobre Phyllis, nem mesmo falar sobre Peter outra vez. Queria enterrar a ambos. E estava louca para fazer um pacto com Jim, de que caso se encontrassem outra vez, nenhum deles poderia falar de seus companheiros anteriores. Mas não achava que o conhecia o suficiente para lhe dizer isso. — Adoraria fazer um jantar para você — voluntariou-se ele.

JOGO DO NAMORO

— Eu adoraria isso. — Paris sorriu para ele, embora se sentisse um pouco cautelosa em jantar num lugar que ele percebia claramente como a casa de sua falecida esposa, tanto quanto dele. Ainda achava que ele era uma pessoa adorável, mas fora uma árdua batalha manter uma conversa neutra a noite toda. O que quer que fizessem, aonde quer que fossem, Phyllis parecia estar espionando da esquina, fosse falando sobre filhos, antigüidades, ou viagens. Ou qualquer outra coisa que viesse à mente. E Peter estivera próximo do segundo lugar a noite toda. Mais do que tudo, Paris queria enterrar seus mortos. — Tenho de trabalhar nesse fim de semana — ela lembrou a ele.

— Que tal domingo à noite? — disse ele, parecendo esperançoso. Realmente gostava muito dela, e ela era uma ouvinte maravilhosa. Sensível e solidária. Ele não tinha esperado gostar dela tanto quanto gostara.

— Seria perfeito — disse Paris, dando-lhe um abraço caloroso, acenando para ele enquanto fechava a porta. Tivera uma noite agradável, mas teve de admitir que estar sozinha em casa outra vez, sem Phyllis ou Peter, era um alívio imenso.

— Então? Como foi? — perguntou Bix quando ela entrou na manhã seguinte parecendo distraída. — Fez sexo selvagem a noite toda? Já está viciada?

— Não exatamente. — Ela riu. — Ainda estou fazendo o aconselhamento de perda numa escala bastante grande — confessou, e ele balançou a cabeça.

— Chega disso. Se você deixar a situação ir longe demais, nunca vai conseguir tirá-lo disso mais tarde. Ele começará a associar você com ela. — Eventualmente, ele fizera um trato com Steven de que ele só poderia falar de seu parceiro falecido uma vez por dia. E funcionara. Steven disse que isso o ajudara a assumir controle sobre sí mesmo outra vez, e no final ajudara o relacionamento. Agora, todos esses anos mais tarde, ele mal o

272 DANIELLE STEEL

mencionava, e quando o fazia, era de uma maneira saudável. Jim
Thompson ainda estava na fase de lamentação profunda, mesmo
após dois anos.

— Ótimo — disse Paris, parecendo desencorajada. — Não
sei por que estou fazendo um esforço tão grande com isso, ou por
que me importo. O que você sugere?

— Só tirar a pessoa morta do assento e tomar seu lugar tor-
na-se um desafio. Ninguém quer ter menos importância do que
um fantasma. Eu diria que se insinuações gentis em conversas
não funcionarem, então estará na hora de fazer sexo oral nele —
disse Bix, parecendo sério, enquanto estava sentado à sua escrivaninha, e Paris riu.

— Fantástico. Vou lhe sugerir isso da próxima vez que vier à
minha porta.

— Talvez você queira esperar até ele ter entrado. Os vizinhos
podem começar a fazer fila. — Bix riu maliciosamente para ela,
enquanto os telefones começavam a tocar, e eles não pararam o
dia todo, ou mesmo a semana toda. Mas ambos os piqueniques
saíram sem nenhum obstáculo, como planejado. Bix cuidou do
de Palo Alto, e Paris fez o de Tiburon. Dada a distância, não
havia nenhum jeito deles irem de um piquenique para o outro.
Mas Bix estava completamente confiante de que a essa altura ela
poderia cuidar de qualquer coisa. Sydney Harrington trabalhara
na festa de Tiburon com ela, e começara a se desculpar outra vez
por seu amigo de Santa Fé, e Paris lhe dissera para não se preocupar, que ele provavelmente era um bom homem.

— Sabe, às vezes você não percebe o quanto seus amigos são
excêntricos, até arranjar um encontro deles com alguém. Achei
que ele estava um pouco fora de si naquele dia. — Paris não disse
a ela que achava que estivera tão fora de si quanto possível. Mas
sem dizer mais nada sobre o assunto, ambas voltaram ao trabalho.

JOGO DO NAMORO 273

Paris dormiu praticamente o dia todo de domingo. Era um dia preguiçoso, e tinha trabalhado duro por semanas. Entre a agenda movimentada em maio, os casamentos de junho, e os piqueniques, sentia-se como se não tivesse diminuído a marcha em dois meses. Era bom ter um dia para dormir. E às seis horas ela dirigiu até a casa de Jim. Ele morava numa casa antiga grande e bonita em Seacliff. O tempo tendia a estar mais nebuloso por lá, e por isso, às vezes mais deprimente do que era mais ao leste, onde Paris morava. Mas a casa tinha sido projetada por um arquiteto famoso, e tinha uma vista empolgante da ponte Golden Gate e da baía. Ela a admirou assim que entrou. E abaixo da casa havia um pedaço da China Beach, onde Jim disse que gostava de caminhar com freqüência. Phyllis também adorava andar por lá. Ela estava com eles antes mesmo que Paris tivesse tirado o casaco. E Peter estava colado aos seus calcanhares.

— Peter e eu sempre adoramos a praia — Paris não podia acreditar no que estava fazendo. Por mais que gostasse de Jim Thompson, ele parecia trazer o pior dela à tona. Ou pelo menos o pior de suas memórias. Ela tentou lembrar do que Bix lhe dissera, e fez um trato consigo mesma de só mencionar Peter uma vez por dia. Era esquisito, porque para todos os efeitos e propósitos, ela parara de falar sobre ele meses antes. E agora, graças a Jim e Phyllis, ele estava de volta à sua conversação com força total. Não fora tão ruim assim desde que ele partira.

Jim estivera ocupado na cozinha. Ele estava fazendo rosbife para ela, com purê de aspargos, e batatinhas estriadas. Ela sabia o que estava por vir antes que ele dissesse que ele e Phyllis adoravam cozinhar. E Paris quase estremeceu quando viu o velho chapéu desbotado de palha que pertencera a Phyllis pendurado num gancho próximo à porta dos fundos. Ainda estava lá depois de dois anos, e ela imaginou quantos dos seus pertences ainda estavam por lá. Provavelmente a maioria ou todos. Jim tinha um

274   DANIELLE STEEL

bocado de limpeza a fazer, e parecia que ele ainda não tinha feito nada, nem queria fazer.

— É uma casa grande só para mim — admitiu ele, quando se sentou para jantar. — Mas as crianças a adoram, e eu também. Elas cresceram aqui, e não consigo abrir mão dela. — Nem de Phyllis, notou Paris enquanto segurava a respiração. Agora estava contando as vezes em que ele não a mencionava, assim como as vezes em que ele a mencionava. Era doentio, mas parecia que não conseguia se impedir de manter controle da freqüência com que ele falava de sua falecida esposa.

— Tive o mesmo problema com a casa em Greenwich — retrucou ela. — Me senti perdida nela depois que Peter partiu. E quando Wim foi para Berkeley, isso quase me matou. Foi por isso que me mudei para cá.

— Você a vendeu? — perguntou ele com interesse. A carne estava deliciosa, e as verduras estavam melhores ainda. Era um cozinheiro surpreendentemente bom. Embora Phyllis provavelmente tivesse sido ainda melhor.

— Não, eu a aluguei por um ano, com opção para mais um ano. Queria reservar um tempo para ver como me sentia aqui.

— E como se sente? — perguntou ele com um interesse genuíno, enquanto ficavam sentados num canto aconchegante da ampla cozinha que também compartilhava a vista. Teria sido uma casa ideal se não fosse tão escura. Havia muitos painéis de madeira escura por todos os lados, que pareciam combinar com o estado de espírito de Jim.

— Adoro isso aqui — disse Paris, sorrindo para ele, e começando a relaxar, enquanto sentia os dois fantasmas recuarem, embora fosse um pouco estranho estar na casa de Phyllis, com seu chapéu pendurado a pouco mais de um metro de distância. — Adoro meu trabalho. Nunca trabalhei em todos os anos que fui casada. Não é cirurgia cerebral, mas é maravilhosamente cria-

JOGO DO NAMORO

tivo. E o homem para o qual trabalho tornou-se um amigo querido. Ele é incrivelmente bom no que faz. Vir para cá fez minha vida dar uma virada exatamente do jeito que eu esperava.

— Em que você se formou na faculdade? — perguntou ele, querendo saber mais sobre ela. Mas ele já estava impressionado com o que sabia.

— Economia. Fui praticamente a única garota, exceto por duas irmãs de Taiwan. Tenho um MBA em administração de empresas, mas nunca o usei. Apenas cuidei de Peter e das crianças.

— Phyllis também. Ela tinha doutorado em história da arte, e queria ensinar, mas nunca o fez. Ficou em casa com nossos filhos. E então, é claro, ficou doente. — Paris tentou não estremecer. Já tinham passado por este ponto.

— Sim, eu sei. E você? Conte-me sobre sua atividade velejando. — Ela sabia que ele tinha estado numa regata na baía no dia anterior, e dissera que tinham chegado em terceiro lugar. — Você tem o próprio barco?

— Não tenho mais. Eu o vendi anos atrás. Era apenas um barco pequeno de trinta pés. — Ela sabia o que vinha depois, antes de ouvir as palavras. — Phyllis e eu costumávamos sair nele nos fins de semana. Ela era a melhor marinheira que já vi. Meus filhos também gostavam de navegar.

— Talvez devesse comprar outro barco. Poderia se divertir muito com ele nos fins de semana. — Estava pensando em coisas construtivas para ele fazer, em vez de ficar sentado em casa pensando em Phyllis.

— Dá muito trabalho — disse ele —, principalmente estando sozinho. Eu não conseguiria. Na minha idade, prefiro ser tripulante no barco de outra pessoa. — A essa altura, ela sabia que ele tinha 61 anos. Mas diferentemente de outros homens que conhecia, até mesmo aqueles como Bixby que não tinham feito cirurgia plástica, Jim aparentava mais idade. Era mais do que provável que fosse o que o luto fizera com ele. Era uma força poderosa, e às vezes até matava as pessoas, geralmente quando tinham estado casadas eternamente, e perdiam uma à outra quando estavam velhas. Ele era jovem o bastante para se recuperar, se quisesse. Paris não tinha certeza se ele queria isso. Aquela era a chave.

— Você gosta de velejar? — ele perguntou a ela.

— Às vezes. Depende das circunstâncias. No Caribe, sim. Em águas revoltas como essas, não. Sou uma grande covarde — disse ela honestamente, sorrindo para ele.

— Para mim você não parece ser. Talvez um dia eu possa ensiná-la a velejar.

Ele disse que iria visitar amigos em Mendocino mais tarde no verão. Também fora convidado para ir ao Maine, mas era longe demais e ele não queria ir. E então falou sobre o verão que ele e Phyllis tinham passado com as crianças no Martha's Vineyard. E quando Paris deu por si, estava fazendo crônicas sobre cada viagem que ela, Peter e as crianças tinham feito. Ela estava a ponto de sugerir um pacto com Jim, uma proibição de falar sobre sua falecida esposa e seu ex-esposo, mas não ousou.

E apesar disso, Paris passou uma noite agradável com ele, ajudou-o a lavar os pratos, e foi embora em torno das dez horas. Mas como da última vez que o vira, sentia-se drenada quando chegou em casa. Havia alguma coisa tão profundamente triste em relação a ele. E ela notou que ele bebeu muito vinho no jantar. Dada a maneira com que estava se sentindo, não era surpreendente, mas o álcool não ajudaria a animar seu estado de espírito. Ao contrário, quanto mais ele bebia, mais triste ficava, e mais falava sobre a esposa falecida. Estava começando a parecer uma situação sem esperanças.

Na manhã seguinte, Jim ligou para ela no escritório, e fizeram planos para ir a um cinema mais tarde na semana. Ele sugeriu

JOGO DO NAMORO

um filme particularmente triste, que tivera ótimas críticas, e ela foi na direção oposta com um de comédia que queria ver. E depois que o assistiram, saíram para comer uma pizza, e ele sorriu para ela.

— Você sabe, minha filha estava certa em nos apresentar, Paris. Você me faz bem. — Ele ria sem parar no cinema, e ambos estavam sorrindo quando saíram. Jim parecia estar num estado de espírito particularmente alegre. E pela primeira vez Peter e Phyllis não tinham saído com eles. Nenhum deles mencionara seus companheiros ausentes a noite toda. Mas Paris sabia que não demoraria muito antes que um ou ambos reaparecessem. — Você parece uma pessoa muito alegre — disse Jim, com admiração. — Eu a invejo. Faz dois anos que estou deprimido.

— Você pensou em tomar algum remédio? — disse ela solicitamente, lembrando-se do aviso de Meg para não ser co-dependente, mas com ele era difícil resistir. Estava bem ser solidária com ele, mas não devia resgatá-lo. Às vezes era difícil distinguir entre as duas atitudes.

— Tomei. Não ajudou. Tomei durante uma semana.

— Leva mais tempo do que isso para o remédio fazer efeito — disse Paris tranqüilamente, desejando tê-lo conhecido um ano ou dois mais tarde. Mas não tinha certeza se então estaria mais saudável, a não ser que fizesse uns esforços sérios para chegar lá. — Acho que você tem de ser paciente com essas coisas. Eu tenho feito terapia desde que Peter se foi. — Embora agora só estivesse falando com Anne mais ou menos uma vez por mês, só para manter contato. E não tinha ligado para ela em seis semanas. Não tivera necessidade ou tempo. Embora, ultimamente, tivesse vontade de ligar. Depois de falar sobre Peter constantemente com Jim, ele estava mais presente em sua cabeça do que estivera em um ano.

— Eu a admiro por isso — disse Jim, comentando sobre sua menção de estar em terapia. — Mas não é para mim. Participei de um grupo de pessoas em luto pelas primeiras poucas semanas, e só fez me sentir pior.

— Talvez fosse cedo demais. Talvez devesse tentar outra vez agora.

Não — disse ele, sorrindo para ela —, estou bem. Já fiz as pazes com a vida. — Paris estava com a boca cheia de pizza quando ele disse isso, e ela só levantou os olhos e olhou fixamente para ele. — Você não acha? Já aceitei bastante a morte de Phyllis.

— *Está brincando?* Paris queria gritar. Ele a mantinha de pé num canto e a levava para todos os lugares aonde ia. Era *Fim de semana na Casa de Phyllis*, em vez de *Fim de semana na Casa de Bernie*, embora até pensar nisso parecesse um desrespeito com ele. Mas era verdade. Ele sequer começara fazer as pazes com a vida, e estava numa negação total do estado em que se encontrava.

— Você é o melhor juiz de como se sente — disse ela educadamente, e então falou outra vez sobre o filme que tinham assistido, para manter o assunto leve.

E naquela noite, quando a levou para casa, Jim a surpreendeu beijando-a suavemente nos degraus da frente. Ela ficou surpresa em ver o homem apaixonado que ele era, e derreteu-se quando se beijaram. Ou ele estava se sentindo mais só do que até mesmo ela pensara, ou o velho ditado que dizia, "águas paradas são profundas", era de fato verdadeiro. Mas ele era muito mais sensual do que pensara, e ela podia sentir, enquanto ele a apertava de encontro ao corpo, que ele estava excitado, o que era um sinal de esperança. Pelo menos Phyllis não tinha levado aquilo com ela também.

— Você é uma mulher linda, Paris — disse ele roucamente. — Estou louco por você... mas não quero fazer nada de que possamos nos arrepender. Sei como você se sentia pelo seu marido, e eu... eu não estive com mais ninguém desde minha mulher... —

Ela suspeitara disso, e não queria dizer a ele que já tivera uma relação depois de Peter. Não queria parecer uma vagabunda. Mas tanto sua parte psicológica quando seu equipamento pareciam estar funcionando bem. Não tinha certeza sobre ele. Tristeza intensa fazia coisas estranhas. Como ele próprio admitira, estivera deprimido durante dois anos. Os homens, e seu funcionamento interno elaborado, eram frágeis. Não queria amedrontá-lo.

— Não estamos com pressa — disse ela num tom calmo, e ele a beijou outra vez antes de ir embora. Ela achou que era um bom sinal, e estava começando a gostar cada vez mais dele. Gostava do que ele representava, e de como ele se sentia com relação a seus filhos, ele tinha muita integridade, e um bom coração. Se pudessem só tirar Phyllis do caminho, talvez tudo desse certo. Mas até então, ela parecia relutante em partir. Ou melhor, Jim estava relutante em deixá-la ir. Ele ainda estava agarrado a ela com força. Embora talvez, julgando pelo beijo que ele e Paris haviam trocado, não exatamente com tanta força.

Pelas próximas semanas, eles continuaram a se ver, ir ao cinema, e jantar. Eles até preparavam o jantar na casa dela, o que Paris achava que era mais fácil para ele. Não havia recordações de Phyllis por lá, e nenhum chapéu pendurado na cozinha. Havia apenas Paris. E mais tarde numa noite, as coisas ficaram bastante ardentes entre eles, quando inicialmente estavam sentados e depois deitados no sofá. Já era o início de agosto. E ela colocara uma pilha de CDs de que ele gostava. Jim parecia feliz com ela, mais feliz do que estivera durante um longo tempo. Mas no final, eles decidiram não ir mais além com seu relacionamento físico naquela noite.

Bix checou a situação com ela mais tarde naquela semana.

— Você ainda é virgem, ou já aconteceu?

— Não seja tão intrometido. — Sentia-se protetora com relação a Jim, e estava começando a desenvolver sentimentos mais fortes por ele. À medida que começavam a se conhecer melhor, ela até podia se imaginar ficando apaixonada por ele. E era definitivamente um ponto a favor que ele também era um homem muito sensual. Seus sentidos apenas tinham ficado adormecidos por um longo tempo.

— Está se apaixonando por ele? — Bix estava intrigado.

— Talvez — disse ela sucintamente. — Acho que poderia, com o tempo.

— Isso é muito bom. — Ele parecia satisfeito por ela. E Meg também estava feliz. Podia notar na voz de sua mãe quando ela telefonou, que boas coisas estavam acontecendo. A essa altura Sally tivera o bebê, e as duas garotas haviam conversado e concordavam que as coisas estavam promissoras. Sally disse que o pai estava louco por Paris, e não conseguia parar de falar sobre como ela era linda. E se ainda não estava apaixonado, tinha uma grande queda por ela. E Paris também, embora estivesse mantendo as coisas em silêncio, mas gostasse de tudo que ele representava.

E na metade de agosto, Meg tinha as próprias notícias, que andara escondendo. Conhecera alguém durante o fim de semana da Independência, e estavam se vendo havia cinco semanas. Mas não tinha certeza de como sua mãe se sentiria sobre isso. Tinha medo que ela não gostasse. Ele era consideravelmente mais velho do que Meg, e um ano mais velho que sua mãe.

— Como ele é? — perguntou Paris, benevolente. Meg ainda não mencionara a idade dele. Não dissera nada sobre ele por um mês, até ter certeza de que eram pelo menos minimamente compatíveis um com o outro. Ele era uma grande mudança para ela.

— Agradável, mamãe. Muito, muito, muito agradável. Ele é um advogado do mundo do entretenimento. E grande. Ele representa alguns artistas bastante importantes. — E Meg já conhecera diversos deles, como disse para sua mãe.

— Como o conheceu?

JOGO DO NAMORO

— Numa festa do Dia da Independência. — Ela não disse que ele era o pai de uma amiga. Ainda estava com medo da reação da mãe.

— Vou gostar dele, ou ele tem cabelos espetados e usa brincos?

— Nenhum brinco. Ele parece um pouco com papai. De uma certa maneira.

E por nenhuma razão em particular, Paris passou para a próxima pergunta.

— Quantos anos ele tem? — Estava esperando ouvir 24 ou 25 anos, a faixa habitual de Meg, ou talvez um pouco mais jovem, mas não se ele era um advogado. Provavelmente tinha acabado de sair da escola de direito, portanto, talvez 26 ou 27. E então ela lembrou que ele tinha clientes importantes. Houve um silêncio no lado de Meg. — Você está aí? — Paris pensou que o celular tinha desligado.

— Estou aqui. Ele é meio velho, mamãe.

— Como meio velho? Comece dos noventa — disse Paris sorrindo. Para Meg, "mais velho" seria 29 ou 30.

Ela juntou o fôlego de uma vez e lançou a novidade no colo da mãe.

— Quarenta e oito anos. Ele é divorciado, e tem uma filha da minha idade. E foi assim que o conheci.

— Quarenta e oito? — disse Paris incrédula. — Ele tem o dobro da sua idade? O que você está fazendo? Ele deve ser como um pai para você. — Paris parecia aborrecida, e estava.

— Não, não é. Apenas me sinto confortável com ele. Ele não faz joguinhos e aquelas merdas.

— Eu devia estar saindo com ele — disse Paris, ainda soando chocada, e sem saber o que pensar daquilo. Ele soava como um jogador, como Chandler, se estava saindo com uma garota da idade de Meg. Instantaneamente sentiu-se inclinada a não gostar dele.

282 DANIELLE STEEL

— Sim, você devia, mamãe — concordou Meg. — Você o adoraria. É uma pessoa maravilhosa.

— Quão maravilhoso ele pode ser se está roubando o berço e saindo com crianças? — Pior ainda, *sua* criança.

— Essas coisas acontecem. Não acho que a idade importe. O que importa são as pessoas.

— Quando você tiver 45 anos, ele estará com quase 70, se chegar a isso. É algo sobre o que pensar.

— Ainda não estamos lá — disse Meg suavemente. Mas tinham falado sobre isso.

— Certamente espero que não. Talvez eu deva ir até aí conhecê-lo.

— Temos falado sobre ir até aí no fim de semana do Dia do Trabalho.

— Acho que seria ótimo. Quero que esse homem saiba que você não é uma órfã, e que tem uma mãe que está de olho nele. Como ele se chama?

— Richard. Richard Bolen. — Paris ficou em silêncio atordoada. Sua filha estava namorando um homem de 48 anos. E ela não gostava disso. Mas tentou não ficar nervosa demais quando falou com Meg. Não queria empurrá-la ainda mais em defesa dele. E naquela noite falou com Jim sobre isso. Ele também ficou preocupado, mas disposto a admitir que grandes diferenças de idade nem sempre eram uma coisa ruim, se o indivíduo fosse uma pessoa responsável e decente.

— Vejamos o que você vai pensar quando o conhecer — disse ele razoavelmente.

— Gostaria que você o conhecesse — disse ela, e ele ficou lisonjeado. A não ser por aquela notícia um tanto angustiante, eles passaram uma noite agradável, e Jim perguntou se ela gostaria de viajar com ele no fim de semana, para Napa Valley. Dado o que acontecera entre eles, era um grande convite. Estavam na-

JOGO DO NAMORO

morando havia dois meses, e ainda não tinham ido para a cama. Um fim de semana em Napa poderia fazer a diferença. Paris olhou para ele maliciosamente e ele a beijou.

— Dois quartos ou um, Sr. Thompson? — Era uma pergunta bastante atrevida.

— O que você gostaria? — perguntou ele gentilmente. Ela estivera pronta havia semanas, mas sem querer amedrontá-lo.

— Você se sentiria confortável com um, Jim? — perguntou ela, enquanto se aconchegava de encontro a ele. O que ela não queria era levar Phyllis com eles. Ou Peter. Estava pronta para que Peter voltasse para dentro do baú, ao qual agora ele pertencia, com Rachel. Phyllis era um caso muito diferente. E Jim tinha de colocá-la em seu próprio baú, quando estivesse pronto, e até esse ponto não estava. Ela caía no meio deles como uma cama embutida, tanto quanto ele deixava. O que era com freqüência.

— Acho que ficaria contente com um quarto — disse ele, sorrindo para Paris. — Devo fazer uma reserva? — Ela achou que ele estava atraente e sexy quando lhe fez a pergunta.

— Acharia ótimo — Paris sorriu radiante para ele.

Dois dias mais tarde eles estavam a caminho de Rutherford, em Napa Valley, para ficar no Auberge du Soleil. O que ele não disse para Paris até que chegassem lá era que passara seu último aniversário de casamento lá, com Phylis, apenas alguns meses antes dela morrer.

— Por que não me disse? — Paris pareceu desapontada quando finalmente ele compartilhou isso com ela. — Poderíamos ter ficado em algum outro lugar. — E deveriam ter feito isso. Agora ela estava com medo do quarto de casal que iriam ocupar, com uma enorme cama king size e uma lareira aconchegante. Havia alguma coisa sexy e sutil com relação ao quarto, e ela teria se divertido muito lá, sem a Phyllis. Mas ela já se juntara a eles, e estava se acomodando enquanto Paris desfazia a mala.

284 DANIELLE STEEL

Ele contou a Paris tudo sobre o último aniversário de casamento, aonde eles tinham ido, o que fizeram, o que comeram. Era como se estivesse se protegendo dos seus sentimentos por Paris. Phyllis era o escudo que estava usando contra as próprias emoções. Sua culpa era maior que sua libido. Ele serviu uma taça de champanhe para Paris, e ele mesmo bebeu três antes de saírem para jantar. E quando voltaram, ele acendeu o fogo, e voltou-se para Paris, exatamente como se voltara para Phyllis dois anos e meio antes. Ele ainda podia ver a cena, embora pela primeira vez não dissesse. Mas a presença de Phyllis era palpável no quarto.

— Cansada? — perguntou ele baixinho, e ela balançou a cabeça afirmativamente. Na realidade, não estava. Sentia-se extremamente nervosa. E era difícil distinguir como ele se sentia. Parecera nostálgico e quieto a noite toda. Paris tinha esperanças de que talvez ele estivesse se preparando para deixar que Phyllis partisse. Talvez essa fosse a epifania de que ele precisava. Ela estava rezando para que fosse. Já estava na hora.

Paris vestiu a camisola branca simples de cetim que trouxera, que se ajustara facilmente em seu corpo macio, e se colava a ele insidiosamente quando ela emergiu do banheiro. Ele já estava na cama, num pijama de linho. Seus cabelos estavam penteados, e ele se barbeara para ela. Paris os sentia como a noiva e o noivo na noite de núpcias, repletos das mesmas tensões dos casais antigos que nunca tinham dormido um com o outro. E ela estava começando a pensar se deviam ter feito menos estardalhaço disso, e simplesmente ter ido para a cama uma noite em sua casa. Mas agora estavam aqui, e não tinha volta.

E quando ela deitou na cama e apagou as luzes, ele a beijou, e toda a paixão que tinham sentido um pelo outro repentinamente veio à tona. Ele ficou excitado instantaneamente e ela também, e eles pareciam estar famintos um pelo outro. O momento estava sendo muito mais ardente do que Paris esperara, e ela sentiu

JOGO DO NAMORO

o alívio descer pelo seu corpo juntamente com a paixão. Ela deixou a camisola deslizar para o chão, ele arrancou o pijama e suas roupas desapareceram em algum canto, enquanto eles entrelaçavam os braços, e suas mãos e seus lábios descobriam um ao outro. E então, exatamente quando estava a ponto de penetrá-la, ele sentiu tudo parar, e tudo nele, menos a parte essencial, ficou rígido.

— Você está bem? — sussurrou Paris no escuro. Ele se afastara dela, e ela estava amedrontada.

— Eu estava a ponto de chamá-la de Phyllis. — Ele soava como se estivesse quase chorando, e Paris suspeitava que estivesse, ou que choraria em um minuto.

— Está tudo bem, querido... eu o amo... não se preocupe... tudo vai ficar bem... — Ela o acariciou gentilmente enquanto dizia isso, mas ele estava retrocedendo lentamente, e mesmo à meia luz ela podia ver que ele estava em pânico. Ela não sabia o que fazer, queria tornar a situação melhor para ele. Gostava dele, como homem e como pessoa.

— Não posso fazer isso com ela — disse roucamente. — Ela nunca me perdoaria.

— Acho que ela iria querer que você fosse feliz — disse Paris, massageando gentilmente suas costas, e tentando relaxá-lo. — Por que não me deixa fazer uma massagem nas suas costas, e pára de se preocupar com isso. Não temos de fazer amor essa noite. Não há pressa. — E nenhuma necessidade de pressionar.

Mas de repente, tudo o que ele queria era se afastar dela. Ficar tão longe de Paris quanto pudesse, e tão perto quanto possível de Phyllis. Era como se ele quisesse engatinhar de volta para o ventre do tempo e ficar com ela, e Paris pôde sentir isso.

Em vez de deixar que ela massageasse suas costas, ele se levantou e atravessou o quarto, nu. Ela podia ver que ele tinha um corpo extraordinário para um homem de sua idade, mas isso não lhe adiantava de nada, se ele não fosse compartilhá-lo com ela. E

286 DANIELLE STEEL

ele não o faria. Trancou-se no banheiro sem uma palavra para ela, e ficou lá por meia hora, e quando saiu estava vestido com a roupa que usara para o jantar. Paris ficou chocada, mas tentou esconder isso. Ele ficou parado, olhando para ela na cama com uma expressão trágica.

— Detesto fazer isso com você, Paris. Não, não posso ficar aqui. Quero voltar para a cidade. — Sua aparência era como se algo dentro dele tivesse morrido. Ele tinha desistido.

— Agora? — Ela sentou-se na cama e olhou para ele, e a radiância de sua pele brilhava como pérola ao luar. Ela era tão bonita quanto ele pensara que seria. Mas ele ainda não podia fazer isso com sua esposa falecida. Pensava honestamente que Phyllis nunca o perdoaria.

— Sei que deve achar que sou louco, e acho que sou. Simplesmente não estou pronto, e acho que nunca estarei. Eu a amei demais e por tempo demais, passamos por coisas demais juntos. Não posso deixá-la, ou traí-la.

— Ela deixou você — disse Paris gentilmente, encostando-se contra a cabeceira da cama. — Não tinha a intenção, e tenho certeza de que nunca quis, mas não teve escolha. Ela se foi, Jim, Você não pode morrer com ela.

— Acho que morri. Acho que morri nos braços dela naquela noite. Só não sabia. Sinto fazer isso com você. Não posso ter um relacionamento. Agora ou em qualquer outra ocasião. — Era o que ela receara desde o início e tinha começado a pensar que estava tudo bem, mas claramente não estava. Ele não estava disposto a se recuperar. Não queria. Optara pela morte em vez da vida. E nada que Paris fizesse mudaria isso.

— Por que não passamos apenas a noite juntos, e ficamos abraçados um ao outro? Não precisamos fazer amor. Vamos apenas ficar aqui. Você se sentirá melhor de manhã. — Ela deu uns tapinhas na cama para que ele chegasse mais perto.

— Não, não vou fazer isso. — Ele parecia estar em pânico. — Voltarei andando para a cidade se tiver de fazer isso. — Não queria levar o carro e deixá-la presa lá, mas agora tudo o que desejava era ir para casa. Ele nem queria olhar para ela. E se tivesse olhado, só teria visto o rosto de sua falecida esposa. Ele bloqueara Paris completamente.

— Vou me vestir — disse ela baixinho, tentando não pensar no que estava acontecendo. Sentia-se imensamente triste, e a rejeição estava sendo esmagadora para ela. Não estava zangada com ele, e sabia que isso não tinha nada a ver com ela, mas doía da mesma maneira. Estava desapontada que seu fim de semana, sem mencionar seu relacionamento, tivesse acabado daquela maneira.

Dez minutos mais tarde ela o seguiu para o carro de jeans e suéter, e com sua mala feita às pressas. Jim a colocou no assento de trás do carro sem uma palavra, enquanto ela deslizava para o assento do passageiro. E cinco minutos depois eles partiram. O hotel tinha a nota do cartão de crédito de Jim, portanto não precisava acertar as contas com eles. Só com ele próprio. Estavam na metade do caminho para a cidade antes que ele falasse com Paris, e tudo que podia dizer era que sentia muito. Seu rosto permaneceu rígido pelo resto do caminho. E quando ela tentou colocar a mão sobre a dele, ele não reagiu. Ela pensou se ele bebera demais. Era como se estivesse sob o controle de um demônio poderoso. Ou talvez, mais simplesmente, ou mais benignamente, Phyllis simplesmente o reclamara de volta.

— Não vou ligar mais para você — disse Jim insensivelmente enquanto parava na frente da casa dela às duas e meia da manhã. — Não há nenhuma razão, Paris, não posso mais fazer isso. Sinto ter feito você perder tempo. — Ele estava zangado consigo mesmo, mas parecia estar zangado com ela.

— Você não me fez perder tempo — disse ela gentilmente. — Estou desapontada por nós dois. Espero que um dia você re-

288 DANIELLE STEEL

solva isso, pelo seu bem. Você merece não ficar sozinho pelo resto de sua vida.

— Não estou sozinho. Tenho Phyllis e todas as nossas memórias. É o suficiente para mim. — E então ele se voltou para ela, e o que ela viu em seus olhos partiu seu coração. Eles eram duas piscinas de dor que pareciam âmbares ardendo. No calor branco de sua infelicidade, não havia restado nada dele além de cinzas. — E você tem o Peter — disse ele, como para se livrar do problema e arrastá-la para o pântano de desespero com ele. Mas Paris sacudiu a cabeça.

— Não, não tenho, Jim — disse Paris claramente. — Rachel o tem. Eu tenho a mim mesma. — E com isso saiu do carro silenciosamente, pegou sua mala, e subiu os degraus da frente. Ela destrancou a porta, e antes que pudesse se virar para olhar para ele ou acenar, Jim Thompson se afastou com o carro. Ela nunca mais teve notícias dele.

Capítulo 23

EXATAMENTE DA MANEIRA QUE disseram que fariam, Meg trouxe Richard Bolen a São Francisco para o fim de semana do Dia do Trabalho. Richard ficou num quarto do Ritz Carlton, e embora ela tivesse preferido ficar com ele, no final decidiu ficar com a mãe. Richard achou que isso propiciaria uma apresentação mais suave do que se ficasse em competição com Paris pela garotinha dela. E foi comprovadamente uma manobra sábia, embora ficasse claro desde o momento em que se conheceram que Paris tinha suspeitas em relação a ele. Ela fez um círculo ao redor dele como um cachorro ao redor de uma árvore, fazendo perguntas, olhando-o de um modo prolongado e duro, e falando com ele sobre tudo desde sua infância até seu emprego. Após três dias em sua companhia, ela detestou admitir, mas gostava muito dele.

E ela não pôde deixar de pensar que ele era exatamente o tipo de homem com quem deveria estar saindo, e que ele estava namorando uma mulher com a metade de sua idade, que nesse caso era Meg. Era um pensamento muito estranho. Mas ela não colocou isso contra ele, e eles ficaram sentados sozinhos no jardim

290   DANIELLE STEEL

enquanto Meg subiu por alguns minutos, quando Paris virou-se para ele com uma expressão preocupada.

— Não quero me intrometer, Richard, mas você se preocupa com a diferença de idade entre vocês? — Ele tinha mais 24 anos que Meg, exatamente o dobro de sua idade. E era um ano mais velho que Paris.

— Tento não me preocupar — disse ele honestamente. — A última mulher em minha vida era mais velha do que eu, ela estava com 54 anos. Sempre saí com mulheres da minha própria idade. Minha ex-esposa era da minha idade, fomos namorados no ensino médio. Mas sua filha é uma jovem muito especial, como você sabe. — Ele era bonitão, vigoroso e aparentava menos idade do que tinha. E o mais estranho é que ele parecia muito com Meg e Paris, de olhos verdes e cabelos loiros tom de areia. Ele quase parecia mais com Paris do que com Meg. E os dois pareciam combinar extremamente bem. Na companhia dele, Meg parecia florescer e relaxar. Ela dava a impressão de se sentir completamente segura com ele. Estavam namorando havia exatamente dois meses, e Paris tinha a sensação de que o relacionamento entre eles podia estar ficando sério, por tudo que disseram.

— Não quero ser terrivelmente antiquada — disse Paris num tom de desculpa, sentindo-se tola, em particular devido à proximidade de suas idades. — É cedo demais para que qualquer um de vocês saiba suas intenções, mas não brinque com ela, Richard. Não quero um homem da sua idade aparecendo e partindo o coração dela. Ela não merece. — Ela estava pensando em Chandler Freeman quando disse isso. Ele teria feito picadinho de uma garota nova. Mas Richard não parecia ser do mesmo jeito. E não era. — Você é muito mais velho e experiente do que ela, e mais forte. Se não a estiver levando a sério, não brinque com ela, e não a magoe.

JOGO DO NAMORO 291

— Prometo a você, Paris — disse ele decidido — não farei isso. E se estiver com intenções sérias? — Ele fez a pergunta incisivamente, e segurou a respiração. — Você faria objeção?

— Não sei — disse ela honestamente. — Teria de pensar sobre isso. Você é muito mais velho que ela. Tudo o que quero é que ela seja feliz.

— A felicidade nem sempre respeita os limites de idade — disse ele sabiamente. — Aliás, freqüentemente não respeita. A idade não tem nada a ver com isso. Ela é a mulher que eu amo — disse ele simplesmente. — Nunca me senti assim em relação a qualquer mulher, exceto minha ex-esposa. — O que ele disse disparou um alarme nela, e ela enrugou a testa enquanto olhava para ele.

— Há quanto tempo está divorciado?

— Três anos — disse ele tranqüilamente. E Paris ficou imediatamente aliviada. Pelo menos ele não estava divorciado e se divertindo a 15 ou 20 anos. Ela se lembrou dos avisos que ouvira de Bix.

— É um tempo respeitável.

— Ainda não tinha encontrado ninguém importante para mim. Até conhecer Meg. E não esperava que isso acontecesse com ela. Minha filha e ela são amigas.

— Você nunca sabe como o amor vai entrar em sua vida, ou se vai entrar. E quando entra, você não sabe que rosto vai ter. De certa maneira, por vocês dois, estou contente que seja o dela. — Ela gostou muito dele. Só era esquisito que o namorado de sua filha tivesse a mesma idade que ela. Mas isso também permitia que fossem amigos, e muito mais sinceros um com o outro do que jamais poderia ter sido com Anthony ou Peace, que eram meras crianças. Richard era um homem, e um bom homem, e ela disse isso a Meg quando partiram. Meg parecia em paz e feliz, e animada com o fato de que sua mãe gostara dele. Estava loucamente

292   DANIELLE STEEL

apaixonada por Richard, e ele estava igualmente apaixonado por ela.

E depois que saíram, Paris não pôde deixar de pensar sobre como a vida era estranha. O tipo de homem com quem deveria estar estava com sua filha. E ela ficara relegada a produtos danificados como Jim Thompson, playboys como Chandler Freeman, e encontros arranjados às escuras como o escultor de Santa Fé. Não havia um sujeito decente naquele grupo, a não ser por Jim, que era um homem bom, mas ferido demais para ser reparado. Ela estava começando a pensar se seria tudo que encontraria, e se todos os sujeitos bons pertenciam a outra pessoa. Pensou se haveria outro homem como Richard Bolen em algum lugar lá fora. Ela duvidava, e se não havia, estava melhor sozinha. Finalmente, viera a aceitar isso. Não se sentia mais como se fosse uma sentença perpétua para ela, mas um simples fato de vida. Se nunca mais encontrasse outro homem para amar, sabia que ficaria bem. Melhor sozinha do que com o homem errado. Não tinha mais a energia para isso, ou interesse. Amor a qualquer preço era caro demais.

Ela contou a Bix sobre Richard no dia seguinte.

— Que pena — disse Bix, sensatamente. — Ele soa exatamente como o tipo de sujeito de que você precisa, em vez desses esquisitões e excêntricos que estão andando por aí, e animais feridos com espinhos nas patas. Cristo! Às vezes fico pensando se tem alguma pessoa normal sobrando.

— Eu também. E você não está saindo com eles, eu estou. Ou poderia estar, se fosse maluca o suficiente para tentar. E os bons como Richard querem mulheres com a metade da minha idade. Até me quererem, terão que estar com cem anos.

— Dificilmente. Um cinqüentão agradável seria perfeito. Tudo que temos de fazer é encontrar um.

— Boa sorte! — disse Paris, com uma expressão cínica.

JOGO DO NAMORO

— Você acha que ele vai casar com ela? — perguntou Bix, interessado.

— Não sei. Pode ser. Na semana passada eu teria dito "espero que não". Essa semana, não tenho certeza. Teoricamente ele é velho demais para ela, mas que merda, Bix, se estão felizes e se amam, por que não? Talvez a idade não importe tanto quanto pensamos.

— Não acho que importe. Olhe para Steven e eu. Temos quase a mesma diferença de idade que Meg e Richard, e não podíamos estar mais felizes.

— Talvez eu precise de um cara mais velho — Paris disse com um sorriso forçado. — Se encontrar um sujeito 24 anos mais velho que eu, ele terá 71 anos. Talvez não seja uma idéia tão ruim.

— Depende do sujeito — disse Bix abertamente. — Já conheci alguns caras com setenta anos pelos quais daria meu braço direito. Hoje em dia, se quiserem, os homens podem se manter jovens até seus oitenta anos, e além disso. Conheço uma mulher que está casada com um homem de 86 anos, em Los Altos, e ela jura que a vida sexual deles está melhor do que nunca, e há dois anos, eles tiveram um bebê.

— Agora, aí está uma idéia. — Paris parecia estar se divertindo, embora 86 anos parecesse um pouco acima do limite, pelo menos por enquanto.

— O quê, um cara de 86 anos? Posso encontrar um para você num minuto. Eles adorariam ter você! — Ele estava rindo.

— Não, um bebê. Deus! Eu adoraria isso. É o que faço melhor, Bix, criar crianças. — Por apenas um minuto, havia estrelas nos olhos dela.

— Por favor! — disse ele, e revirou os olhos. — Eu a contratei porque você é uma adulta, solteira, seus filhos já saíram de casa, e você não vai ficar grávida, e dar a luz na nossa próxima

294 DANIELLE STEEL

festa. Se você sair e engravidar nas minhas costas, Paris, eu mato você! — Mas ela não estava pensando em engravidar. Mais e mais ultimamente, estivera pensando que ficaria sozinha para sempre, e adoraria adotar um bebê. Mas não dissera nada para ninguém sobre isso, nem mesmo para Meg, e certamente não para Bix. Ele ficaria fumegando se contasse para ele. E não sabia se era algo concreto que desejava, ou apenas um castelo no ar que tinha construído para tapear o Pai Tempo e iludir a si mesma de que ainda era jovem. Começar com um bebê a essa altura seria um grande desafio, e ela não estava pronta para fazer mais do que pensar no assunto. Mas a idéia cruzara sua mente.

E na semana seguinte ela se sentiu como se quase tivesse sido mediúnica, quando o assunto de bebês apareceu outra vez. Mas dessa vez apareceu de uma maneira muito diferente. Meg ligou para ela para dizer que Rachel estava grávida, e esperando um bebê para maio. Estava grávida de seis semanas, e Meg admitiu para sua mãe que Peter estava animadíssimo. E quando Paris desligou o telefone, sentou-se olhando para o espaço por um longo tempo, digerindo a notícia. Agora não havia dúvidas. Ele realmente se fora. Sua vida estava enredada com a de Rachel para sempre. E ela sentiu isso quase como um golpe físico em seu coração e seu espírito.

Para sua grande surpresa, Wim telefonou no dia seguinte para dizer a ela o quanto estava zangado com o bebê de Peter e Rachel. Ele achou que era uma idéia horrível, e que seu pai era um total idiota, e velho demais. Meg foi um pouco mais moderada sobre a novidade, mas também não estava feliz. Os dois pareciam estar se sentindo ameaçados, o que na idade deles surpreendeu Paris, já que ambos já tinham saído para o mundo e aberto suas asas, e mal veriam o novo filho de seu pai. Mas o acontecido também dizia a eles que Rachel estava lá definitivamente e era importante para ele. Nem que fosse apenas devido à lealdade para com sua mãe, nenhum deles era louco por ela. Rachel parecia devorar as energias e a atenção de seu pai, e o mantinha enroscado em seus filhinhos, que nunca viam o próprio pai. Meg disse que ele estava pensando em adotá-los. O cenário de sua família certamente mudara no último ano e meio. Não havia mais como negar. E de alguma forma, apesar dos dois filhos que adorava, Paris sentiu-se como a pessoa de fora. Wim e Meg podiam continuar com suas vidas um dia, e aliás já estavam fazendo isso. Peter tinha a Rachel e sua nova família, e estava começando de novo. E ela estava só. Às vezes ficava difícil de engolir isso.

E como sempre, quando estava aborrecida, Paris enterrou-se em trabalho, com a ajuda de Bix. Eles fizeram a estréia da ópera e da sinfônica, que eram os dois maiores eventos do ano, e um montão de festas para marcar o início da estação de eventos sociais. Estavam praticamente na metade deles, quando Bix entrou no escritório parecendo envergonhado. A essa altura ela o conhecia bem. Passavam tanto tempo juntos que às vezes pareciam irmãos siameses, com um só cérebro. Ela podia ouvi-lo dentro de sua cabeça.

— Está bem, você está parecendo culpado como o diabo — ela o acusou. — O que fez? Das aparências, diria que agendou três casamentos para a mesma data, ou talvez quatro. Ou um pesadelo igual a esses, tenho certeza. — Ele detestava dizer não para qualquer pessoa, e às vezes agendava quatro ou cinco eventos para um dia só, o que quase os levava à loucura quando tinham de organizá-los.

— Não é nada disso. Só tive uma idéia.

— Deixe-me ver. Você quer ir para o Carnaval no Rio e organizar o evento todo?... ou... você está assumindo o PacBell Park e transformando-o numa festa ao ar livre... ou você quer trazer as Rockettes de avião para algum evento e elas não querem vir... — Ele estava rindo, ela o conhecia bem demais, mas sacudiu a cabeça negativamente.

— Não é nada disso. Quero fazer algo que sei que você não vai gostar. — Os olhos dela se arregalaram quando ele disso isso.

— A Jane está voltando? Você está me despedindo? — Seu único medo, esses dias, era perder o trabalho que amava tanto.

— Com os diabos, não. Acho que ela pode estar grávida de novo. Falou alguma coisa sobre isso da última vez que conversamos. Jane se foi para sempre. Nunca vou deixar você ir... mas quero que faça uma coisa por mim. Prometa que vai fazer, e depois discutimos isso.

— É alguma coisa que envolve nudez ou atos obscenos em público? — perguntou ela suspeitosa, mas Bix sacudiu a cabeça. — Está bem, prometo. Confio em você. O que é?

— Quero que você vá a um encontro que eu arranjei. Você sabe como eu os detesto, e não acredito neles. Todas as pessoas que dizem que encontraram seus maridos desse jeito têm de estar mentindo. Nunca conheci ninguém além de psicóticos e indivíduos insípidos em encontros arranjados. Mas esse cara é perfeito para você. Eu o conheci na semana passada. É um escritor razoavelmente conhecido, e ele nos contratou para fazer uma festa de aniversário para sua mãe. É um sujeito incrivelmente inteligente, e tem muito estilo. Acho que é exatamente o que você quer. Enviuvou há cinco anos, mas fala sobre a esposa sensatamente, sem obsessão. Tem três filhos crescidos. Viaja entre a Inglaterra e aqui. Tem uma aparência estilo "casa de campo". Acabou de terminar com uma namorada que tinha aproximadamente a sua idade há seis meses, e parece ser surpreendentemente normal.

— Provavelmente não é. Perguntou a ele se gosta de vestir roupas de mulher?

— Não, mas perguntei tudo mais. No momento em que o vi, pensei em você. Vai conhecê-lo, Paris? Não tem nem que ir jantar com ele. Não falei nada de você para ele. Mas você podia vir comigo em nossa próxima reunião, ou ir sozinha. Você vai pelo menos conhecê-lo? — Ela já ouvira tudo, e embora não quisesse mais namorar, ou pelo menos dissesse isso, estava intrigada. E quando Bix lhe falou quem ele era, Paris disse que lera três dos seus livros. Ele era muito bom no que fazia, e estava sempre no topo das listas de best sellers. E Bix adorou até a casa dele.

— Está bem, vou com você — disse ela, mais cooperativa do que o habitual com relação ao assunto. Depois do amigo artista de Sydney, jurara que nunca mais ia num encontro arranjado com um desconhecido. Mas esse não era um encontro com um desconhecido. Era uma reunião com um desconhecido. — Quando vai vê-lo outra vez?

— Amanhã de manhã, às nove e trinta. — Bix parecia satisfeito por ela não ter oferecido nenhuma resistência. Estava convencido de que seria a combinação perfeita.

Paris balançou a cabeça afirmativamente, e na manhã seguinte Bix a pegou às nove e quinze. O escritor com quem iam se encontrar, Malcolm Ford, vivia a apenas algumas quadras dela. E quando chegaram ao endereço dele, Paris teve de admitir que a casa era impressionante. Era uma residência sólida de tijolos na parte alta da Broadway, numa área que chamavam de Gold Coast. Todas as maiores fortunas da cidade estavam lá. Mas não havia nada de ostentoso nele quando abriu a porta. Ele tinha cabelos grisalhos e olhos azuis metálicos, e estava usando um velho suéter irlandês e jeans, e quando entraram na casa, ela era bonita mas despretensiosa. Eles se acomodaram numa biblioteca que tinha fileiras de primeiras edições e livros raros, e havia pilhas de livros mais recentes no chão. Ele repassou os detalhes para a festa de sua mãe calmamente. Queria algo elegante e agradável, mas não muito vistoso. E como não tinha uma esposa, ele os contratara. Sua mãe completaria noventa anos, e Bix sabia que Malcolm estava com 60. Ele tinha uma aparência muito distinta, e conversou com eles

298   DANIELLE STEEL

durante bastante tempo. Paris lhe disse que lera seus livros e gostara muito deles, e ele pareceu satisfeito. Havia uma bela foto da esposa falecida na escrivaninha, mas ele não falou sobre ela. Também havia uma igualmente bonita de sua última namorada, que era uma escritora conhecida. Ele mencionou que tinha uma casa na Inglaterra. Mas tudo em relação a ele parecia normal e humano, e surpreendentemente discreto, considerando o quanto era bem-sucedido. Ele não dirigia uma Ferrari ou tinha um avião, e disse que ia a Sonoma nos fins de semana, mas admitiu que a casa dele lá era uma bagunça, e gostava dela assim. Ele tinha absolutamente tudo a seu favor, inclusive uma aparência atraente e dinheiro, e quando saíram de sua casa após o encontro, Bix olhou para ela vitorioso. Encontrara uma gema preciosa para ela, e sabia disso, mas o rosto de Paris estava inexpressivo.

— Eu não estava certo? — Bix lhe perguntou no carro, sorrindo alegremente enquanto a levava de volta para o escritório. — Ele é fantástico, não é? — Ele próprio estava praticamente apaixonado por Malcom, mas ele também se parecia um pouco com Steven.

— Completamente — concordou Paris, mas ela não se tornou poética em relação a ele, e não ofereceu mais nenhum comentário.

— Então? — Ele podia ver que alguma coisa estava errada. — O que você não está me dizendo? — perguntou Bix, curioso com seu silêncio, e Paris parecia estar ela própria pensando nisso.

— Não sei. Sei que isso parece loucura, e você vai pensar que estou maluca. Ele é inacreditavelmente agradável, tem uma ótima aparência, e é obviamente inteligente. Gosto da casa dele. Mas não sinto nenhuma química por ele. Nada. Ele não me atrai nem me excita. Não tenho nenhuma vibração. Se sinto alguma coisa, acho que ele é entediante.

JOGO DO NAMORO

— Merda! — disse Bixby, parecendo estar com o coração partido. — Eu finalmente encontro um cara bom para você e você não o quer. — Mas ele mesmo sabia que se não havia nenhuma química, não havia nada. E por que e quando havia, era impossível explicar, mas era crucial.

— O problema deve ser meu. Simplesmente não sinto nada. Se o tivesse conhecido numa festa, acho que provavelmente passaria direto por ele. Simplesmente nada.

— Bem, esqueçamos disso — disse Bix, parecendo desapontado. — Tem certeza? Você decidiu isso muito rápido. — Mas química era uma decisão rápida. Ambos sabiam que ou você a sentia com relação a alguém ou não sentia.

— Certeza total. Não tenho certeza se quero mais alguma pessoa. Sinto-me perfeitamente confortável do jeito que estou.

— É quando os bons partidos sempre aparecem. Pelo menos é o que dizem. Quando você não dá mais a mínima para nada, eles vêm para você como moscas vão para o mel. Deus! se esse cara fosse gay e eu estivesse sozinho, eu pularia nele.

— Tenho certeza que ele ficaria feliz em ouvir isso — disse Paris rindo. — Aliás, eu não acho que ele seja gay. Ele só não é para mim, e também não acho que tenha sentido nada por mim. Nenhuma eletricidade, nenhum contato.

— Bem, de volta à prancheta — disse Bix animadamente. Ele tentara, Paris era grata a ele por isso.

— Acho que você pode guardar a prancheta. Pelo menos por enquanto. Acho que estou queimada com os homens. — Ele podia ver o porquê. Seu pequeno episódio com Jim Thompson naquele verão realmente a desapontara. A principal coisa de que Paris não necessitava era de outra rejeição, e Bix não queria isso para ela. Já tivera tristeza suficiente por uma vida toda.

Eles voltaram ao escritório depois disso, e trataram de trabalhar. Trabalharam até os eventos de outubro. E era o início de

300   DANIELLE STEEL

outubro quando ela e Bix estavam sentados no escritório dele decidindo os últimos detalhes para um casamento daquele mês. A noiva era francesa, e os pais estavam trazendo um fotógrafo de Paris. Mas fora isso, estavam usando todos os recursos usuais, e até então tudo estava correndo suavemente. A noiva parecia uma pequena boneca de porcelana. E o vestido fora feito por Balmain, em Paris. Seria o evento social da estação, possivelmente da década.

— Precisamos reservar um quarto para o fotógrafo? — perguntou Paris, verificando as anotações.

— Já cuidei disso. Ele ficará no Sir Francis Drake. Consegui uma boa diária. Ele trará dois assistentes. Está chegando antes do casamento para tirar uns retratos de família. — Havia também pelo menos uma dúzia de parentes, e o dobro de amigos da sociedade, muitos deles com títulos, vindo da Europa. Todos foram hospedados no Ritz. Todos os últimos detalhes estavam resolvidos. E o único impedimento no último minuto foi que a van alugada para o fotógrafo teve de ser apanhada na cidade, e não no aeroporto.

— Ele pode pegar um táxi — disse Bix. O vôo devia chegar em uma hora.

— Eu posso apanhá-lo — ofereceu Paris. — Ele pode não falar inglês, e tudo que precisamos é de um fotógrafo francês mimado tendo um ataque no aeroporto e dando um chute em nossos traseiros mais tarde. Essa tarde eu tenho tempo. Farei isso. — Ela olhou para o relógio, e sabia que tinha de sair em poucos minutos.

— Tem certeza? — Ela tinha coisas melhores para fazer, e Bix detestava usá-la como motorista. Mas tudo estava em boa ordem, e Paris gostava de se certificar de que cada último detalhe e problemas por solucionar estavam resolvidos, mesmo que tivesse de fazer isso pessoalmente.

Ela saiu para o aeroporto cinco minutos mais tarde, em sua caminhonete, e esperou que houvesse espaço suficiente para o

JOGO DO NAMORO   301

equipamento deles. Se não, poderiam botar um dos assistentes num táxi, mas pelo menos o próprio fotógrafo acharia que eles o tinham reverenciado o suficiente. Sabia como os franceses eram. Ou pelo menos, os fotógrafos. E era uma interrupção agradável dirigir até o aeroporto. Era um dia claro de outubro, e São Francisco nunca parecera tão bonita.

Ela estacionou o carro no aeroporto, e foi esperar enquanto os passageiros passavam pela alfândega, depois de um vôo de 11 horas que acabara de aterrissar vindo de Paris. Ela supôs que poderia reconhecê-los pelo equipamento. O nome do fotógrafo era Jean-Pierre Belmont. Vira seu trabalho na *Vogue* francesa, mas não tinha nenhuma idéia de sua aparência. Ela manteve os olhos bem abertos procurando por pessoas carregando maletas que parecessem ser de equipamentos fotográficos. Havia três delas, um senhor grisalho distinto, carregando duas maletas prateadas enormes, e dois indivíduos mais jovens, um dos quais tinha cabelos vermelhos vivos e parecia ter uns 14 anos e um outro pouco mais velho com cabelos pretos espetados, um sorriso malicioso, e um brinco de brilhante. Os mais jovens estavam usando jaquetas de couro e jeans, e o homem mais velho usava um respeitável sobretudo e um cachecol. E Paris se aproximou rapidamente deles.

— Olá — disse ela com um sorriso amplo. — Sou Paris Armstrong, da Bixby Mason. Monsieur Belmont? — disse ela para o homem mais velho, e ouviu uma explosão de risos atrás dela, e o rapaz de cabelos vermelhos ria à beça. O homem mais velho parecia desconfortável e sacudiu a cabeça. Era óbvio que ele não falava uma palavra de inglês.

— Está procurando por Monsieur Belmont? — perguntou o diabinho de cabelos espetados e brinco de brilhante. Ele parecia ser o único que falava inglês, embora com um sotaque forte.

— Sim, estou — disse ela educadamente. Estava usando calças compridas e uma japona de lã, e o diabinho de cabelos espetados mal ultrapassava sua altura. Mas quando falou com ele viu que era provavelmente um pouco mais velho do que achara. Ela imaginava que ele tinha uns 18 ou 20 anos, e olhando para ele de perto, achou que devia ter a idade de Meg. — É ele? — Ela indicou o homem mais velho outra vez sem apontá-lo diretamente. Tinha de ser. Era obviamente o único adulto do trio.

— Non — disse o diabinho, e ela pensou se tinha se enganado com o grupo todo e eles estavam brincando com ela. Se assim fosse, tinha deixado a equipe certa passar completamente, e não tinha nenhuma idéia de onde ela estava agora. — Eu sou Monsieur Belmont — disse ele com um olhar de quem estava se divertindo enormemente. — Seu nome é Paris? Como a cidade? — Ela balançou a cabeça confirmando, pelo menos sentindo-se aliviada por tê-los achado, embora fosse difícil acreditar que esse garoto fosse Jean-Pierre Belmont, que era um fotógrafo consideravelmente bem conhecido em Paris. — Paris é nome de homem — disse ele. — Ele foi um deus grego na mitologia — disse interessado.

— Eu sei. É uma longa história. — Não ia explicar para ele, com legendas, que tinha sido concebida na lua-de-mel de seus pais em Paris. — Vocês estão com todas as malas? — perguntou agradavelmente, ainda tentando discenir quem era quem. Mas se ele era Belmont, obviamente os outros dois eram seus assistentes, embora um deles parecesse velho o suficiente para ser seu pai.

— Estamos com tudo — disse ele num inglês com sotaque forte mas coerente. — Temos poucas malas, só máquinas fotográficas — explicou e apontou, e ela balançou a cabeça. Havia alguma coisa enormemente charmosa com relação a ele. Não tinha certeza se era o sotaque ou os cabelos ou o brinco, ou talvez o sorriso. Tinha vontade de rir todas as vezes que olhava para ele. O garoto de cabelos vermelhos parecia um bebê, e era de fato o primo de 18 anos de Jean-Pierre. O próprio Belmont tinha trinta e dois anos, descobriu Paris mais tarde, mas aparentava não estar

JOGO DO NAMORO

nem próximo disso. Toda a sua conduta e estilo eram de alguém infinitamente mais novo. Ele era a personificação da juventude charmosa e ultrajante e totalmente parisiense.

Ela disse a ele que voltaria num minuto com o carro, deixou os três com um carregador, e cinco minutos mais tarde estava de volta. Os dois assistentes e o próprio fotógrafo começaram a carregar a caminhonete com tal velocidade e precisão que parecia ser algum tipo de quebra-cabeças. Momentos mais tarde ele estava no assento do passageiro, os outros dois sentaram-se atrás e eles estavam a caminho da cidade.

— Nós vamos para o hotel ou vamos ver a noiva agora? — perguntou ele com clareza.

— Acho que eles o estão esperando um pouco mais tarde. Achei que gostariam de ir primeiro para o hotel, para descansar, comer, tomar banho, e se arrumar. — Ela falou tudo com cuidado e clareza enquanto ele balançava a cabeça, e parecia muito interessado nos arredores. Ele falou com ela outra vez uns minutos depois.

— O que você faz? Você é secretária... assistente... mãe da noiva?

— Não, eu planejo o casamento. Bixby Mason. Flores, música, decoração. Nós contratamos todas as pessoas para fazer o casamento. — Ele balançou a cabeça, tendo entendido qual era sua função no esquema das coisas. Ele era rápido, alerta e extremamente ativo. E enquanto olhava pela janela, acendeu um Gauloise, papier maïs, com um papel amarelo vivo feito de milho, e um cheiro acre como nenhum outro encheu sua caminhonete.

— Tudo bem? — perguntou ele, educadamente depois que estava aceso, lembrando-se que os americanos não eram tão receptivos ao fumo, mas Paris confirmou com a cabeça.

— Tudo bem. Eu costumava fumar há muito tempo atrás. Tem um cheiro agradável.

304   DANIELLE STEEL

— Merci — disse ele superficialmente, e então conversou com os outros. Embora ela falasse um pouco de francês, não tinha a menor idéia do que estavam dizendo. Falavam rápido demais. E então ele se voltou para ela outra vez. — É bom casamento? Vestido lindo?... Bom?

— Muito bom — ela o tranqüilizou. — Linda moça, lindo vestido. Noivo bonitão. Linda festa. Será no museu da Legião de Honra. Setecentas pessoas. — A família Delacroix controlava uma enorme indústria têxtil francesa e se mudara para São Francisco durante o regime socialista, e então ficara lá, para proteger sua fortuna dos impostos franceses. Mas eles ainda passavam tanto tempo quanto possível na França.

— Muito dinheiro, sim? — perguntou ele, e Paris sorriu e balançou a cabeça.

— Muito, muito dinheiro. — Ela não disse a ele, mas estavam gastando dois milhões e meio de dólares com o casamento. Soma mais que respeitável para dizer o mínimo.

Ela dirigiu para o hotel sem mais cerimônias, e arranjou na recepção para que alguém pegasse a *van* e a entregasse a eles. Tudo que tinham de fazer era mostrar suas licenças de motorista e assinar os papéis. Ela deu um mapa da cidade para Jean-Pierre Belmont, e mostrou onde teriam de estar às seis horas.

— Você vai ficar bem? — perguntou ela, enquanto ele soprava uma nuvem de fumaça em seu rosto sem querer, e alguém na recepção pedia que ele apagasse o cigarro. Ele encontrou um cinzeiro cheio de areia a alguns passos de distância, e voltou até Paris no balcão de recepção. — Ligue para mim se precisar de qualquer coisa — disse ela, lhe dando seu cartão. Ele ia tirar as fotos da família e da noiva.

Ele então transmitiu tudo aos outros, acenou para ela, e eles desapareceram no elevador procurando os quartos, enquanto Paris voltava para seu carro. Estar perto de Jean-Pierre era como estar num turbilhão, com braços balançando por todos os lados, mãos gesticulando, nuvens de fumaça, e pedaços de conversa com os outros que ela não entendia. Havia muitas exclamações, expressões faciais, e através de tudo isso ele parecia nunca parar de mover seu grandes olhos castanhos e cabelos espetados. Ele parecia com um dos amigos de Meg, exceto que tudo em relação a ele era tão francês. E ao mesmo tempo, embora aparentasse ser jovem, parecia estar bem no comando. Ela ainda podia sentir o cheiro dos cigarros enrolados em palha de milho quando voltou ao seu carro e dirigiu de volta ao escritório, para pegar recados e um último arquivo.

Bix ainda estava lá, e ele levantou os olhos quando ela entrou.

— Foi tudo bem? — Ela balançou a cabeça, dando uma olhada nas mensagens. Tudo estava certo para aquela noite.

— Tudo ótimo — relatou ela, e então lhe contou sobre Jean-Pierre Belmont. — Ele aparenta 12 anos. Bem, não exatamente, mas perto disso.

— Imaginei que seria mais velho do que isso — disse Bix, parecendo surpreso e ela concordou com a cabeça.

— Eu também. Ele é bem francês. Uma pena que Meg tenha namorado, ela se divertiria com ele. — Mas não estava realmente com pena de Meg por ter Richard. Ele era tão maravilhoso com ela. Eles estavam namorando há quase três meses, e Meg estava extremamente feliz.

Bix e Paris estiveram ambos na casa dos Delacroix naquela noite, supervisionando um jantar de família para trinta pessoas, enquanto convidados começavam a chegar da França. Paris ficou de pé num canto para observar as fotos sendo tiradas. Ariane Delacroix estava primorosa quando posou em seu vestido de noiva, que ninguém mais viu. A noiva parecia uma princesinha de contos de fadas, e riu quando viu Jean-Pierre sorriu com seu sorriso ultrajantemente contagiante. Quando ele viu Paris, piscou para

306 DANIELLE STEEL

ela, e então voltou ao trabalho, enquanto seus assistentes alternavam as câmeras, e trocavam o filme para ele. Ele tirou vários retratos da família. Quando a noiva subiu para trocar a roupa por um vestido de jantar, e posar para uma foto com sua mãe, ele parou por um minuto para falar com ela.

— Gostaria de tirar uma fotografia? — perguntou formalmente a Paris, já que não havia mais ninguém por perto, mas ela sacudiu a cabeça rapidamente. Teria sido terrivelmente pouco profissional, e ela nunca teria feito isso.

— Não, não, obrigada — disse sorrindo.

— Lindos olhos — disse ele, apontando para seus olhos verdes.

— Obrigada — disse ela, e quando ele a olhou, Paris quase pôde sentir uma corrente elétrica atravessar seu corpo. Era exatamente o oposto do que sentira, ou não sentira, por Malcolm Ford. Ela não podia nem falar com esse homem, e ele parecia ter a metade de sua idade, mas tudo nele era masculino e elétrico, e ele tinha um efeito visceral sobre ela. Ela nunca poderia explicar isso, nem queria. Não havia nada de suave, sutil ou cauteloso com relação a ele. Tudo nele era animado, vibrante e ousado, dos olhos reluzentes aos cabelos espetados, ao brilhante na orelha. E quando a noiva e a mãe voltaram, ele retornou de novo ao trabalho e Paris desapareceu. Mas ela se sentia quase sacudida quando saiu do cômodo, como se tivesse tocado em alguma coisa e levado um choque elétrico severo.

— Você está bem? — perguntou Bix quando ela passou por ele. Ele achou que ela tinha uma expressão estranha no rosto.

— Sim, estou — disse ela. Eles se encontraram outra vez quando a família e os convidados já tinham ido para a sala de jantar e Jean-Pierre e sua equipe também estavam saindo. Ele sorriu para ela, que nunca recebera tal olhar de um homem. E certamente não de um homem de sua própria idade.

— Um bocado quente — comentou Bix, o que era a palavra perfeita para ele. — Na minha juventude, eu teria enlouquecido por ele — disse e riu, enquanto Paris fazia o mesmo.

— Na minha velhice, eu também — disse Paris. Ela estava brincando, contudo teria sido impossível não sentir a energia que emanava do jovem fotógrafo de Paris.

E durante os próximos dias, seus caminhos se cruzaram constantemente. Ele estava sempre trabalhando, se agachando aos joelhos das pessoas, ou se pendurando de algum lugar, quase caindo de uma escadaria, ou se aproximando de um rosto. Ele estava em movimento constante, contudo todas as vezes que Paris estava nas proximidades, ele fazia contato visual com ela. E quando a noiva foi embora, ele finalmente pareceu relaxar por um instante, e então andou até o lugar onde Paris estava.

— Muito bem! — disse ele. — Muito, muito bom casamento! Lindas fotografias... linda decoração... e *les fleurs*! — Os arranjos florais que Bix desenhara eram inacreditáveis. Eram todos de rosas e lírios do vale, e delicadas flores minúsculas que Paris nunca vira antes. Elas foram trazidas de avião da África, da França e do Equador, a um custo ultrajante. Mas o palácio da Legião de Honra nunca estivera tão bonito. A iluminação que Bix organizara foi espetacular e digna de Versailles. E quando ela e Jean-Pierre ficaram parados ali sob um céu estrelado às duas da manhã, ela nem mesmo estava cansada. — Vamos tomar um drinque? — perguntou ele, e ela estava a ponto de dizer não e então balançou a cabeça concordando. Por que não? De qualquer maneira, ele estava indo embora em poucos dias. Ela sabia que ele ficaria por lá para tirar algumas fotos em São Francisco, embora ela também soubesse que seus assistentes estavam partindo no dia seguinte. — Vou em seu carro? — propôs ele e ela lhe disse que o encontraria na frente em dez minutos.

Ela disse a Bix onde estava indo, e ele também estava a ponto de sair. Todos os membros da família tinham ido embora, e havia apenas alguns sobrando. Nem ele nem Paris tinham de ficar.

— Foi fantástico, não foi? Fizemos um trabalho incrível. — Bix estava exultante, cansado, mas satisfeito.

— Não, você fez. Sou apenas a guia do rebanho, a organizadora de detalhes. Você é o gênio verdadeiro por trás de tudo isso, Bix. — Ele a beijou e agradeceu, e depois ela saiu para pegar o carro com o manobrista, e um momento mais tarde ela e Jean-Pierre estavam nele, afastando-se velozmente pela noite. Não havia nenhum lugar para onde pudessem ir àquela hora, exceto por um pequeno restaurante que ela conhecia, mas ele ficou encantado quando o viu, e imediatamente começou a tirar fotografias de ângulos estranhos, inclusive um rápido rolo de filme dela. E então ele se acomodou e pediu panquecas e ovos mexidos. Não tivera tempo de comer naquela noite.

— Adoro a América — disse ele com um olhar jubiloso, e parecia mais do que nunca com um elfo que caíra de outro planeta. Ele tinha uma estatura mediana, e era mais alto que Paris, mas extremamente esbelto, forte e ágil. Quase como um menino. — Você é casada? — perguntou, embora ela tivesse a impressão distinta de que ele não teria se importado se fosse.

— Não. Divorciada. — Ela sorriu para ele.

— Você está feliz ou triste?

— Sobre estar divorciada? — perguntou ela, e ele balançou a cabeça. E ela pensou sobre isso. — Ambos. No início muito triste. Muito, muito triste. Agora estou mais feliz.

— Você tem um pequeno amigo? — Ele parecia intrigado, e enrolou os braços ao redor de si mesmo num abraço apaixonado e fez uma expressão de quem estava abraçando alguém, e ela riu.

— *Un petit ami* — disse ele, dessa vez em francês, e ela entendeu.

JOGO DO NAMORO

309

— Um namorado! Não. Nenhum namorado. — Parecia uma pergunta estranha dele fazer, e ela apontou um dedo para ele para perguntar a mesma coisa. Não que importasse. Ela tinha quase o dobro de sua idade.

— Minha pequena amiga... minha namorada... ela ir embora... estou muito triste. — Ele fez uma cara trágica e marcou lágrimas descendo pelo seu rosto com os dedos. — Agora estou muuuuuito feliz. Ela era muito problema. — Ele conseguia passar suas mensagens, e Paris riu. — Você tem filhos? — Adorava o sotaque e os maneirismos dele, e ele transbordava com vida enquanto conversava com ela. Realmente, o idioma não parecia ser um problema.

— Tenho dois. Um filho e uma filha. Talvez mais velha que você. Quantos anos você tem? — perguntou ela, e ele riu. As pessoas nunca adivinhavam sua idade corretamente, e ele achava isso engraçado.

— Trinta e dois — disse ele, e ela pareceu surpresa.

— Parece mais novo.

— E você? Trinta e cinco?

— Merci — disse ela, também rindo para ele. — Quarenta e sete.

Ele balançou a cabeça com um rosto extremamente francês.

— Bravo! Você parece muito jovem. — Ela adorava o sotaque dele e a maneira com que seus olhos dançavam. — Você é da Califórnia?

— Nova York. Depois Connecticut. Agora estou aqui há nove meses, por causa do divórcio. Meus filhos estão aqui — explicou.

— Quantos anos? — perguntou ele.

— Minha filha está com 24, e meu filho tem 19 anos. Ele está na faculdade, e ela mora em Los Angeles e trabalha para um estúdio de cinema.

— Muito bem. Actrice?

310   DANIELLE STEEL

— Não. Produção — Ele balançou a cabeça, e eles continuaram conversando enquanto ele comia as panquecas e os ovos, e ela bebia chá e comia um bolinho. Não estava com fome, mas estava gostando muito de estar com ele. — Por quanto tempo ficará aqui? — Estava curiosa. Seria divertido vê-lo de novo, embora parecesse um pouco bobo. Apesar de ser mais velho do que parecia, ele ainda era muito jovem. Jovem demais para ela, não importava quão atraente fosse.

— Não sei — disse ele, com muito sotaque. — Três dias. Quatro. Talvez eu vai a Los Angeles, e trabalha um pouco. Tenho um visto por seis meses. Talvez eu fico um mês. Não sei. Quero conhecer Lac Tahoe, Carmel. Los Angeles. Santa Barbara. *En voiture.* — Ele fez um gesto de volante de carro. Queria visitar os arredores de carro. — Talvez fazer foto para a *Vogue* em Nova York. Estou muito cansado. Trabalhar muito. *Maintenant peut-être des vacances. On verra.* — Ele falou tudo em francês, e dessa vez ela entendeu porque ele falou devagar. Ele disse que talvez tirasse umas férias, ele veria. Quando ele falava com os outros, falava tão rapidamente que ela não entendia, mas quando falava com ela, era muito mais fácil.

Eles saíram do restaurante bem depois das três horas. Ela o deixou no hotel, e ele a beijou em ambas as faces antes de se retirar. Então ela dirigiu para casa, despiu-se, e caiu na cama. E ficou deitada olhando para o teto por alguns minutos, pensando em Jean-Pierre. Era loucura, mas sentia-se incrivelmente atraída por ele. Ele era um garoto, e muito talentoso, mas era tão cheio de vida e charme. Se achasse que podia escapar impune, teria adorado dar uma escapada com ele, apenas por um ou dois dias. Mas sabia que isso era impossível, e que teria sido muito insensato, mas mesmo aos 47 anos, às vezes era agradável sonhar.

Capítulo 24

O CELULAR DE PARIS TOCOU na manhã seguinte, e ela rolou na cama e o atendeu, e ficou surpresa em descobrir que era Jean-Pierre. Ele disse "bonjour", e instantaneamente ela sabia quem era.

— Como vai você? — perguntou ela com um sorriso no rosto.

— Muito bem. *Et toi?* E você?

— Cansada — admitiu, enquanto se espreguiçava.

— Eu acorda você? Sinto muito. O que você faz hoje?

— Je ne sais pas — disse ela cuidadosamente. — Não sei. — Era um domingo preguiçoso e não tinha nenhum plano, além de se recuperar do casamento.

— Eu visita Sausalito. Você gosta vir comigo? — Ela sorriu quando ele disse isso. Por loucura que fosse, gostava da idéia. Havia algo tão alegre e cheio de vida com relação a ele. Ele era brincalhão, alto astral e divertido. E ela gostava de estar com ele. Era a antítese do tempo que passara com Jim Thompson, que fora uma mobília pesada e dera tanto trabalho. E até mesmo de Chandler, que fora tão sofisticado e afável. Não havia nenhum artifício nesse garoto, que era a única maneira com que podia pensar nele. Ele era totalmente animado, e infalivelmente direto, até com seu inglês truncado. Algo lhe dizia que qualquer coisa que você fizesse ou falasse com ele, você saberia qual era sua posição. — Nós vamos a Sausalito juntos? — perguntou ele, e ela pensou em levá-lo a Tiburon para almoçar no Sam's. Ficava à beira d'água, e havia um deque aberto. Tinha a sensação de que ele gostaria muito disso. Ela olhou para o relógio. Era pouco depois das 11.

— Eu o pego ao meio-dia.

— Meio-dia. Quando é isso? — Ele parecia confuso.

— Doze horas — esclareceu ela, e ele riu.

— *Ah bon, midi. D'accord.*

— *D'accord*? — Era a vez dela de não entender.

— *D'accord* é "O.K.". — Ela gostava da maneira com que ele falava "O.K.". O pior era que ela gostava de tudo em relação a ele. Paris tomou um banho e vestiu um suéter vermelho e jeans, e pegou uma japona no armário. Sabia que com ele não precisava se preocupar muito com o que vestir. Disse a si mesma que apenas estavam fazendo um turismo inofensivo. Não fazia mal a ninguém. Poderiam se divertir vendo as paisagens juntos, e ele iria embora em poucos dias.

Ele pulou em seu carro quando ela passou para pegá-lo, e tinha uma máquina fotográfica no bolso. Ele estava usando jeans, um suéter, e uma jaqueta de couro pretos, e parecia uma estrela do rock com o brinco de brilhante e os cabelos espetados. Ela tentou lhe dizer isso, e ele riu.

— Não consigo cantar — disse, fingindo se estrangular, e eles se dirigiram para a ponte Golden Gate. Ele se pendurou para fora da janela e tirou fotografias da cidade enquanto a atravessavam. Era um dia límpido como cristal, e quando chegaram a Tiburon, Jean-Pierre adorou o Sam's. Ele conseguiu explicar a ela, usando ambos os idiomas, que tirava fotografias desde menino.

JOGO DO NAMORO   313

Seus pais morreram, e ele foi criado por um irmã mais velha que amava muito. Casara-se aos 21 anos, e tinha um filho de dez anos, mas o menino morava com a mãe, e Jean-Pierre quase nunca o via porque ele e a mãe da criança não se davam bem.

— Isso é muito triste — disse Paris. Ele mostrou-lhe uma fotografia de uma criança adorável, que inegavelmente parecia francesa. — Onde eles moram?

— Em Bordeaux. Eu não gosto nada. Bom vinho, mas muito pequena.

Eles conseguiram conversar decentemente sobre os filhos dela, o divórcio, o trabalho que fazia com Bix, e o fato de que Peter a deixara por outra mulher. Ele disse que queria tirar muitas fotografias nos Estados Unidos, e que gostava muito de São Francisco.

Depois disso foram a Sausalito, passearam por lá, e então ele perguntou a ela se Sonoma era muito distante.

— Não muito — disse ela, olhando para ele. — Você quer ir? — Eles não tinham nada planejado, e levaria menos de uma hora para chegar lá.

— *Maintenant?* Agora?

— Claro.

— O.K. — Ele parecia contente.

Eles passaram de carro pelos vinhedos, passearam por lá, depois continuaram até Napa Valley, aonde chegaram na hora do jantar, e pararam num pequeno bistrô onde todos falavam francês, deixando Jean-Pierre entusiasmado. Ele e o garçom entabularam uma longa conversa, e eles voltaram para a cidade em torno de nove horas. Às dez e meia, eles estavam de volta a São Francisco, e tinham passado um dia fantástico.

— O que você faz amanhã, Paris? — perguntou, quando ela o deixou no hotel.

— Eu trabalho — disse pesarosa. Mas fora um dia agradável. — O que você vai fazer? — Ela ia convidá-lo para ir ao escritório, para mostrar as coisas por lá, mas ele disse que iria a Los Angeles de manhã. Iria na *van*. — Você vai voltar?

— *Je ne sais pas*. Não sei. Se voltar, eu telefono... *je t'appellerai*.

— *D'accord* — disse ela, e sorriu.

— *Sois sage* — disse ele, enquanto olhava para ela, deixando-a intrigada. — Quer dizer "seja bem-comportada". Sabe, seja uma boa menina. — Era estranho, percebeu Paris, quando estava com ele, não sentia a diferença de idades. Pensou se seria assim entre Richard e Meg. Mas isso era ridículo, Jean-Pierre era 15 anos mais novo que ela. E ele só estava lá por um minuto. Era ótimo sair passeando de carro com ele por um dia, bancando a turista, mas não podia pensar nele como uma possibilidade romântica. E de qualquer modo ele provavelmente não voltaria. Ele a beijou em ambas as faces, e saltou do carro. Ela acenou enquanto ele se afastava. Quando ela deu uma olhada no espelho retrovisor, ele estava parado do lado de fora do hotel, olhando para ela.

Paris foi assombrada por ele a noite toda. Tudo em que podia pensar era nas coisas sobre as quais tinham conversado, e no rosto expressivo dele. E as palavras francesas que ele lhe ensinara pareciam dançar em sua cabeça. Ela ainda estava se sentindo atordoada no dia seguinte, como se tivesse tomado uma droga e estivesse de ressaca. Estar com ele era um tipo de afrodisíaco estranho que ela não poderia ter explicado a ninguém. Era uma presença tão poderosa, de um modo quase sexual. Subitamente ela podia entender pela primeira vez em sua vida por que mulheres mais velhas tinham casos com homens mais jovens. Mas isso não iria acontecer com ela.

Ela e Bix trabalharam numa quantidade de projetos, e ela estava consciente da sensação de mal-estar o dia todo, como se alguma parte dela estivesse fazendo com que seu corpo fosse grande demais para sua pele. Sentiu-se fria e desconfortável o dia todo.

JOGO DO NAMORO   315

Era loucura, mas Paris de fato sentia falta dele. Estava determinada a não se entregar, e não ligou para ele no celular que alugara, embora ele lhe tivesse dado o número. Ela foi cedo para a cama naquela noite, e trabalhou duro outra vez na manhã seguinte.

Na quarta-feira sentiu-se melhor, e Meg telefonou naquela noite para contar seus planos sobre o Dia de Ação de Graças. Eles iriam passá-lo com o pai naquele ano, e passariam o Natal com ela. Ela nunca perguntava a Meg como Rachel estava indo com a gravidez, porque não queria saber. Nunca perguntara se Peter estava feliz com isso, se fora um acidente, ou fora planejado. Não agüentava pensar em nada disso, e Meg, muito discreta, nunca dissera voluntariamente qualquer coisa que sua mãe não perguntasse. Sentia o quanto isso era doloroso para ela, particularmente porque estava sozinha.

Na quinta-feira, enquanto dirigia do escritório para casa às oito horas, seu celular tocou. Ela achou que era Bix ou Meg. Ninguém mais lhe ligava no celular. Estava acabando de parar à frente de sua casa quando atendeu, e quando fez isso, o viu sentado lá. Era Jean-Pierre ligando para ela, sentado nos degraus da frente de sua casa.

— *Où es tu?* — disse em francês, e ela sabia o que isso queria dizer. Significava "Onde você está?". Paris estacionou o carro, e sorriu para ele, embaraçosamente satisfeita por ele estar lá.

— Estou bem aqui — respondeu, e saiu do carro com o telefone na mão. Ela subiu os degraus, e ia beijá-lo em ambas as faces, mas ele a tomou nos braços e a beijou ardentemente na boca. E ela correspondeu antes que pudesse se controlar. Ela não queria que ele parasse nunca, e não queria que se fosse. Era como se estivesse sendo levada numa onda gigantesca de sensualidade, e por um momento sentiu-se enlouquecida. Não tinha a menor idéia do que estava fazendo, por que, ou com quem. Mal o conhecia, e tudo que sabia era que não queria que aquilo parasse.

316 DANIELLE STEEL

— Senti tanto sua falta — disse ele simplesmente, parecendo um garoto outra vez, embora agisse como um homem, de todas as maneiras que importaram. — Portanto eu volta de Los Angeles. Eu foi a Santa Barbara ontem. Como Bordeaux. Muito bonita, e muito pequena. Calma demais.

— Eu também acho — concordou ela, e seu coração batia forte enquanto abria a porta para ambos entrarem em casa. Ele pegara o endereço quando ligou para seu escritório e disse que tinha provas fotográficas para lhe mostrar. Ele a seguiu para dentro e olhou ao redor, balançando a cabeça em aprovação, enquanto tirava a jaqueta de couro. Ela parecia ter passado por várias guerras. — Você gostaria de jantar? — perguntou ela, enquanto ele sorriu, concordando com a cabeça, e foi admirar a vista. Então, enquanto ela estava cozinhando, tirou fotografias suas. — Não, eu estou horrível — disse ela, puxando uma mecha de cabelos de seu rosto. Tudo que tinha era a sopa que esquentara, galinha fria e a salada que fizera para eles. Ela serviu uma taça de vinho para cada um, enquanto ele punha uma música para tocar. Jean-Pierre parecia bastante à vontade, e vinha para beijá-la de vez em quando enquanto ela organizava o jantar para eles. Era cada vez mais difícil se concentrar no que estava fazendo.

Eles se sentaram à mesa da cozinha, e conversaram sobre música. Ele tinha gostos muito sofisticados, e conhecia bem a música clássica. Disse que sua mãe tinha sido uma artista, e seu pai, um maestro. Sua irmã era médica em Paris. Uma cirurgiã de coração. Tinha uma educação interessante. Ele perguntou o que ela estudara na faculdade, e ela lhe disse que fora economia, e ele disse que estudara ciências políticas.

— Ciências Po — disse ele, como se esperasse que ela soubesse o que era. — Era uma faculdade muito boa. E você? Onde fez seus estudos maiores? — Ela sabia o que ele queria dizer.

JOGO DO NAMORO

— Pós-graduação. Eu tenho MBA. — Ele não entendeu, e ela disse que era um grau muito respeitado em administração de empresas, e ele concordou com a cabeça.

— Entendo. Temos uma escola muito boa para isso. HÉC. É como a Harvard Business School para nós. Não preciso disso para tirar fotografias — disse ele e sorriu. E depois de comerem, ele a beijou de novo, e ela teve de lutar contra a onda de paixão que parecia dominá-la. Isso era loucura. Não podia deixar que o instinto animal a subjugasse. Nada assim jamais lhe acontecera, e ela finalmente olhou para ele consternada.

— Jean-Pierre, o que estamos fazendo? Não conhecemos um ao outro. Isso é loucura.

— Às vezes loucura bom, não? Acho que sim. Eu sou maluco para você.

— Por você, ou em relação a você.

— Sim, isso.

— Também me sinto desse jeito, mas em alguns dias você vai partir, ou mais cedo que isso, e nos arrependeremos se fizermos alguma tolice.

Ele tocou o coração e sacudiu a cabeça.

— Não, então eu sempre lembrarei de você. Aqui.

— Eu também. Mas talvez mais tarde nos arrependamos. — Ela estava preocupada com o que estavam fazendo ou poderiam fazer. Ele era quase impossível de se resistir.

— Por que se arrepender?

— Porque o coração pode ser ferido facilmente. E nós não nos conhecemos — disse ela sensatamente, mas ele discordou.

— Eu conheço você muito bem. Eu sei muitas coisas sobre você. Aonde você vai a faculdade, seus filhos, seu trabalho, seu casamento, sua tristesse... sua tristeza... você perde muita coisa... às vezes precisamos encontrar — disse ele, quando lembrou de algo que queria compartilhar com ela. — Sabe o livro, *O pequeno príncipe*, de Antoine de Saint-Exupéry? Lá diz, "*On ne voit l'essentiel qu'avec le coeur*"... você só vê as coisas importantes na vida com o coração... não com os olhos. Ou com a cabeça. É um livro muito maravilhoso.

— Eu o li para meus filhos. É muito triste. O pequeno príncipe morre no final. — Ela pareceu comovida. Adorara o livro.

— Sim, mas ele vive para sempre nas estrelas. — Ele ficou satisfeito que ela conhecesse o livro. Isso lhe dizia que era uma mulher muito especial, tanto quanto ele já pensava que fosse. Ele vira isso em seus olhos quando tirou fotografias suas. — Você sempre deve enxergar com o coração. E depois, você viverá para sempre nas estrelas. — Era um pensamento adorável que a emocionou.

Eles passaram horas conversando naquela noite, e embora ela sentisse que ele gostaria de ter ficado, ele não pediu e ela não ofereceu. Ele não queria pressioná-la e estragar o que tinham.

No dia seguinte, Jean-Pierre lhe telefonou e apareceu no escritório, e Bix pareceu surpreso quando ele entrou.

— Você ainda está aqui, Jean-Pierre? — perguntou Bix com um sorriso de boas-vindas. — Pensei que tinha partido no domingo ou na segunda-feira.

— Eu fiz isso. Eu foi a Los Angeles. — Ele a fez soar como uma cidade francesa e Bix sorriu. — E então eu voltar ontem.

— Quanto tempo ficará aqui?

— Talvez umas semanas — disse ele, quando Paris saiu de seu escritório e o viu. E alguma coisa passou entre eles, como uma corrente elétrica de voltagem industrial. Nenhum deles disse nada, mas Bix viu tudo imediatamente. Ele convidou Jean-Pierre para ficar para o almoço, e os três comeram sanduíches e beberam cappuccinos na sala em que faziam apresentações para os clientes. Depois Jean-Pierre agradeceu e foi embora. Ele disse que iria visitar Berkeley. Ele nunca disse nada de óbvio para Paris, mas conseguiu comunicar a ela sem palavras que a veria mais tarde. E depois que ele saiu, Bix a olhou fixamente.

— Estou imaginando coisas, ou alguma coisa está acontecendo entre vocês? — Ele parecia atordoado, e virou-se para Paris, enquanto ela hesitava.

— Não, não está realmente. Passamos o dia juntos no domingo. Eu o levei a Sausalito e Sonoma. E ele passou pela minha casa na noite de ontem. Não sou tão tola assim. — Embora fosse dolorosamente tentador, e ela soubesse que se ele ficasse por mais tempo, ficaria cada vez mais difícil resistir a ele. Porém por mais atraída que estivesse por ele, até ali conseguira manter sua determinação.

— Eu seria — disse Bix, olhando para ela. — Quero dizer, tão tolo. Diabos, Paris, ele é adorável, e você não deve explicações a ninguém.

— Devo, sim. Eu devo explicações a mim mesma. Ele é uma criança. Tem 15 anos a menos que eu.

— Não parece ser assim. Você mesma parece uma garota, e ele é mais velho do que aparenta. Inferno, se ele tivesse me olhando dessa maneira, eu o agarraria. Ele é sexy.

— Você parece meus filhos. — Paris riu, e não podia discordar dele. Mas ter um caso com Jean-Pierre seria total satisfação de impulsos, a despeito de quão atraente o achava. E ela o achava atraente. Muito atraente.

— Acho que você deve seqüestrá-lo, e acorrentá-lo à sua cama antes que ele volte para Paris — disse Bix calorosamente, e Paris riu.

— Foi isso que você fez com Steve? — ela o provocou.

— Não tive de fazer isso. Ele fez isso comigo. Bem, não exatamente — admitiu Bix. — Mas nos sentimos muito atraídos um pelo outro bem rápido. Parecia que vocês dois iam botar fogo na sala com aqueles olhares. Mal pude comer meu almoço. Achei que ele ia agarrá-la e jogá-la sobre a mesa. — Ele teria gostado de

320   DANIELLE STEEL

fazer isso, mas Paris tentara manter as aparências, pelo menos
para Bix. — Vai vê-lo hoje à noite?

— Talvez — disse ela, e Bix pareceu aprovar, e quando comentou o assunto outra vez antes que ela fosse embora, ela ralhou com ele por ser um libertino.

— Por que não, querida? Só se vive uma vez. E eu detestaria
perder uma noite com ele, se tivesse a chance. — Mas ela sabia perfeitamente bem que ele não trocaria nenhuma pessoa no planeta
por Steven. Eram loucos um pelo outro.

Quando ela chegou de carro na frente de sua casa naquela
noite, Jean-Pierre estava outra vez sentado nos degraus, parecendo bastante relaxado, comendo uma maçã, e lendo uma revista.
A van estava na entrada da garagem. Ele levantou os olhos com
prazer no minuto em que a viu. Naquele ponto, ela o conhecia
há exatamente oito dias, e sabia mais sobre ele do que sobre muitas pessoas que conhecera durante anos. Mas isso ainda não justi-
ficava a atração que sentia por ele. O que estava acontecendo
entre eles tinha tudo a ver com química, hormônios e feromônios.
Era totalmente fora do controle, exceto que Paris estava tentando
fazer tudo que podia para manter um cabresto e uma mordaça
em seus sentimentos.

— Não tenho muita coisa na geladeira — disse ela, enquanto entravam em casa juntos. E antes que pudesse dizer outra palavra, Jean-Pierre tomou a bolsa e maleta dela e as colocou no
chão. Ele fechou a porta da frente com o pé e a beijou tão apaixonadamente que tirou seu fôlego. Paris teve de lutar para recuperar
a respiração quando ele parou. Nunca tinha sido beijada daquela
maneira em toda a sua vida, nem mesmo por ele na noite anterior.

— Estou ficando louco, Paris — disse ele desesperadamente, e então a beijou de novo, e quando fez isso, tirou o casaco dela
e o deixou cair no chão, e então sua blusa, e seu sutiã, e ela não
fez nada para impedi-lo. Ela não queria detê-lo. Tudo o que queria

JOGO DO NAMORO

era o que ele estava fazendo. E enquanto ele continuava a despi-la, ela começou a despi-lo. Ela desabotoou sua camisa, desafivelou o cinto e abriu suas calças. E em segundos ambos estavam parados de pé, nus e colados ao corpo um do outro no hall de entrada. Sem uma palavra, ele a tomou em seus jovens braços poderosos, e a carregou subindo a escada até o quarto, como se já tivesse feito isso mil vezes. Ele a depositou em sua cama, e olhou para ela por um longo momento, e então deixou escapar um gemido suave quase animal, enquanto começava a beijá-la por todo o corpo, tocando-a e fazendo com que se contorcesse de prazer, e ela se virou para corresponder a ele. Ela colocou o máximo que pôde dele na boca, e sua linda e jovem cabeça com cabelos espetados foi jogada para trás, enquanto ela fazia tudo que podia para lhe dar prazer. Então, finalmente, ele subiu na cama com Paris, e fez amor com ela como Paris nunca havia feito antes. Era uma onda gigantesca que nenhum deles podia parar, e pareceu continuar por horas. Quando finalmente ela se recostou nos braços dele depois, ele correu uma mão através de seus longos cabelos sedosos e lhe disse que a amava. E embora mal se conhecessem, ela acreditou nele.

— Je t'aime — sussurrou ele roucamente, e então começou a beijá-la de novo. Ele não conseguia tirar os lábios ou as mãos do corpo dela, ou manter seu corpo longe do dela, e ela não podia manter seu corpo longe dele. Muitas horas mais tarde, eles finalmente adormeceram nos braços um do outro, e quando acordaram com a nascer do sol, fizeram amor outra vez, mas dessa vez mais tranqüilamente. Era uma noite que Paris sabia que jamais esqueceria, e da qual lembraria pelo resto de sua vida. Ela estava completamente enfeitiçada por Jean-Pierre.

Capítulo 25

AFORTUNADAMENTE, OS PRIMEIROS DIAS do caso amoroso de Paris e Jean-Pierre foram num fim de semana, porque eles não se vestiram ou saíram da cama durante quase 48 horas. Ela só queria ficar com ele. No sábado, eles pediram uma pizza e fizeram sanduíches de pasta de amendoim, que ele disse serem repugnantes e depois comeu dois. Tudo o que ele queria para satisfazê-lo era Paris. Eles estavam se deleitando na banheira dela na noite de domingo, quando o telefone tocou e era Meg.

Paris conversou com ela por alguns minutos, e não lhe contou nada. Jean-Pierre compreendeu imediatamente, e não disse uma palavra enquanto ela estava ao telefone. E fez a mesma coisa outra vez quando Wim telefonou meia hora mais tarde.

Ela não perguntou a Jean-Pierre o que fariam, porque não iam fazer nada. Ele ficaria por lá o tempo que ficasse, e eles aproveitariam os momentos pelo que eles eram. Um interlúdio breve e abençoadamente tórrido. Ela nunca fizera nada assim, mas não esperava nada mais. Não ia tentar fazer daquilo algo que não era, ou extorquir promessas dele, ou oferecê-las. Ela não fazia nenhuma pergunta, e não esperava nenhuma resposta. O tempo que

JOGO DO NAMORO

compartilhassem um com o outro era uma dádiva, apesar de breve. Ela não queria nada. E assumiu que ele também não queria.

Mas quando saiu para trabalhar na manhã de segunda-feira, perguntou-lhe o que faria o dia todo, e ele pareceu vago.

— Preciso ver uma revista. Alguém me fala sobre ela em Paris. Estou curioso sobre o que eles fazem.

— Você estará aqui essa noite quando eu voltar para casa?

— Tentarei estar. — Ele sorriu para ela, e então a beijou. Ainda tinha seu quarto de hotel, mas não tinha ficado lá durante três dias. Eles não tinham se vestido desde que haviam passado pela porta na sexta-feira. Tinham vivido em roupões e toalhas, e andado nus pela casa na maior parte do tempo. Paris não tinha nenhum senso de modéstia com ele, e eles não se cansavam dos corpos um do outro. Antes de sair, ela lhe deu um jogo de chaves extra, e lhe mostrou como mexer no alarme. Não sentia nenhuma apreensão em deixá-lo andando por sua casa quando não estava lá. Confiava completamente nele, não só com sua casa, mas com sua própria pessoa. Sentia-se totalmente à vontade com ele.

— *Merci, mon amour* — disse ele, agradecendo pelas chaves. — *À tout à l'heure.* — Vejo você mais tarde — disse, enquanto lhe soprava um beijo quando ela partiu, saindo apenas uns poucos minutos depois dela.

— Como foi seu fim de semana? — perguntou Bix quando Paris entrou no escritório, parecendo vaga enquanto pendurava a jaqueta.

— Foi bom. E o seu?

— Não me venha com essa — disse. Ele a conhecia bem demais. — Jean-Pierre ainda está aqui?

— Acho que sim — disse ela inocentemente, e dessa vez ele não viu nada em seus olhos. Estava tão cansada, que mal podia mantê-los abertos.

324   DANIELLE STEEL

Quando Paris foi para casa naquela noite, ele estava lá, e já começara a fazer o jantar para ela. Ele preparara um pernil de carneiro assado e vagem-manteiga, comprara queijo e uma bisnaga de pão francês. Foi um jantar delicioso, e ela perguntou a ele sobre a revista que fora visitar, enquanto comiam.

— Como foi? — perguntou ela, enquanto devoravam o gigot. Ambos estavam famintos, nenhum deles comera uma refeição decente em três dias.

— Interessante — disse ele. — É muito pequena, mas eles fazem bom trabalho. É nova.

— Você vai fazer algum trabalho para eles? — Ele balançou a cabeça, confirmando e olhou para ela, e por cima do pão e do queijo, fazendo uma pergunta sincera.

— Paris, você quer que eu fique, ou vá? Vai fazer muita complicação para você se eu ficar por um mês ou dois?

Ela o olhou de maneira longa e firme, e foi honesta com ele.

— Eu gostaria que você ficasse. — Estava atordoada com as próprias palavras, mas era como se sentia.

Ele sorriu radiante para ela, estava pronto para fazer o que ela quisesse, pelo maior tempo possível.

— Então eu fico. Meu visto é por seis meses. Mas eu vou quando você disser. — Era um pacto entre eles e completamente confortável para ela. Ninguém sabia que ele estava lá, e suas noites e fins de semana pertenciam a eles.

Naquele período, Meg estava ocupada demais para vir de Los Angeles, e Wim tinha as provas da metade do período e andava ocupado com os amigos. Eles tiveram um mês juntos, antes que Meg se voluntariasse para vir passar uma noite com ela antes de partir para o Dia de Ação de Graças no leste. Jean-Pierre há muito tempo desistira de seu quarto no hotel, mas disse a ela que ficaria feliz em passar a noite fora quando Meg viesse.

JOGO DO NAMORO

— Isso pode ser uma boa idéia — concordou Paris. Não queria chocar sua filha indevidamente, e, de qualquer modo, não sabia o que iria dizer a ela.

Meg chegou na noite de terça-feira, antes do Dia de Ação de Graças e Wim também veio para passar a noite. Paris adorou receber os dois filhos, e cozinhou um jantar delicioso para eles, que era mais do que fizera até agora por Jean-Pierre. Wim e Meg voariam para Nova York pela manhã. Richard ficaria em Los Angeles com a filha.

— Você vai ficar bem no Dia de Ação de Graças, mamãe? — Meg já sabia que ela iria à casa de Steven e Bix para o feriado, mas se preocupava que se sentisse solitária durante o fim de semana. Ela ainda não tinha muitos amigos em São Francisco, e Meg sabia que não estava saindo com ninguém, ou assim pensava.

— Vou ficar bem. Estou feliz porque vocês estarão aqui no Natal. Isso é muito mais importante. — E só mais tarde, quando ela e Meg estavam se preparando para dormir, e Wim estava lá embaixo, que Paris compartilhou seu segredo, ou pelo menos parte dele, com ela. Raramente escondia qualquer coisa de sua filha. E o que acontecera durante as últimas cinco semanas era incomum para ela de todas as maneiras. Ela disse que estava saindo com alguém, e ele era francês. Mas não disse que ele estava ficando na casa dela, e era 15 anos mais novo. Isso era demais para confessar de uma vez só.

— Como ele é? — Meg parecia feliz por ela, como sempre ficava quando as coisas estavam indo bem para a mãe.

— Adorável. Ele é fotógrafo. Estará fazendo um trabalho por aqui durante alguns meses.

— Que pena. — Meg pareceu desapontada. — Em quanto tempo ele vai embora?

— Não sei. Por enquanto estamos nos divertindo. — Ela pareceu filosófica sobre o assunto.

326 DANIELLE STEEL

— Viúvo ou divorciado.

— Divorciado. Tem um filho de dez anos. — Ela não disse que ele próprio era pouco mais velho que isso.

— É estranho como esses sujeitos mais velhos têm filhos novos, não é? — Meg estava pensando em seu pai, e o novo amigo de sua mãe obviamente começara tarde, pensou ela. Paris fez um som vago de "hummm" enquanto balançava a cabeça e escovava os dentes. Mas sabia que mais cedo ou mais tarde, se eles o conhecessem, teria que pelo menos reconhecer a diferença de idade entre eles. Isso não incomodava a ela ou a Jean-Pierre, ele disse que não se importava nem um pouco. Sua ex-mulher também era mais velha que ele, embora apenas cinco anos, e não 15. Mas Paris não tinha a menor idéia de como seus filhos reagiriam e estava nervosa com isso.

Ela falou sobre o assunto com Bix no escritório no dia seguinte. Sentira-se desonesta não dizendo alguma coisa para Meg, particularmente depois de seu comentário sobre sujeitos mais velhos começarem tarde e terem filhos. Não havia nada de "mais velho" em relação a Jean-Pierre.

— Não acho que as pessoas dêem a mínima para isso hoje em dia — Bix a tranqüilizou. — Mais velho, mais novo, a mesma idade. Mulheres de cinqüenta anos têm namorados de 25. Homens de setenta anos casam-se com mulheres de 35 e têm bebês. O mundo mudou. Agora muitas pessoas nem se preocupam em casar para ter filhos. Homens e mulheres solteiros adotam crianças. Nenhuma das velhas regras tem mais validade. Acho que você pode fazer quase tudo que quiser. E não está prejudicando ninguém. Espero que seus filhos tenham uma atitude decente sobre isso. — Mas Paris ainda estava insegura.

Paris falou com eles no Dia de Ação de Graças, estavam na casa do pai. Tinham se hospedado lá e Rachel atendeu o telefone quando ela ligou. Paris não disse nada para ela, simplesmente

JOGO DO NAMORO

pediu para falar com Meg. Mas disse a Wim para desejar ao pai um feliz Dia de Ação de Graças. Era o único contato que tivera com Peter em mais de um ano, quando haviam levado Wim para a faculdade. Eles nem se falavam mais ao telefone, não tinham razão para isso, e para ela era mais fácil dessa maneira.

Jean-Pierre estava com ela quando falou com eles, e depois foram para a casa de Bix e Steven, e passaram um Dia de Ação de Graças encantador. Era o primeiro de Jean-Pierre, e ele disse que tinha gostado. Eles foram assistir dois filmes franceses e um americano naquele fim de semana. Jean-Pierre adorava filmes.

E pelo mês seguinte, eles viveram em sua pequena bolha, como gêmeos no ventre. Tudo era protegido e feliz. Ela trabalhou em um milhão de festas de Natal com Bix, ou pelo menos tinha aquela sensação, e Jean-Pierre estava fazendo muitos trabalhos para a nova revista. Eles não conseguiam acreditar em sua boa sorte por tê-lo trabalhando com eles, e ele teve que dar muitas explicações em Paris e Nova York por ter desaparecido pelos últimos dois meses, e por não saber quando voltaria. Ele podia ficar até abril, e então teria que fazer alguma coisa para conseguir o visto de permanência, o que não era fácil de obter, ou voltar para casa. Mas por enquanto, tudo estava fácil e simples em seu mundo. Paris nunca estivera tão feliz em sua vida. Ela convidou Richard para se juntar a ela e às crianças no Natal, e percebeu que tinha de dizer alguma coisa para Wim e Meg, para que Jean-Pierre também pudesse estar lá, e ela queria que ele estivesse. Finalmente, Paris resolveu a situação em relação a Meg na semana antes deles virem. Queria lhe dar pelo menos alguns dias para digerir tudo, mas suas mãos estavam tremendo antes de fazer a ligação. A aprovação e o apoio deles eram importantes para ela, que pensava se, aos olhos deles, havia ido longe demais.

Ela conversou com Meg por alguns minutos, e então decidiu lançar a bomba.

328 DANIELLE STEEL

— Uma coisa estranha aconteceu — começou ela, enquanto Meg aguardava.

— Você ainda está vendo aquele fotógrafo francês? — Meg pressentiu o que era, ou assim pensou.

— Sim, estou. Se você não se importar, gostaria que ele se juntasse a nós para o Natal. Ele não conhece mais ninguém aqui, exceto as pessoas com quem ele trabalha, e Bix e Steven.

— Parece ótimo, mamãe. — Estava grata pela mãe ter convidado Richard. As coisas tinham ficado muito sérias entre eles.

— Acho que provavelmente devo mencionar uma coisa antes que vocês cheguem aqui.

— Tem alguma coisa de estranho em relação a ele? — Meg soava desconfiada enquanto Paris dava o passo decisivo.

— Nada de estranho — disse Paris cautelosamente. Mas tudo que podia fazer agora era contar a verdade. — Só diferente. Pelo menos para mim. Ele é jovem. — Houve um silêncio do outro lado do telefone, ela sentiu-se como filha em vez de mãe.

— Quão jovem?

Paris respirou fundo.

— Trinta e dois. — Pronto, ela dissera, e Meg não respondeu por um minuto.

— Ah! É bastante jovem, mamãe. — Meg soava um pouco atordoada.

— Sim, é. Ele é muito maduro — e então ela riu de si mesma. Na realidade, não era. Era totalmente apropriado à idade, e às vezes ela se sentia como sua mãe, com exceção certamente dos momentos na cama. — Não, ele não é — corrigiu ela. — Ele é um homem de 32 anos perfeitamente normal e, provavelmente, sou uma velha tola. Mas estou passando momentos maravilhosos com ele. — Pelo menos o que dissera era sincero. Não havia nenhum fingimento em relação ao que estava fazendo.

JOGO DO NAMORO

— Que bom. — Meg estava tentando amadurecer a idéia, mas Paris podia perceber pelo seu tom que estava chocada. Certamente isso fugia ao seu normal, e não era uma que sua filha jamais tivesse esperado dela. — Está apaixonada por ele? — Meg parecia preocupada.

— Acho que estou. Por enquanto. Porém mais cedo ou mais tarde ele terá de voltar para casa. Não podemos fazer isso eternamente. Basicamente ele está tirando um tempo de folga de seu trabalho normal. Ele também não pode fazer isso para sempre. Está trabalhando para uma pequena revista daqui, em vez da *Harper's Bazaar* e *Vogue*. Estamos nos divertindo.

— Se você está feliz, mamãe, é o que conta. Só não faça nenhuma loucura. Como casar com ele. — Meg não achava que daria certo, embora a diferença de idade entre ela e Richard fosse muito maior, mas parecia mais normal para ela, porque ele era um homem. Era um choque para Meg imaginar sua mãe com um homem muito mais jovem. E mais tarde Richard a tranqüilizou. Ele não achava que sua mãe fosse fazer qualquer coisa insensata, embora nos tempo atuais, muitas mulheres conhecidas parecessem estar envolvidas com homens mais jovens. E depois que ela conversou com ele sobre isso, Meg se sentiu melhor.

Foi Wim que ficou chocado.

— Qual é a idade dele, mamãe? — perguntou numa voz subitamente esganiçada. Ela repetiu para ele.

— É como se eu saísse com uma garota de quatro anos — disse ele para transmitir sua opinião. Paris a recebeu. Ele estava aborrecido.

— Não exatamente. Ele é um homem adulto.

— O que ele está fazendo com uma mulher da sua idade? — disse Wim num tom de desaprovação. O mundo todo estava enlouquecendo, do ponto de vista dele. Seu pai deixara sua mãe e se casara com uma mulher pouco mais velha que Meg, e estavam

330 DANIELLE STEEL

tendo um bebê, o que para ele parecia ridículo e de mau gosto. E agora sua mãe tinha um namorado com quase a metade da idade dela, ou próximo disso. Ou de fato da mesma idade da nova esposa de seu pai. Definitivamente a juventude estava na moda. E Wim achou que seus pais eram loucos.

— Você terá de perguntar a ele — respondeu Paris, tentando soar mais calma do que se sentia. Não queria que nenhum de seus filhos ficasse aborrecido, ou que parecesse tola aos olhos deles, e tinha certeza de que estava parecendo. Mas Bix a tranqüilizou outra vez no dia seguinte. Ele achava que Jean-Pierre era um homem fantástico. E o próprio Jean-Pierre parecia despreocupado. Sempre que ela tocava no assunto, ele descartava a diferença de idades, e ela não sentia que isso fosse um problema entre eles. Só soava muito ruim. Mas na realidade, as aparências eram boas. Ninguém jamais olhava insistentemente para eles ou parecia surpreso em vê-los juntos, o que era um alívio para ela.

E quando seus filhos chegaram no dia antes da véspera de Natal, houve um momento constrangedor quando os apresentou a Jean-Pierre. Todos pareciam estar rodeando uns aos outros e farejando da maneira como os cachorros fazem, quando se reconhecem entre eles. Mas enquanto Paris verificava o jantar, Richard fez um esforço para quebrar o gelo. E antes que ela percebesse, todos estavam conversando e rindo, provocando uns aos outros e fazendo piadas, e ao final da noite eles eram amigos. Até mesmo Wim. Ele e Jean-Pierre jogaram squash juntos na manhã seguinte, e quando se sentaram para o jantar da véspera de Natal, ele mais parecia amigo deles do que dela. Suas objeções e preocupações pareciam ter-se evaporado no ar. Foi um Natal adorável, e em certo momento até Paris teve de rir. O mundo realmente estava de cabeça para baixo. Meg estava com um homem com idade suficiente para ser seu pai, que deveria estar saindo com sua mãe, e sua mãe estava com um homem tecnicamente jovem o

JOGO DO NAMORO

331

suficiente para ser seu filho. Ela ainda estava pensando nisso quando ela e Jean-Pierre foram para a cama naquela noite. Seus filhos estavam no apartamento de visitas lá embaixo.

— Gosto muito de seus filhos — disse ele com um olhar caloroso. — Eles são muito bons. E muito gentis comigo. Eles não estão zangados com você?

— Não, não estão. Obrigada por ser tão compreensivo. — Não podia ser fácil também para ele. Estava num país estrangeiro onde mal falava a língua, trabalhando numa revista que estava muito abaixo de sua envergadura, vivendo com uma mulher que tinha idade o bastante para ser sua mãe, ou quase, com filhos crescidos para os quais teve de fazer uma prova oral. E ele tivera um tremendo espírito esportivo. Até então fora um Natal encantador, e quando eles foram para a cama, ele lhe deu um pequeno pacote com um sorriso. Quando ela o abriu, era um lindo bracelete de ouro da Cartier, com a Torre Eiffel e um coração de ouro com as iniciais dela de um lado, e as dele do outro, e logo acima ele gravara Je t'aime.

— *Joyeux Noël, mon amour* — disse suavemente. E então ela o fez desembrulhar seu presente. Tinham feito compras no mesmo lugar. Ela comprara para ele um relógio Cartier. E sabia que, independente do que acontecesse mais tarde, era um Natal que acalentaria para sempre em seu coração. Estava saboreando momentos roubados, e vivendo numa bolha mágica. Mas estava se tornando um pouco mais real. Agora a bolha incluía seus filhos, e pelo menos até ali, tudo estava bem. Joyeux Nöel.

Capítulo 26

MEG, RICHARD E WIM FICARAM com Paris por uma semana, e durante o fim de semana de ano-novo todos foram a Squaw Valley para esquiar, e ficaram num grande hotel de veraneio. Jean-Pierre se juntou a eles no fim de semana. Ele era um esquiador de classe olímpica e correra em Val d'Isère quando garoto. Wim adorou esquiar com ele, e Richard ficou com Paris e Meg, esquiando mais tranqüilamente pelas encostas. E à noite todos saíram. Foram férias ideais para todos eles. Na véspera de ano-novo, Paris se forçou a não pensar que era o primeiro aniversário de casamento de Peter e Rachel, e que eles teriam um bebê em cinco meses. Ainda era difícil para ela acreditar. E podia lembrar facilmente como o dia fora horroroso para ela um ano antes, sabendo que ele havia saído de sua vida para sempre, e estava definitivamente nos braços de Rachel. Quando pensou nisso enquanto se vestia para a noite, Jean-Pierre viu a expressão em seu rosto.

— *Tu es triste?* Está triste?

— Não, só estou pensando. Estou bem. — Ela sorriu para ele. Ele compreendeu instantaneamente o que era. Ela só ficava

JOGO DO NAMORO

com aquela expressão quando seus filhos falavam sobre o pai, e às vezes isso feria seus sentimentos. Para ele, significava que ela não o amava tanto quanto ele a amava. Mas era mais complicado do que isso. Tinha a ver com história e lembranças, e corações que estavam entrelaçados para sempre, pelo menos do ponto de vista dela, não importava o que os documentos legais dissessem. Paris tentara explicar isso para ele uma vez, e Jean-Pierre ficara chateado durante dois dias. Ele via os sentimentos dela por Peter como uma deslealdade para com ele, e nenhuma explicação mudaria isso. Ela aprendera que era melhor que as palavras não fossem ditas. Ele não parecia entender o que a perda de seu casamento significara para ela. Talvez fosse jovem demais. Ele mesmo ainda não perdera o suficiente. Havia momentos em que, apesar de seu calor e charme, ela sentia a diferença de idades. Ele via a vida como uma pessoa jovem, e preferia viver apenas o momento. Detestava pensar no futuro ou fazer planos. Era completamente espontâneo, e fazia o que lhe fizesse bem no momento, sem pensar em conseqüências, o que às vezes a incomodava. Ele ligara para o filho no dia de Natal, mas admitira que a criança era quase uma estranha para ele, e não sentia sua perda. Desde o início não passara nenhum tempo com ele. E nunca se permitira amá-lo, o que parecia errado para Paris. Ela achava que Jean-Pierre devia mais do que isso a ele, mas Jean-Pierre discordava. Ele achava que não devia nada a ele, e ficava furioso por ter de mandar dinheiro para sustentá-lo. Ele detestava a mãe do garoto, e dizia isso. Ele e sua ex-mulher tinham se casado para dar um nome à criança, e se divorciado pouco depois disso. Ele não fizera nenhum grande investimento emocional na mãe ou na criança. Ambos tinham sido um fardo que ele tentava ignorar. Portanto ele evitava o menino, o que parecia triste e irresponsável para Paris. Ele não tinha nenhum outro pai além de Jean-Pierre, que resistia a qualquer emoção com relação a ele, porque fora manipulado pela mãe do garoto. Paris sempre achou, quando falavam sobre isso, que as responsabilidades dele para com o garoto deveriam ter transcendido seus sentimentos quanto à mãe, mas isso não acontecia. Ele o tinha afastado anos antes. E, acima de tudo, era a perda para a criança que incomodava Paris. Mas eles viam a questão de modos diferentes, e provavelmente sempre veriam. Ela parara de falar sobre isso com ele, porque tinham tido uma discussão com relação ao problema, o que a deixara aborrecida. Ela achava que ele devia à criança mais do que estava dando, e que a atitude dele era egoísta. Mas talvez ele fosse apenas jovem.

Havia outras coisas que eles também viam de maneiras diferentes. Ele tinha uma ética de trabalho mais casual do que ela, e as pessoas de quem ele gostava eram mais jovens, o que a deixava desconfortável. Ela preferia estar com pessoas mais próximas de sua própria idade. As pessoas da revista que ele trazia para casa estavam na faixa de vinte anos e a faziam se sentir velha. E um dos tópicos importantes sobre o qual eles divergiam era casamento.

Jean-Pierre falava muito sobre ele. Paris nunca falava. Ela evitava o assunto discretamente. Havia momentos em que ela de fato pensava sobre isso, e imaginava se o relacionamento com ele poderia dar certo a longo prazo, mas para ela havia indícios sutis de que não daria, que seria levar aquilo longe demais. As pessoas de quem ele gostava, seu jeito de menino, que era traduzido para ela às vezes como juvenil. E embora não fosse socialista, tinha idéias políticas bem definidas que eram muito mais liberais do que as dela. Ele achava que riqueza de qualquer tipo era ofensiva. Detestava todas as coisas burguesas. Detestava idéias antiquadas, tradições e obrigações que pareciam sem objetivo para ele. Era muito *avant-garde* e livre em seu modo de pensar. Ele acreditava em impostos altos, pelo bem do povo. E odiava qualquer coisa elitista com paixão. As festas que ela e Bix organizavam sempre o irritavam, porque ele achava que as pessoas eram muito preten-

JOGO DO NAMORO 335

siosas. E elas eram, algumas delas, mas ela e Bix as amavam, em sua maioria. E o elitismo era a essência do negócio deles. Algumas de suas idéias ela sabia serem devidas ao fato de ele ser francês. Mas a essência disso era porque ele era jovem. Fazia diferença. E a única tradição antiga em que ele acreditava era o casamento, porque era um romântico, e acreditava em comprometimento, o que ela admirava nele. Diferentemente de Chandler Freeman, que não se comprometia com coisa e pessoa nenhuma. Mas Jean-Pierre era o outro lado da moeda, e freqüentemente a pressionava e perguntava se achava que um dia se casaria com ele. E ameaçara que, se ela não casasse, ele tocaria sua vida. Ela nunca prometera que se casaria, e pensava sobre isso de tempos em tempos, mas nunca com tanta freqüência quanto ele, chegando a conclusões diferentes, sozinha. Achava que com o tempo a diferença entre suas idades e filosofias os afastaria, em vez de acontecer o oposto.

Meg perguntou a ela sobre esse assunto antes que fossem embora de Squaw Valley. Ela finalmente fizera diversas descidas pelas encostas da montanha com Jean-Pierre e o irmão, enquanto Richard e Paris esquiavam pelas descidas mais fáceis na parte da tarde. E naquela noite ela questionou a mãe sobre Jean-Pierre.

— Está pensando em casar com ele, mamãe? — perguntou com um olhar de preocupação.

— Não, não estou. Por quê?

— Só estava pensando. Eu subi no teleférico com ele hoje, e ele disse que tinha esperanças de que você casasse, e talvez no próximo verão nós pudéssemos fazer uma viagem para celebrar. Eu não sabia se a idéia era dele ou sua. — Ela parecia ansiosa.

— É dele — disse Paris com um suspiro, mas de qualquer modo isso a deixava triste. Sabia que um dia teriam de encarar a realidade. Não podia se imaginar comprometendo o resto de sua vida com um homem da idade dele. Um garoto, como ela às vezes pensava nele, embora ele detestasse quando ela dizia isso.

336   DANIELLE STEEL

Mas era um garoto. Ele era despreocupado e independente, e muito jovem. Tinha um espírito livre, detestava horários e planos, e estava sempre atrasado. Às vezes era difícil pensar nele como um adulto. Ele nunca tivera as responsabilidades dela, e não tinha a menor idéia do que elas significavam. Era difícil explicar o tempo, ou mudá-lo, adicionar ou subtrair dele à vontade. Não era um coisa fácil de se fazer, mesmo quando as razões para isso eram boas. Eram o tempo, a história e a experiência que faziam as pessoas, e eles não podiam ser descontados ou apagados. Tinham de ser conquistados, como pátina no bronze. Levava um longo tempo para chegar lá, e uma vez que estivessem lá, lá ficavam. Paris sabia que se passariam anos antes que Jean-Pierre fosse responsável ou mesmo maduro, se ele um dia amadurecesse.

— Ele é fantástico e gosto muito dele — disse Meg honestamente, com cuidado para não magoar os sentimentos da mãe, mas ela tinha suas própria idéias e Paris não discordava delas. Elas eram similares às suas. — Mas uma boa parte do tempo ele me lembra de Wim. Um pouco descuidado, um pouco maluco, eles simplesmente não vêm em larga escala, estão ocupados demais se divertindo. Não é como você. Você sabe muito mais sobre as pessoas, quem elas são, do que elas precisam, e por que elas fazem o que fazem. Ele parece ser tão garotão. — O problema era que Paris tinha a mesma impressão.

— Obrigada — disse Paris com um olhar caloroso, estava sensibilizada. Mas ela via as mesmas coisas em Jean-Pierre que Meg via. Ele era um garoto irresistível, charmoso e delicioso. Mas todavia um garoto. Com um coração gentil e amoroso, mas às vezes irresponsável. Ele nunca tinha tido que ser de outro modo, mas ela sim, durante muitos e muitos anos. E também achava que um dia ele deveria ter filhos, mais do que apenas um filho do qual estivera separado a vida toda. E ela não iria ter bebês com ele, embora ele tivesse mencionado isso mais de uma vez. Ele

JOGO DO NAMORO

achava que deveriam ter um dia. Paris simplesmente não podia visualizar isso, mesmo que ela pudesse, o que não tinha mais certeza de ser possível, de qualquer jeito, não seria facilmente. Mesmo que começasse agora, estaria com 48 anos quando tivessem um filho, o que era forçar as coisas, pelo menos em sua cabeça. E se esperassem mais, não seria nem um pouco possível. Não em um ano ou dois, ou cinco anos, quando ele estaria pronto para se acomodar. Havia tantas razões pelas quais não fazia sentido casar com ele, mas fazia sentido amá-lo. Ela apenas não tinha ainda a resposta. E em quatro meses o visto dele acabaria. Aquela realidade forçaria os dois a tomar decisões que provavelmente não queriam tomar. E ela estava tentando não pensar nisso. — Não se preocupe com isso, Meg — tranqüilizou Paris.

— Só quero que seja feliz, mamãe, não importa o que custe. Você merece. Você merece isso depois de tudo que papai fez. — Ela ainda se sentia horrível sobre isso, e como resultado, sentia-se ressentida com Rachel. Fora tão injusto com sua mãe. — Se você achar que será feliz com ele para sempre, então faça o que for, e faremos o melhor de tudo isso. Todos gostamos dele. Só não acho que ele seja certo para você a longo prazo. — Ela queria alguém que cuidasse de sua mãe, e duvidava que Jean-Pierre fosse um dia fazer isso. Isso nem sequer lhe ocorria, o que era parte da atração de Paris sobre ele. Ela era totalmente capaz de cuidar de si mesma, e dele, emocionalmente, que era tudo que ele queria dela. Mas mesmo isso era muito. Às vezes Paris sentia-se como se ele fosse seu terceiro filho.

— Também não acho que ele seja certo para mim — disse Paris tristemente. — Gostaria de achar isso. — Seria tão mais simples do que voltar outra vez lá para fora para o mundo feio e ruim dos encontros. Ela não agüentava aquela idéia. E Jean-Pierre era tão doce com ela, mais doce do que qualquer pessoa já fora. Até mesmo Peter. Mas doçura nem sempre era o suficiente. E

338   DANIELLE STEEL

amor nem sempre era o bastante. Às vezes a vida era francamente cruel, e ninguém estava mais consciente disso do que Paris.

E quando ela e Jean-Pierre se aconchegaram na cama aquela noite, tudo em que ela podia pensar era como ficaria arrasada se desistisse dele. Ela também não podia mais imaginar isso. Havia muitas decisões a tomar. Mas ainda não.

E quando todos voltaram para a cidade, sentiram-se como uma família, até mesmo Jean-Pierre. Mas enquanto ele pulava na neve, e depois dirigia de volta para casa com eles numa van que Paris alugara para a ocasião, parecia mais com os garotos do que com os adultos. Ela sabia exatamente o que Meg queria dizer. Ele pregou peças, contou piadas, e a própria Paris adorou tudo isso. Ele encorajava o lado brincalhão dela, e fazia com que se sentisse jovem outra vez, mas não jovem o bastante. Ele e Wim fizeram guerras de bolas de neve constantemente em Squaw Valley, mas exatamente como Wim, ele nunca sabia quando parar. Eles atiravam bolas um no outro até caírem, não importava o que Paris dissesse. E entravam encharcados, deixando roupas espalhadas pelo chão todo. Eram como dois garotos. Até Meg parecia mais amadurecida com 24 anos. E às vezes Paris e Richard se olhavam sobre suas cabeças, quando diziam ou faziam alguma coisa infantil, e pareciam pais de uma tropa de escoteiros. Mas não havia dúvida, Jean-Pierre era um escoteiro delicioso. E ela o amava como um dos dela. Não conseguia se imaginar desistindo dele.

A vida que Paris compartilhou com Jean-Pierre foi mágica o tempo todo até a primavera. Em 6 de janeiro, eles celebraram *La Fête des Rois* com um bolo com um bebê da sorte dentro, para trazer sorte o ano todo para aquele que o encontrasse. Ele comprou o bolo no caminho do trabalho para casa e o explicou para ela, e então eles comeram o bolo, e quando Paris encontrou o bebê, ele aplaudiu.

JOGO DO NAMORO

Eles foram de carro a Carmel e a Santa Barbara, fizeram uma caminhada no Yosemite, e visitaram Meg e Richard em Los Angeles. E no Dia dos Namorados, Meg ligou para a mãe, sem fôlego com as novidades. Mas Richard ligara para Paris para perguntar a ela no dia anterior, e ela aprovou. Ele a pedira em casamento, e eles iam se casar em setembro. Ele lhe dera um solitário enorme. E ela não podia esperar para mostrá-lo à sua mãe.

E para grande consternação sua, Jean-Pierre também lhe deu um, muito mais simples do que o que Richard dera a Meg, mas de igual significado, embora o dele viesse sem um pedido de casamento, mas a implicação estava clara. Era uma aliança de ouro com um coração pequenino de diamantes, e ele a colocou em sua mão esquerda, que parecera tão nua para ela durante tanto tempo. Ela sentira tanta falta de seu anel de casamento e tantas vezes desejara que ainda pudesse usá-lo, mas ele agora parecia uma paródia, com Peter casado com outra pessoa. Paris amara tudo que ele representava, e nunca o tirara até o final. Mas o anel de Jean-Pierre aqueceu outra vez sua mão e seu coração, e fez com que ainda pensasse mais uma vez vez se deveria considerar seriamente passar o resto de sua vida com ele. Havia destinos piores. Ela perguntou a Bix o que ele pensava disso, quando um dia falavam sobre o casamento de Meg, na semana depois que ela ficara noiva.

— Você tem de seguir seu coração — disse ele sensatamente. — O que você quer?

— Eu não sei. Estar segura, eu acho. — Foram as primeiras palavras que vieram à sua mente. Depois do que acontecera com Peter, isso representava tudo para ela. Mas ambos sabiam que na vida tudo era possível, nada era certo. Não havia garantias. Alguns riscos eram maiores que outros, e eles pareciam ser consideráveis com Jean-Pierre. Ele era inegavelmente jovem, embora tivesse acabado de completar 33 anos, o que soava melhor para ela. Mas Paris estava a ponto de fazer 48 anos em maio, a apenas dois meses de distância. Dava a impressão de ser uma idade tão avançada. E tudo em relação a ele era jovem, sua aparência, sua mente, suas idéias. Ele era inegavelmente e irresistivelmente imaturo, e mesmo que tivessem a mesma idade, seus estilos de vida, idéias e metas com freqüência estavam em mundos separados. A doçura dele a atraía, e eles se amavam. Mas Paris sabia melhor do que a maioria das pessoas que o amor nem sempre era suficiente. Ele poderia crescer e um dia se sentir diferente, e se apaixonar por uma outra pessoa. Ou talvez não. Peter se apaixonara. Ele abalara sua fé em tudo, e agora em Jean-Pierre. Isso mancharia eternamente o que ela amasse, aquilo em que acreditasse ou tocasse. Não havia como fazer o relógio voltar atrás.

— Você o ama?

— Sim — disse ela sem hesitação. — Só não sei se o amo o suficiente.

— Quanto é o suficiente?

— O suficiente para envelhecermos juntos, e agüentarmos todas as tristezas e decepções que aparecem no caminho da vida. — Ambos sabiam que elas não falhavam em aparecer, não importava o quanto você amasse alguém. Você tinha de estar disposto a enfrentá-las. Peter não estava disposto. Jean-Pierre estaria? Quem diabos sabia? Paris não sabia. Nem Bix. O próprio Jean-Pierre provavelmente não sabia, mas achava que sabia. E em março, ele a pediu em casamento. Seu visto estaria acabando em um mês, e ele queria saber o que Paris faria. Ela estava desesperadamente triste por ele ter perguntado. Uma vez que ele pedira, não havia como recuar. E ele ficou arrasado por ela não aceitar instantaneamente. Ela pensou muito sobre o assunto.

Ele queria que ela se casasse com ele para que pudesse ficar nos Estados Unidos e conseguir um cartão de imigrante, ou mudasse com ele de volta para Paris para que pudesse continuar com sua vida. Mas isso significava desistir de tudo que ela tinha agora. Ela adorava trabalhar com Bix, e adorava sua vida em São Francisco. Significaria deixar os Estados Unidos. Mas Jean-Pierre estava mais do que disposto a ficar. E só poderia ficar legalmente se eles se casassem, para que pudesse trabalhar. Ele sentia que não podia mais atrasar sua vida real. Ele lhe dera um presente de seis meses. Mas ela sabia que não poderia segurá-lo para sempre. Não era justo com ele. Ele tinha de voltar para o que estivera fazendo antes, como um fotógrafo célebre num mundo maior. Ou ficar lá com ela para sempre, e arranjar trabalho numa escala maior, provavelmente em Los Angeles. Mas eles não podiam viver eternamente na zona dos sonhos, como ele indicou a ela quando lhe disse o quanto a amava, e queria que fosse sua esposa. De alguma maneira, ela também queria isso, mas não podia evitar de se preocupar com o futuro, e o que aconteceria quando ele crescesse, porque ele ainda não era crescido. Ele quase estava lá, mas não totalmente, e seu espírito de menino irrompia constantemente. Isso fazia com que se sentisse como sua mãe. E ela detestava isso. Não queria ser sua mãe. Não tinha nem certeza se queria ser sua esposa. Não havia nenhuma dúvida de que o amava. A questão era quanto. E sendo completamente justa com ele, ela achava que ele merecia alguém que tivesse certeza.

Paris levou três semanas para decidir, e já era o início de abril quando eles saíram para uma longa caminhada pela marina, e acabaram no gramado do palácio das Belas-Artes, sentados na grama, e observando os patos. Ela adorava ir lá com ele. Adorava ir a todos os lugares com ele. Foi necessária cada grama de coragem para dizer-lhe as palavras fatais pelas quais ele esperava, por três semanas. Paris as disse num sussurro, e elas rasgaram seu coração, e foram como uma bala de canhão no dele.

— Jean-Pierre, não posso casar com você. Eu o amo, mas simplesmente não posso. O futuro é incerto demais... e você

merece tão mais do que posso lhe oferecer... se nada mais, filhos.
— E ele merecia ser um garoto, se queria ser. O problema era que ela precisava de um adulto, e não tinha certeza se um dia ele seria um. Ou pelo menos não seria um por um longo tempo.

— Você viveria comigo na França, sem casar? — perguntou ele numa voz estranha. Seu coração parecia uma pedra no peito, assim como o dela um dia tinha parecido. Ela conhecia a sensação bem demais, e detestava fazer isso com ele. Melhor agora do que mais tarde. Melhor uma dor terrível agora do que um desastre total depois, para ambos. Ela balançou a cabeça silenciosamente, e ele voltou andando para casa sozinho.

Ele não disse quase nada para ela naquela noite, e dormiu no andar de baixo. Ele não dormiria mais com ela, não a tocaria, não suplicaria a ela. E pela manhã suas malas estavam feitas. Ela não foi ao trabalho naquele dia, e ambos choraram descontroladamente quando ele partiu.

— Eu a amo. Sempre a amarei. Se quiser vir, estarei lá. Se quiser que eu volte, voltarei. — Ela não poderia ter pedido mais, e estava jogando tudo fora. Sentia-se idiota. Mas correta. Por um terrível, terrível preço. Para ambos. — *Je t'aime* — foram suas últimas palavras.

— *Moi aussi* — sussurrou ela, e soluçou depois que ele se foi. Era quase além do que podia suportar, mas ela suportou, porque sabia que estava certo. Ela o amava. Amava demais para cometer um erro. E o bastante para deixá-lo livre, o que era o maior presente de amor que poderia lhe dar, e ela acreditava, o presente certo.

Paris não foi para o escritório a semana toda, e quando compareceu, parecia a morte. Ela estivera lá antes. Conhecia isso bem. Dessa vez ela nem telefonou para Anne Smythe. Apertou os dentes e sobreviveu àquele momento. E no segundo aniversário do dia em que Peter a deixara, tudo em que podia pensar era na perda dupla. E dessa vez ela sabia que tinha aprendido ainda uma outra lição dolorosa. Que não podia dar seu coração outra vez. Nunca mais. Peter levara a maior parte com ele. E quando Jean-Pierre partiu, lhe custara o resto.

Capítulo 27

O BEBÊ DE PETER E RACHEL nasceu no dia após o aniversário de Wim, no dia 7 de maio. Três dias depois do aniversário de Paris. A essa altura ela estava entorpecida, e quase não se importou. Quase. Mas alguma parte dela ainda sentiu. Tudo que podia lembrar era dos momentos que ela e Peter tinham compartilhado com seus bebês. Um tempo em que a vida estava começando, e não terminando para ela como agora. Isso só adicionava à paisagem árida que ela via em todo o seu redor, e a uma sensação de absoluto desespero.

Embora falasse pouco, e nunca mencionasse Jean-Pierre, seus filhos não tinham a menor idéia de como consolá-la, e se preocupavam com ela. Meg falava com Richard sobre o problema todas as vezes que conversava com sua mãe, e finalmente telefonou para Bix.

— Como é que ela está realmente? Está parecendo horrível, mas fica dizendo que está bem. Ela não parece bem para mim. — Meg parecia preocupada e triste por sua mãe.

— Ela não está bem — confirmou ele, para grande dissabor de Meg. — Acho que ela simplesmente tem de superar isso. É

JOGO DO NAMORO

muita coisa uma em cima da outra. Seu pai. Seu novo bebê. Jean-Pierre. Tudo isso dói terrivelmente.

— O que posso fazer para melhorar as coisas?

— Nada. Ela tem de superar isso sozinha. Ela encontrará o caminho de volta. Já fez isso antes. — Mas o caminho de volta dessa vez era mais árduo, e pareceu levar mais tempo. Embora nada jamais fosse tão ruim quanto quando Peter a deixara, exceto a morte. Dessa vez ela não morreu. Mas se arrastou de volta lentamente, sozinha. E a única coisa que a mantinha ativa eram os planos para o casamento de Meg e Richard no outono. Eles teriam trezentos convidados, e ela e Bix estavam organizando tudo. Meg tinha total confiança neles, e estava deixando todas as decisões para sua mãe.

Era junho, dois meses depois de Jean-Pierre ter partido, quando Paris finalmente não agüentou mais e sentou-se a noite toda olhando fixamente para o telefone. Ela prometera a si mesma que se ainda quisesse ligar para ele pela manhã, o faria, e faria o que ele quisesse, se ele ainda quisesse. Não conseguia tolerar mais a agonia. Ficara só tempo demais, e sentia sua falta muito mais do que jamais pensara que sentiria. Às oito horas da manhã em São Francisco, cinco horas da tarde em Paris, ela telefonou para Jean-Pierre. Seu coração batendo forte esperando por ouvi-lo, enquanto pensava se poderia estar num vôo naquela noite. Se ele ainda a quisesse, sabia que iria. Talvez a diferença de idade afinal não importasse.

O telefone tocou e a voz de uma mulher atendeu. Ela soava muito jovem. Paris não sabia quem era, e perguntou por ele. A garota disse que ele saíra. Paris falou com ela em francês. Que ela aprendeu graças a ele.

— Você sabe quando ele volta?

— Em breve — disse a garota. — Ele foi pegar minha filhinha. Estou gripada.

346   DANIELLE STEEL

— Você está morando aí? — Paris ousou perguntar, temendo uma represália horrível por sua intrusão. Não tinha que fazer isso com ele, e sabia disso, mas queria saber.

— Sim, estou, com minha filhinha. Quem é você?

— Uma amiga, de São Francisco — disse vagamente, querendo perguntar à garota se ela o amava, mas isso seria ir longe demais. E ela não precisava saber. Eles estavam vivendo juntos, ele não perdera muito tempo. Tempo algum. Mas ela o ferira profundamente, sabia disso, e cada um deles curara suas feridas à sua própria maneira. Ele não lhe devia nada.

— Vamos nos casar em dezembro — informou a garota voluntariamente. Era junho.

— Oh! — disse Paris, sentindo um torpedo atravessar seu corpo. Poderia ter sido ela. Mas sabia que não poderia ter sido. Ela não poderia fazer isso. E seu raciocínio fora certo na época, se não tivesse sido para ele, tinha sido para ela. Exatamente como Peter fizera o que tinha de fazer. Talvez todos eles fizessem, mesmo que outros se machucassem. Era o amor a um preço. — Parabéns — disse Paris numa voz apagada.

— Quer me dar seu nome e número de telefone? — perguntou a garota solicitamente, e Paris balançou a cabeça. Ela precisou de um minuto para encontrar a voz.

— Não, está bem. Eu ligo depois. Não precisa dizer a ele que liguei. Aliás, é melhor não dizer. Farei uma surpresa quando telefonar. Obrigada — disse Paris, e desligou, e então ficou sentada lá por uma hora, olhando fixamente para o telefone. Assim como Peter, ele se fora para sempre, vivendo com essa garota. Ele não perdera tempo. Ela pensou como isso tinha acontecido, e se ele realmente a amava, ou se fora uma reação ao que acontecera. O que quer que fosse, era problema dele. Suas vidas tinham se desligado. Seu tempo juntos tinha sido um momento mágico, mas era tudo o que tinha sido. Mágica. E, como toda a mágica,

JOGO DO NAMORO

fora um tipo de truque. Uma ilusão. Algo que ela tinha querido que fosse, mas não necessariamente o que realmente era.

Ela se vestiu e foi para o escritório, e quando Bix a viu, balançou a cabeça. O que ele não ia recomendar particularmente dessa vez era que ela começasse a sair com alguém. Ela não estava em condições de sair com ninguém, e ele suspeitava que não estaria durante meses. Passaram-se mais dois meses até que ela parecesse humana, do ponto de vista dele, e àquela altura faltava apenas um mês para o casamento de Meg. Paris nem sequer comprara um vestido, embora o de Meg estivesse pendurado no armário do apartamento de baixo há dois meses. Ele era espetacular e fora feito de acordo com um desenho que Bix fizera. Havia uma cauda interminável, e o vestido era de renda branca.

Era final de agosto quando Bix ouviu Paris rir outra vez, de uma piada que alguém contara. Ele ficara tão surpreso, que olhara ao redor para ver quem tinha rido. Era ela. E pela primeira vez em quatro meses, Paris parecia ter voltado a ser a mesma. Ele não sabia quando tinha acontecido, mas quando acontecera, fora da noite para o dia.

— É você? — Ele pareceu aliviado. Estivera doente de preocupação com ela. Todos eles estavam.

— Talvez. Não tenho certeza.

— Bem, não vá embora de novo. Sinto demais a sua falta quando você faz isso.

— Acredite em mim, não estou planejando fazer isso de novo. Não posso me dar ao luxo. Acabou. Não quero mais saber de homens.

— Oh! Vai se envolver com mulheres agora?

— Não. — Ela riu outra vez. Era um som delicioso. Ela fizera seu trabalho pelos últimos quatro meses, mas não fizera mais nada. Não fora a lugar nenhum, não vira ninguém, e só conversara com seus filhos, apenas para constar. Wim tinha viajado outra vez pelo verão, num programa de trabalho na Espanha, e Meg estava atolada em Los Angeles. O casamento seria em quatro semanas. — Não estou planejando me "envolver" com ninguém. Homens ou mulheres. Só comigo mesma.

— Isso será o suficiente — disse Bix, parecendo contente.

— Tenho de comprar um vestido para o casamento. — Ela parecia estar em pânico. Como Rip Van Winkle, que acabara de acordar. Fora um zumbi por quatro meses. E nunca lhe contara sobre o telefonema para Jean-Pierre em junho, que só tinha piorado as coisas.

Bix parecia estar envergonhado, enquanto destrancava a porta do seu armário. Fizera um vestido para ela. Se ela gostasse, podia ficar com ele, como um presente seu. Se não gostasse, ele podia dá-lo para alguém. Era um lindo vestido de renda bege com um casaco de tafetá rosa pálido, e ficava perfeito com a cor de sua pele e dos cabelos.

— Espero que dê. Você perdeu peso à beça. — Mais uma vez. Ela já passara por isso. Mas fora pior antes. Agora era ruim o bastante. Sentia-se curada pelo resto da vida. Não queria se envolver com ninguém outra vez. Simplesmente doía demais. E talvez sempre doesse. Talvez não houvesse nenhuma maneira de evitar o preço. Paris não sabia mais, nem se importava. Estava feliz em estar de volta, e sã de novo.

— Vou levá-lo para casa e experimentar. Você é um anjo, Bix. — Eles passaram o resto da tarde repassando os detalhes. Tudo estava em ordem. Como sempre, Bix fizera um trabalho inacreditável, mesmo sem muita ajuda dela. Embora ela tivesse feito o melhor que podia. Mas seu melhor não tinha estado na melhor forma durante algum tempo, desde que Jean-Pierre partira.

E naquela noite, quando foi para casa, ela experimentou o vestido. Até Paris teve de sorrir quando olhou no espelho. Estava linda e jovem. Ele tinha feito exatamente a escolha certa. E es-

JOGO DO NAMORO

tava coordenada com o restante do casamento. As damas de honra estavam usando seda bege. Sete delas. No casamento dos sonhos de Meg.

O único pesadelo para Paris era que Peter e Rachel estariam lá. E seu bebê. E os filhos de Rachel. A familiazinha perfeita. E Paris estaria só. Era uma condição que agora ela aceitava, como fizera uma vez antes. Mas perder Jean-Pierre fora diferente. A perda não lhe fora infligida, como uma sentença de prisão que lhe fora dada. Tinha sido uma escolha que ela fizera. Depois de pensar muito nos últimos quatro meses, ela decidira que estava melhor sozinha. Não era o que tinha querido ou como uma vez imaginara sua vida. Mas era o que tinha acontecido com ela. Talvez fosse seu destino. E ela sabia agora, sem sombra de dúvida, que podia estar feliz e tranqüila sem um homem. Chegara a essa conclusão uma vez antes, e então tudo saíra errado. Mas dessa vez não seria assim. E nos últimos dois meses ela pensara muito, e tinha um plano.

Paris sabia o que queria. Não tinha certeza de como seus filhos se sentiriam sobre isso. Mas era sua decisão, não importava o que as outras pessoas pensassem. Fizera pesquisas em segredo, e tinha dois nomes. Ela ia ligar para eles depois do casamento, e continuar dali. E mesmo antes de ligar para eles, sabia que seria o certo para ela. Era a única avenida que agora fazia sentido. A única coisa que sabia fazer bem, e que não partiria seu coração. Não sabia como chegaria lá, mas sabia que chegaria se fosse seu destino. Paris queria um bebê, não um homem.

Capítulo 28

O CASAMENTO DE MEG foi tudo o que Paris queria que fosse. Foi elegante, bonito, feito com um gosto requintado, sem ser ostentoso demais. Inesquecível. Meg queria o casamento num jardim, portanto ele foi celebrado no Burlingame Club. E Paris e Bix concordaram que foi um dos casamentos mais bonitos que tinham feito, o que sua mãe tinha querido para ela.

Falara com Peter algumas vezes sobre os detalhes finais, e as estimativas do custo, já que ele o estava dividindo com ela, mas suas conversas tinham sido superficiais, num tom profissional, e breves. E cada vez que conversara com ele, sentira-se abalada, e tivera de recobrar o fôlego depois, mas sabia que poderia desligar o telefone e se afastar dele, seria muito diferente de ter que encará-lo no dia do casamento de Meg. Paris estava apavorada em vê-lo outra vez. Não fazia isso havia dois anos, desde que tinham acomodado Wim em Berkeley, e desde então ela mal falara com ele. Agora tinha de encarar não só a ele, mas a Rachel, seus filhos, e seu bebê. Seu estômago e seu coração estavam num nó em relação a isso.

Ela estava tão ocupada com Meg no dia do casamento que quase não teve tempo de pensar nisso, e quando finalmente viu

JOGO DO NAMORO

Peter, ele estava esperando pela filha no fundo da igreja. Richard estava isolado num cômodo separado, com o padrinho, para que não visse a noiva antes da cerimônia. Meg queria fazer tudo de acordo com a tradição, e parecia com uma princesa encantada no vestido que Bix desenhara para ela, com uma vasta nuvem de véu, uma pequena tiara de pérolas, e o vestido de renda branca com uma cauda aparentemente interminável. Era tudo o que Paris tinha querido para ela. Um dia inesquecivelmente bonito, casando-se com um homem que a amava tanto quanto ela o amava. Há muito Paris deixara de se preocupar com a diferença de suas idades. Ela concordara que Richard era o homem perfeito para Meg.

E quando ela entrou pelos fundos da igreja para verificar os últimos detalhes, viu Peter silencioso parado sozinho, esperando por Meg. Ela estava na base da escadaria com suas damas de honra, dando uma última risadinha nervosa com as garotas enquanto elas baixavam o véu sobre seu rosto e lhe desejavam felicidades. Estava segurando ansiosa um enorme buquê de lírios do vale e das mais minúsculas orquídeas. Bix trouxera os lírios do vale especialmente para ela de Paris.

Quando Paris entrou na sala, viu Peter ali parado. Eles não disseram nada um para o outro, só ficaram ali. Era impossível não pensar em seu próprio casamento 26 anos antes. Ela nunca pensara que seria assim quando seus filhos casassem. Com toda a certeza tinha esperado ir ao casamento de Meg com o marido ao seu lado, e não encontrá-lo pela primeira vez em dois anos numa igreja, sabendo que estava casado com outra pessoa.

— Olá, Peter — disse ela formalmente, e pôde ver nos olhos dele que ficara impressionado ao vê-la. Graças a Bix, ela estava quase tão arrebatadora quanto Meg. O casaco de tafetá cor-de-rosa girava ao seu redor e a envolvia, e sob ele o vestido de renda bege moldava seu corpo ainda jovem. Ele queria dizer algo a ela sobre quão fantástica ela estava, mas a princípio não pôde encon-

352 DANIELLE STEEL

trar as palavras, e então ele se aproximou dela lentamente, parecendo abalado pelas emoções do dia e a visão dela. Ela era mais atraente do que ele tinha se permitido lembrar.

— Olá, Paris. Você está linda — disse simplesmente. E por um momento, ele até esqueceu que estavam lá por Meg. Assim como Paris, repentinamente, tudo em que podia pensar era em seu próprio casamento, e em como tudo se desencaminhara desde então. Ele estava feliz com Rachel, e amava o bebê, mas ver Paris parecia levar o presente para longe. Ele se sentiu transportando para trás no tempo, e quando a abraçou, ela pôde sentir nele e nela tudo o que um dia tinham sentido um pelo outro. Ela se afastou e levantou os olhos para ele.

— Você está muito atraente. — Ele sempre estivera. Ela sempre o amara, e sempre o amaria. — Espere até ver sua filha. — Mas não era Meg que enchia seu coração agora, era Paris, e tudo que um dia tinham compartilhado, e perdido desde então. Ele não sabia o que dizer. Sabia que não havia nenhuma maneira de compensá-la por tudo que fizera com ela. Era tão diferente saber disso à distância do que olhando para ela cara-a-cara outra vez. Ele não estava preparado para a enxurrada de emoções e tristezas que o dominariam quando olhou nos olhos dela. Neles ele pôde ver que ela o perdoara. Mas ele percebeu que o pior de tudo era que não sabia mais se podia se perdoar. Isso era muito mais difícil de fazer enquanto olhava para ela. Ela estava tão elegante e distinta, tão vulnerável e tão orgulhosa. Só de senti-la ao lado, seu coração se abria para ela, e ele não sabia o que dizer. Só desejava que um dia a vida a compensasse. E ele sabia, pelo menos do que os filhos tinham lhe dito até agora, que ela não o fizera.

— Eles estarão prontos em alguns minutos — ela avisou para ele, e então deixou a sala de novo. Wim levou a mãe para seu assento no primeiro banco da igreja, e Paris viu que Rachel estava sentada logo atrás dela, com seus dois meninos. Ela tentou não

JOGO DO NAMORO

ficar tensa, mas desejou que eles a tivessem colocado pelo menos algumas fileiras para trás. Paris virou-se para a frente e Wim sentou-se ao seu lado, e um instante depois o organista começou a tocar a música, que ela sabia, significava que o casamento estava para começar. A primeira das damas de honra de Meg deslizou lentamente pela nave central da igreja.

Quando viu Meg vir em sua direção no braço de seu pai, Paris pôde ouvir sua própria respiração parar, e os outros murmurarem. Ela era uma noiva tão linda, tocava o coração, e o casamento estava sendo tudo o que devia ser. Ela era toda inocência e beleza, esperança e confiança. E quando ela olhou nos olhos de Richard, havia tal felicidade em seu rosto que Paris pensou que seu coração explodiria e pôde sentir lágrimas enchendo seus olhos. Peter olhou Paris nos olhos quando desceu do altar voltando pela nave em sua direção, e havia tanta ternura em sua expressão que ela quis estender a mão e tocar a dele. Mas sabia que não podia fazer isso. Ele deslizou silenciosamente para o banco atrás dela, ao lado de sua nova esposa, e Paris teve de revestir-se de coragem para não chorar ainda mais. O gesto único e a realidade de onde ele estava sentado resumiam a situação toda, e Wim olhou para ela para se certificar de que estava bem, da mesma maneira que sua irmã teria olhado. Naquela manhã, Meg o alertara para ser supercarinhoso com sua mãe, porque Meg sabia que o casamento seria duro para ela, e Wim compreendera. E quando eles sentaram de novo, ele acariciou a mão de sua mãe, e Paris sorriu para ele através das lágrimas. Paris sabia que era afortunada. Ele era um bom menino, e um filho amoroso.

Depois que a cerimônia acabou, Paris e Peter ficaram parados na entrada da igreja com a noiva e o noivo, a madrinha e o padrinho, e formaram uma fila de recepção enquanto as pessoas passavam para cumprimentá-los e lhes dar parabéns. Pela fração de um instante, ela teve a sensação de estar casada de novo, e

354 DANIELLE STEEL

então Paris olhou para o outro lado do vestíbulo através das pessoas, e viu Rachel olhando para ela. Havia um olhar estranho de desculpas no rosto dela, e não a máscara de vitória que Paris temera encontrar lá. As duas mulheres balançaram as cabeças uma para a outra discretamente, de modo que mais ninguém pudesse ver, e Paris balançou a cabeça como que para lhe dizer que a perdoava. Não houvera nenhuma maneira de impedir Peter de fazer o que queria, e Paris sabia disso. E de alguma maneira tinha a ver mais com ele do que com qualquer das duas mulheres. E Paris agora podia aceitar que estava escrito que iria perdê-lo. Uma lição de proporções gigantescas, uma perda de quase tudo que ela amava e acreditava, exceto seus filhos. Fora uma das enormes crueldades da vida, contudo ela sabia que um dia a vida lhe daria um presente. Ainda não o encontrara, mas sabia que estava lá, esperando que ela o descobrisse, e quando isso acontecesse, estaria livre. E até então estava lutando para encontrá-lo, e ficando ainda mais forte a cada dia. Rachel fora parte da jornada, e Peter e Bix, e Jean-Pierre. E Paris sabia que um dia iria descobrir por que isso acontecera com ela.

Mas nesse meio-tempo, essa mulher pela qual Peter a deixara subitamente parecia insignificante. Paris a invejava menos por ele do que pelo bebê que agora compartilhavam. Alguém deu o bebê para Rachel enquanto Paris os observava, e ela ficou enlevada, e a viu segurando a menininha perto dela. Ela só tinha quatro meses, e era tudo que Paris queria agora. Era tudo que lhe restava. Se um homem não a amasse, então talvez outra criança a amasse um dia, além daquelas que ela tinha. Não disse nada para seus filhos, mas era isso que desejava ardentemente agora, era o caminho que iria tomar, ou que tomaria em breve, esperava ela. E então ela voltou-se para cumprimentar o resto de seus convidados, e Meg e Richard estavam parados a pouco mais de um metro de distância. Paris nunca vira um casal mais feliz em toda a sua

JOGO DO NAMORO

vida. Seu genro a abraçou, parecendo muito mais velho que sua sogra, e agradeceu a ela profusamente por tudo que fizera por eles, e por ter dado tanto apoio ao casamento. Ele lhe era grato, e agora tinha uma enorme afeição por ela.

— Sempre estarei aqui para você, Paris — sussurrou ele enquanto a abraçava, e ela acreditou. Ela e Richard agora eram amigos, mais do que apenas aparentados pelo casamento, e ela sabia que ele cuidaria maravilhosamente bem de Meg. Ela era uma garota muito sortuda, e merecia isso. Paris sabia que ela seria uma boa esposa para Richard, e uma mãe amorosa para seus filhos. Era maravilhoso vê-los embarcar em sua jornada, e compartilhar isso. Ela lhes desejava muita felicidade pelo resto de suas vidas, e esperava que nunca sofressem. Todas as suas preces, como mãe de Meg, eram para que a vida fosse gentil com eles.

Os convidados partiram para o clube pouco depois, e eles passaram uma hora posando para fotografias enquanto os convidados tomavam coquetéis, riam e conversavam. Bix se movia com perícia entre os convivas, cumprimentando pessoas, encontrando amigos, apresentando os convidados uns aos outros, e mantendo um olho em todos os detalhes.

Todos os trezentos convidados tinham se sentado de acordo com um plano cuidadoso, e havia longas mesas com cartões com os nomes dos convidados nelas, que Paris verificara ela mesma ao romper do sol naquela manhã. Duas jovens os estavam entregando aos convidados à medida que chegavam. Paris e Peter estavam em mesas separadas, e ficaram sentados o mais distante possível, e Bix e Steven estavam sentados com ela, juntamente com um punhado de seus amigos. Havia três espaços vazios em sua mesa, porque ela não era íntima de muitas pessoas, mesmo depois de estar quase dois anos em São Francisco. Mas trabalhava tanto para Bix que não tinha tempo de cultivar amizades, a não ser com clientes por um tempo breve até que os eventos aconteces-

356 DANIELLE STEEL

sem. Portanto eles tinham colocado o sócio de Richard na mesa, assim como os pais da madrinha, que Paris conhecia de Greenwich, o que compôs um grupo agradável para ela.

Natalie e Virginia tinham vindo para o casamento, e Paris mal teve tempo de vê-las. Elas partiriam pela manhã, portanto ainda não conseguiria falar com elas. Meg quis que elas ficassem em outras mesas com um grande grupo de amigos de Peter que tinham vindo de Greenwich, portanto, socialmente, foi de certo modo um dia perdido. Havia coisas demais para Paris fazer além de sentar e se atualizar com as fofocas das amigas.

Quando se sentaram para o jantar, Paris estava sem fôlego. Ela cumprimentara todas as trezentas pessoas, resolvera uma pequena crise sobre a qual Bix não sabia, entre um fotógrafo e um funcionário do bufê, e se apresentara ao homem que sabia ser o sócio de Richard, enquanto tirava o casaco de tafetá cor-de-rosa, e recuperava o fôlego.

— Desculpe por ser uma vizinha de mesa tão pouco atenta — desculpou-se com um sorriso, enquanto ele a ajudava com o casaco de noite. — Você foi apresentado a todos na mesa? — perguntou solícita, pensando que ele era surpreendentemente parecido com Richard, exceto que era mais velho, mais alto e seus cabelos eram mais escuros. Mas havia definitivamente um ar familiar, e quando ela perguntou a ele sobre isso, ele riu. Seu nome era Andrew Warren, e Paris lembrou vagamente Meg dizendo que ele era divorciado e tinha duas filhas, mas não conseguia lembrar mais do que isso, além de que ele era um advogado do setor de entretenimento, como Richard. E quando Paris perguntou sobre seu trabalho, ele disse que na realidade lidava com escritores, e Richard representava atores e diretores, o que disse que era muito mais glamouroso, mas também muito mais trabalhoso. Ele disse que escritores causavam muito menos problemas.

JOGO DO NAMORO 357

— Lido com todos os escritores de roteiro, e autores que vendem livros para serem transformados em filmes. A maioria deles é um grupo bastante recluso, portanto nunca os vejo, só carrego muitos manuscritos por aí e leio o trabalho deles. E eles gostam muito mais se nunca têm de me ver. Muitas vezes simplesmente fico em casa e leio. Não tenho de visitar estúdios de cinema, ou persuadir atrizes que estão tendo ataques histéricos a saírem dos seus trailers, ou ir a premières, como Richard. Prefiro imensamente fazer o que faço — admitiu ele. — Sou um escritor frustrado, eu mesmo tenho trabalhado num livro. — Ele parecia interessante e tinha uma conversa agradável, mas Paris não prestou muita atenção nele. Tinha de se levantar a cada cinco minutos para falar com alguém, e sentiu pena dele. Ela sabia que estava sendo uma péssima companhia e sentia ter de ser rude. Ele parecia ser bastante agradável, embora ela mal tenha falado com ele. Paris sussurrou para Bix enquanto saía, aproximadamente pela décima vez, para tentar mantê-lo entretido. E Bix e Steven disseram depois que tinham gostado de conversar com ele.

Quando tocaram a primeira música, Meg dançou primeiro com Richard, depois com seu pai, e então Peter dançou com Rachel enquanto Wim dançava com Paris, e Richard dançava com sua mãe, e então o grupo da noiva e todos os outros convidados foram para a pista de dança, e finalmente Paris voltou à sua mesa, e desmoronou na cadeira. Ela não parara de se movimentar a noite toda.

— Você não comeu nada a noite toda — Andrew a repreendeu, parecendo paternal, e finalmente eles tiveram a chance de conversar um pouco. Ele disse que tinha duas filhas por volta dos 30 anos, uma em Londres, uma em Paris, ambas eram casadas, mas nenhuma delas tivera filhos até o momento. E ele mencionou de passagem que sua ex-esposa se casara de novo e morava em Nova York. Ele vivera lá quando estava casado. E então, subi-

358 DANIELLE STEEL

tamente, Paris lembrou do que Meg dissera. Sua ex-mulher era de uma família famosa, e agora estava casada com o governador de Nova York. Ele andara em círculos bastante ilustres enquanto estava casado, mas agora levava uma vida tranqüila. E mais devido a treinamento e hábito do que a qualquer interesse real, graças a Bix, ela perguntou há quanto tempo estava divorciado. E ele sorriu e disse a ela que fazia uns dez anos. Ele não soava arrependido, não parecia zangado, falava com carinho da ex-mulher, e parecia muito normal e discreto.

— Já se passaram dez anos. Ambas as meninas estavam na faculdade, e achamos que fazia mais sentido nos divorciarmos do que viver do jeito que estávamos vivendo. Eu me mudara para cá devido aos negócios, e ela detestava a Califórnia. Ela ficou em Nova York e eu vim para Los Angeles. Ela é muito presa a círculos políticos em Nova York, e isso significava muito para ela. Achava que a vida aqui era superficial demais, odiava a indústria do cinema, e eu não discordava dela. Eu só gostava do que estava fazendo e tinha uma grande oportunidade de negócios. A arena política no leste nunca significara muito para mim, e significava tudo para ela. Sempre fomos muito diferentes, e eventualmente acabamos ficando sem energia. A viagem de ida e volta ficou difícil demais, e nossa vidas tinham tomado direções opostas. Ele é perfeito para ela, muito mais do que eu fui. Tivemos um daqueles romances sem futuro que tentamos fazer durar para sempre e não conseguimos — disse ele, sorrindo agradavelmente. — Mas estamos em muito bons termos. Quando as garotas eram mais novas, eu costumava passar os feriados com elas e a minha ex-mulher. Acho que o governador achava que éramos malucos, mas funcionava. No ano passado fui à Escócia atirar com ele. Famílias dos tempos modernos, elas são muito diferentes da maneira que costumavam ser — disse ele, rindo, e então a convidou para dançar, a não ser que ela preferisse ficar sentada e relaxar. Ele

JOGO DO NAMORO

se sentia culpado por fazê-la levantar outra vez. E ela na verdade não queria dançar com ele, mas achou que seria rude recusar. Teria preferido ficar sentada à mesa e conversar com Bix e Steven.

— Parece muito civilizado — disse ela sobre seu relacionamento com a ex-mulher, enquanto dançavam uma valsa lenta ao redor da pista de dança. — Não acho que seria capaz disso — disse ela honestamente. Ela e Rachel não tinham se falado no casamento. Tinham apenas trocado um olhar e balançado as cabeças na igreja, reconhecendo a presença uma da outra, mas nenhuma delas queria mais do que isso. Particularmente Paris. A cicatriz de ter perdido Peter para ela ainda estava sensível demais, e talvez sempre estivesse. O relacionamento de Andrew Warren com sua ex-esposa parecia ser infinitamente diferente.

— Eu admito, é bastante raro. Não sei quais foram as circunstâncias do seu divórcio, mas isso só funciona se tiver sido uma decisão mútua bastante amigável. Ambos estávamos prontos para desistir, quando nos divorciamos. Foi um golpe de misericórdia para nós dois, e acabou sendo uma verdadeira bênção para mim. Acho que ela está muito mais feliz com ele do que estava comigo, ou do que estava na última metade do nosso casamento. Nós éramos um desses casais que nunca deveriam ter casado, mas de qualquer modo o fizeram, e tentaram como o diabo fazer com que desse certo. Ele é altamente politizada, eu não era. É muito adepta de vida social, eu a detestava. Ela era da alta sociedade, meu pai era dono de uma mercearia, e depois a transformou numa cadeia de lojas, e a vendeu bastante bem, mas não cresci com as vantagens que ela teve — embora Paris soubesse, através de Meg, que ele compensara isso desde então, e como Richard, se tornara um homem muito rico e extremamente bem-sucedido. — Ela adorava cavalos, eu tinha pavor deles. Eu queria muitos filhos, ela não. Havia muitas diferenças como essas. Para dizer a verdade, acho que eu a matava de tédio. — Ele riu, isso não parecia

360   DANIELLE STEEL

incomodá-lo. Ele parecia ser muito calmo, tanto que Paris mal prestou atenção nele. Ela só estava cumprindo seu dever social enquanto conversavam. — Pelo menos agora podemos ser amigos.

Ela não podia se imaginar sendo amiga de Peter. Agora eles só eram estranhos com recordações em comum, e muitas delas dolorosas. O melhor que ela podia lhe oferecer era paz e distância, e era tudo que ele queria dela. O que Andrew e sua ex-mulher compartilhavam era algo muito diferente. E o marido de sua ex-mulher era o candidato que estava liderando nas próximas eleições presidenciais, portanto era uma ligação interessante.

— E você nunca quis se casar de novo? — Paris continuou a conversa educadamente quando eles se sentaram de novo. Ele era um homem intrigante, e ela estava esperando pela frase sobre não ter encontrado a mulher certa após dez anos de procura, mas ele a surpreendeu outra vez.

— Eu quis, mas não preciso fazer isso. Conheci muitas mulheres maravilhosas, das quais a maioria teria dado em ótimas esposas. Não tenho muita certeza quanto a mim mesmo. Sou um cara bastante tranqüilo. Tudo o que faço é sentar por aí e ler manuscritos, não quero matar alguém de tédio outra vez. De acordo com Elizabeth, minha ex-mulher, estar casada comigo era tão excitante quanto olhar tinta secando. Pensei que devia livrar alguém disso. — Na realidade o que ele estava dizendo era que não queria cometer outro erro, que era como a maioria das pessoas divorciadas se sentia. Ele fazia muito sentido e ela gostou dele, não num sentido romântico. Mas ele tinha o mesmo tipo de substância sólida que seu novo genro possuía. Ela não via Andrew como um namorado em potencial, mas pensou que ele poderia ser um bom amigo, e dado o seu relacionamento íntimo com Richard, ela tinha certeza de que seus caminhos se cruzariam de novo.

— Na minha idade, não preciso me casar. — Ele continuou conversando com ela. — Acho que é maravilhoso para Meg e

JOGO DO NAMORO

Richard. Mas eu tenho 58 anos, não tenho a energia para uma jovem, e me sentiria tolo com uma. Richard é dez anos mais novo que eu, isso faz diferença. Ele quer ter filhos com ela, e começar tudo de novo. Eu estou gostando de levar a vida sem muito esforço, visitando meus filhos, estando com meus amigos quando sinto vontade. Não preciso começar tudo de novo. Gosto muito da minha vida do jeito que ela é. — Ele parecia completamente confortável consigo mesmo, e não tinha nenhum interesse em impressionar qualquer pessoa, menos ainda a Paris. Ele então perguntou sobre seu trabalho, e ela lhe falou sobre ele, e Bix entrou na conversa e apimentou seus relatos com muitas histórias engraçadas sobre ela e seus clientes. Andrew disse que parecia fantástico. — Vocês dois devem se divertir muito trabalhando juntos — disse ele agradavelmente, e Andrew continuou conversando com Bix quando o genro de Paris veio e a chamou para dançar.

— Você está conversando com meu melhor amigo — disse Richard naturalmente para ela, depois de agradecer-lhe novamente pelo casamento. — Ele é um ótimo sujeito. Eu disse mil vezes a Meg que queria apresentar vocês dois. Ela achou que você não gostaria dele, geralmente ele é muito quieto. Mas não existe um amigo melhor no planeta. Acho que sua ex-mulher provavelmente acabará sendo a primeira-dama.

— Foi o que Meg disse. Nós passamos momentos agradáveis conversando. Só espero que Bix não lhe conte um monte de histórias horríveis sobre mim enquanto estamos dançando. — Ela riu com o pensamento, mas realmente não se importava. Não estava tentando impressionar Andrew. Ele não era esse tipo de pessoa. Era o tipo de homem com quem você podia ser extrovertida, e normal. E ela gostava disso. Podia ver como ele poderia ser um ótimo amigo. Ele não a atraía em nenhum outro contexto. Era um homem com uma boa aparência, na verdade bastante

362 DANIELLE STEEL

bonito. Mas não estava mais interessada em namoro, e ele também não parecia particularmente interessado nela. Estava tão feliz em conversar com Steven e Bix quanto estava com Paris, o que era uma das coisas que gostara sobre ele.

E quando Richard a trouxe de volta, Andrew saíra para falar com alguém numa outra mesa. Bix tentou dizer a ela o quanto ele era fantástico, mas ela lhe deu um fora e disse que não estava interessada. Agora nem se tratava de química, ou falta dela. Ela não estava mais interessada em namoro. Nem um pouco. Gostava de sua vida do jeito que estava, assim como ele.

— Não me diga que ele é outro Malcolm Ford — disse Bix com um olhar contrariado. Ela se tornara absolutamente impossível desde Jean-Pierre. Havia se cercado de muralhas insuperáveis. — Se você não sente nenhuma química com esse sujeito, então deve ter uma aversão por homens bonitões, inteligentes e bem comportados. Malcolm Ford é um dos sujeitos mais inteligentes, agradáveis e bonitos que já conheci, e se você tivesse sido esperta para ir atrás dele, ou mesmo conversar com ele, em vez daquele garoto parisiense, estaria casada a essas alturas, Paris — ele ralhou com ela com uma expressão severa.

— Não quero me casar — disse ela alegremente, com uma expressão presunçosa.

— Estou interrompendo alguma coisa? — perguntou Andrew enquanto se sentava outra vez, e Bix revirou os olhos e disse que ela era impossível.

— Não sou, não. Eu só disse que não quero me casar outra vez.

— É uma pena — disse Andrew agradavelmente. — Não discordo de você, mas é bom quando as coisas dão certo. É difícil arrumar todas as peças do quebra-cabeças da maneira certa para que se encaixem. Mas quando isso acontece, não há nada melhor. Veja Meg e Richard. — Ambos sorriram ao ver o casal se beijando na pista de dança.

JOGO DO NAMORO

363

— Ela é muito mais nova do que eu — riu Paris. — E como você mesmo disse, é necessário muita energia. Não tenho certeza se a tenho. Aliás, tenho certeza de que não tenho.

— Esse também é o meu problema. — Ele sorriu para ela, e Bix gemeu.

— Vocês dois precisam de vitaminas. Se mais pessoas pensassem como vocês sobre o casamento — disse Bix evidentemente para ela — fecharíamos a empresa. — Eles riram com o comentário dele. Ele tinha razão. A maior parte desse negócio e o verdadeiro mercado de dinheiro eram os casamentos.

— O casamento é para os jovens — disse Paris enfaticamente.

— O casamento é para os jovens de coração — corrigiu Bix.

— O casamento não é para maricas — acrescentou Andrew, e todos eles riram.

— Bom argumento — disse Steven, entrando na conversa. E um pouco depois eles todos deixaram as mesas, falaram com amigos, circularam, e os jovens dançaram durante horas. Eram três da manhã quando Paris e Bix saíram do casamento. Peter e Rachel tinham saído horas antes, e não tinham nem ficado para ver Meg jogar o buquê. Rachel queria ir para o hotel para amamentar o bebê, e os meninos estavam exaustos. Portanto Peter foi com ela, embora quisesse ficar, e ter alguns momentos de conversa com Paris, ao menos para agradecer a ela, mas isso nunca chegou a acontecer. E Paris ficou aliviada por não ter acontecido. Não tinha mais nada a dizer a ele. Agora muita água já passara sob a ponte, e ele não precisava agradecer a ela. Eles tinham feito isso por sua filha. Tudo o que Paris desejava era se curar, e ela estava chegando lá. Havia cicatrizes, mas podia viver com elas. Agora estava em paz. Fora necessário um longo tempo.

Meg fizera uma tolice quando jogara o buquê. Ela insistira para que sua mãe fosse para a pista de dança com as mulheres solteiras. Bix fizera para ela um buquê menor, especial, só para

364 DANIELLE STEEL

jogar, para que Meg pudesse preservar o verdadeiro. Ele fazia isso para todas as noivas. Achava um tremendo desperdício deixar que um buquê magnífico fosse para casa com uma estranha. E os menores eram mais fáceis das noivas jogarem para as solteiras. Meg se recusara a se mover um centímetro até que sua mãe estivesse lá. E Meg se sentiu ridícula de pé entre garotas da metade de sua idade, ou mesmo um pouco mais velhas, que estavam dando saltos e pulos para agarrar a esperança, na forma de uma antiga tradição. Era uma esperança que Paris não alimentava mais, nem queria. E ela levantara as mãos sem entusiasmo e olhara para longe quando o buquê voou para ela e bateu em seu peito como uma bola de futebol. Sua filha fizera uma pontaria cuidadosa e o arremessara para ela. O primeiro instinto de Paris fora o de deixá-lo cair e deixar que outra pessoa o pegasse, e então como se uma força maior do que ela a tivesse dominado por simples reflexo, esticou as mãos e o agarrou antes que caísse. Ela achou que poderia ser má sorte para Meg se tivesse deixado que isso acontecesse. Portanto Paris ficou lá, segurando o buquê, com uma expressão atordoada, e todos aplaudiram, enquanto Meg olhava para ela amorosamente da cadeira onde estivera de pé quando o jogara. E imediatamente depois, Richard jogou a liga para os solteiros, cuja maioria não a queria, assim como Paris não tinha querido o buquê. Mas ela estava com ele, e ainda o estava carregando quando ela e Bix deixaram o casamento. Fora uma celebração memorável, e até Bix parecia feliz.

— O que você vai fazer com isso? — Ele balançou a cabeça na direção do buquê enquanto Steven foi pegar o carro. Paris encolheu os ombros, enquanto sorria para ele.

— Talvez eu o queime.

— Você é revoltante. Aliás, espero que veja Andrew outra vez. Ele disse que tinha dois escritores em São Francisco, e que

JOGO DO NAMORO

vem aqui com uma freqüência razoável. Você devia convidá-lo um dia desses.

— Para quê? Você me mantém ocupada demais para que eu possa entreter as pessoas. Não tenho tempo de vê-lo. — Nem interesse, quase acrescentou, mas não disse nada. Ele era agradável. Mas muitos homens também eram. Ela não queria um. Decidira que já tivera o suficiente por uma vida toda, e se aposentara daquela raça.

— Se não fizer um esforço um desses dias, vou ter de fazer Sydney desenterrar um de seus amigos para um encontro às escuras. Você não pode bancar a viúva pesarosa eternamente — ameaçou Bix. Jean-Pierre se fora havia quase seis meses, e em vez de ficar menos determinada, ela ficara cada vez mais determinada a permanecer sozinha. Parecia um terrível desperdício para Bix.

— Não estou pesarosa. Estou feliz — disse ela, e dizia a verdade.

— É isso o que me preocupa. Não está se sentindo solitária?

— Às vezes. Não estou desesperada. Isso é diferente. Às vezes o jeito é encarar a solidão. — Estava se sentindo nostálgica, com sua filha tendo acabado de se casar. — Adoraria estar casada. Pensei que sempre estaria. Mas não preciso fazer isso de novo. Talvez esteja amedrontada demais para isso. Quando você descobre que não vai dar certo, está cercada de jacarés até o pescoço e se afogando. Eu não conseguiria sobreviver a isso outra vez, Bix. As apostas são altas demais. E as chances de ganhar o prêmio na minha idade são infinitamente pequenas. Prefiro comprar um bilhete de loteria, acho que as chances são melhores.

— Talvez esteja na hora de outro encontro às escuras — disse ele, meditativo, enquanto esperavam por Steven. Ele estava levando uma eternidade.

— Não preciso de um. Embora possa ser divertido, particularmente se você pedir à Sydney. — Ela ainda gemia quando pen-

366 DANIELLE STEEL

sava no escultor de Santa Fé. Bix freqüentemente mexia com ela sobre ele.

— Não pode ficar sozinha para sempre — disse Bix tristemente. — Você é uma mulher linda e boa. Não desperdice isso. — Ele detestava pensar que ela poderia não encontrar alguém, mas certamente não era fácil. E, obviamente, ela não estava disposta a fazer o esforço. E não havia dúvidas, era um bocado de trabalho para encontrar alguém. E na maioria das vezes, as escolhas e as recompensas eram poucas e distantes umas das outras, ou mesmo inexistentes.

— Acho que sua teoria de uma-agulha-num-palheiro é ótima — respondeu ela. — Mas os palheiros ficam maiores, e as agulhas, menores à medida que você envelhece. E meus olhos não são tão bons quanto costumavam ser. É mais fácil parar de procurar.

— E quando você pára — disse ele filosoficamente —, você dança em cima dela, e ela lhe espeta!

— Você parece o sujeito de Santa Fé. Ele tinha algo de um metro para espetar. — Ela riu e Bix forçou uma risada enquanto Steven chegava com o carro. Ela ainda estava segurando o buquê, e quando chegou em casa, o colocou na água. Fora um gesto adorável da parte de Meg. E inconseqüente, esperava ela. De qualquer modo não o pegara de verdade, disse Paris para si mesma. Ele batera nela. E quase a jogara no chão, o que não contava. Estava a salvo. Mas o buquê era bonito.

Capítulo 29

EXATAMENTE COMO PROMETERA a si mesma, na segunda-feira após o casamento de Meg, ela levou para o escritório ambos os cartões dos profissionais que guardara. E quando teve uma folga na metade da manhã, ligou para eles.

O primeiro ligou de volta para ela em vinte minutos, ou sua assistente ligou, e disse que ele estaria fora da cidade até a metade de outubro. O segundo ligou de volta na hora do almoço, enquanto Paris comia um iogurte e uma maçã em sua escrivaninha. Era uma mulher. Seu nome era Alice Harper, e sua voz soava jovem e entusiástica. Paris disse a ela por que telefonara, e elas marcaram um encontro para a manhã de sexta-feira. Era muito animador.

O escritório de Alice Harper ficava numa vizinhança residencial tranquila no extremo oeste de Pacific Heights, na Maple. Ela tinha um escritório em sua casa, uma secretária, e um jovem advogado trabalhando com ela. E apesar de sua voz jovem, Paris ficou surpresa em descobrir que ela era uma mulher com um tipo maternal em seus sessenta e poucos anos. Ela era uma advogada especializada em adoções, e deu boas-vindas a Paris levando-a para seu escritório particular. E um momento mais tarde a secretária trouxe a xícara de chá que Paris pedira.

— Vamos começar do início — disse Alice agradavelmente. Ela tinha um rosto envelhecido e tranqüilo, cabelos curtos crespos, e não usava maquilagem. Mas seus olhos eram vivos e alertas, ela estava numa profissão em que avaliava pessoas constantemente, tanto as mães biológicas quanto os pais adotivos. O sucesso das suas uniões dependia de quão astuta ela era ao ouvir o que lhe diziam, e se fosse necessário, em cortar os tipos esquisitos, e aqueles que pensavam que queriam um bebê, mas não queriam, ou o queriam pelas razões erradas, assim como pais biológicos que estavam entediados, ou não sabiam mais o que fazer, ou que estavam tentando consertar um casamento que fracassava. Ela avaliava as mães biológicas da mesma maneira cuidadosa, para não desapontar os possíveis pais esperançosos quando a garota decidisse não abrir mão do seu bebê. Ela desligou o telefone, e voltou toda a sua atenção para Paris. — Por que você quer adotar um bebê?

— Por muitas razões — disse Paris cautelosamente. Queria ser honesta com ela. Chegara a uma decisão através de uma rota tortuosa. Mas estava quase certa de que era a decisão correta para ela. Que era exatamente o que Alice Harper queria saber. — Acho que ser mãe foi o que já fiz de melhor em minha vida. É o que me dá mais orgulho. Adoro meus filhos, e eles são maravilhosos. Não posso receber o crédito por isso, é apenas o que eles são. Mas adorei ser parte da vida deles por cada minuto que estive lá. E detesto a idéia de que agora eles se foram.

— Você é casada? — Não havia sinal de um marido, e Alice suspeitava de que não havia um. Mas queria saber. Queria ter certeza de que de fato não existia um marido, que não viera porque era indiferente ou hostil ao projeto. Isso requeria participação total, do pai solteiro, ou de ambos se havia um parceiro ou parceira.

JOGO DO NAMORO   369

— Não, não sou — disse Paris claramente. — Fui casada por 25 anos. Sou divorciada. Estou sozinha há dois anos e meio. Meu marido me deixou. — Queria ser completamente honesta sobre isso. — Por outra mulher. Eles se casaram, e têm um bebê.

— O fato de terem tido um bebê é parte dessa decisão?

— Talvez. É difícil dizer qual é o fator preponderante. Acho que o mais forte é que eu quero um bebê. Não vou me casar de novo e não quero ficar sozinha pelo resto de minha vida. Para ser franca, acho que isso me proporcionaria outros 18 ou vinte anos fazendo o jantar, indo ao futebol ou balé, e dirigindo em mutirões de transporte escolar para levar as crianças à escola. Eu adorava isso, e sinto falta de tudo.

— Por que não vai se casar de novo? — Alice estava curiosa.

— Você não pode ter certeza disso, pode? — Ela sorriu gentilmente.

— Acho que tenho certeza — disse Paris firmemente. — Acho que a possibilidade de encontrar alguém a essa altura é de mínima a nenhuma. Isso não me importa. — Era quase totalmente verdade, mas não exatamente, e ela sabia disso. Teria adorado estar casada, mas aceitara o fato de que não se casaria, e o considerava uma realidade.

— Por que acha tão difícil encontrar alguém? — A advogada parecia intrigada enquanto a observava. Queria ter certeza de que ela não era desequilibrada ou estava sofrendo de depressão profunda. Não queria colocar um bebê com uma mulher doente, mas Paris soava bastante saudável. — Você é uma mulher linda. Eu acharia que podia ter qualquer homem que quisesse.

— É esforço demais — disse Paris, sorrindo.

— Um bebê também é — disse Alice, e Paris riu.

— Não tenho de sair num encontro às escuras com um bebê. Ele não mentirá para mim, não me enganará, não esquecerá de me telefonar numa outra data especial, não terá fobia a compro-

370   DANIELLE STEEL

metimento, nem terá hábitos sexuais ou idéias especiais, não será
rude comigo, pelo menos não até chegar aos 13 anos, não tenho
de jogar tênis, golfe, esquiar ou assistir a aulas de culinária para
encontrá-lo, não tenho de fazer uma audição para ele, e ele não
ficará bêbado na metade do primeiro encontro. Prefiro dirigir
num mutirão de transporte escolar pelos próximos vinte anos e
trocar fraldas pelos próximos dois ou três anos do que sair em
mais um encontro às escuras. Na realidade, prefiro ir para a prisão por dez anos, ou ter as unhas dos meus dedões arrancadas do
que sair em mais um encontro arranjado.

Alice riu e olhou para ela pesarosa.

— Você pode ter um bom argumento. Esqueci de como era.
Você me traz algumas recordações. Estou casada há 16 anos. Mas
se for algum consolo, estava aproximadamente com a sua idade
quando conheci meu marido. Nós nos conhecemos na sala de
emergência de um hospital, quando caí de uma escada e quebrei
o braço, e ele tinha um dedão fraturado. Estamos juntos desde
então. Eu me sentia exatamente do jeito que você se sente com
relação a encontros às escuras. Aliás, quantos anos você tem?

— Quarenta e oito. Vou fazer 49 em maio. Isso será um problema? Estou velha demais?

— Não — disse a advogada cuidadosamente — você não
está velha demais. Tudo depende do que a mãe biológica queira.
Você é solteira, e é um pouco mais velha. Se uma mãe legítima
quiser um casal, então não haverá uma combinação. Mas, você
tem outras coisas a oferecer, obviamente tem sido uma boa mãe
— embora isso fosse ser verificado cuidadosamente, com referências e um estudo do lar por uma assistente social licenciada,
como Alice explicaria mais tarde. — Você é experiente, já ofereceu um bom lar e sabe como fazer isso, é próspera, responsável.
Algumas mães biológicas não se importam se há um pai ou não,
e muitas não se importarão com sua idade. Algumas sim. Você

JOGO DO NAMORO

verá, quando avançarmos mais nisso, que a maioria das mães biológicas não fazem muitas perguntas, muito menos do que eu ou você faríamos. Se fizerem, talvez tenhamos problemas, e o que ela poderá realmente estar dizendo é que não confia em você, e acha que seria uma mãe melhor do que você. Se nós a apresentarmos, e você tiver sido investigada, e será, então tudo dependerá de química e instinto. São as mães adotivas que geralmente fazem todas as perguntas. Mas em sua maior parte, detesto dizer isso, uma adoção é bem parecida com um namoro.

Paris riu com a comparação.

— Pelo menos há uma recompensa no final. Não tenho certeza que seja o caso no namoro, em que tudo que você recebe é muita dor no coração.

— Parece que você andou saindo com os sujeitos errados — ela sorriu —, mas nós todas fazemos isso! São os homens bons, quando você finalmente conhece um, que fazem tudo isso valer a pena. Assim como a adoção. — E ela sorriu outra vez.

Então, ela explicou o processo todo para Paris. Ela tinha numerosas opções, uma adoção estrangeira, uma doméstica, uma particular, ou fechada, a adoção de uma criança com necessidades especiais, que Paris disse que não queria aceitar sozinha, e Alice balançou a cabeça concordando, tudo era uma escolha pessoal. E Paris disse que queria uma criança doméstica. Uma adoção estrangeira soava difícil e estressante demais para ela. E não queria passar dois meses num quarto de hotel em Beijing ou Moscou, esperando para resolver muita burocracia, e com montes de formulários para preencher. Queria levar uma vida normal e ir para o trabalho todos os dias enquanto esperava que o bebê certo fosse encontrado. E isso soou razoável para Alice. Tinha de haver um estudo das condições do lar oferecido, feito por uma agência de adoção licenciada se fosse uma adoção particular, o que aliás era. Paris teria montanhas de papéis para preencher, documentos para assinar, impressões digitais e fichas criminais para fornecer, exames médicos, assim como referências e informações sobre si mesma.

— Você já contou aos seus filhos? — perguntou Alice.

— Não, ainda não. Meu filho está na faculdade, e minha filha casou-se no sábado. Eles já estão razoavelmente fora de casa, e não podem ter muita objeção, isso não vai afetá-los.

— Não tenha tanta certeza. Mesmo filhos crescidos às vezes têm opiniões fortes sobre os pais adotarem uma criança. Rivalidade entre irmãos pode acontecer em qualquer idade. — Paris não podia imaginar isso, mas obviamente a advogada tinha mais experiência do que ela.

— O que faço agora? — Só em ouvi-la, Paris ficava animada. Ela sabia mais do que nunca que a decisão era certa, e mal podia esperar. Alice lhe dissera que eles filtravam as mães biológicas com muito cuidado. Queriam ter certeza de que os antecedentes familiares eram tão íntegros quanto possível, que o pai biológico assinara concordando para que não houvesse problemas mais tarde, que a combinação da mãe adotiva e do bebê fosse a melhor possível, e é claro, que a mãe biológica realmente fosse abrir mão do bebê. E eles também examinavam a mãe biológica com relação a drogas e ingestão de álcool.

— Nós lhe damos um pacote de papéis — disse Alice, levantando-se. — E você começa a preenchê-los. Entrarei em contato em uma ou duas semanas. Quero que seja iniciado o estudo do lar, porque se um bebê aparecer de repente, e às vezes isso acontece, podemos receber um chamado de um hospital ou de uma mãe, depois do bebê ter nascido, e você vai poder agir rapidamente.

— Geralmente acontece tão rápido assim? — Paris pareceu surpresa. Ela achou que levaria meses, ou até anos.

— Pode acontecer rápido assim. Ou pode levar muito mais tempo. Realisticamente, é provável que leve um ano. Na maioria

JOGO DO NAMORO

das vezes leva isso. Se tivermos sorte, seis meses. Mas acho que posso dizer a você razoavelmente que estará trocando fraldas dentro de um ano. — Paris sorriu. Era um pensamento animador. E ela gostara muitíssimo dessa mulher. Tinha total confiança de estar nas mãos certas. Conseguira o nome dela com seu ginecologista, que Sydney recomendara. Ela se saía muito melhor com médicos e empregos do que com encontros às escuras.

Paris deu para Alice o número de telefone do seu escritório, de casa, e do celular. E depois disso, dirigiu para o escritório. Estava totalmente excitada com o que estava para fazer, e por enquanto não tinha uma única dúvida. A única coisa em que estava pensando agora era se Alice estaria certa e se Meg e Wim poderiam ficar aborrecidos. Não achava que ficariam. E não era algo que queria discutir com eles ao telefone. Meg e Richard estavam na Europa por três semanas em lua-de-mel, portanto tinha de esperar até que chegassem em casa.

Quando chegou ao escritório, Paris viu que Andrew Warren telefonara. Ela hesitou quanto a responder a chamada, e não queria desenvolver qualquer relacionamento romântico com ele. Ele era um homem agradável, mas ela estava falando sério quanto a não namorar. Não tinha nenhum interesse nele. Ela viu que o recado estava escrito com a letra de Bix, e parou em seu escritório, com o recado na mão.

— O que ele queria? — Ela não parecia entusiasmada.

— Ele perguntou se você doaria um rim — Bix a provocou.

— Não fique tão desconfiada. Ele disse que tinha de ver um cliente aqui na próxima semana, e acho que queria saber se você gostaria de almoçar com ele.

— Não gostaria — disse ela curtamente, jogando o recado no lixo.

— Não seja tão chata — disse Bix, parecendo aborrecido.

— Ele é um homem simpático. — Tinham conversado uns pou-

374 DANIELLE STEEL

cos minutos ao telefone, e Bix o convidara para visitar o escritório um dia desses. Se Paris não iria almoçar com ele, ele iria. — O que você tem a perder?

— Minha sanidade e respeito por mim mesma. Gosto de ambos.

— Aonde você estava essa manhã? — Geralmente ela lhe dizia para onde ia, e ela deixara um bilhete na máquina dizendo que chegaria tarde, mas não dissera a razão.

— Fui fazer uma limpeza nos dentes. — Ela sorriu para ele, mas algo em seus olhos lhe dizia que era outra coisa.

— Você deve ter muito mais dentes do que eu. Ficou fora por um bocado de tempo.

— Tive de esperar — disse ela, e voltou à sua escrivaninha. Ela não ligou para Andrew Warren. Ele era um homem simpático, mas não adiantava. Sempre poderia vê-lo em alguma ocasião em Los Angeles quando visitasse Richard e Meg. Meg disse que o viam muito. E ela não via nenhuma razão para cultivar uma amizade. Não precisava nem queria um amigo homem. Tinha Bix.

Como prometido, na semana seguinte recebeu notícias de Alice Harper. Paris devolvera o máximo de formulários que pôde preencher. Ainda tinha de tirar impressões digitais, e fornecer uma ficha de computador de seus antecedentes criminais, mas planejava fazer isso nos próximos dias. E não estava preparada para o que Alice disse.

— Tenho uma mãe biológica para você, Paris — disse ela, e Paris pôde sentir seu coração batendo forte. Isso era muito melhor do que um encontro. Isso era para sempre, exatamente como um bebê seu. Era como esperar para saber se estava grávida, nos primeiros dias de seu casamento. Eles tinham sido os melhores anos de sua vida. E essa era uma maneira de trazer aqueles dias de volta, sem o Peter, é claro. Mas não se podia ter tudo. Não dava mais.

— Fale-me sobre ela — disse Paris, enquanto fechava a porta do escritório. Bix deu uma olhada de seu escritório e a viu fazer isso, e teve a sensação de que algo nebuloso estava acontecendo. Esperava que ela não estivesse procurando um outro emprego. Paris nunca fechava sua porta.

— Ela tem 19 anos, está na faculdade na Bay Area, e vem de uma família sólida em Mill Valley. É saudável, e está ansiosa por continuar com sua educação. É muito atlética, razão pela qual não sabia que estava grávida. Só descobriu que estava grávida com cinco meses.

— Com quantos meses de gravidez ela está agora?

— Sete meses. O bebê deve chegar em primeiro de dezembro. Ela não está envolvida com drogas, e não tomou nenhuma bebida alcoólica desde que descobriu. Disse que só bebeu um pouco de cerveja e vinho antes disso, está no time de tênis da faculdade, portanto é bastante saudável. Foi testada para drogas e está limpa. E julgando pelas fotografias, é uma garota muito bonita, de cabelos louros e olhos azuis, e parece um pouco com você. Vou vê-la pessoalmente amanhã. O pai biológico tem 22 anos, acabou de se formar em Stanford, está trabalhando em Nova York. Teve boas médias durante toda a faculdade, parece realmente inteligente. Não usa drogas. Eles namoraram durante dois anos, e terminaram há seis meses. Não querem se casar, nenhum deles quer o bebê, nem seus pais. A família é razoavelmente conhecida na cidade. Acho que eles só querem que isso acabe. Você seria a resposta às preces deles.

— Como a mãe biológica se sente com relação a mim? Ela se importa que eu seja solteira e mais velha? — perguntou Paris, sentindo-se humilde. De uma certa maneira era pior do que um namoro, porque havia tanto em jogo. Uma criança pelo resto de sua vida.

376 DANIELLE STEEL

— Ela vai conversar com dois outros casais. Portanto não é uma coisa certa. Vamos tratar de terminar o estudo do seu lar o mais rápido possível. Você já contou para seus filhos? — perguntou Alice.

— Minha filha não estará de volta de sua lua-de-mel nas próximas duas semanas.

— É cedo o suficiente. Vamos ver aonde isso vai dar. — E na tarde de sábado, ela telefonou para Paris em casa. Ela estava sentada em sua sala de estar, à frente da lareira, lendo um livro. E por alguma razão estranha estivera pensando sobre Jean-Pierre, sentindo sua falta, e imaginando como ele estaria. Esperava que estivesse feliz e bem.

— A mãe biológica quer conhecê-la — disse Alice. — Ela também vai conhecer os outros casais. — Era a ocasião das entrevistas. — Você estará livre amanhã?

— Totalmente. — Jantaria com Wim, mas não tinha outros planos. Hoje em dia sua vida era tranqüila. Mais tranqüila do que nunca.

Alice escolheu um restaurante no centro da cidade, onde poderiam se encontrar e conversar o tempo que quisessem. Ela disse que a mãe biológica viria sozinha. Elas concordaram em se encontrar às 14h, e Paris disse que estaria lá. E quando ela chegou exatamente como programado na manhã seguinte, a jovem entrou quase exatamente ao mesmo tempo. Ela era uma garota linda, com um corpo atlético esbelto, e o bebê era uma bola apertada e arrumada que mal aparecia, apesar de seus sete meses. A mãe biológica parecia surpreendentemente com Meg.

Elas foram acomodadas numa mesa calma de canto, e a garota parecia desconfortável, portanto Paris falou primeiro. Ela perguntou como estava se sentindo e ela sorriu timidamente para Paris.

— Na maior parte, uma idiota. Eu devia ter percebido. Minhas regras são tão irregulares que eu não notei. — Depois ela disse a Paris que seus pais estavam extremamente aborrecidos, principalmente seu pai. Era filha única e a menina-dos-olhos dele. Paris queria perguntar se tinha certeza do que estava fazendo, mas Alice sugeriu que não fizesse isso. A garota disse que tinha certeza de que não queria o bebê. Ela então falou sobre seu namorado. Disse que fora um rompimento muito amargo, e que, por enquanto, não queriam se ver mais.

— E se vocês voltarem? — perguntou Paris tranqüilamente.

— Acha que iriam querer o bebê de volta? — Legalmente, uma vez que assinassem os papéis, não teriam nenhum apoio, disse Alice, mas de qualquer modo Paris estava preocupada. E se a atormentassem, ou tentassem reverter a adoção na corte? Eram todos receios normais que ela estava tendo. Tudo era tão estranho para ela.

— Não, não ia querer. Não quero um bebê. Quero ir estudar na Europa no ano que vem e terminar a faculdade. Não posso fazer nada do que eu quero com um bebê. E ele quer ir para a faculdade de direito, e também não o quer. Eu simplesmente não posso cuidar de um bebê, e meus pais não farão isso. — Ela parecia tão sensata quanto uma garota de 19 anos, e sensata o suficiente para saber que não era responsável o bastante para criar uma criança. Ela própria ainda era uma. Tinha a mesma idade que Wim, e Paris não conseguia imaginá-lo com um bebê ainda por muito tempo. O nome da mãe biológica era Jennifer, e elas sentaram-se lá e conversaram durante duas horas. Era óbvio que gostara de Paris, e ela disse isso quando foram embora. E depois disso Paris foi para casa e preparou o jantar para Wim. Eles passaram uma noite relaxante e silenciosa, e ela estava morrendo de vontade de contar a ele sobre o bebê, mas não queria fazer isso antes que tivesse contado a Meg. Queria contar para os dois ao mesmo tempo, parecia ser o justo com ambos.

378   DANIELLE STEEL

Na segunda-feira ela falou de novo com Alice, e ela disse que as perspectivas eram boas. A mãe biológica gostara muito dela. E depois que ela desligou, Paris estava radiante quando saiu de seu escritório e Bix parecia aborrecido.

— O que há de errado? — Ela olhou para ele com um sorriso caloroso.

— Você me diz — disse ele, e pediu que ela entrasse em seu escritório e se sentasse. — Paris, com os diabos, o que está acontecendo? — De repente ela pensou se estragara alguma coisa para um cliente, e ficou preocupada com a expressão no rosto dele.

— Com o quê? — Ele parecia estar furioso com ela, mas na verdade estava amedrontado.

— Ou você está tendo um caso, ou está procurando por um emprego novo. E como você insiste que não vai namorar, imagino que seja o último. Todas as vezes que passo pelo seu escritório, a porta está fechada, e você está parecendo um gato de Cheshire. — Ele parecia estar profundamente aborrecido, e Paris se sentiu mal por ter-lhe causado preocupação.

— Sinto muito, Bix — disse ela gentilmente. — Você vai ter de me arrastar daqui, se um dia quiser se ver livre de mim. Não vou a lugar nenhum. — Ela queria tranqüilizá-lo, mas ele só pareceu ficar mais confuso.

— Então de que diabos se trata? — perguntou ele, passando uma mão pelos cabelos. E ela sorriu, exatamente da maneira que ele dissera, como o proverbial gato de Cheshire.

— É algo realmente maravilhoso. Pelo menos, eu acho — disse ela orgulhosamente. — Vou adotar um bebê, Bix. — Ele simplesmente ficou ali sentado e olhou fixamente para ela durante minutos intermináveis e então balançou a cabeça incrédulo.

— Oh, meu Deus! Você não vai fazer isso. — Era tudo que podia dizer.

JOGO DO NAMORO 379

— Vou sim. Pelo menos espero que sim. Conheci a mãe biológica ontem. Estive correndo atrás disso nas duas últimas semanas, mas estava planejando fazer isso havia meses. Queria que Meg se casasse primeiro. — Isso certamente explicava a porta fechada.

— Quando você tomou essa decisão?

— Há uns seis meses. Depois de Jean-Pierre. Não quero fazer aquilo outra vez. E não quero ficar sozinha. Bix, quando você pensa nisso, faz muito sentido.

— Não para mim. Seus filhos sabem?

— Ainda não. Vou contar para eles quando Meg chegar em casa.

— Quando é que esse bebê chega, se você conseguir esse.

— Em primeiro de dezembro.

— Que merda. Lá se vai o Natal. Quando é que estava pretendendo me contar? — Ele parecia ainda mais aborrecido com a perspectiva. Seu escritório seria um tumulto sem ela.

— Quando soubesse com certeza. Pode não ser esse, mas espero que seja. Ela é uma garota adorável e saudável, e parece exatamente com Meg e eu. Mas mesmo que isso aconteça, não vou deixar você em apuros no Natal. Gostaria de ter uma licença-maternidade por mais ou menos um mês, mas posso tirá-la em janeiro, quando as coisas se acalmam. Eu aviso para você quando quiser isso e nós entraremos num acordo. — Ele ainda estava incrédulo olhando fixamente para ela, e Paris parecia amedrontadoramente calma. Ela tinha certeza absoluta de que estava fazendo a coisa certa, e isso era evidente. Não tivera nenhuma apreensão ou hesitação desde que encontrara com Alice Harper.

— Paris, você tem certeza? Isso parece uma coisa maluca de se fazer.

— Acredite-me, não é. É a primeira coisa que fiz em dois anos e meio que faz sentido, exceto vir trabalhar para você. E eu

380   DANIELLE STEEL

posso fazer as duas coisas. Não trabalhei com Meg ou Wim, mas outras mulheres trabalham. — E ela era amadurecida o bastante para lidar com um emprego e um bebê. Também não estava preocupada com isso. Já pensara em tudo. — Então — perguntou ela, sorrindo para ele do outro lado da escrivaninha —, não vai me dar os parabéns? — Ela estava exultante, e ele balançou a cabeça.

— Não, vou botar você num manicômio. Acho que está na hora de ligar de novo para Sydney, para outro encontro arranjado. Se eu soubesse que terminar com Jean-Pierre a levaria a isso, a teria forçado a se casar com ele, ou teria dado um tiro nele da primeira vez que chegou perto de você. Acho que isso é uma loucura. Você precisa de um marido, Paris, não de um bebê. — E em parte aquilo era verdade. Ou, na melhor das hipóteses, poderia ter tido ambos. Mas não da maneira que as coisas eram.

— O bebê é suficiente. Não preciso de um marido. Tive um. Foi maravilhoso. Mas isso acabou.

— Você simplesmente vai desistir dos homens pelo resto de sua vida? Isso é uma loucura. — Ele parecia estar genuinamente contrariado por ela. Era um desperdício tão grande.

— Se for para ser, vai acontecer um dia, talvez quando eu cair de uma escada e quebrar meu braço — disse ela misteriosamente, e ele pareceu confuso.

— O que quebrar seu braço tem a ver com isso?

— Foi assim que minha advogada conheceu o marido. Ela quebrou o braço, ele quebrou o dedão do pé, e eles se conheceram na sala de emergência.

— Que bonitinho — disse Bix, ainda parecendo aborrecido. Ela lhe dera muita coisa para digerir. Paris deu a volta na escrivaninha para abraçá-lo, e tranqüilizá-lo de que tudo ficaria bem, e uns minutos depois, voltou para sua escrivaninha. Bix tirou um vidro de Valium da escrivaninha dele, começou a abri-lo, balançou a cabeça, resmungou consigo mesmo, e no final colocou-o de volta no lugar sem tomar nenhum. Pelo menos agora ele sabia, disse para si mesmo, que ela não ia deixar o emprego. Mas adotar um bebê parecia tão ruim quanto.

Capítulo 30

PASSOU-SE OUTRA SEMANA antes que Alice telefonasse, e então Meg estava quase chegando em casa. Mas as notícias não eram boas. Jennifer, a mãe biológica, acabara escolhendo um dos casais em vez dela, e Paris ficou surpresa em ver o quanto ficou desapontada. Sentiu-se como se fosse a rejeição final.

— Às vezes acontece isso — disse Alice calmamente. Sabia como Paris se sentia. — Quando for a coisa certa, tudo se encaixará. Você vai ver. Tenho uma outra opção para você. Sei que quer um recém-nascido, mas só quero apresentar isso. Nunca faz mal perguntar. Temos uma criança de quatro anos num orfanato russo, a mãe é alcoólatra, o pai é desconhecido, nada de HIV. Ela está no orfanato desde os dois anos. Existem outros dois irmãos, e os russos geralmente os mantêm juntos, mas o casal que os adotou não quis a menininha. Ela estava programada para ser adotada por uma família americana em Phoenix, e eles recuaram ontem. O pai recebeu o diagnóstico de um tumor no cérebro, e eles não querem levar a adoção adiante. Portanto ela está disponível. Tenho uma fotografia dela que posso mandar para você por e-mail. Ela parece ser muito bonitinha, mas sei que isso não

JOGO DO NAMORO 383

era o que você tinha em mente. — Paris pensou por um minuto e estava para dizer não, e então pensou se isso seria o destino, enviando essa criança para ela.

— Posso pensar sobre isso? — perguntou Paris cautelosamente.

— Mandarei o e-mail para você. — E então quando ela mandou, Paris pensou que nunca vira um rostinho mais doce. Ela ficou sentada olhando fixamente para ele quando Bix entrou em seu escritório e também olhou.

— O que é isso?

— Uma garotinha de 4 anos num orfanato russo. Ela está disponível para adoção. A mãe biológica que conheci não me quer.

— Oh, meu Deus! — disse Bix, e virou de costas para a fotografia. — Diga-me que isso não está acontecendo. Paris, eu mesmo caso com você se parar com esse absurdo. — Ele estava horrorizado com seu projeto de adoção, e dizia isso sempre que tinha uma chance.

— Não é um absurdo — disse ela, olhando para ele. Estava tão calma que o deixava com medo. Ele nunca a vira tão determinada. — E eu não quero me casar. A não ser por você, eu posso fazer uma exceção. E quanto ao Steven? Devemos adotá-lo?

Bix a encarou, era um pesadelo que estava acontecendo, pelo menos do ponto de vista dele.

— Preciso de um Valium.

— Você quer que eu ligue para seu médico?

— Está brincando? — riu ele. — Tenho uns quatrocentos vidros dele no meu escritório. Gostaria de um?

— Não, obrigada, estou bem. — E duas horas mais tarde ela telefonou para Alice e lhe disse que se decidira contra a adoção da órfã russa. Sentia-se mais confortável com um recém-nascido.

— Eu achei que seria a sua resposta. Mas só pensei que deveria perguntar. Aliás, acho que tenho uma indicação para uma mãe biológica para você. Saberei mais em alguns dias. Eu telefono.

384 DANIELLE STEEL

E naquele fim de semana Meg e Richard voltaram de sua lua-de-mel e ligaram para ela. Ela os convidou para vir a Los Angeles visitá-la. Queria que Wim estivesse lá com eles, mas eles disseram que estariam ocupados. E Bix e Paris tinham de lidar com o Halloween.

Era o início de novembro quando eles finalmente conseguiram ir até lá. Decidiram passar um Dia de Ação de Graças antecipado com ela, já que voariam para o leste para passá-lo com Peter. E pouco depois deles chegarem, Richard mencionou que Andrew lhe dissera que telefonara para ela. Paris pareceu ligeiramente envergonhada.

— Eu sei. Sinto muito. Foi rude da minha parte. Nunca liguei para ele. — Mas ela realmente não queria fazer isso.

— Acho que ele ficou com medo de tê-la ofendido. Ele é um sujeito extraordinário — Richard o defendeu lealmente.

— Se ele ligar outra vez, falarei com ele. Prometo.

— Direi a ele.

E depois disso, eles sentaram-se para jantar, e tiveram um jantar tradicional de Ação de Graças. Mas não havia nada de tradicional na expressão de seus rostos quando Paris lhe disse que queria um bebê. Ambos os filhos pareciam que iam entrar em choque.

— Você o quê? — Meg a encarou, pela primeira vez não estando disposta a apoiá-la. — Mamãe, isso é loucura. Você está velha demais para ter um bebê.

— É possível — concedeu Paris —, embora também não esteja completamente certa disso. Mas não é isso o que tenho em mente. Quero adotar um. E certamente, não estou velha demais para cuidar de um bebê. Mulheres mais velhas do que eu estão tendo bebês através de fertilização *in vitro*. — Ela defendia sua posição, mas até aí não os convencera.

— Elas têm maridos. — Meg estava quase gritando e estava olhando para Richard para ser seu aliado. Até ali ele não dissera

JOGO DO NAMORO

nada. E Wim parecia horrorizado. Toda a sua família estava enlouquecendo. Seus pais tinham se divorciado, seu pai casara com uma garota quase a metade da idade dele, agora eles tinham um bebê de seis meses, ele tinha dois irmãos de outro casamento, e agora sua mãe queria adotar um bebê. Nem ele nem Meg estavam entusiasmados com o projeto, e admitiam isso abertamente.

— Mulheres solteiras adotam bebês, e homens solteiros também — disse Paris calmamente.

— Deixe que eles façam isso — disse Meg infantilmente. — Acho que é uma tolice para você adotar um bebê. Por que iria querer fazer isso?

— Porque me sinto sozinha — respondeu Paris tranqüilamente, e ambos seus filhos olharam fixamente para ela. — Vocês dois estão crescidos, e têm suas próprias vidas. Eu não. A não ser pelo meu emprego. Vocês eram minha vida. E eu não sou responsabilidade de vocês. Tenho de fazer com que minha própria vida valha a pena. Quero ter um bebê, para amar e cuidar dele, e para que ele me faça companhia, até que também cresça. Não quer dizer que eu não ame vocês dois, é claro que amo. Mas também não quero ficar sozinha. — Houve um silêncio sepulcral, e Richard olhou para ela com uma enorme compaixão, como se eles fossem os dois únicos adultos na sala, e ele entendeu. Ele pôs um braço ao redor de sua esposa e tentou explicar isso para ela.

— Sua mãe tem o direito de fazer qualquer coisa que ela ache que seja certo para tornar sua vida melhor. Não é fácil estar sozinho. Isso é duro para ela. E seria uma coisa maravilhosa para se fazer por um bebê.

— Por que você não pode apenas se casar? — disse Meg suplicante.

— Porque não posso, ou não casei — respondeu Paris — e não vou ficar sentada aqui e esperar que o Messias venha e melhore minha vida. Isso é patético. Preciso assumir a responsabilidade pela minha própria vida — disse Paris, e Richard a admirou por isso.

— E se eu tiver um bebê? Você nem vai se importar com ele se tiver seu próprio bebê — perguntou Meg, soando patética, e Paris sorriu para ela.

— É claro que vou me importar com o seu bebê, querida. E me importarei com vocês dois, e todos os filhos que tiverem. Mas preciso fazer alguma coisa para tornar minha própria vida melhor, e é isso que parece ser o certo para mim.

— Para mim soa um bocado tolo — contribuiu Wim. — Bebês fazem uma grande confusão. — Ele estava vendo isso com a meia-irmã que Peter e Rachel tinham lhe dado. O bebê deles parecia gritar o tempo todo, do ponto de vista de Wim, todas as vezes que ele tentava brincar com ela, ela vomitava, e Rachel ficava preocupada. Isso não parecia uma idéia fantástica para ele.

— Em quanto tempo? — perguntou Meg, como se tivessem acabado de lhe dizer que teria de enfrentar um pelotão de fuzilamento.

— Talvez um ano, mais ou menos. — Tudo o que Meg podia esperar era que sua mãe mudasse de opinião nesse período.

E antes que partissem na tarde de domingo, Richard reservou um minuto para conversar com Paris sozinho.

— Não se preocupe com Meg, Paris. Ela se adaptará. Admiro o que você está fazendo. É preciso muita coragem para assumir um compromisso como esses em sua idade. — Afinal, ele era apenas um ano mais velho do que ela, e tinha uma perspectiva diferente de sua filha, embora eles fossem casados.

— É bom você não dizer isso. — Sorriu ela para ele, grata pelo seu voto de confiança. — E se Meg tiver um bebê? — Ela estava esperando que em algum momento tivessem, e de tudo que tinham dito, eles tinham a intenção de um dia ter filhos.

JOGO DO NAMORO   387

— Isso é diferente — disse ele para sua sogra. — Sou muito mais covarde que você. Acho que não poderia adotar um. Isso não a preocupa? — perguntou abertamente, e ela balançou a cabeça, sentindo uma grande afeição por ele. Não só era seu genro, mas estava se tornando um amigo.

— Isso não me preocupa nem um pouco.

Wim, Meg e Richard partiram ao mesmo tempo no domingo. Fora um fim de semana turbulento para eles, mas Paris estava confiante que eles se acalmariam. E ela sabia que Richard ajudaria com Meg. E talvez até mesmo com Wim. Ele prometera falar com o rapaz em alguns dias. Só Deus sabia o que Peter iria pensar de seu plano quando ouvisse falar dele. Não estava contando com ele para acalmar seus filhos. Ele tinha sua própria vida e problemas, e seu próprio bebê sobre o qual eles ainda estavam hesitantes, porque ainda não tinham aceitado Rachel. E ela tinha uma tendência infalível de irritá-los. Era uma mulher muito forte, e tinha destruído o casamento de seus pais, portanto, aos olhos deles, ela começara com dois golpes, se não três, contra Paris.

E enquanto Richard e Meg se afastavam de carro, ele tomou nota mentalmente para falar alguma coisa para Andrew de novo. Ainda achava que Andrew devia telefonar para Paris, mesmo que só se tornassem amigos. Na opinião dele eles se pareciam tanto. E dessa vez, se não fosse só por respeito ao genro, ela prometera aceitar sua ligação, se ele telefonasse. Não havia nenhum mal nisso. Ela não iria namorá-lo, mas como Bix dissera, sempre era bom ter mais um amigo.

Capítulo 31

NA SEMANA SEGUINTE ANDREW telefonou para Paris outra vez. Ele disse que viera à cidade para trabalhar no manuscrito de um filme com um de seus clientes, que estava tendo problemas para modificá-lo, e ele estava pensando se Paris teria tempo para um almoço. Ela lembrou de sua conversa com Richard e sua promessa a ele, portanto concordou em vê-lo naquela semana quando chegasse. Era um almoço de cortesia, e nada mais. Afinal, ele era sócio e amigo de seu genro e ela não queria parecer rude, embora estivesse terrivelmente ocupada no escritório. O Natal estava chegando. Ela quase cancelou no último minuto quando um novo cliente entrou para conhecer Bix, mas ele ameaçou jogar Paris fisicamente para fora do escritório se ela não fosse ao almoço. Ele gostara muito de Andrew Warren, e estava convencido de que Paris também gostaria, se lhe desse uma chance, mesmo como amigo.

Eles se encontraram numa delicatessen na Sacramento Street, que não era elegante, mas era rápida, e ela ficou envergonhada de dizer a ele que tinha muito pouco tempo. Mas ele pareceu aceitar isso com bom humor.

JOGO DO NAMORO

389

— Só estou feliz em sair do apartamento do meu cliente. Ele tem começado uma folha de papel em branco há quatro semanas, e diz que não vai sair até ter escrito alguma coisa. Sinto-me como um assistente psiquiátrico. Talvez tenha de escrever por ele. — Ele riu, terminando o café.

— Você consegue escrever? — Paris pareceu impressionada.

— Não realmente, mas escreverei se isso o botar em movimento. Na realidade eu estava pensando num aplicador de choques elétricos, só para lhe dar um pequeno tranco.

— Aí está uma boa idéia. — Ela riu e contou para ele sobre as festas de Natal que fariam, quando ele lhe perguntou. Estava fascinado com o trabalho deles.

— Não sei como vocês fazem. Quando convido amigos para a minha casa, pedimos comida chinesa, e comemos nas caixas de papelão.

— Lique para Bixby Mason — provocou ela. — Nós cuidaremos disso para você.

— Aposto que sim. Se o casamento de Meg for qualquer indicação do que vocês dois fazem, eu diria que organizam uma festa fantástica. — Ele sorriu para ela com apreço.

— Nós tentamos — disse lisonjeada, pensando que cumprira a sua promessa e não teria de encontrar com ele de novo.

Ele então disse que tinha de voltar para seu escritor de roteiro, e ela tinha de voltar ao escritório. Fora um interlúdio agradável. Ele era muito parecido com Richard, e ela podia ver por que eram sócios. Ambos eram serenos, inteligentes, despretensiosos, e muito bons nos negócios. Ambos se elogiaram pelos seus talentos, o que demonstrava que tinham uma natureza acalentadora. Paris não podia pensar num marido melhor para sua filha. Ou, talvez um dia, num amigo em Andrew para ela.

E logo que Paris voltou para o escritório, a secretária lhe disse que recebera um telefonema de Alice Harper.

390 DANIELLE STEEL

— Tenho uma mãe biológica interessante para você — disse Alice, enquanto Paris ouvia. Ela tinha acabado de terminar a pesquisa do lar e estava pronta para agir, quando algo estivesse para acontecer. — Ela é um pouco mais velha do que o nosso tipo habitual. E é casada. Tem 29 anos, e quatro filhos. Mora em East Bay, e seu marido é um técnico de laboratório. Eles estão apertados financeiramente. E aparentemente, ele vem tendo um caso com a vizinha. Ele a está deixando, ou melhor, já a deixou. E para começar ela não queria esse bebê. Pelo que deduzi, ele a tem maltratado bastante. Não há problema de drogas nem de álcool, ela é muito religiosa, e quer que esse bebê tenha uma boa vida. Sabe que ele não terá se ela ficar com ele. Não pode sustentar os que já tem. Aliás, a irmã ficará com sua filhinha de 3 anos, e a mãe biológica ficará com os três meninos, que estão com 11 anos, 9 e 7, e ela quer se mudar para o leste para arranjar um emprego e morar com a mãe. — Parecia uma tragédia para Paris. Vidas fragmentadas e corações partidos sem fim. Isso acontecera com ela. Não podia nem imaginar como teria sido se tivesse tido que separar sua família, distribuir seus filhos e dar um para adoção.

— O que acontece se ela se recuperar? Será que vai querer esse bebê?

— Ela disse que ele a estuprou. Ela lhe disse que queria o divórcio há um ano, e ele não acreditou nela. Ele parece ser bastante violento. Portanto ele a estuprou, e ela engravidou. Mas então ele se envolveu com a vizinha. Ela entrou com os papéis de divórcio ontem. Agora quer colocar o bebê para adoção, e iniciar a vida com uma ficha limpa em algum outro lugar. Não sei se a culpo — disse Alice. Ela tinha ouvido trinta anos dessas histórias e muitas delas eram trágicas. — O que eu gosto nela é que é mais velha e sensata. Sabe o que está fazendo. Sabe como é cuidar de uma criança, e também sabe o que consegue e o que não consegue administrar. Ela tem mais problemas do que pode agüentar,

JOGO DO NAMORO

e sabe disso. Você seria uma dádiva de Deus para ela. — E talvez ela fosse para Paris.

— Quando é que o bebê chega? — Paris perguntou, tomando notas num bloco.

— Aí é que está o problema. Em duas semanas. É uma menina. Ela fez uma ultras-sonografia no mês passado, e o bebê é saudável. — Paris confidenciara a Alice logo no início que preferia uma garotinha, pois seria mais fácil para ela quando ficasse mais velha, particularmente sem ter um homem para servir de modelo com quem um garotinho pudesse contar. Mas estava disposta a aceitar qualquer sexo.

— Duas semanas? — Paris pareceu sobressaltada. — Semana que vem é o feriado de Ação de Graças.

— Eu sei. O dia esperado é cinco de dezembro. Quer conhecê-la?

— Eu... claro... — Dissera a seus filhos que poderia levar um ano. Mas Paris achava que se fosse o bebê certo, ela saberia. E já estava com uma boa sensação a respeito.

Alice ligou para ela meia hora mais tarde. Marcara um encontro entre Paris e a mãe biológica, numa cafeteria em San Leandro, na noite seguinte, às 19h. Era o encontro para jantar mais excitante que Paris tivera em meses. Possivelmente em anos.

E na noite seguinte ela estava se apressando em sair do escritório quando Bix a viu.

— Eu diria que você tem um encontro quente, mas infelizmente, não caio nessa. — Ele estava extremamente desencorajado com a posição atual de Paris com relação a namoro, embora soubesse que ela almoçara com Andrew Warren. Ela dissera para Bix precisamente que ele poderia ser um grande amigo, e que era tudo que ambos queriam. Estavam na mesma freqüência com relação a isso.

392 DANIELLE STEEL

— Eu tenho um encontro quente. Estou indo encontrar com uma mãe biológica em San Leandro — Paris parecia ansiosa, excitada e cheia de esperanças ao mesmo tempo.

— Você freqüenta os melhores lugares — Bix brincou.

Com o trânsito, levou uma hora e meia para chegar lá, mas ela tinha reservado tempo suficiente, e entrou na cafeteria minutos antes da mãe biológica. Ela era uma loura cansada que parecia estar pronta para desmaiar de exaustão. Mas era bonita, gentil e inteligente quando Paris conversou com ela. Freqüentara um ano da faculdade comunitária, e um dia queria cursar a escola de enfermagem. Mas por enquanto, teria de fazer o que pudesse para sustentar os filhos. Seu marido soava como um verdadeiro bastardo. E tudo que a mulher queria fazer era pegar um avião depois de ter o bebê, e ir para o leste para se afastar. Ela disse que a irmã mandaria sua filhinha de volta quando achasse que ela poderia dar conta. Mas no momento estava enlouquecida com relação a tentar sustentar seus filhos, e ela sabia que todos se afogariam se tivesse um quinto filho. Seu marido perdera o emprego recentemente, e não podia pagar pensão alimentícia. E cada centavo que ele tinha, estava gastando com a outra mulher. Paris queria colocá-la no carro e ir embora com ela, e com o resto de seus filhos. Mas sabia que não podia. Não estava ali para isso. Elas estavam lá para falar sobre o bebê que devia chegar em duas semanas.

Paris falou sobre sua própria família, Meg e Wim, sua casa, sua vida, seu trabalho. Mas exatamente como Alice tinha predito, a mãe biológica queria saber muito pouco sobre ela. Tudo o que ela queria saber era que Paris estava disposta a ficar com o bebê. Era ela quem queria que Paris a aprovasse, não o oposto, e que a tirasse da confusão em que estava, para que pudesse se erguer o mais rapidamente possível, e ajudar seus outros filhos. Dar o bebê que estava carregando para alguém era permitir que ela sobrevi-

JOGO DO NAMORO 393

vesse e tomasse conta das outras crianças. Ela não se importava que Paris fosse solteira, ou que fosse mais velha. Sentiu total confiança nela no momento em que a viu. E no momento em que Paris colocou os olhos nela, ela soube que esse era o bebê para ela. Estavam na metade da refeição que Paris tinha pedido para ela, e que as duas mal tinham tocado, quando Paris tomou as mãos da mulher em suas próprias mãos e as segurou, e quando olharam uma para a outra, havia lágrimas rolando pelos seus rostos. Ambas souberam no mesmo momento o que acontecera. O negócio estava feito. O nome da mãe biológica era Amy, e tudo que tinha a fazer agora era ter o bebê, e dá-lo. Paris e sua advogada cuidariam do resto.

— Obrigada — sussurrou Amy, ainda agarrada com força às mãos de Paris. E elas ficaram lá sentadas, conversando, planejando, e trocando fotografias até as nove horas. Não havia nenhum problema médico notável na família de Amy, uma das crianças tinha tido febre do feno, e não havia história de doença mental. Nem alcoolismo, nem drogas. E tudo que ela queria de Paris eram fotografias uma vez por ano. Ela não planejava ver mais o bebê. Tanto ela quanto o marido estavam dispostos a assinar os papéis de renúncia, e o bebê então se tornaria um tutelado da agência de adoção. E em quatro meses, o bebê seria legalmente de Paris. Uma vez que eles assinassem a renúncia, e o documento fosse registrado em Sacramento, nem ela nem o marido podiam mudar de idéia. Mas Amy lhe assegurou que não mudariam de idéia de jeito nenhum. Estava muito mais preocupada que Paris desistisse, e Paris assegurou a ela que não havia dúvidas sobre isso. Ela tomara sua decisão, e ocupara a base. Agora tudo que Paris tinha de fazer era esperar. E contar para seus filhos.

E enquanto ela dirigia de volta para a cidade naquela noite, sentiu-se exatamente da maneira que se sentira na primeira vez que o médico lhe dissera que estava grávida. Havia sempre aquele

394 DANIELLE STEEL

medinho nauseante no fundo de sua mente de que algo pudesse sair errado, mas o que sentia mais do que tudo era excitação e exultação. Ela voltara correndo pela casa para dizer vitoriosamente a Peter, "Estou grávida!" E ela se sentia exatamente daquele jeito agora. Dera todos os seus números de telefone para Amy e lhe dissera para telefonar no minuto em que começassem as contrações. E ambas tiveram de ligar para Alice Harper no dia seguinte para dizer a ela que tinham entrado em acordo, e havia um trato.

A advogada ligou para Paris em casa enquanto ela se vestia para o trabalho, e Paris prendeu a respiração. E se Amy tivesse mudado de idéia? Ela poderia ter feito isso no caminho para casa. Ou talvez o marido afinal tivesse decidido ficar com ela.

— Ela quer você — disse Alice simplesmente. — Qual é sua opinião?

— Eu a adoro — disse Paris, de novo com lágrimas nos olhos. As duas até tinham notado que tinham olhos da mesma cor e mãos parecidas. Como se Deus em alguma ocasião as tivesse feito irmãs, e depois as tivesse separado, e agora tivesse reunido de novo na hora exata. Paris tinha duas semanas para comprar tudo de que precisava. E ela disse a Alice que preencheria um cheque naquela manhã para tudo de que Amy precisasse. O parto estava coberto pelo plano de saúde de Amy. Ela só precisava de alguém para cuidar dos outros filhos enquanto estivesse no hospital, e Paris se voluntariara para pagar a passagem de avião para que Amy e seu garotos voltassem para o Leste, depois do nascimento do bebê. Parecia ser o mínimo que podia fazer.

— Mandarei o cheque essa manhã — disse Paris nervosamente.

— Não se preocupe. Ela não vai a lugar nenhum. Precisa de você — disse Alice sabiamente.

— Eu também preciso dela — disse Paris. Mais do que percebera. Mas agora sabia disso. Ela ligou para Meg e Wim antes de sair de casa, e contou a novidade para ambos.

JOGO DO NAMORO

— Seja lá o que for — respondeu Wim num mesmo tom. E então disse que o que a fizesse feliz estaria ótimo para ele. E soou sincero. Paris chorou quando lhe agradeceu. Seu apoio foi o maior presente que ele já lhe dera.

— Tem certeza, querido?

— Sim, mamãe — disse Wim, sorrindo do seu extremo da linha. — Ainda acho que é uma tolice. Mas se você quer isso, está tudo bem. — Paris chorou de alívio e gratidão enquanto ouvia.

— Eu amo você — disse ela com fervor, profundamente emocionada.

— Eu também.

E a conversa com Meg também saiu melhor do que o esperado. Ela tivera uma longa conversa com o marido, e podia entender as razões de sua mãe. Se realmente não ia se casar de novo, seria uma vida solitária para ela. E se era isso que ela queria, Meg disse que a apoiaria. A única coisa que a preocupava, era que achava que se sua mãe quisesse começar a namorar outra vez, nenhum homem de sua idade iria querer ficar preso a um bebê. Mas Richard salientou que ele tinha a idade de sua mãe, e queria um bebê com Meg. Aliás, eles já estavam trabalhando nisso. Portanto, no final, ela também recebeu a bênção de Meg. — Isso é um bocado excitante, mamãe — concordou Meg antes de desligar.

— Sim, querida, é. — E então correu para o escritório para contar para Bix.

— Vou ter um bebê! — gritou enquanto entrava pela porta, e então viu que o contador estava com ele. Felizmente não havia clientes em cena.

— Parabéns! — disse o contador, parecendo atordoado, mas não tão atordoado quanto Bix. Ele levantou os olhos, olhou fixamente para ela e disse uma única palavra.

— Quando? — Eles tinham 22 festas de Natal agendadas.

396 DANIELLE STEEL

— Em duas semanas. — Ela sorriu radiante, e Bix parecia que estava para desmaiar. — Não se preocupe. Não vou tirar folga até janeiro. Trarei o bebê para o escritório. Encontrarei uma babá. Tomarei conta disso. Você pode cuidar do bebê para mim — disse ela, e ele gemeu.

— Devo organizar um chá de bebê para você? — perguntou ele, parecendo estar em pânico.

— Não até ele estar aqui, mas obrigada. Podemos brincar depois do Natal. — Ele estava esquadrinhando sua escrivaninha freneticamente quando ela disse. — O que está procurando?

— Pelo meu Valium. Talvez eu precise ter uma "overdose". Qual é a data prevista, ou o que quer que você chame isso?

— É assim que se diz. — Ela riu. — Cinco de dezembro.

— Oh, meu Deus! É a noite do casamento dos Addison.

— Estarei lá. Com o bebê, se for necessário. — Acharia uma babá rapidamente, e já tinha uma consulta com um pediatra. Ela contrataria uma enfermeira para o bebê, para ajudá-la a atravessar o Natal. E em janeiro, ela mesma cuidaria dela. Agora só tinha de pensar em um nome. Mas aquilo era a última coisa em sua cabeça, enquanto tomava notas apressadas do que precisaria, e Bix a seguia até seu escritório.

— Tem certeza de que quer fazer isso, Paris? Um bebê é para sempre — disse ameaçadoramente.

— Sim, eu sei — disse Paris, olhando para ele. — É só isso que é.

Capítulo 32

Andrew Warren telefonou para Paris outra vez na segunda-feira antes do feriado de Ação de Graças. Ele disse que tinha de vir à cidade para visitar o cliente novamente naquele fim de semana. E enquanto ficasse esperando para que ele escrevesse alguma coisa, estava pensando se Paris gostaria de encontrálo para jantar. Ela estaria passando o Dia de Ação de Graças com Steven e Bix, e seus filhos estariam em Nova York com Peter. Durante o fim de semana iria comprar as coisas de que necessitava para o bebê, e fora isso não tinha mais nada para fazer.

— Seria ótimo. Quer vir aqui para jantar? — Ela não se importava de cozinhar para ele. Não tinha mais nada para fazer, e podia ser mais fácil para ele, enquanto esperava que seu escritor de roteiros sitiado chocasse um texto. Estavam a algumas horas da data de entrega, e o estúdio estava produzindo ruídos legais desagradáveis, portanto ele queria ficar por perto e pegar no pé do escritor.

— Isso é o que você sempre faz, ou está indo além dos seus deveres? — perguntou ela depois que ele disse que gostaria de vir jantar.

398   DANIELLE STEEL

— Estou indo muito além, mas ele é um bom garoto, acho
que não estava preparado. Se eu puder ajudar, é melhor que o
faça. É um fim de semana calmo para mim. — Ele disse que
passaria o feriado com amigos, já que as filhas estavam na Europa, e esse ano ele não tinha tempo para voar até lá e encontrá-las
para o Dia de Ação de Graças. Ele perguntou como ela o passaria, já que sabia que Meg e Richard iriam a Nova York para ver
Peter, e ela disse que o passaria com Bix.

— É sempre animado estar com eles — disse ela, e eles concordaram que ele viria à sua casa para jantar na noite de sexta-feira, completamente à vontade, suéteres e jeans.

Mas no final, o Dia de Ação de Graças com Steven e Bix foi
muito menos divertido do que ela esperara. Steven cozinhou uma
ave com perfeição, e a mesa de Bix estava requintada. Mas esse
ano não havia outros convidados, e Steven parecia estar com um
caso sério de gripe. Ele comeu muito pouco e foi deitar logo
depois do jantar. E enquanto ela ajudava Bix a tirar os pratos e
colocá-los na lavadora, viu lágrimas rolando pelas suas faces.

— O que está acontecendo? — perguntou enquanto o envolvia em seus braços, e ele quase desabou contra ela. E antes
mesmo que ele dissesse, ela sabia. Era Steven. Ele tinha Aids. —
Oh, meu Deus!, não... não pode ser... — Mas era. Ela sabia que
ele era HIV positivo há anos. E os dois sabiam que um dia isso
podia acontecer.

— Paris, se alguma coisa acontecer com ele, não conseguirei
superar. Eu simplesmente não poderia mais viver sem ele — disse
Bix enquanto ela o abraçava e ele chorava.

— Se Deus quiser você não terá de passar por isso — disse
ela, tentando ser otimista por ele, mas ambos sabiam que às vezes
a vida podia ser cruel. — Você só tem de fazer o melhor que pode
e tudo que pode por ele. — E ela sabia que Bix faria.

JOGO DO NAMORO 399

— Ele começou a tomar inibidores de transcriptase reversa do tipo nucleosídico e o inibidor de protease na semana passada, e isso está fazendo ele se sentir muito doente. Eles dizem que, eventualmente, o tratamento fará com que se sinta melhor. Mas nesse momento ele se sente uma merda. — Steven parecera estar um bocado vacilante na mesa de jantar, mas Paris também sabia que ele ainda estava trabalhando. Estivera de plantão mais cedo naquele dia.

— Você consegue fazer com que ele tire um tempo de folga?

— Duvido — disse Bix, enxugando os olhos e enchendo a lavadora de pratos outra vez.

— Cobrirei todas as festas que puder por você. Só me diga o que você precisa.

— Como vai fazer isso? — perguntou ele, parecendo desencorajado. Ele nem conseguia imaginar uma vida sem Steven ao seu lado, mas eles sempre tinham sabido que o risco era real.

— Ontem encontrei uma babá adorável. — Parecia engraçado até para ela ter de se preocupar com babás, horários, fórmulas e fraldas. Mas se importava com a responsabilidade ou inconveniência disso. Mal podia esperar. No dia seguinte sairia para comprar tudo que precisava. A data prevista para Amy era em oito dias. Ela teria o bebê no Alta Bates Medical Center, em Berkeley, e quando o telefonema viesse Paris só teria de correr para atravessar a ponte. Paris prometera que estaria com ela durante o parto. E tinha esperanças que o bebê não viesse tão rápido quanto o de Jane, para que pudesse ao menos chegar lá a tempo de vê-lo nascer. Amy pedira a Paris para ficar com ela durante o parto. E se o bebê fosse saudável, Paris poderia levá-lo para casa oito horas depois do parto. A única coisa que ela ainda não tinha para o bebê era um nome.

Mas ela voltou sua atenção de novo para Bix antes de ir embora naquela noite. Eles entraram para checar Steven, mas ele estava dormindo, e Paris notou que ele parecia ter perdido muito peso recentemente, e estava muito magro, e nos últimos um ou dois meses parecia ter envelhecido. Bix também podia ver isso. Ambos sabiam que ele poderia viver muitos anos, se tivesse sorte. Mas lutar contra a Aids e viver de medicamentos não seria fácil para nenhum dos dois.

Ela pensou neles, enquanto estava deitada na cama aquela noite, rezando para que Steven melhorasse, e vivesse por muito tempo. Sabia o quanto eles se amavam, e como um relacionamento como o deles era incomum. Não queria que nada de mal acontecesse com eles. A vida era sempre tão desafiadora, e tão cheia de curvas inesperadas e perversas na estrada. Ela mesma descobrira isso havia dois anos e meio.

Ela caiu num sono intermitente e sonhou com o bebê. Sonhou que estava dando a luz a ele e Amy estava de pé ao seu lado, segurando sua mão, e logo que o bebê veio, alguém o levou embora, e no sonho Paris estava gritando. E quando acordou num sobressalto, percebeu que era isso que faria com Amy. Ela faria tanto esforço para ter o bebê, e então Paris levaria o bebê embora. Seu coração foi de encontro a ela enquanto ficava deitada na cama e pensava nisso. As coisas pareciam ser tão duras para todos. Bix, Steven, Amy... e no meio disso tudo havia inocência, esperança, e amor. O bebê parecia personificar todas as coisas boas da vida, e toda a alegria que vinha com uma nova vida. E era interessante que mesmo em meio ao sofrimento, havia sempre um pequeno raio de luz. E a esperança de fazer com que tudo valesse a pena.

Na manhã seguinte Paris saiu às pressas, como pretendera, para comprar tudo que precisava. Ela foi a uma loja chique para bebês para comprar um bercinho de vime, uma mesa de trocar fraldas, e uma mobília adorável com laços cor-de-rosa e borboletas pintadas. E comprou vestidinhos, chapéus, meias e suéteres, e um enxoval de recém-nascido digno de uma princesa. E depois

JOGO DO NAMORO

ela foi a três outras lojas para comprar todas as coisas práticas. Sua caminhonete estava tão cheia que mal podia enxergar para dirigir, e ela voltou exatamente a tempo de descarregar o carro, e colocar tudo no quarto de visitas lá em cima. Ela colocaria o bercinho em seu próprio quarto. Mas todas as outras coisas de que precisava ficariam no quarto de visitas ao lado do seu. Pretendia passar o resto do fim de semana organizando tudo. Mas não havia pressa. Tinha o fim de semana todo para fazer isso, e às cinco horas começou a fazer o jantar para Andrew Warren. Ele prometera chegar às seis. Ou um pouco mais tarde, caso seu roteirista finalmente estivesse produzindo alguma coisa.

Ela pôs um rosbife e batatas assadas no forno, e fez uma grande salada. Comprara um pouco de caranguejo a caminho de casa, e pensou que poderiam comê-los na casca para começar, e colocou uma garrafa de vinho branco na geladeira.

Ele chegou prontamente às seis horas, e pareceu contente em vê-la. Paris parecia confortável e relaxada em jeans, e mocassins, e um suéter de gola rulé azul claro. Ela não teve nenhuma preocupação exagerada com ele. Não o considerava um namorado, mas sim um amigo, e ele parecia se sentir da mesma maneira. Estava usando uma velha jaqueta de couro, um suéter cinza e também estava de jeans.

— Como vão as coisas? — perguntou a ele com um sorriso caloroso, e ele riu e revirou os olhos.

— Deus que me livre de escritores com bloqueio criativo. Quando saí, ele estava no telefone falando com o analista. E teve de ir ao hospital devido a um ataque de ansiedade na noite passada. Talvez eu tenha de matá-lo antes que isso termine. — Mas ele era incrivelmente paciente. E estava mais do que disposto a servir de babá durante todo o processo. O roteiro que ele estava escrevendo era para um grande filme, com duas grandes estrelas, que eram representadas pelo genro dela. Era um caso de família.

402 DANIELLE STEEL

Eles sentaram na sala de estar enquanto comiam amendoins e bebiam vinho, e ela pôs música.

— O que você fez hoje? — perguntou Andrew à vontade. Ele gostava da casa dela, era clara e alegre, e num dia ensolarado estava banhada com a luz do sol.

— Fui fazer umas compras — disse ela, sem revelar espontaneamente o que comprara. Até agora, não contara a ninguém sobre a adoção, exceto aos filhos e a Bix. E por enquanto, queria manter as coisas desse jeito. Não queria ouvir um monte de comentários de pessoas que mal conhecia. E mesmo gostando tanto de Andrew, não se conheciam bem. Embora ele parecesse gostar muito de Meg, e falasse muitas coisas agradáveis sobre ela, o que deixava Paris sensibilizada. E Paris concordava com ele.

Eles jantaram em torno de sete e meia, e ele adorou o jantar que ela preparou. Ele disse que caranguejo era seu prato favorito, e o rosbife saíra no ponto certo.

— Estou um pouco sem prática — desculpou-se ela. — Não cozinho mais com muita freqüência. Ou estou trabalhando ou cansada demais para pensar em comida quando chego em casa.

— Parece que você e Bix trabalham muito.

— Trabalhamos, mas eu adoro isso. E ele também. O mês que vem vai ser uma loucura para nós, os feriados sempre são. A partir de segunda-feira estaremos trabalhando quase todas as noites. — E ia ficar ainda mais complicado para ela quando o bebê chegasse. Estava quase desejando que viesse tarde. Facilitaria muito as coisas para ela. E Bix já concordara em lhe dar folga no mês de janeiro. Mas sabia que os bebês vinham quando queriam, como atestara o de Jane, quando ela mesma quase teve de fazer o parto. Pelo menos dessa vez não teria de fazer isso.

— Você alguma vez pensa em tirar um tempo de folga por algum tempo? — Andrew perguntou casualmente, e ela sorriu consigo mesma, pensando no que planejara.

— Não por muito tempo. Na verdade, estou planejando tirar algum tempo de folga depois das festas, mas não mais do que um mês. É um longo tempo para mim.

— Eu adoraria tirar um ano de férias, alugar um apartamento em Paris ou Londres, e simplesmente sair pela Europa durante algum tempo. Talvez alugar uma vila na Toscana, ou até na Provence. Soa celestial para mim. Fico dizendo ao Richard que vou fazer isso, e ele ameaça ter um ataque de nervos todas as vezes que sugiro essa idéia. Seus atores já o deixam louco o suficiente. Não acho que ele também queira meus escritores no pé dele. — A agência era enormemente bem-sucedida, portanto não era supreendente que tivessem um vasto número de personalidades difíceis com que lidar. Era a natureza de seu trabalho, assim como festas, anfitriãs, noivas e suas mães, e serviços de banquetes histéricos eram a natureza do que ela fazia com Bix. Era óbvio que ambos gostavam de seus trabalhos.

Eles então conversaram sobre seus filhos, e inevitavelmente, falaram um pouco sobre seus casamentos. Embora ele lamentasse que seu casamento não tivesse dado certo, não parecia ter reclamações sobre sua mulher, o que era um certo alívio. Paris estava tão cansada de todas as pessoas que odiavam seus ex-esposos, a energia que elas botavam nisso acabava drenando a todos os outros. E embora sempre fosse se sentir triste com relação a Peter, ela lhe desejava bem. Tivesse ela querido as coisas daquela maneira ou não, ambos tinham continuado com suas vidas. Para ela parecera levar uma eternidade, mas agora estava lá.

Paris acabara de servir uma xícara de café para ele, já que ele dissera que ficaria acordado a maior parte da noite depois que voltasse para seu escritor, quando o celular dela tocou. Ele estava pousado no recarregador na cozinha onde estavam comendo, portanto ela se inclinou e o pegou. Tinha quase certeza de que seria Meg. Mas era uma voz feminina que não lhe era familiar, e num

404 DANIELLE STEEL

instante ela soube quem era. Era Amy, e ela não soava como ela mesma.

— Você está bem? Aconteceu alguma coisa? — perguntou Paris, parecendo maternal e preocupada.

— Estou no hospital — disse Amy, num tom desconfortável

— Já? Como aconteceu?

— Não sei. Tive muitas coisas para fazer com meus filhos. E minha irmã veio hoje para pegar minha filhinha. — Paris não pôde deixar de pensar se ela ficara perturbada, qualquer um ficaria. Sabia que sua irmã morava em Oregon, e estivera planejando ir até lá e pegar a criança. Era uma perda para Amy, não importava quão grande fosse o auxílio. E talvez ela estivesse simplesmente pronta para ter o bebê, agora que sabia que ele tinha um lar. A psique às vezes fazia coisas estranhas com o corpo.

— O que o médico disse?

— Ele disse que estou em trabalho de parto. Estou dilatada quatro centímetros, e as contrações estão vindo de 15 em 15 minutos. Acho que você ainda tem tempo.

— Uau! Onde você está? Em que quarto? — Paris agarrou caneta e papel e tomou nota, e Amy estava tendo uma contração quando desligou. E repentinamente Paris percebeu o que estava acontecendo. O bebê estava chegando. Em algumas horas, não importava quanto tempo levasse, seria mãe outra vez. E enquanto isso ocorria a ela, ela olhou para Andrew Warren, que a estivera observando e ouvindo com um grau de preocupação. — Estou tendo um bebê! — disse ela, do nada, como se ele soubesse do que estava falando, mas ele não sabia.

— *Agora?* — Ele parecia chocado. Não conseguia entender o que ela queria dizer.

— Sim... não... quero dizer, estou em trabalho de parto... — Ela estava tão excitada que era incoerente, e ele parecia totalmente confuso.

JOGO DO NAMORO

405

— Quem ligou?

— A mãe biológica. Seu nome é Amy. — E então ela percebeu que tinha de ir mais devagar, pelo menos o suficiente para contar a ele por que tinha de sair. Queria ir para o hospital imediatamente. — Estou adotando um lindo bebê — disse ela, e sorriu para ele, e ele repentinamente ficou impressionado com o quanto ela estava bonita, mas parecia ser um momento inapropriado para lhe dizer qualquer coisa sobre isso, ou talvez até mesmo de notar isso. Ela era uma mulher de aparência adorável, e ele também gostava dela.

— Você está? Que coisa surpreendente está fazendo. — Ele pareceu contente por ela enquanto se recostava na cadeira com um sorriso caloroso. — Que bom para você.

— Obrigada. Ele está adiantado uma semana. Graças a Deus, comprei tudo de que precisava hoje. — Ela estava definitivamente estridente mas de uma maneira maravilhosa, e feliz. — Tenho de ir para o hospital — explicou para ele, enquanto ele sorria para ela. Havia algo muito comovente com relação a toda aquela cena. Paris parecia uma criancinha excitada na véspera de Natal, sabendo que Papai Noel chegaria a qualquer minuto.

— Aonde? Que hospital? — Perguntou ele, com uma expressão preocupada.

— Alta Bates, em Berkeley — disse ela, procurando ao redor pela sua bolsa, e enfiando nela o pedaço de papel com o número do quarto.

— Você vai dirigindo? — ele perguntou.

— Vou, sim.

— Não, não vai. — Ela estava distraída demais para dirigir com segurança. — Deixe-me levar você de carro, Paris. Podemos ir no seu carro, e eu pego um táxi para casa. Não acho que deva dirigir na condição em que está. Além disso, você está tendo um

406 DANIELLE STEEL

bebê. Não deve dirigir sozinha — ele brincou, e ela ficou sensibilizada.

— Tem certeza? — Tinha de admitir que não se sentia em condições de dirigir, e ficou grata a ele.

— Perfeitamente. Prefiro ajudar você a fazer um parto do que o meu cliente a escrever um roteiro. Isso é muito mais divertido. — Ele estava animado por ela, e contente em fazer parte disso. Eles deixaram a casa poucos minutos mais tarde, e ela conversou animadamente sobre a decisão que tomara e como chegara a ela. — É uma posição um pouco radical que você assumiu contra namorar, não é? — Ela também contara a ele sobre isso.

— Acredite-me, depois dos encontros arranjados que tive, você chegaria à mesma conclusão. — Ela contou para ele sobre o escultor de Santa Fé que Sydney lhe apresentara, e Andrew morreu de rir enquanto cruzavam a Bay Bridge.

— Eu também não namoro muito — disse ele sensatamente. — Ou pelo menos não tenho namorado faz algum tempo. Fica tão entediante trocar todas aquelas informações sem objetivo sobre o que você faz e não faz, gosta e não gosta, onde esteve e onde não esteve. E então você descobre que ela é uma dominatrix que dá ratos para sua cobra de estimação, e não pode deixar de pensar o que está fazendo lá. Talvez você tenha um bom argumento. Talvez eu também deva adotar um bebê. — Ele sorriu.

— Você pode visitar o meu — disse ela orgulhosamente, e ele a olhou com ternura.

— Posso ver o bebê amanhã depois que tiver nascido e você o tiver trazido para casa? Eu realmente adoraria vê-lo. Agora faço parte do comitê oficial de boas-vindas.

— Faz sim — disse Paris, enquanto entravam em Berkeley. E alguns minutos mais tarde ele parou no hospital, e disse que iria estacionar o carro.

JOGO DO NAMORO

— Boa sorte — disse ele. Ela lembrara de botar o assento de bebê no carro para trazer o bebê para casa, e ele disse para ela ligar para seu celular se quisesse que ele voltasse de táxi, e dirigisse para ela na volta. Ele lhe deu um cartão com o número. E ela se inclinou para beijar seu rosto e agradeceu.

— Obrigada, Andrew. Você tem sido espetacular. Você é a primeira pessoa de verdade a quem contei. Obrigada por não me dizer que estou louca. — Fora uma prova da realidade para ela, particularmente porque tinha um bocado de respeito por ele.

— Você é louca — ele sorriu para ela — mas não é perigosa. Essa loucura é muito boa. Mais pessoas deviam fazer coisas maravilhosas como essa. Espero que ambos sejam muito felizes, você e o bebê.

— Sinto tanto pela mãe biológica — disse ela suavemente, e Andrew sacudiu a cabeça. Ele não podia imaginar o que seria dar um bebê e o quanto isso seria horrível. Sabendo como amava seus próprios filhos, isso parecia a última agonia para ele, e para Paris. Eles sentiam muita pena dela.

— Eu também — disse Andrew. — Espero que tudo corra bem. — E quando Paris saiu do carro, ele ergueu os olhos de novo para ela. — Ligue quando a neném chegar. Estarei louco para ouvir suas notícias. Quero saber com quem ela parece.

— Comigo, é claro — disse Paris, sorrindo feliz, e acenou enquanto entrava no hospital, e ele dirigiu o carro para o estacionamento, sorrindo consigo mesmo. Richard estivera certo sobre sua sogra. Ela era uma mulher fantástica.

Capítulo 33

QUANDO PARIS ENTROU NO HOSPITAL, eles a direcionaram para o andar da maternidade. Ela pegou o elevador, e dois minutos mais tarde estava entrando no quarto de Amy. A essa altura ela já tinha entrado num estágio avançado do trabalho de parto, e ele estava evoluindo rapidamente. Esse era seu quinto bebê, e os outros quatro tinham sido partos rápidos. Mas ela disse que esse doía mais. Talvez porque soubesse que estava abrindo mão dele para sempre.

— Como está indo? — perguntou Paris solidariamente quando chegou.

— Bem. — Disse Amy, tentando demonstrar um bom espírito esportivo, mas ela gemeu alto quando a próxima contração a pegou. Eles tinham colocado um monitor externo nela e o batimento cardíaco do bebê estava ótimo, mas a parte do monitor que mostrava a força das contrações estava com o desenho quase saindo do papel. Os gráficos no papel pareciam com os de grandes terremotos.

— Uau! Essas são grandes — disse Paris, enquanto a enfermeira lhe ensinava como ler as linhas. Ela então se trocou e vestiu

JOGO DO NAMORO

a roupa do hospital, para ficar pronta para a sala de parto, e tomou a mão de Amy nas suas. Não havia mais ninguém com ela. Seu marido estava na vizinha quando ela saiu para o hospital num táxi, e ela deixara os meninos com uma amiga. Era uma maneira solitária de ter um bebê. Mas pelo menos Paris estava lá. E ela tivera a presença de espírito de trazer os papéis que precisava para que o bebê fosse liberado para ela. O hospital tinha sido notificado da adoção por Alice Harper. Tudo estava em ordem. Agora só precisavam do bebê.

Amy estava fazendo o melhor que podia para tê-lo. E seu corpo estava cooperando bem. A enfermeira disse que a dilatação atingira dez centímetros, uma hora depois de Paris chegar lá. Do ponto de vista deles, estava indo bem, mas a pobre Amy estava se contorcendo em agonia enquanto ficava ali deitada, e estava determinada a fazer isso sem medicamento. Paris não discutiu com ela, embora ela própria tivesse tomado uma anestesia peridural e tivesse preferido isso ao parto natural. Mas Amy insistiu que seria melhor para o bebê. Talvez achasse que era seu presente final para ela.

Eles pareceram ficar no mesmo lugar por algum tempo. O médico veio para checá-la, o que machucava Amy ainda mais, e dessa vez ela gritou. Alguns minutos mais tarde eles a empurraram até a sala de parto, e ela começou a fazer força. Paris estava segurando suas mãos e tentando ajudá-la a respirar. Depois de um tempo a enfermeira sugeriu que Paris ficasse por trás dela e a segurasse numa posição ereta. Era desconfortável para Paris, mas parecia ajudar Amy enquanto ela continuava a fazer força, mas o bebê não estava indo a lugar nenhum. Eles continuaram a pressionar, sem quaisquer resultados visíveis durante mais de duas horas e Amy agora estava gritando o tempo todo. Paris desejou que houvesse algo mais útil que pudesse fazer por ela, mas continuou falando com ela, e encorajando-a, e de repente Amy soltou um uivo horroroso, e a médica disse que o bebê finalmente estava vindo.

410 DANIELLE STEEL

— Vamos, Amy... vamos... é isso... empurre outra vez... —
Todos estavam gritando para ela, e Amy não conseguia parar de
chorar. Paris ficou pensando se seus próprios partos tinham sido
tão horríveis quanto esse. Não pareciam ter sido, mas ela não
conseguia lembrar. Tinham parecido mais fáceis do que esse. E
então finalmente, finalmente, eles puderam ver o topo da cabeça
do bebê, e Amy se esforçou mais como nunca se esforçara antes e,
com três gritos horríveis, o bebê finalmente deslizou para fora.
Amy estava soluçando nos braços de Paris, e o choro da menininha
encheu a sala, quando Paris a viu e começou a chorar. A doutora
cortou o cordão umbilical, e passando-a gentilmente por cima de
Amy, a entregou para Paris, enquanto Paris se inclinava para
mostrá-la a ela. — Olhe como ela é linda — Paris sussurrou
para Amy. — Você fez tão bem o seu trabalho — disse ela, enquanto Amy fechava os olhos, e finalmente eles lhe deram uma
injeção, que fez com que se sentisse sonolenta. O bebê pesava três
quilos e sessenta e nove gramas. Ela era grande, embora a de Jane
tivesse sido maior, mas esse parto parecera mais difícil e mais
demorado. Eram quatro da manhã quando eles saíram da sala de
parto, e voltaram ao quarto que fora reservado para Amy. Ficava
no corredor no extremo oposto do berçário. A equipe do hospital
sabia que era uma adoção, e que Amy desistiria de seu bebê, e
tentaram ser sensíveis em relação a isso.

Eles levaram a neném para o berçário para limpá-la, colocar
colírio em seus olhos, e verificar os índices de Apgar, enquanto
Paris ficava sentada no quarto com Amy e ela dormia sob o efeito
do medicamento. E enquanto ela ainda estava dormindo, eles
trouxeram o bebê de volta. Ela estava olhando em volta, alerta,
com uma touquinha de algodão, enrolada num cobertor cor-de-
rosa, e a enfermeira esticou os braços para entregá-la a sua nova
mãe, e Paris a pegou, e a segurou perto dela, enquanto seus olhos
se encontravam.

JOGO DO NAMORO

— Olá, pequenina... — A neném tinha bochechas redondas rosadas, e olhos grandes da cor de olhos de bebê, e que ainda tinham de revelar o que seriam, e uma penugem de cabelos brancos de pato no topo de sua cabeça. Ela parecia uma bonequinha nos braços de Paris, e enquanto ela a segurava, a bebê caiu no sono, como se soubesse que enfim chegara à casa de sua mãe.

— Qual é o nome dela? — sussurrou a enfermeira.

— Hope — disse Paris, baixando os olhos para ela. A palavra acabara de vir à sua mente enquanto olhava para ela. Estivera considerando vários outros nomes, mas Hope parecia combinar com ela perfeitamente.

— Gosto dele. — A enfermeira sorriu, enquanto Paris ficava sentada olhando maravilhada para a nova vida que agora era dela. E percebeu enquanto pensava nisso que se Peter não a tivesse deixado, esse momento nunca teria acontecido. Finalmente ela a encontrara. A dádiva. A bênção que não pudera encontrar na agonia durante dois anos e meio. Ela sabia que estava lá em algum lugar, mas nunca a encontrara, e agora tinha conseguido. O mistério das bênçãos escondidas em tragédias e desastres. Essa era a bênção. A esperança pela qual ansiara. Agora ela viera na forma desse bebê adormecido.

Elas ficaram sentadas daquela maneira durante horas, enquanto Amy dormia sob o efeito do remédio, e Paris segurava o bebê, e finalmente ambas acordaram. Eles deram a Paris uma mamadeirinha com glicose para alimentar o bebê, e deram uma injeção em Amy para que ela não tivesse leite. Sentaram-se juntas a manhã toda, conversando tranqüilamente. O pediatra examinara Hope e dissera que ela podia sair às seis horas daquela tarde. Amy ficaria até a manhã seguinte, e Paris detestava ter de deixá-la. Ela telefonou para Alice Harper em casa para dizer que o bebê chegara, e ela ficou feliz por Paris. Alice disse que ela devia ir embora quando o hospital dissesse que o bebê podia ter alta.

412 DANIELLE STEEL

— E quanto a Amy? — Paris perguntou, sentindo-se ansiosa. Ela estava telefonando de seu telefone celular no corredor, e deixara o bebê no berçário para fazer isso.

— Está tudo bem, Paris. Vão tomar conta dela no hospital. Ela sabe o que está fazendo. Ela quer fazer isso. Não torne as coisas mais difíceis para ela. — Paris então compreendeu. Cada uma tinha seu papel, seu destino separado para seguir. Parecia tão solitário para ela. Paris então ligou para Bix e também deu a notícia para ele, e apesar de todos os resmungos, ele ficou feliz por ela. E depois, sentindo-se uma tola porque não o conhecia muito bem, ela telefonou para o celular de Andrew Warren. Mas ele a levara de carro para o hospital e pedira que telefonasse para ele. Ela lhe disse que Hope chegara e comentou sobre quanto ela pesava e como era bonita enquanto a descrevia para ele. Ela nem percebeu que estava chorando enquanto fazia isso.

— Adoro o nome dela — disse ele suavemente.

— Eu também — disse Paris. — Combina com ela. — E era o que ela se tornara para sua mãe, um símbolo de esperança para o futuro. Agora o passado estava cicatrizado. Enfim recebera a dádiva.

— Deixei as chaves do carro no balcão de informações — explicou ele. — Quando você vai para casa?

— Eles disseram que podíamos sair às seis horas da tarde. — Ela ainda parecia um pouco assombrada, e ainda não dormira. Estava excitada demais.

— Você deixaria que eu dirigisse para você?

— Tem certeza que não seria um incômodo? — Bix não oferecera, e ela não esperava que ele o fizesse. Steven ainda estava doente, e de qualquer modo ele não teria oferecido. Bix detestava hospitais, e não era louco por bebês. Esse negócio era seu. E ela estava com seu carro lá. Não esperara que Andrew renovasse sua oferta para levá-la de carro para casa.

JOGO DO NAMORO

— Seria uma honra — disse ele solenemente. — Estarei aí às cinco e meia, para o caso de deixarem você sair mais cedo.

— Obrigada. — Fora uma noite que solidificara a amizade deles, e era um momento importante para ela, e sua nova filha. Ele a parabenizou outra vez, e depois disso ela ligou para os celulares de Meg e Wim. E eles ficaram surpresos que o bebê tivesse chegado cedo. Ela estava rindo e falando com eles, e depois que desligou, voltou ao berçário para pegar a neném, e ficou surpresa ao descobrir que eles a tinham levado para Amy. Ela estava acordada e pedira para vê-la, o que deixou Paris preocupada. E se ela mudasse de idéia agora? Paris já amava esse bebê. Mas Amy ainda era legalmente sua mãe.

E quando ela entrou de volta no quarto, Amy a estava segurando, olhando nos olhos do bebê, e falando com ela, como se estivesse dizendo algo muito importante para ela. Ela estivera dizendo adeus.

Amy levantou os olhos quando viu Paris, e sem hesitar, ofereceu o bebê para ela, e Paris prendeu a respiração. — Eu estava vigiando seu bebê para você — disse suavemente, admitindo em uma frase tudo que estava dando para ela. Os olhos de Paris se encheram de lágrimas enquanto tomava Hope dela. E um pouco depois a assistente social entrou com os papéis para Amy assinar.

Paris dormiu a maior parte da tarde, como o bebê. Às cinco horas eles disseram que ela podia levar Hope para casa. Paris foi ao berçário para vesti-la com a roupa que trouxera. Era apenas uma camisola com um cobertor, uma camiseta e um bonezinho. Não tivera tempo de reunir alguma coisa bonita como fizera há tanto tempo para Meg. Mas tudo que importava agora era que estavam indo para casa juntas.

Quando a neném estava vestida, Paris entrou outra vez no quarto de Amy para que ela pudesse dar uma última olhada para

414   DANIELLE STEEL

ela, e ficou surpresa em ver o quanto Amy estava calma. Ela tinha certeza de que o efeito dos medicamentos já tinham passado.

— Quer segurá-la? — ofereceu Paris, mas Amy balançou a cabeça. Parecia triste, mas estava muito tranqüila. Ela simplesmente olhou bem e por um longo tempo para o bebê, e depois para Paris.

— Obrigada — disse ela, que era o que Paris queria dizer para ela.

— Obrigada... Deus a abençoe... por favor, cuide-se. — Ela prometera enviar seu endereço para que Paris soubesse para onde mandar as fotografias no ano seguinte. Era tão incrível estar andando para longe com a filha dessa mulher. Mas agora ela era dela. Essa era a parte mais assombrosa disso tudo... esse bebê incrível era dela. — Eu a amo — disse Paris, e tocou brevemente sua mão. Amy balançou a cabeça concordando e não disse nenhuma palavra. Quando a porta se fechou lentamente por trás dela, Paris a ouviu dizer: — Adeus.

Havia lágrimas escorrendo pelas faces de Paris quando a enfermeira as escoltou para o térreo. Ela se sentia como uma seqüestradora, raptando esse embrulhinho. Mas todos estavam sorrindo para ela e lhe desejando tudo de bom, e Andrew estava esperando lá embaixo, no saguão.

— Deixe-me vê-la — ele sussurrou, e se encontrou olhando para dois olhos grandes e brilhantes quando Hope olhou decidida para ele, como se estivesse pensando quem ele era.

— Ela não é linda? — Paris sorriu para ele, e ele balançou a cabeça, concordando. Deixara o carro esperando por eles. E enquanto ajudava Paris a colocar Hope no assento para bebê e prendê-la com o cinto, ela percebeu que ele também fora tocado pelo milagre. Eles tinham ido para lá juntos há horas, um homem e uma mulher que mal se conheciam, e iniciaram uma aventura juntos. E agora eram amigos, e havia uma pessoinha totalmente nova voltando de carro pela ponte com eles.

— É incrível, não é? — Paris olhava para ele maravilhada, e ele balançou a cabeça concordando, sem palavras. Não havia nada que pudesse dizer a ela para explicar o que o momento significava para ele. E de minutos em minutos, no caminho para casa, Paris se virava e olhava para Hope, com amor, gratidão, e incredulidade. Agora ela só podia pensar em como fora sortuda. Hope era a dádiva esperada durante um longo tempo.

Capítulo 34

PARIS QUERIA FICAR SENTADA a noite toda e segurar o bebê, mas finalmente entregou os pontos e a colocou no bercinho, e foi ela mesma para a cama. Ela levantou de tantas em tantas horas para examiná-la e a toda hora acordava com um susto, pensando se sonhara tudo isso, mas não sonhara. Andrew a deixara em torno das 11h, depois de ajudá-la a arrumar as coisas para o bebê. Ele a ajudou a aprontar o bercinho e até pôs o lençol nele por ela enquanto Paris segurava Hope.

— Você é bom nisso — ela o provocou.

— Tive muita prática. E sempre gostei disso. — E era óbvio que ele estava se divertindo naquele momento. Ele prometeu passar por lá no dia seguinte antes de partir para Los Angeles. O escritor finalmente terminara o roteiro. E Andrew estava voltando ao hotel para dormir.

Bix e Steven passaram por lá na manhã de domingo e a visitaram, e Bix trouxe uma máquina fotográfica e tirou milhões de fotografias. Ele nunca vira Paris tão bem, e teve de admitir que a neném era bonitinha. Steven ficou entusiasmado com o queixo e o nariz dela, que tinham um formato perfeito. E a essa altura,

JOGO DO NAMORO 417

Paris colocara nela um vestidinho cor-de-rosa e uma manta para mantê-la quente.

E às quatro horas Andrew veio.

— Sinto-me tão afortunado em fazer parte de um fim de semana muito especial — disse ele, parecendo emocionado.

— Obrigada por ter dirigido na ida e na volta — disse Paris agradecida. — E por compartilhar isso conosco.

— Sinto-me como a cegonha — Ambos riram. Ele ficou apenas alguns minutos, beijou a neném no topo de sua cabecinha macia, e partiu. Ele prometeu telefonar para Paris em breve, e dessa vez ela não se importou. Ele se tornara um amigo da noite para o dia. Não um namorado, ou um amante, ou um pretendente, ou mesmo um candidato a qualquer dessas posições. Apenas um amigo, o que ela apreciava muito mais.

E na manhã seguinte ele lhe mandou um enorme buquê de flores, com um cartão que dizia "Celebrando Hope! Com carinho, Andrew". E Bixby mandou um de seus ursinhos gigantes de rosas cor-de-rosa. Ele lhe dissera para tirar dois dias de folga, mas ela teria de voltar ao trabalho na quarta-feira, e já tinha arranjado a babá que estaria usando naquele mês.

E na manhã de quarta-feira, quando foi para o trabalho, Paris estava em total controle. Ela sabia os horários do bebê, do que ela gostava, em que posição ela dormia melhor. E tudo fora arrumado no quarto de visitas para a Srta. Hope, cujo bercinho ficava do lado da cama da mãe à noite. Tudo estava bem em seu pequeno mundo. E em cada festa em que eles trabalharam juntos naquele fim de semana, e foram muitas, Bix disse para os clientes:

— A Paris não é incrível? Ela teve um bebê na noite da última sexta-feira! — E então eles olhavam para ela em estupefação, e ela explicava para eles. Até sexta-feira, ela tinha uma montanha

418 DANIELLE STEEL

de presentes em sua escrivaninha. O mundo estava dando as boas-vindas a Hope.

Ela teve de trabalhar direto até o domingo, quando Andrew telefonou pela manhã. Também tivera uma semana ridícula, disse ele. E lembrou a ela de que Hope fizera nove dias de idade.

— Queria telefonar para ela no sábado para desejar feliz aniversário, mas não tive tempo. Um dos meus escritores também enlouqueceu e se retirou de um *set* de filmagem. Foi necessário um certo tempo para amenizar as coisas. — Ele perguntou o que ela estivera fazendo, e ela lhe disse, e ele falou que achava que estaria indo para lá na semana seguinte e que a avisaria.

E depois disso Meg telefonou para perguntar pelo bebê. Ela, Richard e Wim passariam o Natal com ela, quando planejavam conhecer Hope. Isso seria em menos de três semanas, e Paris mal podia esperar para que eles a vissem. Quaisquer que tivessem sido suas hesitações, eles agora pareciam animados com relação à neném, ao menos para agradar sua mãe. E ela tinha certeza de que quando eles a vissem, seria amor à primeira vista. Quem poderia resistir?

Foi um mês insanamente ocupado para ela. Entre seu trabalho e o bebê, sentia-se como se estivesse numa corrida de revezamento, e apesar da babá, Paris ficava acordada com o bebê todas as noites, e queria ficar. Mas quando o Natal chegou estava a ponto de cair dura.

Andrew veio para ver um cliente dois dias antes, e ela estava meio adormecida no sofá, com Hope em seus braços, quando ele chegou.

— Você parece esgotada — disse ele, enquanto lhe entregava uma caixa, que ela desembrulhou com alegria. Era uma roupinha e um cobertor para bebê com uma boneca combinando.

JOGO DO NAMORO 419

— Você está nos estragando. E sim, estou esgotada. — Ela mal podia esperar por janeiro para descansar um pouco. Jane concordara em voltar por um mês para substituir Paris. Ela estava grávida de novo. E Bix ficava reclamando que estava cercado de mulheres tendo bebês. Agora a vida dele também se complicara. Steven não estivera se sentindo bem desde o feriado de Ação de Graças.

E todos os dias Paris ficava tentada a telefonar para Amy, para saber como estava, mas Alice lhe disse que não fizesse isso. Se por nenhuma outra razão, por respeito, Paris tinha de deixar que ela se fosse. Portanto ela fez isso. E simplesmente desfrutou Hope como a dádiva que ela era. Toda a documentação estava em ordem. Amy assinara tudo sem um murmúrio.

Andrew disse a Paris que estava partindo para Londres, e que ambas as suas filhas iriam celebrar o Natal lá com ele. E que depois disso eles iriam esquiar, em Gstaad. Parecia um programa vigoroso para Paris, e era. Ele disse que estaria de volta depois do ano-novo.

— Adoraria voltar aqui e vê-la quando retornar. Tenho certeza que a essa altura Hope estará o dobro do tamanho — embora isso fosse em apenas duas semanas. Mas havia alguma coisa na maneira que ele disse isso que encheu Paris de preocupação. Ela não sabia o que dizer.

— Gostaria de vê-lo, Andrew — disse ela suavemente. Mas queria vê-lo como um amigo, nada mais, e não tinha certeza se era isso que ele tinha em mente. Ele esclareceu isso para ela.

— Eu sei que você tem reservas muito fortes com relação a namorar, e não posso dizer que a culpo por isso ou discordo de você. Mas se eu prometer ser extremamente bem comportado e não levar fotografias de qualquer escultura fálica que eu possa ter feito, e não chegar bêbado, ou pedir feijão para o jantar... você acha que eu poderia levá-la para jantar um dia desses, e considerar isso um encontro? — Ele estava sendo muito cauteloso com ela, e ela não pôde deixar de rir.

— Sou tão impossível assim? — perguntou enquanto ria.

— Impossível não — disse ele razoavelmente — apenas cautelosa, e com boas razões. Eu diria que você enfrentou momentos mais duros que a maioria. Não a culpo por ser desconfiada, e se eu fizer qualquer coisa para aborrecê-la, quero saber.

— Como o quê? Mimar minha filha, enviar flores, me levar na ida e na volta ao hospital quando ela nasceu? Eu acharia isso bastante ofensivo, não acha? — Eles trocaram um longo sorriso.

— Só não quero estragar nossa amizade. Você está se tornando importante demais para mim. Não quero destruir isso com algo tolo que não importará mais em dois meses. — Mas ele estava esperando que importasse, e na verdade, ela também. Ele então teve de partir para pegar seu avião, e queria ter certeza que estavam na mesma freqüência.

— Está combinado um encontro para quando eu voltar? Quero dizer, oficialmente?

Ela sorriu para ele.

— Oficialmente, eu diria que sim.

Ele não queria se aproximar sorrateiramente dela, se aproveitar, surpreendê-la, ou amedrontá-la. Queria ser seu amigo, mas também queria ser mais do que isso. Tinha uma admiração enorme por ela, por tudo que sobrevivera, e tudo que fizera.

— Ligarei para você da Europa — prometeu ele. — Cuide bem de Hope! — gritou para ela enquanto se apressava descendo a escada, tendo apenas beijado seu rosto. E, ela acenou enquanto ele se afastava de carro, pensando sobre o que ela acabara de fazer, e se ficaria arrependida. Esperava que não. Jurara para si mesma que nunca namoraria outra vez, e agora estava se expondo outra vez. Mas tinham-se passado oito meses. Talvez fosse tempo o su-

JOGO DO NAMORO

ficiente para limpar a atmosfera. E havia algo muito diferente com relação a Andrew Warren. Mais do que qualquer pessoa que conhecera desde Peter, ele era um homem que ela não só podia amar, como amigo, mas também respeitar. Os outros tinham sido divertidos, ou boas companhias, ou sensuais, ou patéticos, mas nenhum fora merecedor de respeito. Andrew era.

Ele ligou para ela do aeroporto, de Los Angeles e de Londres quando chegou à Europa no dia seguinte. E a essa altura sua família chegara.

Meg ficou excitada em segurar o bebê. E Wim sorriu, enquanto Paris pairava sobre eles dizendo para terem cuidado com a neném, e Richard tirava fotos. E todos disseram que ela era a neném mais linda que tinham visto, o que Paris de qualquer modo já sabia. Então Hope já estava quase sorrindo e completando quatro semanas.

E enquanto a deixava gentilmente no bercinho, Meg virou-se para sua mãe com um sorriso de mulher que Paris nunca vira antes.

— Ela será uma boa prática para mim — disse Meg, sorrindo para a mãe, depois para Richard, e então outra vez para Paris.

— Como é isso? — Paris perguntou, sentido-se um pouco obtusa, mas ainda estava muito cansada.

— Vamos ter um bebê, mamãe — disse Meg enquanto sua mãe jogava os braços ao seu redor com lágrimas nos olhos.

— Que excitante! Parabéns, para vocês dois! Quando?

— Deverá chegar no Dia da Independência.

— Que patriótico! — Paris riu, beijou seu genro, e o parabenizou outra vez, enquanto Wim gemia e se jogava no sofá, e Meg segurava Hope outra vez.

— O que é isso? Uma epidemia? — perguntou Wim para a sala em geral. — Todos estão tendo bebês.

— Bem, é bom que você não tenha um também — avisou Paris, e todos riram. E naquela noite, quando Paris voltou à sala

422   DANIELLE STEEL

depois do jantar, Wim estava segurando o bebê, e Meg estava ao lado dele dormindo profundamente no sofá. Todos os seus filhos estavam juntos. Era o Natal perfeito. Particularmente agora que tinham Hope.

Capítulo 35

O MÊS QUE PARIS TIROU de férias em janeiro acabou sendo a melhor coisa que já fizera. Ela teve tempo para ficar com a neném, ler livros, sair para caminhadas com ela num carrinho, visitar o escritório de Bix e se solidarizar com a carga de trabalho dele, e até mesmo ver amigos. Adorava ser uma senhora desocupada, mas também aguardava ansiosamente a volta ao trabalhos. Mas ainda não estava na hora.

Andrew Warren tirou duas semanas de férias, e veio visitá-la em São Francisco. Eles foram de carro até Napa Valley, almoçaram em Sonoma, e passearam ao longo de Crissy Field com a neném. Era quase como estar casada outra vez. E ele a levou para diversos jantares elegantes que ele afirmava serem seus encontros "oficiais".

— Nesse caso, o que o resto é? — perguntou ela. Eles tinham um relacionamento tranqüilo que parecia ser feito de partes iguais de amizade e romance, e ambos gostavam dele dessa maneira.

— O resto do tempo somos apenas amigos — explicou ele. — Só é um encontro quando a levo a um restaurante. O que acha disso?

424   DANIELLE STEEL

— Excelente. Exatamente do jeito que eu quero. — E ela realmente sentiu sua falta quando ele se foi. Ele era maravilhoso com a neném, e se divertiam juntos. Quando ele voltou para o trabalho, vinha de Los Angeles nos fins de semana, e ficava no apartamento de visitas com Wim, já que havia dois quartos. Paris não tinha ido para a cama com ele, e ainda não estava pronta para isso. Eles só estavam se "encontrando" por mais ou menos um mês, embora tivessem se visto muito quando ele viera pelas duas semanas. Tinham ficado juntos todos os dias.

Mas no Dia dos Namorados sua castidade chegou ao fim. Ele a levou para um jantar adorável. Nesta época, ela já voltara para o trabalho, e não chegara em casa naquele dia até oito e meia. E às dez ele a levou para uma ótima refeição. Eles voltaram para casa à meia-noite, e ele lhe deu um lindo bracelete de diamantes. Ela lhe deu um relógio tolo com uma pulseira em formato de jacaré vermelho, e ele o usou. Eles se sentaram e conversaram durante horas, e finalmente deslizaram para o quarto, e aquilo que ela evitara e receara por tanto tempo tornou-se a coisa mais fácil do mundo. Eles fizeram amor como duas pessoas que tinham se conhecido a vida toda, não como estranhos, ela nunca teve de perguntar a ele se era "exclusivo", não foi acrobático ou desapontador, exótico ou aterrorizante. Foi como se sempre tivesse sido, que era a melhor maneira. E depois que eles adormeceram nos braços um do outro, o bebê os acordou. Paris foi preparar a mamadeira, e Andrew a deu para ela, e eles voltaram a dormir com a neném entre eles, e dormiram até o dia seguinte. Paris sentiu-se como se tivesse voltado para casa. Depois de quase três anos de solidão e tristeza, ela encontrara o homem que pensara que nunca iria encontrar. Ela desistira de continuar procurando por ele, e a muito deixara de acreditar que ele existisse. Depois de tudo, encontrara a agulha no palheiro. E Andrew também. Ele nunca estivera mais feliz em sua vida.

JOGO DO NAMORO 425

Era uma primavera dourada para eles. Eles alternavam fins de semana entre São Francisco e Los Angeles, e sempre que ele podia se afastar de seu escritório, trazia uma pilha de roteiros e ficava com ela e Hope. Seus filhos o amavam, e quando as filhas dele vieram visitar em junho, elas também gostaram de Paris. Todas as peças do quebra-cabeças se encaixavam, ainda melhor do que tinham se encaixado com Peter. Essa era a parte estranha. Agora era quase como se não conseguisse se lembrar de ter sido casada com ele. Ela se sentia como se estivesse estado sempre com Andrew.

E quando o bebê de Meg estava para chegar, ela tirou duas semanas de folga. Bix disse que podia dar conta das coisas sem ela, e para o alívio de todos, Steven estava se sentindo muito melhor. Ele estava indo bem.

Paris e Hope estavam na casa de Andrew quando Meg começou o trabalho de parto, exatamente na data calculada, e Andrew cuidou de Hope enquanto Paris foi para o hospital com Richard e Meg. Foi um parto longo e árduo, mas Meg se comportou muito bem. E Richard foi maravilhoso com ela. Paris ficou e sentou-se na sala de parto com eles, e não pretendia estar ali na hora do nascimento, mas no último minuto Meg quis que ficasse lá, e Richard não se importou. Paris não queria se intrometer, e enquanto o filho deles empurrava, abrindo o caminho para esse mundo, Paris observava a filha e o marido, e chorava em ver o quanto estavam felizes, e como seu bebê era lindo. Eles o batizaram de Brandon. Brandon Bolen. Ele era um bebê lindo e saudável, e quando Paris o segurou na sala de parto, depois que eles lhe deram o nome, Meg levantou os olhos para a mãe com um sorriso cansado.

— Amo você, mamãe... obrigada por ser minha mãe. — Era o melhor presente do mundo. E ela chorou quando contou isso para Andrew. E quando se deitou ao seu lado naquela noite, ela

426 DANIELLE STEEL

suspirou. Havia alguma coisa em relação a ter bebês ao redor. Estava com 49 anos, mas amava seus bebês, de todos os tamanhos e idades, da mesma maneira que amara 25 anos antes.

— Sabe, eu estava pensando — disse ela para Andrew com um bocejo, enquanto se aconchegava ao seu lado no escuro. — Talvez não seja uma idéia tão boa para Hope ser uma filha única. Talvez eu devesse adotar mais um bebê. — Houve uma longa pausa silenciosa, enquanto Andrew olhava para ela com um sorriso.

— Era nisso que andava pensando? Ela não vai ser uma filha única. Vai ter o sobrinho com quem brincar, eles só têm oito meses de diferença.

— É verdade — disse ela, balançando a cabeça. Não tinha pensado nisso. Mas eles não viviam na mesma cidade, portanto não se veriam todos os dias. Não era a mesma coisa que crescer na mesma casa com um irmão.

— Talvez nós devêssemos realmente abalar a todos e ter um bebê nosso. — Ele pensara nisso diversas vezes, mas também havia outras coisas que queria fazer com ela. Seria necessário um esforço, mas nesses dias não era impossível graças à ciência moderna e uma pequena ajuda de seus amigos na UCLA. Mas ele ainda não queria discutir isso com ela. — Tenho uma outra idéia. O que você diria de casarmos, e irmos para a Europa durante um ano? — Havia muito tempo que ele queria fazer isso, e agora queria fazer isso com ela.

— E deixar Bix? — Ela pareceu chocada, enquanto o olhava no escuro.

— Bem, sim, por um ano. Você sempre poderá voltar ao trabalho quando retornarmos, se realmente quiser. É claro que poderíamos levá-lo conosco para a Europa — provocou ele.

— Ele gostaria disso. — E então ela se sentou e olhou para ele. — Por acaso você acabou de me pedir para casar com você?

JOGO DO NAMORO

— Ela parecia surpresa mas não chocada. Realmente não esperara que ele fosse pedi-la em casamento, as coisas estavam tão confortáveis do jeito que estavam.

— Sim, pedi — disse ele tranqüilo. — Como isso soa para você? — Ela respondeu com um longo beijo profundamente emocionado. — Isso é um sim? — Ela balançou a cabeça confirmando. — Você poderia dizer, por favor? Quero ter certeza de não fazer quaisquer suposições incorretas.

— Sim — disse ela com um sorriso enorme. — Eu casarei com você. Isso quer dizer que seremos exclusivos? — Ela lhe contara também sobre aquela história. Ela lhe contara sobre todas elas durante os últimos sete meses. Não guardava nenhum segredo dele.

— Sim, acho que significaria que somos exclusivos. Isso seria um sim. Então o que você acha? Europa durante um ano? — Ela balançou a cabeça concordando. Também gostava da idéia. Ajudaria Bix a treinar alguém para tomar seu lugar enquanto estivesse ausente, supondo que eles mudassem de volta para São Francisco, o que ela não sabia com certeza. Uma vez que fossem para a Europa, quem sabe? Andrew estava com 59 anos, e ficava ameaçando se aposentar cedo para que pudessem passear pelo mundo. A idéia a atraía muito, e eles ainda não tinham de se preocupar com Hope indo para a escola.

— Vamos contar para as crianças? — Ela sorriu exultante para ele.

— Acho que sim. Não acho que devamos manter isso em segredo para deles. — Ele riu e colocou os braços ao redor dela, e a puxou para baixo para ficar ao seu lado na cama outra vez. — Eu a amo, Paris... você nunca saberá como a amo... — Ele nunca amara tanto uma pessoa antes, e o sentimento crescera dentro deles lentamente, de todas as maneiras certas, para ambos. Eles ficaram deitados na cama falando sobre tudo. Teriam um casa-

428 DANIELLE STEEL

mento pequeno. Ela achava que Bix devia organizá-lo para eles. E eles concordaram que só queriam seus filhos e uns poucos amigos lá. E depois partiriam para a Europa, alugariam um imóvel em Paris ou Londres... uma casa de campo em algum lugar... talvez alugassem um iate e passassem um verão nele... era tudo tão perfeito. Mas seria igualmente tão perfeito se eles nunca fossem a lugar nenhum. Tudo que ela queria era estar com ele.

Eles contaram para Richard e Meg no dia seguinte, e ligaram para o celular de Wim no leste, ele estava visitando Peter. E todos vibraram. E então ela ligou para Bix, e ele foi bondoso o suficiente para também ficar animado por ela.

— Eu disse que você encontraria a agulha no palheiro. Agora todos aqueles encontros arranjados não valeram a pena?

— Não — ela riu dele. — Não conheci Andrew num encontro às escuras. Eu o conheci no casamento de minha filha.

— Bem, eu sabia que era alguma coisa assim. Além disso, os encontros arranjados foram um bom exercício.

— Para quê?

— Ser encantadora com clientes horríveis, e administrar nossos negócios quando voltar.

— Você está se aposentando? — Ela parecia chocada. Estava pensando exatamente qual seria a gravidade do estado de Steven.

— Ainda não. Mas depois que você tirar um ano de férias, eu também tirarei. Steven e eu queremos viajar ao redor do mundo. Talvez fechemos por um ano. Pensaremos nisso. Uma coisa eu sei — disse ele, parecendo feliz por ela — o melhor ainda está por vir.

— Sim, está — disse ela suavemente, e quando desligou, contou para Andrew o que ele dissera.

— Ele está certo. — Eles tinham concordado em se casar em agosto, e queriam partir até setembro. Ela e Andrew voltaram para São Francisco na semana seguinte, para começar a fazer pla-

JOGO DO NAMORO

nos para a viagem. Ele já tinha três apartamentos disponíveis em Paris, e uma casa em Londres. Não havia limite para o que poderiam fazer. E quando ela entrou na casa em São Francisco, havia uma caixa esperando por eles, com um ramo de lírios-do-vale em cima. E quando ela a abriu, havia uma linda caixa oval antiga de prata aninhada dentro dela, com uma gravação na superfície da tampa. Ela teve de olhar cuidadosamente para lê-la porque era uma escrita antiga rendilhada.

— O que ela diz? — perguntou Andrew para ela, admirando a caixa. Bix tinha um gosto tão incrível.

— Diz — ela a segurou cuidadosamente debaixo da luz e sorriu para Andrew — "O melhor ainda está por vir."

— E está mesmo — disse ele, e a beijou. O passado trouxera bênçãos e lições infinitas, e fora o que era para ser na época. Ele dera a luz ao presente, em toda a sua beleza. E o que viria depois era invisível e desconhecido. Mas ela estava mais do que disposta a acreditar que o melhor de fato ainda estava por vir.

Este livro foi composto na tipologia Agaramond,
em corpo 11,5/15, e impresso em papel off-set 63g/m²,
no Sistema Cameron da Divisão Gráfica
da Distribuidora Record.

Seja um Leitor Preferencial Record
e receba informações sobre nossos lançamentos.
Escreva para
RP Record
Caixa Postal 23.052
Rio de Janeiro, RJ – CEP 20922-970
dando seu nome e endereço
e tenha acesso a nossas ofertas especiais.

Válido somente no Brasil.

Ou visite a nossa *home page*:
http://www.record.com.br